Von John Saul
sind als Heyne-Taschenbücher erschienen:

Blinde Rache · Band 01/6636
Wehe, wenn sie wiederkehren · Band 01/6740
Das Kind der Rache · Band 01/6963
Höllenfeuer · Band 01/7659
Wehe, wenn der Wind weht · Band 01/7755
Im Banne des Bösen · Band 01/7873

JOHN SAUL

ZEIT DES GRAUENS

Roman

Deutsche Erstausgabe

WILHELM HEYNE VERLAG
MÜNCHEN

HEYNE ALLGEMEINE REIHE
Nr. 01/7944

Titel der amerikanischen Originalausgabe
THE UNLOVED
Übersetzt von Hartmut Huff

11. Auflage

Printed in Germany 1997
Umschlagzeichnung: Lisa Falkenstein
Umschlaggestaltung: Atelier Ingrid Schütz, München
Satz: IBV Satz- und Datentechnik GmbH, Berlin
Druck und Bindung: Elsnerdruck, Berlin

ISBN 3-453-03653-0

Für Michael, Jane und Linda

Möge das zweite Jahrzehnt ebenso
schön werden wie das erste

1. Kapitel

Sie war da, irgendwo in der Dunkelheit, und bewegte sich langsam auf ihn zu. Obwohl er sie nicht sehen konnte – er sah sie nie, sah sie bis zur letzten Minute nie – konnte er spüren, daß sie kam. Er meinte fast, als rieche er sie, aber das war es nicht, denn der Geruch – dieser eigenartige Moschusduft, der seine Nasenlöcher erfüllte – war seine eigene Furcht und nicht *ihr* Geruch.

Er wollte sich vor ihr verstecken, aber er wußte, daß er das nicht konnte. Er hatte das schon früher versucht, und es war ihm nie gelungen. Und doch überlegte er jetzt, während er sie immer näher kommen spürte, warum er sich nie hatte verstecken können.

Nichts drang in seinen Verstand. Keine Erinnerungen, keine Bilder. Nur das sichere Wissen, daß er versucht hatte, sich zu verstecken, und daß es ihm mißlungen war.

Aber dieses Mal vielleicht...

Er versuchte zu denken, sich zu erinnern, wo er war. Aber da war weder eine Erinnerung noch ein Ortsgefühl. Nur Schwärze um ihn herum, und er wünschte, in sich selbst zu schrumpfen und zu verschwinden.

Plötzlich durchschnitt ein Lichtstreifen die Dunkelheit, und er beschattete seine Augen mit einer Hand und versuchte, sie vor dem bohrenden Glanz zu beschützen. Und dann sah er durch das blendende Licht das ärgerliche Gesicht, das haßverzerrte Antlitz der Frau, die auf ihn herabstarrte.

Die Tür wurde weiter geöffnet, und das Licht umfing ihn, wischte die Schatten fort, die ihn nicht versteckt hatten. Die Frau stand vor ihm, und obwohl sie nicht sprach, sanken seine Hände von seinem Gesicht, und er blickte direkt zu ihr auf.

»Warum bist du hier?« hörte er sie fragen. »Du weißt, daß ich nicht will, daß du hier bist!«

Er versuchte zu denken, sich zu erinnern, wo er war. Er blickte sich verstohlen um, hoffte, die Frau würde die Bewegung seiner Augen nicht sehen, mit denen er nach einem Fluchtweg suchte.

Der Raum sah fremdartig aus – unfertig – das rohe Holz des Gebälks war unter den zerfetzten Resten bröckelnder Teerpappe zu sehen. Er war schon einmal an diesem Ort gewesen – das wußte er jetzt. Doch er wußte noch immer nicht, wo dieser Raum war oder was es sein könnte.

Aber er spürte, daß die Frau wieder böse auf ihn war, und in den tiefsten Winkeln seines Verstandes wußte er, was als nächstes geschehen würde.

Die Frau würde ihn töten.

Er wollte um Hilfe schreien, doch als er seinen Mund öffnete, drang kein Schrei heraus. Seine Kehle schnürte sich zusammen, schnitt ihm den Atem ab. Seine eigene Furcht würde ihn ersticken, wenn er gegen die Panik nicht ankämpfen konnte, die in ihm wuchs.

Die Frau machte einen Schritt auf ihn zu, und er hockte sich nieder, preßte sich an die Wand. Eisiger Schweiß kühlte seinen Rücken, und dann spürte er, wie kalte Tropfen über seine Arme hinabrannen. Ein Schauer erfaßte ihn, und ein leises Wimmern drang über seine Lippen.

Seine Schwester.

Vielleicht würde seine Schwester kommen und ihn retten.

Aber sie war fort – irgend etwas war mit ihr geschehen, und er war jetzt allein.

Allein mit seiner Mutter.

Er blickte furchtsam auf.

Sie schien ihn jetzt zu überragen, hielt ihren Rock zurück, als fürchte sie, er könne ihn streifen und würde beschmutzt werden. Ihre Hände waren in den Falten ihres Rocks verborgen, aber er wußte, was sie hielten.

Die Axt. Mit der sie ihn töten würde.

Dann konnte er sie sehen – ihre geschwungene Klinge funkelte in dem Licht, das durch den Türeingang fiel, und ihr langer, hölzerner Schaft war von den Händen seiner Mutter umklammert. Sie sprach jetzt nicht mit ihm, sondern starrte ihn nur an. Aber sie brauchte nicht zu sprechen, da er wußte, was sie wollte, was sie immer gewollt hatte.

»Liebe mich«, flüsterte er, und die Stimme bebte so, daß er die Worte so schnell verfliegen hörte, wie sie über seine Lippen drangen. »Bitte, liebe mich...«

Seine Mutter hörte nicht. Sie hörte nie, gleich wie viele Male er sie anbettelte, wie oft er ihr zu sagen versuchte, daß ihm leid tat, was er getan hatte. Er würde sich für alles entschuldigen – das wußte er. Wenn sie ihn nur anhören würde, würde er ihr sagen, was immer sie hören wollte. Doch selbst als er es noch einmal versuchte, wußte er, daß sie nicht hinhörte, daß sie nicht hören wollte.

Sie wollte sich ihn vom Halse schaffen.

Die Axt begann sich zu bewegen, hob sich über ihn, schwankte leicht, gerade so, als ob die Klinge das Splittern seines Schädels, das Zermalmen seiner Knochen ahnen könnte, die unter dem Gewicht der Waffe zerschellten. Er konnte das langsame Heruntersinken des Stahls sehen, und die Zeit schien stillzustehen.

Er mußte etwas tun – er mußte sich bewegen, mußte den Schlag abwenden. Er versuchte, seine Arme zu heben, doch selbst die Luft um ihn schien dick und hart, und die Klinge bewegte sich viel schneller als er.

Dann schmetterte die Axt in seinen Schädel, und plötzlich ergab nichts mehr einen Sinn. Alles war umgekehrt.

Es war seine Mutter, die auf dem Boden kauerte und furchtsam zu ihm hochstarrte, während er die Klinge auf sie hinunterfallen ließ.

Er war es, der den winzigen Hauch von Widerstand spürte, als die Axt ihren Schädel traf, sich dann weiter bewegte und ihren Kopf wie eine Melone zerschlug. Ein roter Nebel stieg vor ihm auf, und er spürte, wie ein Teil ihrer Hirnmasse gegen sein Gesicht spritzte.

Er öffnete den Mund und schrie...

Er saß aufrecht in seinem Bett, in die Laken verstrickt, und sein Leib war feucht von dem eisigen Schweiß, den er in seinem Traum gespürt hatte. Vor ihm in der Dunkelheit schwebte noch immer das Bild des zerschmetterten Schädels seiner Mutter und wurde dann fortgewischt, als der Raum sich mit Licht erfüllte.

»Kevin?« hörte er seine Frau fragen und spürte dann ihre Hand auf seinem Arm. »Kevin, was ist denn? Ist alles in Ordnung?«

Kevin Devereaux schüttelte den Traum vollends ab und stieg aus dem Bett. Obwohl die Julinacht heiß war, zitterte er. Er zog sich einen Morgenmantel über, bevor er Anne mit heiserer Stimme antwortete. »Es war ein Traum. Ich dachte, meine Mutter wollte mich töten, doch am Ende tötete ich sie.« Er wandte ihr sein Gesicht zu. »Ich tötete sie«, wiederholte er, und seine Stimme hallte seltsam. »Ich tötete meine Mutter.«

»Aber es war nur ein Traum«, erwiderte Anne. Sie langte hinüber und schüttelte sein zerknautschtes Kopfkissen auf und zog dann die Laken glatt. »Komm wieder ins Bett und vergiß es. Wir alle haben seltsame Träume, aber sie haben nichts zu bedeuten. Außerdem«, fügte sie hinzu, »wundert es mich, daß du diesen Traum nicht jede Nacht hast, bei dem, was du für deine Mutter empfindest.«

Kevin zwang sich zu einem Lächeln, obwohl ihm nicht danach war. »Früher hatte ich ihn öfter«, sagte er. »Als ich noch ein Kind war, wachte ich immer dadurch auf. Später im Internat mußte man mir schließlich ein Einzelzimmer geben, weil mein Zimmergefährte sagte, ich schriee so laut, daß er nicht schlafen könne. Aber das habe ich nicht mehr gehabt, seit ich sechzehn oder siebzehn war. Ich dachte, es sei vorbei.«

Anne klopfte neben sich auf das Bett. »Nun komm. Was immer der Grund dafür gewesen sein mag, es ist jetzt vorbei, und du brauchst etwas Schlaf.«

Aber Kevin schüttelte nur den Kopf und knotete den Gürtel des Morgenmantels um seine Hüfte. »Diesmal war es anders«, sagte er. »Als ich klein war, träumte ich immer, daß Mutter versuchte, mich zu töten, und ich erwachte jedesmal, kurz bevor es geschah. Aber diesmal war es umgekehrt. Diesmal tötete ich sie, und ich wachte erst auf, als sie tot war.«

Annes Blick traf den seinen, und das Lächeln, das um ihre Mundwinkel gespielt hatte, verschwand. »Es ist dir ernst, nicht wahr?« sagte sie. »Du glaubst wirklich, es hat etwas zu bedeuten.«

Kevin spreizte hilflos seine Hände. »Ich wünschte, ich wüßte das«, sagte er. »Ich habe das Gefühl, daß ihr vielleicht etwas zugestoßen sein könnte.« Er schaute auf seine Armbanduhr, überlegte, ob er seine Schwester anrufen sollte, und verwarf den Gedanken. Um halb vier Uhr morgens würde er ihr allenfalls einen heftigen Schrecken einjagen.

Aber er wußte, daß er nicht wieder einschlafen konnte. Noch nicht.

Erst wenn er über den Traum nachgedacht hatte, über seine Bedeutung, und herausgefunden hatte, warum er nach all diesen Jahren wiedergekommen war. Er beugte sich hinab und streifte Annes Lippen mit den seinen. »Schlaf weiter, Liebling. Ich werde nach unten gehen und den Kühlschrank plündern.«

Anne starrte ihn einen Augenblick lang an, und ihre Augen spiegelten ihre Sorge wider. »Wenn du dich hinsetzen und grübeln willst, würdest du es mir doch sagen, oder?«

Kevin kicherte, obwohl ihm nicht danach zumute war, und küßte sie wieder. »Also gut, vielleicht werde ich ein bißchen grübeln. Ich bin vierzig, und ich habe ja wohl ein Recht zu grübeln, oder? Jetzt schlaf wieder und mach dir meinetwegen keine Sorgen. Mir geht's schon gut.«

Er schaltete die Lampe auf Annes Nachttisch aus, öffnete die Tür und bewegte sich leise den Korridor entlang, an den Zimmern seiner Kinder vorbei und dann die Treppe hinab. Doch statt in die Küche zu gehen, begab er sich in das Wohnzimmer und nahm in seinem Lieblingssessel Platz – einem großen ledernen Ohrensessel, der genauso aussah wie der in der Bibliothek seines Elternhauses.

In dem ihn seine Mutter nie sitzen gelassen hatte.

Aber jetzt war er vierzig Jahre alt, und seine Mutter war fast achtzig, und er hätte diesen Sessel – und auch alles andere – schon lange vergessen sollen.

Und bis heute nacht hatte er geglaubt, das hätte er.

Doch er hatte nichts vergessen, und der Traum hatte in der Tat etwas zu bedeuten.

Er zeigte, daß er seine Mutter noch immer so haßte wie früher. Er wünschte sich noch immer, sie wäre tot.

Lucinda Willoughby erwachte jäh und warf instinktiv einen Blick auf die große Herrenarmbanduhr an ihrem Handgelenk. Es war halb vier, was bedeutete, daß sie über zwei Stunden geschlafen hatte. Nicht, daß das wirklich etwas bedeutet hätte, denn die alte Frau in dem Bett an der anderen Seite des Zimmers schlief gewöhnlich die Nacht durch, und Lucinda hatte kein schlechtes Gewissen, wenn sie für ein paar Minuten döste. Und das Recht dazu hatte sie sicherlich, wenn sie berücksichtigte, wie Helen Devereaux sie behandelte. Sie war schließlich Krankenschwester und keine Dienstbotin.

Lucinda, die ihr Nickerchen vor sich gerechtfertigt hatte, öffnete gerade wieder das Buch, das in ihrem Schoß zugeschlagen war, als sich das Geräusch wiederholte, das sie aus ihrem Schlaf geweckt hatte.

»Hören Sie nicht, Fräulein?« Das war Helenas nörgelnde Stimme. »Sie wissen, daß ich Sie nicht dafür bezahle, daß Sie die ganze Nacht schlafen!«

Das Buch klappte zu, und Lucinda erhob sich. »Ich habe nicht geschlafen, Ma'am«, setzte sie an, verstummte dann aber, als sie die Wut in Mrs. Devereaux' Augen sah.

»Erzählen Sie mir nicht, was Sie tun«, schnappte die alte Frau. »Ich bin noch nicht tot, und ich bin auch nicht blind!« Helena Devereaux saß jetzt kerzengerade, und Lucinda konnte sehen, wie sie nach dem Wasserglas auf dem Tisch neben ihrem Bett griff. Sich schneller bewegend, als ihre Körpermasse eigentlich erlauben sollte, zog die Krankenschwester das Glas weg, bevor die Finger der alten Frau sich darum schließen konnten.

»Wie können Sie es wagen?« zischte Helena. »Geben Sie mir das sofort, haben Sie verstanden?«

Lucinda holte tief Luft und zählte stumm bis zehn. Dann reichte sie das Wasserglas widerwillig ihrer Patientin.

Augenblicklich schüttete Helena den Glasinhalt in das

Gesicht der Krankenschwester und schleuderte dann das Glas durch das Zimmer, wo es an der Wand zerschellte. »Also, wo ist er?« wollte Helena wissen. »Wo ist Kevin?«

Lucinda keuchte und starrte die alte Frau schockiert an. Sie wußte, wer Kevin war – es gab niemand in Devereaux, Südcarolina, der das nicht wußte. Aber er war seit Jahren nicht hier gewesen, und wie konnte man von Lucinda Willoughby erwarten, daß sie wußte, wo er war?

»Ich will ihn«, krächzte Helena, deren Stimme zitterte. »Ich sterbe, und ich will meinen Sohn sehen, bevor es zu spät ist. Ich will ihn sehen!«

Plötzlich glaubte Lucinda zu verstehen, und sie streckte die Hand aus, um die runzlige Hand der alten Frau in die ihre zu nehmen. »Beruhigen Sie sich doch, Miß Helena«, sagte sie mit berufsmäßiger Stimme. »Sie werden nicht sterben, nicht, solange ich mich um Sie kümmere. Ich habe noch nie einen Patienten verloren, und ich habe auch nicht die Absicht, Sie den Anfang machen zu lassen.« Während sie sprach, fühlte sie den Puls der alten Frau. Er war etwas beschleunigt, doch Lucinda wußte, daß er nur ein Symptom für den Ärger der alten Frau war, nicht für einen bevorstehenden Herzanfall.

»Ich will mich aber nicht beruhigen«, erwiderte Helena unwillig und zog ihre Hand weg. »Ich sterbe, und das wissen Sie! Ich will Kevin sehen, bevor ich sterbe!« Ihre Stimme hob sich zu einem grellen Kreischen, und ihre Augen suchten auf dem Tisch nach etwas anderem, das sie werfen konnte. »Sie werden ihn mir holen, hören Sie? Es ist Ihre Aufgabe, sie faule, nichtsnutzige...«

»Mutter! Mutter, was ist denn?«

Helenas Augen huschten von der Krankenschwester weg und richteten sich auf ihre Tochter, die in der offenen Zimmertür stand und einen Morgenmantel über ihrem Busen zusammenraffte. »Kevin!« sagte sie noch einmal.

»Ich will Kevin. Ich will ihn sehen, und ich will mit ihm sprechen!«

Marguerite Devereaux runzelte die Stirn und schaute Lucinda fragend an, die nur hilflos die Schultern zucken konnte. Der stumme Blickwechsel entging Helena Devereaux nicht, und ihre Augen funkelten voller neuer Wut. »Versteht niemand von euch ein klares Wort?« fragte sie. »Ich sterbe, und ich will meinen Sohn sehen!« Sie fiel wieder in ihre Kissen zurück, da ihr Wutausbruch ihre Kräfte erschöpft hatte. Ihre schwache Brust hob sich unregelmäßig, und ihr Atem wurde zu einem angestrengten Keuchen, das das Nahen des Todes verkündete. Sofort ergriff Lucinda Willoughby ihr Handgelenk und tastete wieder mit kräftigen Fingern nach dem Puls der alten Frau. Eine Sekunde später hatte sie ihn gefunden. Er pochte heftig, da ihr Herzschlag unbeherrscht raste.

»Ein Glas Wasser, Miß Marguerite«, ordnete sie an. »Rasch.« Ihr Ärger war vergessen, und sie hob die alte Dame leicht an und schob ihr Kissen in den Rücken. Als Marguerite aus dem Badezimmer zurückkam, hatte Lucinda Helenas Medizin bereit. Sie schob die Pillen geschickt zwischen die dünnen Lippen ihrer Patientin und hielt dann das Glas, damit die alte Frau genug Wasser schluckte, um die Pillen hinunterzuspülen. Einen Augenblick darauf normalisierte sich Helena Devereaux' Atem, und ihr Puls wurde gleichmäßig. Erst als Lucinda sicher war, daß die Gefahr vorüber war, signalisierte sie Marguerite mit Blicken, auf den Korridor zu kommen.

»Was ist geschehen?« fragte Marguerite ängstlich, nachdem Lucinda die Tür geschlossen hatte.

»Ich weiß es nicht. Ich war eingeschlafen, und als ich aufwachte, schrie sie mich an.«

»Aber warum?« drängte Marguerite. Dann erinnerte sie sich der Worte ihrer Mutter und ergriff den Arm der Krankenschwester. »Ist es wahr?« fragte sie mit zitternder Stimme. »Stirbt sie?«

Lucinda Willoughby zögerte nur einen Augenblick und nickte dann. »Sie hätte gerade sterben können«, sagte sie. Sie hielt kurz inne und fand dann, daß es keinen Grund gab, nicht weiterzureden. »Es ist ihr Temperament, Miß Marguerite. Wenn sie lernen würde, ruhig zu bleiben, hätte sie noch Jahre vor sich. Aber das will sie ja nicht. Sie regt sich weiter über Menschen auf, und dadurch verschlechtert sie ihren Zustand. Da wir alle wissen, daß sie sich nicht ändern wird, sollten wir uns mit der Tatsache abfinden, daß sie sterben wird.«

Marguerite stand für einen Moment völlig reglos da und ließ die Worte der Krankenschwester auf sich wirken. Sie wußte natürlich, daß es wahr war – hatte es seit Jahren gewußt. Ihre Mutter konnte nicht ewig leben. Aber die alte Frau hatte immer etwas an sich gehabt, das ewig wirkte; Marguerite konnte sich das Haus, in dem sie ihr Leben lang gewohnt hatte, nicht ohne die Anwesenheit ihrer Mutter vorstellen. Und doch hatte sie wenige Minuten zuvor Sterblichkeit im Gesicht ihrer Mutter gesehen, den Tod, der die eingefallenen Wangen der alten Frau streifte.

Und ihre Mutter hatte danach verlangt, Kevin zu sehen.

Es war das erste Mal seit über zwanzig Jahren, daß Helena Devereaux den Namen ihres Sohnes ausgesprochen hatte.

Marguerite wandte sich von der Krankenschwester ab und begann langsam über den breiten Korridor im ersten Stock auf ihr Zimmer zuzugehen. Unbewußt fast glitt ihre rechte Hand an ihre Hüfte, wo die Finger auf den Schmerz drückten. Das scharfe Stechen, einem Messer gleich, das tief in dem Knochen steckte, war seit so vielen Jahren Teil ihres Lebens gewesen, daß sie es kaum noch bemerkte. Nur schien es heute nacht schärfer als sonst zu sein, und sie spürte, wie die Lahmheit ihres rechten Beines bis hinab in den Knöchel schoß.

Entschlossen verdrängte sie den Schmerz und versuchte, gerade zu gehen. An der Tür zu ihrem Zimmer spürte sie eine Berührung an der Schulter. Als sie sich umdrehte, sah sie Ruby, die Frau, die bereits vor Marguerites Geburt im Haus gewesen war. Sie sah sie ängstlich an, und ihre großen, dunklen Augen spiegelten ihre Besorgnis.

»Was ist, Miß Marguerite?« fragte Ruby leise. »Ist es Miß Helena?«

Marguerite nickte und brachte ein freundliches Lächeln zustande. »Ich fürchte ja, Ruby. Ich denke – ich denke, ich werde morgen früh Kevin anrufen müssen und ihn bitten, zu kommen.«

Ein leises Keuchen kam über Rubys Lippen. »Sie hat nach ihm gefragt? Sie hat seinen Namen ausgesprochen?«

Wieder nickte Marguerite. »Ich frage mich«, sagte sie verhalten, mehr zu sich als zu der alten Haushälterin. »Ich frage mich, ob er kommen wird.«

Rubys Lippen schürzten sich, und ihre Augen verengten sich. »Er wird kommen«, erwiderte sie. »Und Sie werden ihn nicht anrufen müssen, Miß Marguerite. Er weiß bereits, wie schlecht es um Miß Helena steht.«

Marguerite neigte leicht ihren Kopf und musterte im matten Funkeln der Messingwandleuchter Rubys dunkles Gesicht. Wovon redete sie da? »Aber er kann das nicht wissen«, sagte sie. »Ruby, seit Jahren hat niemand von uns mit Kevin gesprochen.«

»Das ist egal«, erwiderte Ruby mit gleichmütiger Stimme. »Er weiß, was mit seiner Mutter geschieht. Er ist ein Devereaux, und das genügt. Sie werden ja sehen, ob ich recht habe, Miß Marguerite. Sie werden ja sehen, ob er morgen anruft.« Ohne auf eine Antwort zu warten, drehte Ruby sich um und verschwand einen Augenblick darauf auf der Treppe zu ihrem Zimmer neben der Küche.

Nachdem sie gegangen war, zog Marguerite sich in ihr eigenes Schlafzimmer zurück und schloß die Tür hinter sich. Sie legte den Morgenmantel ab und glitt wieder in ihr Bett, wobei sie nur ein Laken über sich zog. Selbst die verschlissene Baumwolle fühlte sich in der feuchten Wärme der Sommernacht schwer an, aber sie behielt sie, da ihre Nähe sie irgendwie beruhigte. Draußen übertönte das Summen der Insekten und Baumfrösche das leise Murmeln der See, die ein paar hundert Meter entfernt war, und der süße Duft von Geißblatt umfing sie.

Dann dachte sie über Kevin nach. Es würde gut sein, ihn wiederzusehen, seine Familie kennenzulernen. Er war schon viel zu lange fort, und obwohl sie es ihrer Mutter nie erzählt hatte, hatte sie ihn schrecklich vermißt.

Aber mußte es ausgerechnet der Tod ihrer Mutter sein, der ihn nach Hause zurückbrachte?

Es war nicht fair. Sie durfte nicht ihre Mutter verlieren, um ihren Bruder wiederzubekommen.

Dennoch hatte sie sich mit der Tatsache abzufinden, daß ihre Mutter sterben würde, ob Kevin nun heimkam oder nicht.

Es war eine Tatsache des Lebens, und mit dem Leben mußte man fertig werden.

Und was auch immer geschehen war, Marguerite war mit dem Leben so gut sie konnte fertig geworden und hatte sich nie beklagt.

Sie würde auch jetzt nicht anfangen, sich zu beklagen.

Sie würde akzeptieren, was geschah.

Mit dem Duft von Geißblatt und den Geräuschen der Nacht, die ihre Sinne beruhigten, schlief sie wieder ein.

Helena Devereaux schlief nicht. Sie lag reglos in ihrem Bett und zwang ihr Herz, ruhig zu schlagen, so wie sie mit

Willenskraft allein die meisten Dinge in ihrem Leben hatte geschehen lassen. Bis vor ein paar Monaten war ihr Wille stark genug gewesen. Aber jetzt näherte sie sich dem Ende. Sie konnte spüren, wie ihr die Kraft entglitt, spürte, wie ihre Herrschaft über Ruby und Marguerite sich löste, so wie sich ihre Gewalt über das Leben löste. Während sie in der Dunkelheit ihres Zimmers lag, überlegte sie, was sie am meisten haßte – die Tatsache, daß sie starb oder die Tatsache, daß sie die Kontrolle über die Ereignisse um sie verlor. Nicht, daß das etwas zählte, denn am Ende kam alles auf dasselbe hinaus: Tod war der ultimative Verlust der Kontrolle.

Erinnerungen trieben durch ihren Kopf.

Ihre erste Begegnung mit Rafe Devereaux als sie erst sechzehn war. Rafe war zehn Jahre älter als sie gewesen, dunkel und gutaussehend und elegant, und er hatte ihr die Welt versprochen. Aber alles, was er ihr zu geben imstande gewesen war, waren die Überreste einer veralteten Plantage und ein Familienerbe, das für sie bedeutungslos war. Was kümmerten sie Rafes hugenottische Vorfahren und deren längst verflossener Ruhm? Während der ersten Monate ihrer Ehe hatte sie angenommen, daß er sie nach etwa einem Jahr nach New York bringen und seinen Einfluß für ihre Karriere geltend machen würde. Doch es stellte sich heraus, daß er über Charleston hinaus keinen Einfluß hatte, und nicht einmal dort hatten die Devereaux einen guten gesellschaftlichen Ruf. Dann wurde Marguerite geboren, acht Jahre später folgte Kevin, und ihre Träume waren langsam geschwunden, bis von ihrem Tanzen nur noch der Unterricht geblieben war, den sie ihrer Tochter gab.

Dann, als Kevin sieben war, hatte Rafe dem Leben entsagt und sich umgebracht. Sie hatte das natürlich vertuscht und seinen erhängten Leichnam von den Sparren der Scheune abgeschnitten und ihn selbst vom Rand des Heubodens gestoßen. Der Doktor hatte, genau so, wie sie es beabsichtigt hatte, seinen Genickbruch für einen Unfall gehalten und nicht einmal die Seilspuren bemerkt, die sich in seinen Hals eingefurcht hatten.

Erst in der darauffolgenden Woche hatte sie herausgefunden, daß Rafe Devereaux nicht einmal im Tod etwas für sie getan hatte. Das ganze Anwesen war ihr nur treuhänderisch überlassen. Sie konnte es bis zu ihrem Tode behalten, mußte es dann aber unversehrt weitergeben.

Und so hatte sie in der Wut, die sie von jenem Tage an ununterbrochen gehegt hatte, ihren Sohn auf ein Internat verbannt und all ihre Kräfte Marguerite gewidmet.

Marguerite hatte sie auch enttäuscht, und am Ende – und sie wußte, daß das Ende jetzt sehr nahe war – war ihr nichts geblieben. Nichts als ein schwächer werdender Körper, der sie ans Bett gefesselt hielt, und ein schwächer werdender Geist, der seine Fähigkeit zu herrschen verlor. Das konnte sie sogar in ihren Augen sehen. Sie hatten eigentlich keine Angst mehr vor ihr. Sie ließen sie in ihren letzten Tagen nur noch gewähren.

Nun, sie war noch nicht fertig.

Sie mochte Marguerite nicht mehr unter Kontrolle haben, aber es gab noch Kevin.

Sie kicherte leise vor sich hin, als sie erkannte, daß ihr am Ende ihr längst toter Gatte schließlich helfen würde. Mit seinem Testament hatte er ihr das Mittel gegeben, das sie brauchte, um ihre Macht zu erhalten, sogar noch nachdem ihr Körper dem letzten Verfall ausgesetzt war.

Das Kichern hallte noch in ihren Gedanken, als sie sich schließlich dem Schlaf hingab.

Das erste Licht der Dämmerung begann gerade den östlichen Himmel mit einem silbernen Grau zu erfüllen, als

Kevin das Knarren der Dielenbretter im Foyer hörte. Einen Augenblick später trat seine Tochter ins Zimmer und rieb sich die letzten Spuren von Schlaf aus den Augen. Kevin betrachtete sie einen Augenblick lang und wunderte sich wie immer, wie sehr sie seiner Schwester ähnelte.

Julie war jetzt fünfzehn, und ihre hellbraunen Augen glichen denen Marguerites. Ihr dunkles, leicht gewelltes Haar umrahmte das herzförmige Gesicht, und ihr Körper nahm die gleichen geschmeidig-muskulösen Proportionen an, die Marguerite in diesem Alter gehabt hatte – das Ergebnis endloser Stunden an der Barre. Doch Marguerite hatte Ballett mit einer ungeheuren Intensität geübt, die Julie nie empfunden und zu der sie weder Kevin noch Anne ermuntert hatten. Insgeheim jedoch glaubte Kevin, daß seine Tochter bereits eine bessere Tänzerin sei, als seine Schwester je gewesen war.

Er lächelte sie im zunehmenden Licht zärtlich an. »Soll ich diesen Tag im Kalender rot anstreichen? Der Tag, an dem Julie aufstand, ohne daß sie jemand rufen mußte?«

Julie grinste selbstbewußt und ließ sich auf das Sofa fallen. »Ich hatte einen Alptraum«, gab sie zu und errötete bei diesem Geständnis leicht. »Ich weiß, daß es dumm klingt, aber ich hatte Angst, wieder einzuschlafen.«

»Willkommen im Club«, entgegnete Kevin. »Ich sitze seit vier Uhr aus genau demselben Grunde hier, und ich hatte gerade überlegt, ob ich wieder schlafen gehen sollte.« Er zwinkerte seiner Tochter verschwörerisch zu. »Andererseits besteht natürlich die Möglichkeit, daß wir beide ein wirklich großartiges Frühstück zubereiten und deine Mutter und deinen Bruder überraschen.«

Julie erwiderte das Grinsen und folgte ihrem Vater in die Küche, wo sie sich auf einen Hocker niederließ, während er gekonnt damit begann, Eier Benedict zuzubereiten. »Warum hast du nie ein Restaurant eröffnet? Du kochst besser als jeder andere.«

Kevin zuckte die Achseln. »Wirtschaftlichkeit. Ein Restaurant ist der schnellste Weg zum Bankrott, den der Mensch erfunden hat, und ich war immer der Ansicht, daß ich dich und deinen Bruder mit einem sicheren Einkommen ernähren sollte, als nach einem Bankrott eine Bande von Fremden zu ernähren. Natürlich kann ich meine Meinung noch ändern, wenn ihr groß seid und deine Mutter und ich euch beide rausgeworfen haben.«

Julie nahm den Rührbesen, den ihr Vater ihr gereicht hatte, und begann die Sauce Hollandaise zu rühren. »Aber dann wirst du alt sein, oder?« fragte sie mit sorgfältig einstudierter Unschuld.

Kevin blickte sehr finster drein und tat sein Bestes, um beleidigt zu klingen. »Entschuldige mal. In zehn Jahren bin ich fünfzig. Und falls du es nicht weißt, heutzutage betrachtet man fünfzig gerade als den Beginn der Mitte des Lebens, und...«

Julie kicherte und verdrehte die Augen. »Und das Alter beginnt erst mit achtzig«, schloß sie. Dann wurde ihre Stimme plötzlich ernst. »Aber bist du's nicht leid, für andere zu arbeiten?«

Wieder zuckte Kevin die Schultern. »Das Shannon ist ein gutes Hotel, und ich führe es ganz gut.«

»Aber du wünschtest, daß es dir gehöre«, stellte Julie fest, wobei sie ihm in die Augen schaute. »Jeff und ich hören manchmal, wenn du dich mit Mama unterhältst, weißt du.«

»Kinder sind herumschnüffelnde Geschöpfe und sollten Dinge nicht hören, die nicht für ihre Ohren bestimmt sind«, stellte Kevin nachsichtig fest. »Und außerdem, sollte sich die Gelegenheit je bieten, würde ich sofort ein Restaurant eröffnen – oder, noch besser, einen Gasthof.

Aber bislang hat sich die Gelegenheit noch nicht geboten.«

Julie grinste boshaft. »Vielleicht stirbt ja Großmutter und hinterläßt dir eine Menge Geld«, meinte sie, und dann weiteten sich ihre Augen, als sie sah, daß das Gesicht ihres Vaters kreidebleich wurde.

Kevin wandte sich ihr zu. Seine Stimme war barsch, und seine Kiefermuskeln waren gespannt. »Du hast etwas Schreckliches gesagt.«

»Es – es tut mir leid«, stammelte Julie. »Ich hab's nicht so gemeint. Es war nur ein Scherz, Papa.«

»Nicht gerade komisch«, sagte er ärgerlich. »Über solche Dinge sollte man nie scherzen...«

Plötzlich spürte Julie, daß auch sie ärgerlich wurde. »Warum nicht?« wollte sie wissen. »Du magst Großmutter ja nicht einmal! Du sprichst immer davon, was für eine gemeine Person sie ist und wie sie Tante Marguerite dazu bringt, sich um sie zu kümmern. Was ist denn schon dabei, wenn ich einen Witz über sie mache?« Sie glitt von dem Hocker und rannte aus der Küche.

Einen langen Moment rührte Kevin sich nicht. Er hätte Julie nachgehen und sich bei ihr entschuldigen sollen, da er wußte, daß sie die Wahrheit gesagt hatte. Wäre der Traum nicht gewesen, hätte er nicht so auf ihre Worte reagiert.

Der Traum beschäftigte ihn also noch immer.

Er warf einen Blick auf die Uhr. Es war fast halb sieben.

Ruby würde jetzt auf sein und das Frühstück für Marguerite und seine Mutter machen. Wenn etwas geschehen war, würde sie es wissen.

Er faßte einen Entschluß und griff zum Telefon...

Zehn Minuten später ging er langsam die Treppe hoch und weckte Anne. Als sie sein Gesicht sah, wußte sie, daß etwas Schreckliches geschehen war.

»Wir müssen dorthin fahren«, sagte Kevin mit ausdrucksloser Stimme. »Ich habe gerade mit Marguerite gesprochen. Sie sagt, daß Mutter im Sterben liegt und nach mir verlangt. Ich kann es nicht länger aufschieben. Ich muß heimfahren.«

Anne schaute ihren Gatten einen Augenblick lang schweigend an, streifte dann die Decken beiseite und stieg aus dem Bett.

Es würde also schließlich doch geschehen.

Zum erstenmal in den achtzehn Jahren ihrer Ehe würde sie die Familie ihres Mannes kennenlernen.

2. Kapitel

»Wie weit noch?« fragte Jeff Devereaux vom Rücksitz des Dodge-Kombi. Draußen rollte sich endlos erstreckendes Land vorbei, das von moosbehangenen Pinien durchsetzt war. Das ständige Schauen auf den weißen, sandigen Strand zwischen der linken Straßenseite und dem Meer dahinter hatte ihn gelangweilt.

»Das hast du erst vor fünf Minuten gefragt«, sagte Julie zu ihm. »Wenn's vorhin noch fünfzehn Minuten waren, wie lange ist es dann jetzt noch?«

»Ich habe dich nicht gefragt«, gab Jeff zurück. »Ich habe Mama gefragt.«

»Ist doch egal, wen du gefragt hast. Es sind noch zehn Minuten. Warum kannst du nicht einfach still sein und dir wie jeder andere die Landschaft anschauen?«

Jeff funkelte seine ältere Schwester an und wünschte sich zum millionsten Mal, daß ein achtjähriger Junge seine fünfzehnjährige Schwester verprügeln könnte. Doch wann immer er das versuchte, hielt Julie ihn auf Abstand und fing an zu lachen, was ihn nur noch verrückter machte. Vielleicht konnte er sie nicht verprügeln, aber er ließ sich nicht von ihr herumkommandieren. »Ich brauch' nicht zu tun, was du sagst«, murrte er. »Du weißt auch nicht alles.«

»Und du weißt überhaupt nichts!« konterte Julie und begriff dann, daß das möglicherweise genau die Antwort war, auf die Jeff gehofft hatte. Bevor sie noch etwas sagen konnte, drehte sich Anne auf dem Vordersitz um, um beiden Kindern einen warnenden Blick zuzuwerfen.

»Nur noch zehn Minuten«, sagte sie. »Und die werden wir doch wohl ohne Streitereien schaffen, oder?«

»Ich hab' nicht damit angefangen«, quiekte Jeff. »Ich hab' nur eine Frage gestellt. Wie soll ich denn was lernen, wenn ich nicht fragen darf? Papa sagt immer...«

Anne mußte einfach lachen. »Also gut! Mir ist egal, wer angefangen hat. Ich möchte nur, daß es aufhört. Und wenn du was fragen willst, nur zu.«

Jeffs Frage erfolgte augenblicklich. »Warum sind wir eigentlich noch nie hier gewesen?«

Wieder beantwortete Julie die Frage ihres Bruders, bevor ihre Mutter die Chance hatte, etwas zu sagen. »Weil Papa Großmutter nicht mag«, sagte sie.

»Warum nicht?« drängte Jeff. »Was ist denn mit ihr?«

Aus ihren Augenwinkeln sah Anne, daß sich Kevins Kiefer spannte und seine Knöchel weiß wurden, während er das Lenkrad fester umklammerte. »Das ist es nicht«, sagte sie rasch, in der Hoffnung, Jeff abzulenken. »Die Fahrt von Connecticut ist einfach so weit, und wir hatten ja nie Zeit dafür.«

»Aber wir fahren doch jedes Jahr in die Ferien«, argumentierte Jeff. »Warum sind wir denn nicht mal hierher gefahren? Der Strand ist viel besser als der auf Cape Cod.«

»Ich dachte, dir gefiele False Harbor«, erwiderte Anne, die die Gelegenheit nutzte, das Thema zu wechseln.

»Ist ja auch gut«, stimmte Jeff widerwillig zu. Dann entdeckte er im Vorbeifahren ein Schild: DEVEREAUX – 10 MEILEN. »Mann«, keuchte er. »Gibt's wirklich 'ne ganze Stadt, die nach Papa heißt?«

Kevin sprach zum erstenmal seit über einer Stunde. »Die ist nicht nach mir benannt«, sagte er kurz und bündig. »Sie ist nach meiner Familie benannt, und die gibt's hier seit ein paar hundert Jahren. Und eigentlich ist es gar keine Stadt.«

Der Klang der Stimme seines Vaters veranlaßte Jeff, seine Schwester unbehaglich anzublicken, aber Julie schien auch nicht zu wissen, was mit ihrem Vater war. »Was ist denn damit?« wagte er schließlich zu fragen.

»Das wirst du in ein paar Minuten sehen«, erwiderte Kevin. Dann verfiel er wieder in das tiefe Schweigen, das er den ganzen Morgen gewahrt hatte. Die nächsten zehn Meilen sprach niemand im Wagen.

Und dann lenkte Kevin den Wagen abrupt von der Straße und hielt an. »Dort ist es«, sagte er. »Das ist Devereaux. Dort bin ich aufgewachsen.«

Jeff öffnete die Hintertür und stieg aus. Dann kletterte er auf den niedrigen Deich, der die Straße vom Strand trennte.

Etwa eine halbe Meile entfernt befand sich eine schäbig wirkende Ansammlung von Gebäuden, von denen einige fast in einem Gewirr von Reben versteckt waren. Er konnte einen Kirchturm sehen, ein Esso-Schild und etwas, das wie eine Reihe schäbiger Läden aussah. Dort standen auch verstreut einige Häuser, von denen die meisten sehr heruntergekommen wirkten und einige eindeutig leer waren. Er blickte zu seinem Vater auf, der jetzt neben ihm stand, und Jeff stand die Enttäuschung ins Gesicht geschrieben. »Ist das alles?« fragte er.

»Das zieht sich so etwa eine halbe Meile hin«, erzählte ihm Kevin. »Und es sieht alles ziemlich gleich aus. Ich nehme an, daß es noch ein paar nette Häuser gibt, aber es verfällt immer mehr.« Er lächelte verzerrt. »Willst du hier noch immer deine Ferien verbringen?«

»Aber was ist denn hier geschehen?« fragte Anne. »Es sieht aus, als wär's mal ein hübsches Städtchen gewesen.«

»Das war es«, stimmte Kevin zu. »Vor langer Zeit, bevor ich geboren wurde. Wahrscheinlich, bevor mein Vater geboren wurde. Früher waren das Baumwollplantagen, bevor der Boden erschöpft war.«

»Aber wo ist denn dein Haus?« fragte Julie. »Wo wohnen Großmutter und Tante Marguerite?«

»Da draußen«, sagte Kevin ruhig, wobei er sich von der Stadt abwandte und auf eine flache Insel zeigte, die etwa neunzig Meter von der Küste entfernt lag und mit dem Festland durch einen schmalen Damm verbunden war, der sich über den seichten Grund hob. »Dort liegt Sea Oaks, wo ich aufgewachsen bin.«

Julies Augen weiteten sich, als sie auf das riesige weiße Haus schaute, das das Nordende der Insel beherrschte. Von da aus, wo sie standen, konnte man nur die Schornsteine und ein paar Giebel sehen, da das Haus von gewaltigen Eichen umstanden war, deren Äste von Ranken bewachsen waren. Zwischen den Eichen wuchsen wenige weißblühende Magnolien und einige Pinien, doch es waren die weiten, sich ausbreitenden Äste der alten Eichen, die Julies Blick fingen. Es sah aus, als versuchten sie, das Haus vor etwas zu beschützen.

»Es – es ist ein herrschaftliches Wohnhaus«, brachte sie aufgeregt hervor.

»Es ist ein weißer Elefant«, erwiderte Kevin. »Seinerzeit

erfüllte es einen Zweck. Jetzt ist es nur noch ein großes Haus, das seinen Nutzen überdauert hat, und wenn sich seit meinem letzten Hiersein nichts geändert hat, wird es genauso heruntergekommen sein, wie der Rest der Stadt.«

Julie neigte ihren Kopf und schaute neugierig zu ihrem Vater hoch. »Aber wenn Großmutter dort lebt, dann muß sie doch reich sein, oder?«

Kevins Lippen verzogen sich zu einem Lächeln, das sowohl verzerrt als auch bitter war. »Seit drei Generationen hat es keinen reichen Devereaux mehr gegeben«, erwiderte er. »Mein Großvater und mein Vater behielten die Insel, indem sie den Rest des Besitzes Stück um Stück verkauften. Vor etwa hundert Jahren besaß die Familie fast die ganze Gegend und vor dem Bürgerkrieg noch erheblich mehr. Inzwischen kann außer der Insel nicht mehr viel übriggeblieben sein.«

»Großmutter gehört die ganze Insel?« fragte Jeff, dessen Stimme ehrfürchtig klang. »Alles?«

Zum erstenmal an diesem Tag grinste Kevin, da er sich plötzlich an die Zeit erinnerte, als er in Jeffs Alter war und endlose Tage damit verbracht hatte, die fünfhundert Morgen der Insel zu erforschen – die zerfallenen Überreste der Sklavenunterkünfte zu entdecken, die in dem Efeugewirr völlig verschwunden waren, das die einst kultivierten Flächen überwucherte. Er hatte nach Stürmen an den Stränden, nach verlorenen Schätzen gesucht, die vielleicht angeschwemmt worden waren; er hatte die Sümpfe und Waldstücke nach Kaninchen, Eichhörnchen und dann und wann nach einem Hirsch durchjagt. Zum erstenmal seit er erwachsen war, sah er die Insel mit den Augen eines Knaben, und er beugte sich, um Jeffs blondes Haar zu zausen. »Jeder Morgen«, sagte er. »Und wenn du nicht weißt, was du hier draußen tun kannst, dann wirst du zu einem Leben der Langeweile verdammt sein.« Seine Stimmung war plötzlich beschwingter, und er zwinkerte Anne zu. »Kommt. Wir wollen mal sehen, wie schlimm die Dinge im dekadenten Süden geworden sind.«

Einen Augenblick später saß die Familie wieder im Auto und fuhr langsam auf Devereaux zu. Als sie in die Stadt kamen, wurde Kevin klar, daß sich nichts verändert hatte. Die Hauptstraße war genauso, wie er sie in Erinnerung hatte. Sie verrottete langsam durch Hitze und Feuchtigkeit. Der ganzen Stadt haftete eine Schläfrigkeit an; selbst die Menschen schienen sich in Zeitlupe zu bewegen. Mitten auf der Straße schlief ein Hund, um dessen Kopf Fliegen summten, doch selbst als Kevin hupte, weigerte sich das Tier, sich zu rühren, und schließlich mußte Kevin den Kombi um den Hund herumsteuern.

Erst nachdem er an dem Tier vorbeigefahren war, kam er auf den Gedanken, daß es vielleicht tot war.

Genau wie die Stadt, überlegte er. Der ganze Ort ist tot, aber niemand merkt das.

Die kratzenden Geräusche der letzten Takte von Schwanensee drangen aus dem Lautsprecher des alten Phonographen in der Ecke des Ballsaales in der zweiten Etage von Sea Oaks, und Marguerite Devereaux warf einen raschen Blick auf die Uhr. Zum erstenmal seit sie sich erinnern konnte, schien sich der einstündige Ballettunterricht endlos hinzuziehen, und sie wünschte sich, daß die Mädchen heimgingen. Natürlich hatte sie sie bereits zweimal allein lassen müssen und war in den ersten Stock hinuntergegangen, um ihrer Mutter zu erklären, daß sie mit Kevins Ankunft nicht vor elf Uhr rechnen könnten. Und sie wußte, daß sie den Mädchen gegenüber nicht fair war, weil sie durch ihre Aufregung über Kevins Kommen beim Unterricht unkonzentriert war.

Die Mädchen – in diesem Jahr waren es nur fünf – waren der Mittelpunkt in Marguerites Leben. Nur wenn sie mit ihnen zusammen war, ihnen gründlich all die Tanztechniken vermittelte, die sie selbst in ihrer Jugend gelernt hatte, konnte sie den Schmerz in ihrer Hüfte vergessen. Ja, manchmal konnte sie wieder so tanzen wie damals, als sie jung gewesen war. Natürlich war das nicht ganz genauso – ihre Bewegungen waren bei weitem nicht so fließend, wie sie einst gewesen waren –, doch die Mädchen schauten ihr immer aufmerksam zu und sahen das, was sie ihnen zu zeigen versuchte und nicht die Schwerfälligkeit ihres lahmen Beines.

Wenn der Unterricht vorüber war, blieben die Mädchen oft noch eine Weile in Sea Oaks und hörten zu, wie Marguerite ihnen erzählte, was eine Ballettkarriere ihnen bieten könnte.

»Es kann der Schlüssel zur Welt sein«, sagte sie oft. »Der Tanz kann euch eine Welt von Musik und Kunst und Schönheit eröffnen, die sonst niemand sieht.«

Und es war wahr, sogar für Marguerite, deren Leben als Tänzerin beendet wurde, noch bevor es überhaupt richtig begonnen hatte. Denn selbst in der verblichenen Eleganz des Ballsaales, wo es seit über dreißig Jahren keinen Ball mehr gegeben hatte, konnte Marguerite noch immer in die Musik fliehen und sich in die großen Theater der Welt versetzen.

Manchmal stellte sie sich vor, sie sei im Königlichen Ballett in Kopenhagen und wirbelte über die Bühne des kleinen Juwels von Theater im Herzen der Stadt, das sie nie gesehen hatte, sich aber deutlich vorstellen konnte. Und es waren ihre Träume ebenso wie ihr Wissen, die sie ihren Schülerinnen weitergab. Sie brauchten nicht in Devereaux zu bleiben, brauchten ihre Zukunft nicht der entnervenden Trägheit der sterbenden Stadt zu opfern.

Und einige von ihnen hatten das auch nicht getan. Drei ihrer Schülerinnen studierten jetzt in New York, Paris und London. Eines ihrer Mädchen war Primaballerina geworden, und Marguerite bewahrte heimlich in einer Schreibtischschublade Zeitungsausschnitte von ihr auf.

Manchmal, wenn sie ein Mädchen für besonders talentiert hielt, nahm sie sie heraus und zeigte ihr die Ausschnitte. »Das kannst du auch«, sagte sie dann. »Du mußt nur arbeiten, meine Liebe, und dann kannst du alles haben.«

Bei der Arbeit brachte Marguerite den Mädchen gegenüber unendliche Geduld auf und schenkte ihnen soviel Zeit, wie sie wollten. Sie war nie zu beschäftigt – oder zu müde –, um mit ihnen immer wieder zu proben, bis jede Bewegung, jeder Schritt so perfekt war wie möglich.

Bis auf heute.

Heute kam Kevin, und obwohl sie sich bemühte, ihre Ungeduld nicht zu zeigen, wußte sie, daß die Mädchen spürten, daß etwas ihre Aufmerksamkeit ablenkte. Und deshalb lächelte sie, als die letzten Klänge von Schwanensee verebbten und klatschte einmal in die Hände, um wie üblich die Aufmerksamkeit auf sich zu lenken. »Das ist alles für heute«, sagte sie. »Und ich möchte mich bei euch entschuldigen. Ich weiß, daß ich nicht sehr ruhig und aufmerksam gewesen bin. Aber heute kommt mein Bruder, und ich habe ihn seit fast zwanzig Jahren nicht gesehen. Ich fürchte, ich bin ein wenig aufgeregt. Ich...«

Das grelle Geräusch des Summers über der Tür durchschnitt ihre Worte. Es war der Summer, den ihre Mutter in einem Notfall benutzen konnte, um sie zu rufen. Sie lächelte noch einmal entschuldigend. »Ich glaube, ich rede zuviel, nicht wahr? Also, danke für euer Kommen, und ich versuche, nächste Woche konzentrierter zu sein. Einverstanden?«

Sie begab sich zur Tür und blieb bei jedem Mädchen stehen, um sich zu verabschieden. Jenny Mayhew – Marguerites Liebling, obwohl sie das nie zu zeigen versuchte – blieb zurück und ging automatisch so, daß ihr Schritt dem langsamen ihrer Lehrerin entsprach, während sie die Treppe hinuntergingen.

»Hat Ihr Bruder Kinder?« fragte Jenny, als sie fast unten waren.

Marguerite lächelte das Mädchen an. »Ja. Ein Mädchen in deinem Alter und einen achtjährigen Jungen.« Die Spur eines Lächelns spielte um ihre Mundwinkel. »Ich nehme an, du hattest gehofft, daß es ein Junge in deinem Alter sei, was?«

Jenny errötete, aber Marguerite kicherte leise. »Versuche nicht, mich zu täuschen, Jenny. Es ist noch nicht so lange her, daß ich so alt war wie du, und ich kann dir sagen, daß es mir lieber war, wenn ein Junge statt eines Mädchens neu in die Stadt kam. Es schien immer so, als gäbe es hier viel zu viele Mädchen und nicht genug Jungen.«

Jennys Erröten wich einem Grinsen. »Ich wette, Sie konnten jeden Jungen haben, den Sie wollten, Miß Marguerite.«

»Nun, ich möchte nicht sagen, daß es nicht so war«, erwiderte Marguerite. »Aber nachdem das mit meiner Hüfte passierte, blieben auch die Jungen weg.«

Jenny seufzte verlegen, doch Marguerite lachte nur wieder. »Ach, komm, es war ja nicht das Ende der Welt, auch wenn es damals so schien. Und wenn ich den Unfall nicht gehabt hätte, würde ich ja keinen Unterricht geben, oder? Und dann hätte ich euch alle nie kennengelernt.«

»Aber Sie hätten Karriere gemacht...« begann Jenny zu protestieren, doch Marguerite schüttelte den Kopf.

»Das ist egal. Was immer ich vielleicht getan hätte, hätte

nicht soviel Spaß gebracht, wie euch Mädchen um mich zu haben.«

Sie befanden sich jetzt in der ersten Etage. Eine dünne, schrille Stimme drang durch die Tür am anderen Ende. »Marguerite? Wo bist du? Ich brauche dich.«

»Oje«, flüsterte Marguerite. »Ich habe wohl Ärger, was? Geh jetzt, Jenny. Ich sehe dich dann am Donnerstag.« Marguerite drückte die Hand des Mädchens voller Zuneigung und wartete, bis Jenny hinabgegangen war. Dann eilte sie über den Korridor, um ihre Mutter wieder einmal zu beruhigen.

Sie fand Helena im Bett sitzend. Sie starrte Lucinda Willoughby wütend an, deren Gesicht einer Maske beherrschter Entrüstung glich. Zu den Füßen der Krankenschwester lagen die Reste des Frühstücks, das die alte Frau den ganzen Morgen nicht angerührt hatte.

»Sie ist entlassen«, schnappte Helena, kaum daß Marguerite das Zimmer betreten hatte. »Ich will sie keinen Augenblick länger in meinem Haus haben!«

»Aber Mutter«, setzte Marguerite an, doch Helena schnitt ihr das Wort ab.

»Behandle mich nicht so gönnerhaft, Marguerite! Dies ist mein Haus, und hier geschieht, was ich will.«

Marguerite öffnete den Mund, doch für einen Augenblick kam kein Wort heraus. Schließlich wandte sie sich an Lucinda. »Was ist passiert?« fragte sie, obwohl sie sicher war, daß sie das bereits wußte.

»Ich kam her, um sie zu fragen, ob das Frühstück so recht sei, und fand es auf dem Boden.«

Helenas Augen funkelten vor Ärger, und sie richtete sich noch weiter im Bett auf. »Ich sagte ihr, daß es kalt sei, und sie hatte die Frechheit mir zu sagen, daß ich daran schuld sei, weil ich es nicht warm gegessen hätte! Ich will keine ...«

»Schon gut, Mutter«, fiel ihr Marguerite ins Wort und mühte sich, ihre Stimme zu beherrschen. »Ruby wird sich um den Schmutz kümmern, und wir werden heute nachmittag nach jemand anderem suchen.« Sie signalisierte Lucinda mit den Augen, auf den Korridor zu gehen, um sich einen Augenblick später zu ihr zu gesellen, nachdem sie Helena kurz zugehört hatte, wie die Person zu sein hatte, die ›den unfähigen Dreck, den du eingestellt hast‹ ersetzen sollte.

»Es tut mir leid, Lucinda«, sagte sie, während sie die Krankenschwester die Treppe hinunter geleitete. »Ich weiß, daß es nicht Ihre Schuld war, aber ich weiß nicht, was ich tun kann...«

»Es ist schon gut, Marguerite«, entgegnete Lucinda. »Wenn sie mich nicht hinausgeworfen hätte, hätte ich ohnehin gekündigt. Und nicht aus den Gründen, die Sie vielleicht vermuten«, fügte sie rasch hinzu, als sie die Besorgnis in Marguerites Augen sah. »Ich habe schon mit vielen Patienten zu tun gehabt und bin beschimpft worden. Das stört mich nicht – kranke Menschen sind nun einmal so, und ich mache ihnen keinen Vorwurf. Es ist schlimm, krank zu sein, und das muß man verstehen. Aber bei ihr bin ich keine Hilfe.« Lucinda seufzte und schüttelte traurig den Kopf. »Sie wird einfach immer verrückter, und das ist nicht gut für sie. Bei einigen Menschen hilft ein wenig Temperament. Doch nicht bei jemand wie ihr, deren Herz jede Minute versagen kann. Ich werde darüber nachdenken und sehen, ob ich jemanden finde, der mit ihr zurechtkommt.«

Sie standen auf der breiten Veranda, die die ganze Vorderseite des Hauses einnahm, und Lucinda ging die Vordertreppe hinab. Marguerite schaute zu, als sie in den Wagen stieg, und winkte ihr beim Fortfahren zu. Sie wollte gerade wieder zurück ins Haus gehen, als sie den

Kombi auf dem Damm sah. Sie wußte sofort, wer das war.

Sie eilte die Stufen hinunter, da sie keine Sekunde zögern wollte, ihren Bruder zu begrüßen.

»Nun, ich hoffe, Sie sind stolz auf sich, Miß Helena«, sagte Ruby, während sie sorgfältig die letzten Reste des Frühstücks von dem abgetretenen Teppich entfernte, der den Eichenboden des Schlafzimmers bedeckte. »Da Sie Lucinda ja nun los sind, können ich und Miß Marguerite noch mehr tun, als wir ohnehin schon tun.«

»Das ist nicht viel«, stellte die alte Frau fest, während sie sich wieder auf die Kissen zurücklegte. »Und Lucinda ist nicht die einzige Person, die entlassen werden kann.«

Ruby stand vorsichtig auf und funkelte die Frau zornig an, für die sie über fünfzig Jahre gearbeitet hatte. »Ich wüßte nicht, wie Sie Miß Marguerite entlassen könnten, und sonst gibt's ja wohl niemand hier.«

»Du bist noch da, Ruby«, schnappte Helena. »Ich wäre dir dankbar, wenn du dir einen anständigeren Ton angewöhntest, wenn du mit mir sprichst.«

»Und ich wäre Ihnen dafür auch dankbar, obwohl ich genau weiß, daß ich das nicht erleben werde«, erwiderte Ruby. »Der einzige Grund, warum ich hier nicht kündige, ist der, daß es in der Umgebung keine Arbeit gibt. Und ich Miß Marguerite nicht mit Ihnen allein lassen kann.«

Eine Ader an Helenas Stirn begann zu pochen, und sie setzte sich wieder auf. »Wag es nicht, so mit mir zu sprechen«, tobte sie. »Vergiß ja nicht deinen Platz in diesem Haus...«

»Das sollten Sie auch nicht«, entfuhr es der alten Dienerin, deren Augen jetzt ebenfalls voller Zorn funkelten. »Sie können mich nicht rauswerfen, und das wissen Sie. Und da ich nicht kündigen werde, sollten Sie sich am besten entspannen und versuchen, das zu genießen, was das Leben Ihnen noch gelassen hat!« Sie trat näher an das Bett, und Helena wich zurück und drückte sich in die Kissen. »Ich werde also meinen Dienst weiter tun und mich um Sie und Miß Marguerite kümmern, wie ich es immer getan habe, aber ich will nicht, daß Sie weiter Essen umherwerfen und noch mehr Krankenschwestern vertreiben! Wenn Sie sich für eine Aristokratin halten, dann sollten Sie sich langsam auch entsprechend benehmen!«

Sie wollte weiterreden, als draußen eine Autohupe ertönte und dann das Geräusch von Stimmen durch das offene Fenster drang. Ruby lächelte dünn. »Klingt so, als sei Mr. Kevin endlich heimgekommen«, sagte sie leise, und ihre Augen richteten sich wieder auf die alte Frau im Bett.

Ihre Worte schienen Helena Devereaux zu beleben. Sie warf die Bettdecken zurück und schwang sich so herum, daß ihre Beine aus dem Bett hingen, obwohl ihre Füße den Boden nicht berührten. »Hilf mir«, verlangte sie. »Hilf mir, mich anzuziehen!«

Rubys Augen weiteten sich. »Anziehen? Miß Helena, Sie sind seit fünf Jahren nicht angezogen gewesen! Was denken Sie sich denn?«

»Er ist mein Sohn«, beharrte Helena, deren Augen jetzt wie im Fieber brannten. »Ich werde meinen Sohn nicht in diese Lumpen gehüllt und im Bett sitzend begrüßen. Hilf mir!«

Sie versuchte, auf die Füße zu kommen, taumelte aber und stürzte fast, bis Ruby zu ihr trat und sie unter den Armen faßte. Mit langsamen Bewegungen führte die alte Haushälterin Helena durch das Zimmer und setzte sie dann auf den Stuhl vor der Kommode. Sofort begannen Helenas Hände in der oberen Schublade nach Kamm und Bürste und der Kosmetikschachtel zu suchen, die sie seit Jahren nicht mehr angerührt hatte. Eine Minute später begann sie, die dünnen Haarsträhnen zu kämmen, die nur noch teilweise ihren Schädel bedeckten. »Das schwarze Kleid«, sagte sie. »Suche das schwarze Seidene und die dazu passenden Schuhe. Und meine schwarzen Perlen. Ich werde sie tragen, und dazu die Granatbrosche.« Sie blickte in den Spiegel und sah, daß Ruby noch hinter ihr stand. »Tu, was ich sage!« befahl sie, und ihre Stimme hob sich schrill. »Los, verdammt!«

Während sie begann, ihr Make-up aufzulegen, ging Ruby zum Kleiderschrank, um nach dem Kleid zu suchen.

Fünfzehn Minuten später schaute sich Helena prüfend im Spiegel an. »Eigentlich hat sich nichts verändert, nicht wahr?« sagte sie, und ihre Stimme war so leise, daß Ruby nicht sicher war, ob sie überhaupt laut hatte sprechen wollen. »Ich habe mich nicht verändert, und das Haus hat sich nicht verändert. Es wird fast so sein, als sei er nie fortgegangen. Wir werden wieder alle so leben, als sei er nie fort gewesen!«

»Aber er ist nur zu Besuch hier«, erwiderte die alte Dienerin. »Er wird nicht bleiben.«

Helenas Augen flackerten im Spiegel, richteten sich dann auf die Dienerin. »Doch, das wird er«, flüsterte sie düster. »Er ist ein Devereaux, und noch kein Devereaux hat Sea Oaks je verlassen.«

»Mr. Kevin hat's getan«, erinnerte Ruby sie. »Und Sie können mir glauben, daß er wieder gehen wird.«

»Das wird er nicht«, beharrte Helena. »Ich will, daß er hierbleibt, und ich werde dafür sorgen, daß er bleibt.« Sie wandte sich ab und mühte sich, aufzustehen. »Wie sehe ich aus?«

Ruby starrte ihre Herrin an und überlegte, was sie sagen sollte. Helenas Haar – einst üppig, jetzt aber dünn und schlaff – hing auf ihre Schultern herab, umrahmte das Gesicht, das sich zu einer grellen Parodie der Schönheit gewandelt hatte, die sie einst gewesen war. Die Haut, die Jahre zuvor rein geglänzt hatte, war jetzt mit einer weißen Puderschicht bedeckt. Dickes Rouge war auf die Wangen getupft, und ein breiter roter Streifen Lippenstift war über die dünne Linie ihres Mundes geschmiert. Was immer von würdiger Schönheit bei ihr übriggeblieben sein mochte, war in ihrem vergeblichen Versuch, die Spuren der Zeit zu verwischen, verloren.

»Schön«, keuchte Ruby schließlich, wohl wissend, daß das, was Helena im Spiegel sah, keine Ähnlichkeit mit der Wirklichkeit hatte. »Sie sehen einfach gut aus.«

Helena lächelte sie an. »Dann kann ich jetzt wohl hinuntergehen, nicht wahr?«

Wieder öffnete sich Rubys Mund überrascht. »Nach unten?« wiederholte sie. »Aber Miß Helena ...«

»Streite nicht mit mir«, befahl Helena. »Wenn ich meinen Sohn unten begrüßen will, dann werde ich das. Gib mir deinen Arm.«

Fast gegen ihren Willen gestattete Ruby der alten Frau, ihren Arm zu ergreifen, und führte sie dann langsam aus dem Schlafzimmer und über den Korridor zur Treppe. Sie half Helena so gut sie konnte, auf dem Sitz des alten Sessellifts Platz zu nehmen, der Jahre zuvor in dem Haus installiert worden war. Sie befestigte den Sicherheitsgurt um die Hüften der alten Frau und wartete, während Helena den fließenden Rock des alten Seidenkleides ordnete. Schließlich nickte sie, daß sie bereit sei, und Ruby drückte den Messingknopf am oberen Treppenende.

Augenblicklich erwachte die Maschine zum Leben, und der Sessel begann seine langsame Fahrt nach unten und trug seit fast einem Jahrzehnt zum erstenmal den zerbrechlichen Leib von Helena Devereaux aus der ersten Etage des Hauses herab.

Am Fuße der Treppe beobachteten Kevin und Anne Devereaux und ihre beiden Kinder das langsame Nahen der seltsamen Erscheinung.

Wir hätten nie hierherkommen sollen.

Der Gedanke durchzuckte von allein Annes Verstand, und unwillkürlich machte sie einen Schritt rückwärts, bevor sie sich faßte. Sie zwang ein Lächeln auf ihr Gesicht und spürte die Falschheit noch während sie wieder vortrat, um die Schwiegermutter zu begrüßen, die sie nie kennengelernt hatte. Sie spürte, daß Jeffs Hand ihre umklammerte, und dann, eine Sekunde darauf, ergriff Julie ihre andere Hand. Obwohl keines der Kinder ein Wort sprach, wußte Anne, daß beide genau dasselbe fühlten wie sie.

Angst.

Und trotz der Angst, die Helena sofort in Anne weckte, war die alte Frau winzig. Sie schien in den Falten des vernachlässigten schwarzen Kleides fast zu verschwinden, und ihr Gesicht, das durch die vielen Schichten von Schminke fast verborgen war, war seltsam ausdruckslos. Doch ihre Augen – zwei hell leuchtende, glimmende Kohlen – schienen nach Anne zu fassen, sie zu packen und sie an sich heranzuziehen. Anne erreichte den Fuß der Treppe, als der Sessellift klirrend zum Stillstand kam. Sie wußte instinktiv, daß alles, was gesagt, von Helena Devereaux begonnen werden würde.

»...Sie sind also die Frau, die mein Sohn geheiratet hat«, krächzte Helena schließlich, wobei sich ihre Augen zu abschätzenden Schlitzen verengten, während ihre Nasenflügel leicht bebten. »Nun, ich denke, daran läßt sich nichts mehr ändern, nicht wahr?« Dann glitten ihre Augen von Anne und musterten nacheinander die Kinder. Ihr Kopf bewegte sich in einem kaum wahrnehmbaren Nicken. »Das Mädchen ist eine Devereaux«, verkündete sie. »Was den Jungen betrifft, so weiß ich nicht...«

»Er heißt Jeff«, sagte Anne, deren Stimme in einem erstickten Piepen aus ihrer Kehle drang, das sie nur herausgepreßt hatte, um zu verhindern, daß ihr Sohn hörte, was immer seine Großmutter hatte sagen wollen. »Und er ist ebenso ein Devereaux wie Julie.«

Helenas Augen – jetzt kalt wie die einer Schlange – fixierten Anne, und wieder spürte sie die seltsame Macht der alten Frau. Kein Wunder, daß Kevin ihretwegen Alpträume hatte, dachte sie. Und kein Wunder, daß er nie zurückkommen wollte.

Und dann formte sich ein anderer Gedanke unaufgefordert in ihrem Verstand.

Sie hat nicht die Absicht, uns gehen zu lassen. Nie wieder.

Helenas Augen lösten sich abrupt von Anne und glitten zu ihrem Sohn. »Kevin«, sagte sie, und ihre Zunge liebkoste seinen Namen. Und dann, obwohl seine Mutter sonst nichts sagte, trat Kevin vor und bot der alten Frau seinen Arm. Ihn ergreifend erhob sich Helena mühsam und begann durch die Eingangshalle auf die geöffneten Türen des Wohnzimmers zuzugehen, ihr Sohn an der einen Seite, ihre Tochter an der anderen.

Ihr gehört nicht nur die Insel, dachte Anne, während sie den drei Devereaux' in die düsteren Tiefen des Salons hinter der Doppeltür widerwillig folgte. Sie besitzt Marguerite, und jetzt besitzt sie auch Kevin wieder. Und sie will meine Kinder.

Als Anne sich einen Augenblick später auf das Sofa setzte, flankierten sie ihre Kinder und saßen unnatürlich dicht neben ihr, während sie ihre Großmutter wachsam betrachteten. Anne überlegte, ob sie – oder jemand anders

– irgend etwas tun könnte, um Helena Devereaux' Wünschen einen Strich durch die Rechnung zu machen.

Eine Stunde später, als Helena schließlich in ihr Zimmer zurückkehrte, fühlte Anne sich durch die bloße Anwesenheit der alten Frau erschöpft – ihre durchdringenden Augen strahlten die Kraft eines unbezwingbaren Geistes aus, die der offensichtlichen Schwäche ihres Leibes spottete. Erst in diesem Augenblick begriff Anne die Bedeutung des Make-ups, das Helena benutzt hatte, um die Spuren des Alters zu verhüllen.

Es war ein Theater-Make-up, dazu gedacht, die Person zu verbergen, die dahinter steckte und der Welt nur eine sorgfältig gestaltete Fassade zu zeigen. Obwohl Helena Devereaux' Fassade wahrlich erschreckend war, hatte Anne das sichere Gefühl, daß die schreckliche Maske und die Frau dahinter ein und dasselbe waren.

3. Kapitel

Es war fast zwei Uhr, als Jeff und Julie schließlich dem höhlenartigen Düster des Hauses ihrer Großmutter entkamen und hinaus in die Helle des Sommernachmittags traten, wo sie die drückende tropische Hitze wie feuchte Leichentücher umfing. Eine Weile blieben sie im schützenden Schatten der Eichen und blickten auf die flimmernde Luft, die über der Insel lag.

»Es ist unheimlich, nicht?« wagte Jeff schließlich zu sagen. »Tante Marguerite sagt kaum ein Wort, und Großmutter sieht aus, als ob sie schon gestorben wäre.«

Fast gegen ihren Willen kicherte Julie, als sie sich an das Bild der eigenartig bemalten Dame erinnerte, die neben dem Kamin in einem Ohrensessel gesessen hatte und die abblätternden Tapeten und den verschimmelten Stuck der Decke ignorierte, während sie darüber lamentierte, wie privilegiert die Kinder sich fühlen durften, daß sie da seien. »Es ist, als wisse sie nicht einmal, daß das Haus um sie einfällt«, sagte sie schließlich. »Und mit Mama hat sie kaum ein Wort gesprochen.«

Jeff verdrehte seine Augen verächtlich, in dem vergeblichen Bemühen, sich von der seltsamen Furcht zu lösen, die er in Gegenwart seiner Großmutter empfunden hatte. »Und hast du gehört, wie sie sagte, ich sähe genau wie Mama aus? Jeder weiß, daß ich wie Papa aussehe.«

Julie kicherte. »Ich wette, sie erzählt Tante Marguerite, daß Mama nur eine Schaumschlägerin ist und sie sie einfach nicht zur Kenntnis nehmen soll.«

»Was ist ein Schaumschläger?« fragte Jeff.

Statt seine Frage zu beantworten, erhob sich Julie und begann den sanften Hang hinunterzugehen, der zu einer Gruppe baufälliger Gebäude in etwa dreißig Meter Entfernung führte. »Mal sehen, was das ist«, schlug sie vor.

Einen Augenblick später war Jeff davongeschossen und in der halb geöffneten Tür einer weinumrankten Scheune verschwunden, auf deren Dach fast keine Schindeln mehr waren. Ein paar Minuten später trat Julie durch die Tür. Die Scheune war früher scheinbar ein Pferdestall gewesen, doch die meisten Stallungen waren längst zusammengebrochen. Sonnenschein drang durch die Dachsparren und spendete ein weiches, kühles Licht, das sich mit dem Grün des Blattwerks mischte, das im Laufe der Jahre alles überwachsen hatte. Jeff saß auf einem Heuboden an der Hinterwand und grinste zu ihr hinab. »Ist das nicht toll?« rief er. »Wenn's Heu gäbe, könnte ich hinunterspringen.«

»Sei vorsichtig«, warnte Julie. »Sieht aus, als würde alles gleich zusammenbrechen.«

Jeff grinste nur noch breiter. »Das sind die Treppen bereits. Gibt's hier eine Leiter?«

Julie suchte in der Scheune und fand schließlich im Geräteschuppen eine splittrige Holzleiter. Sie stellte sie gegen den Boden, und Jeff kletterte herab. »Was hättest du gemacht, wenn ich nicht dagewesen wäre?« fragte Julie.

»Gesprungen«, erwiderte Jeff mit der ganzen Selbstsicherheit seiner acht Jahre. »Ich bin zu Hause vom Dach gesprungen, und es ist viel höher als hier.«

»Und wenn Mama dich erwischt hätte, hätte sie dir eine Woche Fernsehverbot erteilt.«

»Hat sie aber nicht«, erinnerte Jeff sie. »Komm.«

Sie verließen die Scheune und gingen den Hang weiter hinunter zu der Reihe zusammenbrechender Hütten, die einst als Sklavenunterkünfte gedient hatten. Jeff, der sich seinen Weg durch den rankenden Wein bahnte, fand sich in einem winzigen Raum mit nur einem Fenster und einer Tür wieder. An einer Wand hing noch immer ein Korbregal, und am Türrahmen waren Pflöcke eingelassen. Der Großteil des Bodens wurde von vier rostigen Eisenbetten eingenommen, die schon längst keine Federn oder Matratzen mehr enthielten. Allein der Blick darauf ließ ihn schaudern, und er blickte scheu zu seiner Schwester auf. »Haben hier wirklich Menschen gewohnt?« fragte er flüsternd.

Julie zuckte die Schultern. »Ich denke schon«, meinte sie. »Manchmal haben ganze Familien in einem solchen Raum gelebt.«

Jeff runzelte seine Stirn. »Warum hat Papa uns nie davon erzählt?«

»Weil er sich dafür wahrscheinlich schämt«, erwiderte Julie. »Ich meine, ich würde bestimmt nicht wollen, daß jemand erfährt, daß meine Familie Menschen so hausen ließ.«

»Vie-vielleicht war's ja nicht dafür«, meinte Jeff. »Vielleicht waren das nur Lagerräume oder so.«

»Und vielleicht können Elefanten fliegen«, gab Julie zurück. »Gehen wir – das ist mir hier unheimlich.«

Sie drangen wieder durch den Wein und warfen einen Blick in eine Garage, in der ein alternder Buick und ein rostiges Ding standen, das keiner der beiden identifizieren konnte. Dann gingen sie zu den ehemaligen Feldern. Als sie sich einem Sumpfgebiet näherten, trat plötzlich eine Gestalt aus einer Buschgruppe auf den Weg und starrte sie neugierig an.

Es war ein Junge, ungefähr in Jeffs Alter, mit einem wirren Schopf schwarzer Haare, die in Locken in seine Stirn fielen. Er trug verschlissene Blue Jeans und ein T-Shirt, das früher einmal weiß gewesen sein mochte, jetzt aber schmutziggrau war.

»Wer bist du?« fragte er, wobei seine braunen Augen kriegerisch auf Jeff gerichtet waren.

Jeff starrte den Jungen an. »Jeff Devereaux«, erwiderte er. »Und wer bist du?«

Der Junge machte unsicher einen Schritt zurück. »Toby Martin. Warum habe ich dich noch nie hier gesehen?«

»Weil ich grad erst gekommen bin«, erwiderte Jeff. »Und warum bist du hier? Außer meiner Großmutter und meiner Tante darf hier niemand sein.«

Toby warf einen verstohlenen Blick zum Haus. »Ich komm' einfach manchmal hierher. Ich tu' ja nichts. Ich schau' mich nur um. Du sagst doch nichts, ja? Die alte Dame will nicht, daß jemand hier ist.«

Jeff warf Julie einen Blick zu, die Toby aufmerksam musterte. Schließlich lächelte sie den besorgten Jungen verschwörerisch an. »Wir werden niemandem erzählen, daß du hier warst, wenn du uns rumführst. Einverstanden?«

Der unsichere Blick verschwand aus Tobys Augen, und

er grinste schief, wobei er eine Zahnlücke im Oberkiefer entblößte. »Ich zeig' euch alles«, versprach er. »Es ist toll – hier gibt's Sümpfe und Teiche und einen tollen Strand. Aber ihr müßt aufpassen, weil's alle möglichen Schlangen und so 'n Zeug gibt.«

»Schlangen?« wiederholte Julie, deren Stimme leicht zitterte. »Giftige?«

Toby nickte ernst. »Wassermokassins und Klapperschlangen und alle möglichen anderen. Aber wenn man aufpaßt, tun sie einem nichts.«

»Vielleicht sollten wir lieber nicht gehen«, sagte Julie unsicher. »Vielleicht gehen wir besser zurück ins Haus.«

»Was ist denn, hast du Angst?« zog Jeff seine Schwester auf.

Julie funkelte ihren Bruder an. »Warum auch nicht?« fragte sie. »Wenn du Grips im Kopf hättest, hättest du auch Angst!«

»Toby kommt doch immer hierher«, entgegnete Jeff und wandte sich an den Jungen. »Dir ist doch noch nichts passiert, oder?«

Toby schüttelte heftig den Kopf. »Man muß nur aufpassen«, sagte er. »Mein Daddy sagt, daß die Schlangen mehr Angst vor einem haben als umgekehrt.« Als ob das Thema damit beendet sei, drehte er sich um und lief auf dem Weg weiter. Jeff folgte ihm sofort. Einen Augenblick später folgte Julie ebenfalls, da sie es für besser hielt, auf Jeff aufzupassen, statt ihn allein zu lassen.

Sie begaben sich langsam zur anderen Seite der Insel, umgingen das Sumpfgebiet und liefen in einem weiten Bogen um einen Teich, in dem ein Alligator ruhte, von dem nur Schnauze und Augen über der Wasseroberfläche zu sehen waren. »Gibt's – gibt's viele von denen?« fragte Julie, deren Stimme zitterte, als sie auf das bösartig schauende Reptil starrte.

»Ein paar«, erwiderte Toby. »Man sollte sich nicht mit ihnen anlegen, aber sie tun einem nichts. Außer, wenn sie hungrig sind«, fügte er hinzu und schaute Jeff aus den Augenwinkeln an und kicherte, als er die plötzliche Blässe in Julies Gesicht sah. »Kommt, gehen wir zum Strand.«

Ein paar hundert Meter weiter wich die dichte Vegetation einem weitgedehnten, glitzernden weißpudrigen Strand. Von dem seichten Wasser schob sich eine Welle nach der anderen heran.

Julie starrte voller Begeisterung darauf und setzte sich im Schatten eines kleinen Pinienhaines in den Sand. Es war bei weitem der schönste Strand, den sie gesehen hatte.

Er war völlig verlassen.

»Aber – aber wo sind denn alle?« fragte sie. »Man sollte doch meinen, daß alle hier draußen wären!«

»Es ist wegen der alten Dame«, erwiderte Toby, dessen kleines Gesicht sehr finster dreinblickte. »Sie ist so gemein, daß sie niemand hierher läßt, obwohl's der beste Strand in der Gegend ist. Ihretwegen müssen alle im Kanal schwimmen. Wir alle hassen sie!« Dann, plötzlich beschämt, weil er bemerkte, daß er über Jeffs und Julies Großmutter sprach, wollte er sich entschuldigen.

»Uns ist doch egal, was du über Großmutter sagst«, meinte Jeff. »Wir halten sie auch für eigenartig. Und unser Vater haßt sie!«

»Jeff!« Marguerite Devereaux' Stimme durchschnitt die Helligkeit des Tages, und die drei zuckten leicht zusammen, als sie aus dem Hain an den Strand trat. »Auch wenn das wahr wäre, was es hoffentlich nicht ist, sagt man so etwas nicht. Denk daran, daß du hier ein Herr bist, auch wenn du in Connecticut aufgewachsen bist.«

Jeffs Augen weiteten sich, und er schluckte nervös,

während seine Tante ihre Aufmerksamkeit Toby Martin zuwandte. Ihre Augen waren fest auf ihn gerichtet.

»Und du, junger Mann, was tust du hier?«

Julie schaute Toby an und erwartete, daß er voller Angst kurz vor den Tränen stand. Statt dessen grinste er zu Marguerite auf, wobei seine Augen fröhlich tanzten.

»Ich wollte heimlich schwimmen, Miß Marguerite«, sagte er. »Sie werden mich doch nicht verpetzen, oder?«

Die Strenge wich aus Marguerites Augen, und sie strich mit den Fingern durch Tobys Haar. »Wenn ich dir soviel Ärger mit deiner Mutter bescherte, wie du mir mit meiner einbrockst, würdest du nie wieder mit mir reden, was?« Toby schüttelte heftig seinen Kopf. »Nun, dann kommst du ja heute noch mal davon«, fuhr Marguerite fort. »Sie macht ein Nickerchen, und sie hat dich nicht gesehen. Also saus nach Hause. Aber wenn du das nächste Mal kommst, dann klopf an die Tür. Wenn Jeff dich einlädt, kann sie mir ja schlecht sagen, daß ich dich von der Insel schicken soll, oder?«

Toby schaute Jeff auffordernd an. »Machst du das?« fragte er. »Ich meine, mich einladen?«

»Sicher«, stimmte Jeff zu. »Aber dann mußt du mich auch zu dir einladen.«

Der Eifer schwand aus Tobys Augen, und er blickte unsicher zu Marguerite auf. »Wir werden sehen«, versprach sie ihm. »Doch solange Jeff hier ist, kannst du jederzeit hier herauskommen, wenn du Lust hast.«

Ein paar Minuten später, während Toby sich wieder auf den Weg über die Insel zum Damm machte, ging Marguerite mit Julie und Jeff am Strand entlang zu dem alten Herrensitz zurück. Sie gingen eine Weile schweigend, und dann sprach Julie verlegen.

»Tante Marguerite? Warum läßt Großmutter niemand

an den Strand? Er ist so wunderschön, daß jeder dahin sollte.«

Marguerite sagte eine Weile nichts und legte dann einen Arm um Julies Schultern. »Mutter ist eben so«, sagte sie schließlich. »Einen anderen Grund gibt es wirklich nicht.« Sie schwieg einen Moment und sagte dann: »Aber so wird es nicht immer sein.«

Jeff schaute neugierig hoch. »Warum nicht?«

Marguerite lächelte traurig. »Weil sie stirbt, Jeff. Und wenn sie tot ist, werden die Dinge anders sein.«

Mehrere Minuten lang spazierte das Trio schweigend weiter. Dann meldete sich Julie wieder. »Tante Marguerite, ist es dir egal, ob Großmutter stirbt? Ich meine, sie ist deine Mutter.«

Marguerite blieb stehen und schaute zu dem verwitterten Landhaus, das von den schützenden Eichen umgeben war. Dann wanderte ihr Blick auf die See. Schließlich ruhten ihre Augen auf Julie. »O ja«, sagte sie. »Es macht mir schon etwas aus, daß Mutter sterben wird. Sogar sehr viel.« Sie faßte Julie bei der Hand, drehte sich um und ging über den Hang zu dem großen Haus hoch.

An diesem Abend versammelten sich fünf Personen um den riesigen Tisch im Speisezimmer von Sea Oaks. Kevin saß am Kopfende des Tisches, Anne und Marguerite zu seiner Rechten. Gegenüber ihrer Mutter und Tante saßen Julie und Jeff, und am anderen Ende des Tisches, leer und irgendwie von der Gruppe abgegrenzt und sie doch beherrschend, stand der Stuhl, auf dem Helena Devereaux sitzen würde, wenn sie sich gut genug gefühlt hätte, um unten zu sein. Doch sie war nicht heruntergekommen. Statt dessen hatte sie nach ihrem Nickerchen Marguerite zu sich gerufen und ihr gesagt, daß sie wie immer in ihrem Zimmer zu Abend essen würde.

Fünf Minuten nachdem Ruby die Suppe serviert hatte, störte das Geräusch des Summers die Unterhaltung. Ohne ein Wort zu sagen, faltete Marguerite ihre Leinenserviette und verließ steif das Speisezimmer. Die Familie lauschte, als sie die Stufen hochhinkte.

Ein paar Minuten später war sie wieder da. Sie nahm Platz und aß ihre Suppe weiter, als ob nichts geschehen sei.

Der Summer dröhnte wieder, als Ruby die Vorspeise servierte, und noch einmal, bevor Marguerite ihren Salat gegessen hatte.

Als der Summer dann wieder dröhnte, als Ruby Eis servierte, faltete Marguerite ihre Serviette zusammen. Doch bevor sie den Tisch verließ, sagte Anne, wobei sie ihre Schwägerin unsicher anlächelte: »Warum ißt du dein Eis nicht auf, bevor es schmilzt? Was immer es diesmal sein mag, es wird doch sicher ein paar Minuten warten können?«

Marguerite schüttelte entschuldigend den Kopf. »Sie haßt es, warten zu müssen, und mir ist es wirklich gleich. Ich habe das schon so lange gemacht, daß ich unruhig wäre, wenn ich essen würde, ohne daß sie mich ruft.« Sie legte ihre Serviette ab und eilte wieder aus dem Speisezimmer, um mühsam die Treppen hochzusteigen.

Erst als sie sicher war, daß Marguerite außer Hörweite war, wandte sich Anne an ihren Mann und versuchte nun nicht mehr, den Ärger in ihrer Stimme zu unterdrücken. »Warum sagst du denn nichts, Kevin? Deine Mutter behandelt sie wie eine Sklavin! Sollte sie denn nicht zumindest zu Ende essen dürfen?«

»Du hast sie ja gehört«, sagte Kevin ruhig. »Ich glaube wirklich, daß es ihr egal ist. Und sie ist daran gewöhnt.«

»Aber ihr Bein!« rief Anne aus. »Man kann doch sehen, daß es sie schmerzt. Und für diese schreckliche alte Frau muß sie nun dauernd rauf und runter laufen – also, offen gesagt, ich verstehe nicht, warum sie sich das gefallen läßt!« Doch trotz ihrer mutigen Worte fragte sich Anne, ob sie die Wahrheit sagte. War es nicht wahrscheinlicher, daß auch sie den Forderungen der Frau nachgeben würde, statt sich ihrer Wut auszusetzen, nachdem sie Helenas Stärke zuvor erlebt hatte?

Kevin zuckte die Schultern. »Ich bin deiner Meinung. Ich glaube wirklich, daß du recht hast – ich würde das nicht bei mir und auch bei niemand anderem tolerieren, darum bin ich ja gegangen. Aber Marguerite ist nicht wie ich – sie setzt sich mit den Dingen auseinander und beklagt sich nicht. Sie hat sich nicht einmal über ihr Bein beklagt.«

Julie legte ihren Löffel hin und schaute ihren Vater an. »Was ist mit ihr passiert?« fragte sie.

»Ein Unfall«, erwiderte Kevin. »Ich war noch ein kleiner Junge, und sie war ein Teenager. Eigentlich erinnere ich mich nicht genau daran, aber sie stürzte die Treppe hinunter und brach sich die Hüfte. Sie war eine Weile im Krankenhaus und dann lange Zeit in Pflege. Aber es ist nie richtig geheilt, und seitdem hinkt sie.« Seine Lippen spannten sich zu einem dünnen Strich. »Sie wollte Tänzerin werden, und ich glaube, sie war verdammt gut. Der Unfall setzte dem ein Ende, aber ich kann mich nicht erinnern, sie je darüber klagen gehört zu haben. Auf vielerlei Art ist deine Tante«, fügte er hinzu, »eine bemerkenswerte Frau.« Er lächelte. »Und du bist ihr in vielen Dingen ähnlich. Du siehst wie sie aus, und du tanzt wie sie, und manchmal, wenn ich dich reden höre, könnte ich schwören, daß ich Marguerite zuhöre, als sie in deinem Alter war.«

Julie krauste die Stirn. »Also, ich mag sie, aber wenn Mama mich je so behandelte, wie Großmutter Tante

Marguerite behandelt, dann wäre ich sicher nicht lange da.«

Kevin kicherte. »Schön, du bist also nicht genau wie sie. Was mir auch recht ist. Ich mag dich so, wie du bist.« Dann wurde seine Stimme wieder ernst. »Und was deine Mutter anbelangt, da brauchst du dir keine Sorgen zu machen. Wäre deine Mutter ähnlich wie meine, dann hätte ich sie nie geheiratet.«

Anne tat so, als sei sie beleidigt. »Das, Kevin, ist das schlechteste Kompliment, das ich je gehört habe. Nach dem, was ich heute erlebt habe, ist niemand auf der Welt wie...«

Bevor sie den Satz beenden konnte, erscholl oben plötzlich ein Schrei, gefolgt von einem lauten Schlag. Augenblicklich sprangen Kevin und Anne auf und eilten die Treppe hoch, gefolgt von Julie und Jeff. Hinter ihnen bewegte auch Ruby ihre Körpermasse, wenngleich langsamer, auf die Treppe zu.

Kevin öffnete die Tür zum Schlafzimmer seiner Mutter und fand die alte Frau an ihre Kissen gelehnt, die Augen wütend auf Marguerite gerichtet, die ausgestreckt vor dem Bett lag. Ihr Gesicht war schmerzverzerrt.

Kevin warf einen raschen Blick auf seine Mutter und bückte sich dann, um Marguerite aufzuhelfen. »Was ist geschehen?« fragte er.

Marguerite sah ihn kläglich an. »Sie sagte, ich hätte ihr das Essen nicht schnell genug hochgebracht, und es sei kalt gewesen.«

Kevin schluckte, als er das unangetastete Essen auf dem Tablett seiner Mutter sah. »Aber – um Himmels willen! Du hast es doch vor einer Stunde hochgebracht, noch bevor wir mit dem Essen anfingen. Hat sie es nicht gegessen?«

Marguerite schüttelte rasch den Kopf, sagte aber nichts. Kevin erhob sich und funkelte seine Mutter an, die den schweren Stock noch umklammert hielt. Plötzlich verstand er. »Du hast sie also geschlagen, Mutter? Du hast gewartet, während es kalt wurde und dann Marguerite hochgerufen, damit du sie mit deinem Stock schlagen konntest?«

Helenas Augen verengten sich gefährlich, und als sie sprach, war ihre Stimme ein bösartiges Zischen. »Hüte deine Zunge, Kevin. Du kennst sie nicht so gut wie ich. Du bist nicht hier gewesen! Du bist fortgegangen und hast uns allein gelassen! Fang nicht an, jetzt herumzukritisieren, du junger...«

»Oh, um Himmels willen, Mutter«, schnappte Kevin. »Hör auf, dich wie ein Kind zu benehmen. Marguerite, komm. Ruby kann es wieder aufwärmen, oder ich werd's selbst tun. Aber du kommst jetzt nach unten und ißt zu Ende.«

Marguerite wollte sich erheben, doch bevor sie wieder auf den Beinen war, schlug Helenas Stimme zu wie eine Peitsche.

»Nein! Ich will, daß sie es tut, Kevin! Wenn sie ihr Leben lang damit verbringen will, sich wie eine Dienstbotin zu verhalten, wer bist du dann, daß du sie daran hindern willst?«

Kevin schaute seine Schwester wie benommen an.

Obwohl ihre Augen sich mit Tränen gefüllt hatten, sagte Marguerite nichts. Statt dessen stand sie unbeholfen auf und ergriff das Tablett ihrer Mutter.

Es war lange nach Mitternacht, als Kevin aus dem Bett glitt, darauf bedacht, Anne nicht zu stören, deren Atem schon vor Stunden den gleichmäßigen Schlafrhythmus angenommen hatte. Kevin selbst hatte wach gelegen, das Haus um sich gespürt, und seine Nase war mit den vertrauten Düften seiner Kindheit gefüllt. Die Sommernacht war von den schrillen Geräuschen tropischer Insekten erfüllt. Alles schien so weit zurückzuliegen und war doch so vertraut.

Doch das Bild, das in seinem Kopf haftete, war das von Marguerite, die voller Schmerzen auf dem Boden kauerte und nichts von ihrem Schmerz und ihrer Demütigung zu erkennen gab, nur stumm unter der Wut ihrer Mutter litt. Wie lange ging das schon so? überlegte er. Und warum hatte Marguerite ihn nie angerufen, ihm nie erzählt, wie es ihr ging und was aus ihrem Leben geworden war?

Oder begriff sie sogar, daß ihre Existenz nicht an eine verbitterte Frau gebunden sein mußte, die in der Vergangenheit lebte?

Da er wußte, daß er nicht einschlafen konnte, streifte er einen leichten Morgenmantel über, trat auf den breiten Korridor hinaus und schloß die Tür hinter sich. Er brauchte kein Licht – jeder Zentimeter des Hauses schien ihm vertraut, und als er sich über den Korridor auf die Treppe zubewegte, erinnerte er sich im Vorbeigehen an jedes Zimmer.

Sogar als er noch Kind war, hatten viele der Gästezimmer bereits zu verfallen begonnen, da der große Kreis wohlhabender Freunde, den seine Großeltern einst hatten, längst verschwunden war, ebenso wie die Dienerschaft, die nötig war, ein Herrenhaus wie dieses zu unterhalten. Ohne sie gesehen zu haben, war er sicher, sich all der Zimmer zu erinnern, wenngleich ihr Glanz jetzt verblichen sein mochte – das Blaue Zimmer, das Smaragdzimmer, das Rosa Zimmer – alle mit Damasttapeten, passenden Teppichen und marmornen Kaminen ausgestattet.

Er bewegte sich die Treppe hinab, durch den kleinen Empfangsraum und in den großen Salon, wobei er instinktiv dem großen Flügel auswich. Er schaltete eine Kristallampe hinter dem Louis-XVI-Sofa ein, und der Raum wurde in ein leichtes Glühen getaucht, das die Schatten in den Ecken nicht ganz vertreiben konnte. Er schritt durch die Doppeltür, die ihn durch ein kleines Solarium zum Speisezimmer führte, wo er einen Augenblick stehenblieb, um zu dem Porträt seiner Mutter über dem Kamin hochzuschauen.

In Frankreich von einem Gesellschaftsmaler gefertigt, der bei reisenden Amerikanern beliebt war, posierte seine Mutter in dem formellen Tanzkostüm ihrer Zeit. Ihr Haar war straff aus dem Gesicht gekämmt, und ihre hohen Wangenknochen brauchten kein Make-up zur Betonung. Eine Hand war graziös erhoben, und ihr linkes Bein war seltsam gebeugt, als ob sie auf ihren Zehenspitzen ruhte. Kevin starrte das Bild mehrere Minuten lang an und versuchte, in dem jugendlichen Gesicht irgendeinen Hinweis auf die hagere, verbitterte alte Vettel zu finden, die aus ihr geworden war.

Es gab keinen.

Er ging dann weiter, verharrte kurz im Solarium, ging dann aber rasch durch das Eßzimmer und an der Kammer des Butlers vorbei in die riesige, altmodische Küche. Seit er ein Junge war, hatte sich hier wenig verändert. Der alte Herd stand noch immer an der einen Wand, gegenüber den riesigen eingebauten Eistruhen, die schon lange vor seiner Geburt elektrifiziert gewesen waren. Eine Ansammlung gewaltiger Töpfe und Pfannen, deren Kupfer von Ruby immer makellos gepflegt war, hing an dem Regal über dem langen Tisch, aber er war sicher, daß sie nicht mehr benutzt wurden, da neben dem Spülbecken die Töpfe sauber aufbewahrt waren, die Ruby für die Zubereitung des Abendessens benutzt hatte – kleine Pfannen, die für sechs Personen und nicht für sechzehn oder sechsundzwanzig gedacht waren.

Schließlich öffnete er den Kühlschrank und holte die Reste des Rinderbratens heraus. Er fand etwas Brot und machte sich ein Sandwich. Er setzte sich an den Tisch neben dem Fenster und lauschte eine Weile den Geräuschen des Hauses.

Eine leichte Brise war aufgekommen, und Zweige streiften gegen das Haus. Überall knackte es leise, als das alte Holz sich den kühleren Nachttemperaturen anpaßte.

Und dann begann er langsam ein unheimliches Gefühl in seinem Nacken zu spüren. Sein Haar sträubte sich, und ein Schauer überkam ihn. Eine Bodendiele knarrte laut, und er drehte sich rasch um, wußte nicht, was er zu sehen erwartete.

Ruby stand an der Tür ihres Zimmers, ihre alten Augen auf ihn gerichtet und ihr Gesicht seltsam ausdruckslos. Sie lächelte leicht und bewegte sich auf ihn zu.

»Sie können nicht schlafen, Mr. Kevin«, sagte sie leise. »Genau wie damals, als Sie noch ein Junge waren. Ich denke, Sie werden sich an Nächte wie diese gewöhnen, da Sie jetzt heimgekommen sind.«

Kevin runzelte die Stirn und schüttelte den Kopf. »Es werden nicht viele sein, Ruby«, erwiderte er. »Und ich bin nicht heimgekommen. Mein Zuhause ist in Connecticut. Ich bin nur hier, um ein paar Wochen Ferien zu machen.«

Ruby ließ sich in dem Stuhl ihm gegenüber nieder und ächzte leicht unter der Anstrengung. »Nicht nur ein paar Wochen«, sagte sie. »Sie sind wieder da, und Sie werden hierbleiben. Kein Devereaux hat Sea Oaks je verlassen.«

Kevin neigte seinen Kopf und zog die Brauen hoch. »Ich habe das. Ich bin vor langer Zeit gegangen, Ruby. Ich komme nicht zurück.«

»Das meint Miß Helena aber nicht«, entgegnete Ruby. »Sie sagt, Sie seien zurückgekommen, und Sie werden bleiben. Und wenn Sie mich fragen, dann meint sie, was sie sagt. Sie werden bleiben.«

Kevins Stimme wurde etwas schärfer. »Ich habe dich nicht gefragt, Ruby«, sagte er. »Aber da du mir etwas gesagt hast, will ich dir antworten. Mir ist völlig egal, was meine Mutter will, und zwar seitdem ich acht Jahre alt war. Warum also sollte ich bleiben? Ich liebe meine Familie, und ich liebe mein Leben, und ich habe nicht die Absicht, das zu ändern. Ganz sicher nicht«, fügte er hinzu, während er sich bedeutungsvoll in der alten Küche umschaute, »um in dieser Reliquie zu leben und so zu tun, als ob es noch für einen von uns etwas in Devereaux gäbe. Die Stadt ist tot, Ruby, und das Haus auch. Wenn Mutter gegangen ist – falls Mutter geht –, dann werde ich auch fort sein. Aber selbst wenn sie noch länger lebt, werde ich nicht bleiben.«

Ruby sagte nichts, sondern schaute ihn nur mit ihren fast schwarzen Augen an. Schließlich stand sie auf und begab sich zurück in ihr Zimmer. Sie hatte die Tür fast erreicht, als sie stehenblieb und sich umdrehte.

»Ich habe verstanden, was Sie sagen, Mr. Kevin«, sagte sie. »Aber ich weiß, was Miß Helena meint. Sie sind ein Devereaux, Mr. Kevin, und Sie werden in Sea Oaks bleiben. Es wird Ihnen nichts nützen. Überhaupt nichts.« Bevor er antworten konnte, verschwand sie in ihrem Zimmer und schloß leise die Tür hinter sich.

Kevin blieb noch lange Zeit sitzen, nachdem Ruby gegangen war, und biß schließlich in sein Sandwich. Es schmeckte trocken, und das Brot schien in seiner Kehle steckenzubleiben. Er warf den Rest in den Abfalleimer neben dem Ausguß, schaltete das Licht aus und ging wieder die Treppe hoch.

Doch selbst, nachdem er wieder im Bett lag und die Uhr

in der Halle leise zwei Uhr früh schlagen gehört hatte, lag er noch wach da.

Rubys Worte hatten ihm den Schlaf gänzlich vertrieben, und jetzt wurde die Müdigkeit seines Körpers durch etwas anderes deutlicher.

Ein kalter Klumpen aus Furcht hatte sich in ihm zu bilden begonnen, als er überlegte, ob Ruby vielleicht recht hatte.

Vielleicht hatte seine Mutter tatsächlich beschlossen, daß er nicht wieder von Sea Oaks fliehen sollte.

Vielleicht hatte sie die Absicht, ihn einzusperren, so wie sie Marguerite eingesperrt hatte.

Vielleicht wollte sie sie alle einsperren.

4. Kapitel

Am Donnerstagmorgen begann Anne sich an den seltsamen Tagesablauf auf Devereaux Island zu gewöhnen. Das Frühstück, so hatte sie gelernt, wurde morgens um Punkt sieben Uhr serviert und wie alle Mahlzeiten ständig von dem grellen Summen unterbrochen, das Helena Devereaux' hartnäckiges Verlangen nach der Aufmerksamkeit ihrer Tochter signalisierte. Nach dem Frühstück kümmerte sich Ruby ums Saubermachen und bewegte sich schwerfällig durchs Haus. Anne war sicher, daß jedes Jahr weniger Räume benutzt wurden. Die meisten waren sogar abgeschlossen, ihre Einrichtung mit Musselinstaubhauben abgedeckt und die schweren Vorhänge gegen die brennende Sonne zugezogen. Ruby ging langsam mit einem Staubtuch durch die noch benutzten Räume, doch ihr Tun nützte wenig – das Haus, wenngleich jetzt von sieben Personen bewohnt, war von der lächerlich wirkenden

Atmosphäre eines Museums erfüllt. Selbst Julie und Jeff senkten unbewußt ihre Stimmen, wenn sie im Haus waren.

Nach dem Frühstück verschwand Marguerite im Zimmer ihrer Mutter, wo sie in einem Sessel saß, dessen Polster durch die ständige Benutzung glänzend geworden war, und las Helena ruhig vor, die in ihrem Bett lag und leise schnarchte.

Bis Marguerite mit dem Lesen aufhörte.

Dann war die nörgelnde Stimme der alten Frau im ganzen Haus zu hören, wenn sie ihre Tochter beschimpfte. »Ich verlange nicht viel«, waren die Worte, die sie am häufigsten wiederholte. »Ich habe mich mein Leben lang um dich gekümmert – das mindeste, was du tun kannst, ist mir dann und wann ein wenig vorzulesen!« Einmal lauschte Anne draußen vor Helenas Tür, doch alles, was sie nach dem wütenden Ausbruch der alten Frau hörte, war die ruhige Melodie von Marguerites süß klingender Stimme.

Vor dem Mittagessen zog Marguerite sich um und erschien immer auf der Veranda, als wolle sie zwanzig Gäste begrüßen, obwohl außer der Familie sonst niemand da war. Irgendwie gelang es ihr immer, selbst dann, wenn Anne ihre Kleidung feucht an der Haut kleben spürte, kühl und frisch auszusehen, und ihr dunkles Haar war aufgesteckt und wurde durch einen großen Schildpattkamm gehalten. Bei jeder anderen hätte das Schmuckstück lächerlich gewirkt, doch der Kamm betonte nur Marguerites graziöse Gestalt, und wenn sie wegen ihres ausgeprägten Hinkens verlegen war, so zeigte sie es nicht. Doch selbst auf der Veranda gab es vor dem Summer kein Entrinnen. Anne hatte schnell bemerkt, daß der Summer nur während der langen heißen Nachmittage schwieg, wenn eine noch tiefere Schläfrigkeit auf dem Hause ruhte.

Dann hielt Helena ein Nickerchen, während Marguerite im Nähzimmer verschwand, wo sie ein oder zwei Stunden an einer alten Singer verbrachte.

Für Julie hatte sie bereits ein meergrünes Hemd genäht, das in der Taille mit einem weißen Gürtel gebunden wurde. Es paßte Julie nicht nur perfekt, sondern betonte ihre Haut auf eine Weise, die ihr dieselbe exotische Schönheit verlieh wie ihrer Tante.

Jeder Abend war eine Wiederholung des ersten, den sie auf Sea Oaks verbracht hatten – eine einfache Mahlzeit, die durch Helenas ständiges Verlangen nach Aufmerksamkeit unterbrochen wurde.

Für Anne, die an die südliche Hitze nicht gewöhnt war, wurden die Tage zu endloser Langeweile, die sie damit verbrachte, Schutz vor der drückenden Hitze zu suchen. Am dritten Tag ihres Besuchs war sie einmal über den Damm in die Stadt gefahren, dann aber rasch zurückgekehrt. Die deutliche Armut der staubigen Straßen und die fehlende Betriebsamkeit hatten sie nur noch mehr deprimiert, und als sie nach Sea Oaks zurückkam, verstand sie nur zu gut, warum Marguerite die Insel selten verließ und Ruby die wenigen nötigen Einkäufe erledigen ließ. Deshalb war sie am Donnerstagmorgen nicht überrascht, als Julie sie mit fast schuldbewußtem Gesichtsausdruck fragte, wie lange sie noch bleiben würden.

Anne lächelte ihre Tochter verständnisvoll an, da sie nur zu gut wußte, wie sie reagiert hätte, wenn sie mit fünfzehn an ein solches Haus gebunden gewesen wäre. »Es scheinen bereits Wochen zu sein, nicht wahr?« sagte sie. Als Julie nickte, aber nichts sagte, seufzte Anne. »Ich weiß nicht, was ich dir sagen soll, Liebes. Dein Vater sagte, es dauerte nur einen oder zwei Tage, aber da ich weiß, wie es deiner Großmutter geht...« Ihre Stimme verebbte, und sie konnte die Enttäuschung in Julies Augen lesen.

»Man kann hier überhaupt nichts machen«, sagte Julie leise. »Papa findet dauernd etwas, was er reparieren kann...«

»Was sicherlich mindestens ein Jahr dauern könnte«, stellte Anne scherzhaft fest. Doch Julie schien den Versuch ihrer Mutter, einen Scherz zu machen, nicht zu bemerken.

»...Jeff hat Toby zum Spielen, aber ich habe noch niemand kennengelernt.«

Die Stimme ihrer Tante unterbrach sie. »Ich habe vor, das heute morgen zu regeln«, sagte Marguerite, als sie auf die Veranda trat. Julie errötete verlegen, doch Marguerite wischte das Unbehagen ihrer Nichte mit einer leichten Geste beiseite. »Meine Mädchen kommen heute morgen, und ich dachte, du hättest vielleicht Lust, beim Unterricht mitzumachen.«

Julie schaute ihre Tante unsicher an. »Ich – ich weiß nicht. Ich habe zwar drei Jahre lang Ballettunterricht gehabt, aber...«

Marguerite verstand sofort und drückte Julies Hand. »Du brauchst dir wirklich keine Sorgen zu machen, daß du nicht gut genug bist«, sagte sie. »Dann und wann habe ich eine wirklich gute Schülerin, aber die meisten von ihnen sind...« Sie zögerte und suchte nach den richtigen Worten. »Nun, sagen wir, sie sind nicht ganz so motiviert, wie sie sein sollten, ja?« Sie wandte sich augenzwinkernd an Anne. »Aber was ich ihnen beibringen kann, tue ich gerne. Und selbst wenn du nicht beim Unterricht mitmachen willst«, schloß sie, wobei sie sich wieder Julie zuwendete, »kannst du zumindest die Mädchen kennenlernen.«

»Gerne«, erwiderte Julie. »Und mir tut leid, was ich vorher gesagt habe. Eigentlich solltest du das nicht hören. Es ist nicht so, daß es mir hier nicht gefällt...«

»Genug!« befahl Marguerite und hob die Hände, um Julies Worte zu unterbinden. »Du solltest wissen, daß du nicht die einzige bist, die nicht weiß, was sie hier tun soll. Das ist einer der Gründe, warum ich Unterricht gebe. Außerdem –« Doch wieder wurden ihre Worte durch das scharfe Geräusch von Helenas Summer unterbrochen, und sie machte fast automatisch kehrt und verschwand im Dunkel des Hauses.

»Sie tut mir so leid«, sagte Julie, deren Augen sich mit Tränen füllten. »Tante Marguerite ist so nett, und Großmutter ist so gemein zu ihr. Warum –« Und dann, bevor Julie den Satz zu Ende führte, stockte sie.

»Warum stirbt sie nicht einfach?« beendete Anne den Satz ruhig, und Julie sah ihre Mutter unglücklich nickend an.

»Ich wünschte, ich würde nicht so denken, aber...«

»Aber du tust es«, schloß Anne. »Und ich auch, wenn es dir hilft. Es wäre natürlich schön, wenn deine Großmutter eine süße alte Dame wäre, die wir alle lieben könnten, aber Tatsache ist, daß sie das nicht ist. Du mußt dir keine Sorgen darüber machen, was du über sie denkst.«

»Ich verstehe nicht mal, warum wir hergefahren sind«, sagte Julie und ließ dem Ärger freien Lauf, der in den letzten Tagen in ihr gewachsen war. »Großmutter spricht nicht mit Jeff und mir und mit dir kaum. Ich glaube, ihr ist sogar egal, daß Papa hier ist!«

»Ich weiß«, seufzte Anne. »Aber wir sind nicht allein ihretwegen hier. Wir müssen auch an Vater denken. Wenn er sich nach diesem Besuch besser fühlt, weil er so lange nicht hier war, ist es das doch wert, oder?«

Julie nickte, und Anne gab ihr einen aufmunternden Knuff. »Laß uns jetzt hochgehen und schauen, was du bei Marguerites Unterricht anziehen kannst. Ich glaube, ich habe einen Trainingsanzug, der dir paßt.«

»Schuhe!« rief Julie aus. »Ich habe ja gar keine Ballettschuhe dabei!«

Anne lächelte triumphierend. »Dafür sind eben Mütter da. Ich habe in letzter Minute noch ein Paar eingepackt. Ich konnte mir nicht denken, daß du überhaupt nicht tanzen würdest.« Sie gingen gemeinsam ins Haus und die Treppen hoch und konnten nur knapp Jeff ausweichen, der aus dem ersten Stock zwei Stufen auf einmal nehmend herunterstürmte.

»He!« rief Anne, die ihn umriß. »Wohin denn so eilig? Hab' ich dir nicht gesagt, daß du im Haus nicht rennen sollst?«

»Aber es ist Toby«, protestierte Jeff, der sich im Griff seiner Mutter wandt. »Er kommt über den Damm, und er hat eine Angelrute!«

»Eine Angelrute!« wiederholte Anne. »Nun, dem Fischen können wir wohl nicht im Wege stehen!« Sie richtete Jeff wieder auf und ging mit Julie die Treppe hoch.

Als sie die geschlossene Tür von Helenas Zimmer passierten, hörten sie die Stimme der alten Frau, die Marguerite wieder beschimpfte.

Sie beschleunigten befangen ihre Schritte, um nicht Zeugen von Marguerites Demütigung zu werden.

Als Marguerite hochkam, hatte Ruby oben auf dem Treppenabsatz gewartet. Ihre Augen waren wütend und ihr Kiefer trotzig vorgereckt. »Sie weigert sich wieder zu frühstücken, Miß Marguerite. Ich schwöre, ich weiß nicht mehr, was ich mit ihr machen soll. Es ist, als wollte sie sich zu Tode hungern oder so.«

»Schon gut. Ruby«, hatte Marguerite zu ihr gesagt. »Mach nur mit deiner Arbeit weiter. Ich rede mit ihr.«

Ruby schaute Marguerite zweifelnd an. »Scheint so, als würde sie Sie in letzter Zeit besonders beschimpfen und wie den letzten Dreck behandeln, wenn Sie mit ihr sprechen!«

Marguerite seufzte matt. »Es geht schon. Und es kann ja nicht ewig währen.« Sie öffnete die Tür und betrat das Zimmer ihrer Mutter.

»Wo bist du gewesen?« fragte Helena sofort. »Wenn ich dich rufe, erwarte ich, daß du kommst und nicht wie ein nutzloses Kind herumtrödelst!«

»Es tut mir leid, Mutter«, sagte Marguerite gleichmütig. »Ich mußte kurz mit Ruby sprechen.«

»Ruby!« Helena spie das Wort angewidert aus. »Ich weiß gar nicht, warum wir die überhaupt halten! Sie ist genauso nutzlos wie du!«

Marguerites Blick wanderte von ihrer Mutter zu dem unangetasteten Frühstück, das noch auf dem Tablett stand. »War mit dem Frühstück etwas nicht in Ordnung?«

Helenas Blicke trafen Marguerite wütend. »War mit dem Frühstück etwas nicht in Ordnung?« äffte sie ihr beißend nach. »Wie soll ich essen können, wenn das Haus voll mit Fremden ist? Dieser widerliche kleine Junge rennt die Treppen auf und ab, als sei hier eine Erziehungsanstalt – wo er auch hingehört – und diese Frau von Kevin schleicht herum, als ob ihr das Haus gehöre! Ich will das nicht! Hast du gehört?«

»Ich bin sicher, daß dich jeder im Haus gehört hat.« Obwohl Marguerite die Worte nur hatte denken wollen, war sie schockiert, als sie über ihre Lippen drangen.

Helena zitterte vor Wut. »Wie kannst du es wagen, so mit mir zu sprechen?« brauste sie auf. »Ich habe mich dein ganzes Leben lang um dich gekümmert! Und was sehe ich dafür? Undankbarkeit und Unverschämtheit! Du entschuldigst dich bei mir, Marguerite! Sofort!«

Marguerite unterdrückte das Schluchzen in ihrer Kehle

und blickte kläglich zu Boden. »Es tut mir leid, Mutter«, sagte sie leise. »Ich wollte nicht ungezogen sein!«

»Ach nein«, höhnte Helena. »Du plapperst diese Worte wie ein Papagei, Kind. Denkst du, ich glaube dir das? Ich bin keine Törin, auch wenn du das immer geglaubt hast!«

»Ich habe dir gesagt, daß es mir leid tut, Mutter«, flüsterte Marguerite unglücklich. »Ich weiß nicht, was ich sonst tun kann. Aber es ist Kevins Familie, und ich bin sicher, daß sie dich nicht stören wollen.«

»Das ist nicht Kevins Familie«, zischte Helena. »Du bist Kevins Familie. Du und ich! Ich weiß nicht, warum er sie hierher gebracht hat! Und ich will nicht, daß diese Frau in meinem Haus herumschnüffelt!«

»Ich bin sicher, daß Anne nicht...«

Aber die alte Frau schnitt ihr wieder das Wort ab. »Du weißt gar nichts! Ich will, daß du gehst und dich vergewisserst, daß das Kinderzimmer verschlossen ist. Sie versuchte heute morgen hineinzugehen. Ich habe sie gehört!«

Marguerite zögerte eine Sekunde zu lange.

»Mach schon!« forderte Helena.

Schwer schluckend, mit vor Verärgerung klopfendem Herz und kaum unterdrücktem Ärger eilte Marguerite aus dem Schlafzimmer und über den Korridor zu einer Tür neben ihrem Zimmer. Sie wollte gerade die Klinke drücken, als sich die Tür des Zimmers, das Kevin und Anne teilten, öffnete und Anne hinausschaute.

»Dieser Raum ist verschlossen«, sagte Anne und war überrascht zu sehen, daß Marguerites Rücken starr wurde und ihre Hand von der Türklinke fiel, als ob sie sich verbrannt hätte. Stirnrunzelnd trat sie auf den Korridor. »Was ist denn, Marguerite? Stimmt etwas nicht?«

Marguerite, die den Rücken noch immer Anne zugewandt hatte, schüttelte den Kopf und drehte sich schließlich um. Ihr Gesicht war bleich, und ihre Hände zitterten. »Was ist denn, Marguerite?« fragte Anne. »Etwas stimmt doch nicht.«

»Wo-woher weißt du, daß das Zimmer verschlossen ist?« fragte Marguerite.

Anne wich überrascht zurück. »Ich – also, ich hatte auf die Klinke gedrückt. Das Zimmer liegt direkt neben Julies, und ich dachte, daß Jeff vielleicht darin schlafen könnte. Er wohnt so weit unten am Korridor, ganz allein – ich dachte nur, daß es schöner wäre, wenn er näher beim Rest der Familie ist.« Ihr verwirrtes Stirnrunzeln vertiefte sich. »Warum? Was ist denn in dem Zimmer?«

Marguerites Augen wirkten plötzlich gespenstig. »Es – es ist nichts. Mutter hat nur ein paar Dinge darin, die sie gerne verschlossen haben möchte. Sie wollte, daß ich nachsehe.«

Annes Lippen wurden schmal. »Nun, du kannst ihr sagen, daß weder ich noch meine Kinder die Absicht haben, etwas zu stehlen«, sagte sie. Als sie dann den Schmerz in Marguerites Augen sah, wünschte sie sich, die Worte zurücknehmen zu können. Sie ging über den Korridor und umarmte ihre Schwägerin. »Es tut mir leid«, sagte sie ruhig. »Das war unfreundlich von mir und unfair. Es ist – nun, vielleicht ist es die Hitze.«

Aber Marguerite schüttelte den Kopf. »Nein, die ist es nicht, Anne. Machen wir uns doch wegen Mutter nichts vor. Und genau das ist es, was sie denkt, und sie hat mich hergeschickt, um die Tür zu prüfen.« Sie zwang sich zu einem Lächeln. »Aber ich kann ihr ja zumindest sagen, daß sie verschlossen ist, nicht wahr?« Sie umarmte Anne rasch und wischte sich dann eine Haarsträhne aus der Stirn.

Anne blieb einen Augenblick stehen und schaute zu, wie Marguerite mühsam zum Zimmer ihrer Mutter zurückkehrte, wobei ihr Hinken noch deutlicher war, als

Anne es je zuvor gesehen hatte. Dann wandte sie sich abschätzend der verschlossenen Tür zu.

Hinter der Tür war etwas; dessen war sie sicher. Es war nicht nur eine Sammlung kostbarer Möbel.

Nein, da war noch etwas anderes drin. Aber was?

Julie trat scheu durch die riesige Flügeltür, die sich in der zweiten Etage zum Ballsaal öffnete. Sie war das erste Mal hier oben, und ihre Augen weiteten sich voller Ehrfurcht.

Der zwölf mal zwanzig Meter große Raum nahm fast die ganze zweite Etage ein. Die Decke hob sich fünf Meter über dem Boden, und der Stuck war zu Girlanden und Rosetten geformt. Aus der Mitte jeder Rosette hing ein wuchtiger Kronleuchter, doch das Messing war matt, und die Kristalle – von denen viele zersplittert waren und andere völlig fehlten – waren mit einer dicken Schicht von Schmutz und Staub bedeckt. Die Wand gegenüber der Flügeltür war von vier französischen Türen durchbrochen, die auf einen Balkon über der Veranda an der Vorderseite des Hauses führten, und zu den Seiten der Türen hingen schwere Vorhänge schlaff herab. Zu beiden Seiten des Raumes boten große Fenster einen Panoramablick auf Insel und Meer.

Der Boden war mit Parkett in einem Rhombenmuster ausgelegt, der Julie schwindelig machte, doch der Lack war längst abgetreten, und von seinem einstigen Glanz war nichts mehr geblieben. Ein dicker Teppich lag zusammengerollt an einer Wand, und Julie war sicher, daß er seit Jahren nicht mehr dort entfernt worden war.

In der anderen Ecke stand ein Flügel. Daneben ein alter Phonograph, dessen Lautsprecher mit einem Violinschlüssel verziert war. Eine kurze Barre war an der Wand zwischen den Fenstern am Ende des Raumes befestigt. Und dahinter befand sich ein Spiegel, dessen Silberbelag an einigen Stellen abgeplatzt war. Ein Dutzend Stühle mit stark verschrammten vergoldeten Rahmen und abgewetzten Polstern aus rotem Samt standen um den Flügel verstreut.

Marguerite saß auf der Klavierbank und spielte leise eine Passage aus Strawinskys Feuervogel. Über den Boden bewegten sich unsicher fünf Mädchen, die der schwierigen Choreografie ihrer Lehrerin folgten. Als sie aufschaute und Julie sah, beendete Marguerite abrupt ihr Spiel, erhob sich und ging durch den Raum, um Julie hereinzuholen. Julies Hand haltend drehte sie sich zu ihren Schülerinnen um.

»Mädchen, das ist meine Nichte Julie.«

Sie stellte Julie rasch den Mädchen vor, aber nachdem sie das getan hatte, erinnerte sich Julie nur an zwei Namen.

Jennifer Mayhew, deren Lächeln besonders freundlich gewesen war, und Mary-Beth Fletcher, die überhaupt nicht gelächelt hatte.

»Wir führen erst einmal unsere Schritte zu Ende, während Julie sich aufwärmt, und dann können wir alle an die Barre gehen und ein paar Grundstellungen üben«, schlug Marguerite vor.

»Ich habe mich unten aufgewärmt, Tante Marguerite«, erwiderte Julie.

Marguerite nickte anerkennend. »Dann nimm doch die Position direkt am Flügel ein, damit ich dich gut sehen kann.«

Die fünf anderen Mädchen schauten sich unsicher an, begaben sich dann aber zur Barre, wobei Jenny Mayhew sich neben Julie stellte und ihr ins Ohr flüsterte: »Sie will sehen, was du kannst. Aber das sollst du nicht allein zeigen.«

»Und wenn noch weiter getuschelt wird«, stellte Marguerite fest, die Jenny zuzwinkerte, »kann diejenige für uns ein Solo tanzen.«

Jenny kicherte und zwinkerte Marguerite zurück.

»Erste Position, Mädchen«, befahl Marguerite, schlug einen Akkord an und begann dann in einfachem Tempo zu spielen. »Zweite Position – dritte – und kehrt!«

Julie begann mit den Bewegungen, glitt mühelos von einer Position in die nächste, und ihre Arme bewegten sich graziös, während ihre Füße von selbst in die Posen fielen, die ihre Tante befahl. Wie immer schien die Musik vom Flügel direkt in ihre Fingerspitzen zu dringen und dann in ihren Körper, bis sie sich von ihr erfüllt fühlte und ihre Bewegungen direkt aus den Noten zu kommen schienen. Sie schloß die Augen und ließ ihre Gedanken treiben, genoß das Gefühl des Tanzens, das Strecken ihrer Muskeln und selbst den Schmerz in ihren Füßen, als sie sich auf die Zehenspitzen stellte.

Und dann endete die Musik abrupt, und sie öffnete die Augen und sah, daß alle Mädchen sie anstarrten. Ihre Tante war aufgestanden.

»Hab' – hab' ich etwas falsch gemacht?« fragte sie mit ängstlicher Stimme.

»Falsch?« sagte Marguerite. »Wohl kaum. Du hast alles fast perfekt gemacht!« Sie wandte sich den anderen Mädchen zu. »Warum setzt ihr euch nicht für ein paar Minuten hin? Ich glaube, es hat uns allen Freude gemacht, Julie zuzuschauen, und sicher können wir alle etwas von ihr lernen.« Sie widmete sich wieder Julie. »Du lernst erst seit drei Jahren?«

Julie errötete verlegen. »Ich habe erst seit drei Jahren ernsthaft geübt«, gab sie zu. »Aber Unterricht habe ich schon, seit ich sechs war.«

Marguerites Brauen hoben sich anerkennend. »Neun Jahre! Dann hast du auch schon solo getanzt?«

Julie zuckte abweisend die Schultern. »Nur ein paar Dinge, die ich mal vorgetragen habe.«

»Würdest du für uns tanzen?« fragte Marguerite.

Julies Augen wanderten sofort zu den anderen Mädchen.

Mary-Beth Fletchers Augen hatten sich leicht verengt, und Julie sah, daß sie dem Mädchen neben sich einen Blick zuwarf und ihr dann rasch etwas ins Ohr flüsterte. Aber Jennifer Mayhew lächelte sie ermutigend an und ebenso ein anderes Mädchen, deren Name Julie plötzlich wieder einfiel: Tammy-Jo Aaronson.

»Ich – ich glaube, das könnte ich«, sagte sie schließlich. »Ich kann ein Stück, das mein Lehrer daheim choreografiert hat. Hast du eine Musik von West Side Story?«

»Natürlich«, erwiderte Marguerite. Sie legte eine Schallplatte auf, und einen Augenblick später erfüllten die Eröffnungsklänge von ›The Dance in the Gym‹ den Ballsaal. Die Rhythmen wirkten in der verblichenen Grandeur des Ballsaales aus dem neunzehnten Jahrhundert seltsam fehl am Platz.

Dann war Julie allein auf dem Boden, wieder in der Musik verloren, und tanzte mit geschlossenen Augen, schwebte fließend zu den Rhythmen, und ihr Körper bewegte sich mühelos. Marguerite schaute ihrer Nichte mit unverhohlenem Stolz zu, da sie in jeder Bewegung Julies das Erbe sah, das direkt von ihrer Tante und ihrer Großmutter stammte. Und während sie zuschaute, glitt ihr Blick über die anderen Mädchen ihrer Klasse.

Jennifer Mayhew und Mary-Beth Fletcher waren ihre vielversprechendsten Schülerinnen, doch verglichen mit Julie war es selbst Marguerite klar, daß keine von ihnen als Berufstänzerin eine Zukunft hatte. Was die anderen anbelangte, gab sich Tammy-Jo Aaronson zumindest viel Mühe, ein etwas übergewichtiges Mädchen, das sich nie um etwas Sorgen zu machen schien.

Allison Carter – blond und recht hübsch – war eigentlich nur deshalb in der Klasse, weil sich ihre Mutter gesellschaftlich für ihre Tochter etwas erhoffte. Aber Allison war das egal, sowohl die Ambitionen ihrer Mutter als auch Marguerites Unterricht. Das fünfte Mädchen war, wie Marguerite wußte, nur da, weil sie Mary-Beth Fletchers beste Freundin war und alles tat, was Mary-Beth tat.

Und nach dieser Klasse würde es keine weitere mehr geben. Marguerite hatte vor Jahren beschlossen, daß dies ihre letzte Klasse sein sollte. Aber das war im Augenblick unwichtig, da jetzt Julie da war, für eine Weile zumindest. In Julie konnte sie all die Träume ihrer Jugend sehen, die lebendig waren.

Die Musik steigerte sich zu einem Crescendo, und Julie wirbelte über den Boden, bewegte instinktiv ihre Beine, und ihre Arme setzten einen graziösen Kontrapunkt dazu. Dann war es vorbei, und nach einem Augenblick hörte sie, wie Jennifer und Tammy-Jo zu klatschen begannen. Kurz darauf fielen die anderen Mädchen ein.

Nur Mary-Beth Fletcher saß still da, die Hände in ihrem Schoß gefaltet.

Marguerite erhob sich von ihrem Stuhl und eilte zu Julie, um sie zu umarmen.

»Es war wundervoll«, flüsterte sie. »Als ich so alt war wie du, hätte ich es nicht besser machen können.« Dann wandte sie sich wieder den Mädchen zu und wies Julie an, eine Verbeugung zu machen. Julie knickste und ließ sich dabei absichtlich zu Boden fallen, als hätte sie ihr Gleichgewicht verloren.

Mary-Beth Fletcher fiel in das Gelächter der anderen Mädchen nicht ein. Statt dessen beugte sie sich zu ihrer Freundin und flüsterte, worauf diese zu lachen aufhörte.

Julie erhob sich und grinste ihre Tante fröhlich an. »War das wirklich gut?«

»Natürlich«, entgegnete Marguerite. »Du warst mehr als gut – das hat dein Talent gezeigt. Bis auf deine Augen. Schließe nie deine Augen, wenn du tanzt, Julie. Denk stets daran, daß du das nicht für dich tust. Du tust das für ein Publikum, und das will deine Augen sehen.«

»Aber ich tanze immer mit geschlossenen Augen«, protestierte Julie. »Zumindest, wenn's ein Solo ist. Ich kann die Musik dann besser fühlen...«

»Aber das darfst du nicht!« verkündete Marguerite. »Du mußt dir immer des Publikums bewußt sein. Immer!«

Langsam machte die Klasse weiter, doch als Julie mit den anderen tanzte, spürte sie die Blicke ihrer Tante auf sich; sie konnte wirklich den Stolz ihrer Tante fühlen, und als die Stunde vorbei war, wünschte sie, sie könnte noch eine Stunde weitermachen. Selbst die Hitze im Ballsaal schien ihr nichts mehr auszumachen.

Doch schließlich beendete Marguerite den Unterricht, und die Mädchen begannen, nach unten zu gehen. Wie zuvor ging Jennifer Mayhew neben Julie.

»Du bist wirklich gut«, sagte sie, und ihre Stimme verriet offene Bewunderung.

»Du bist aber auch nicht schlecht«, erwiderte Julie.

Jenny zuckte die Schultern. »Ich versuch's, aber wenn ich dich sehe, dann denke ich, ich könnt's gleich vergessen. Üben ist nicht genug – man muß auch Talent haben. Und wir alle wissen wohl, woher du deins hast.«

Julie nickte. »Ich wünschte, ich hätte Tante Marguerite tanzen sehen können. Papa sagt, sie sei wirklich gut gewesen.«

Jenny nickte. »Das ist sie noch. Sie kann vieles nicht, denke ich, aber sie versucht uns immer zu zeigen, wie's geht.«

Julie neigte ihren Kopf und schaute Jenny aufmerksam an. »Du magst meine Tante wirklich, nicht wahr?«

»Soll das ein Witz sein?« fragte Jenny. »Jeder mag Miß Marguerite. Sie hat immer Zeit für uns, und sie ist nie böse und scheint immer zu wissen, wie wir uns fühlen.« Ihre Stimme wurde leiser. »Darum kommen die meisten von uns – wir alle wissen, daß wir nie Tänzerinnen sein werden, aber so haben wir doch einen Grund, mit Miß Marguerite zusammen zu sein, und es ist immer lustig.«

Plötzlich drehte sich Mary-Beth Fletcher um, die ein paar Schritte voraus gewesen war, und schaute Julie an.

»Und sie hat auch keine Lieblinge gehabt«, sagte sie. »Zumindest bis jetzt nicht!«

Bevor Julie etwas sagen konnte, hatte Mary-Beth kehrtgemacht und war die Treppe hinuntergeeilt. Als sie gegangen war, schaute Julie Jenny an, und der Schmerz über Mary-Beth' Worte brannte in ihren Augen.

»Ärgere dich nicht«, sagte Jenny zu ihr. »Bis du kamst, dachte Mary-Beth immer, ich sei Marguerites Liebling. Und wenn ich's nicht war, wär's jemand anders gewesen. Außerdem«, fügte sie hinzu, wobei sie plötzlich grinste, »warum solltest du nicht ihr Liebling sein? Du bist ihre Nichte und die beste Tänzerin.« Dann wechselte sie in einem Atemzug das Thema. »He, willst du heute nachmittag zum Strand kommen? Ich mach' dich mit den anderen Mädchen bekannt.«

Julie zögerte nur einen Sekundenbruchteil und nickte dann eifrig. »Sehr gern. Du weißt gar nicht, wie sehr ich mich langweile.«

»Ich mich auch«, gab Jennifer zurück. »Vergiß nicht, daß ich hier immer lebe. Und das ist unheimlich langweilig.«

Als Jennifer ein paar Minuten später gegangen war,

fühlte sich Julie in Devereaux etwas wohler. Vielleicht war die Reise doch keine völlige Zeitverschwendung.

5. Kapitel

»Kevin, was, um Himmels willen, tust du denn da?« fragte Anne. Nachdem sie im Haus gesucht hatte, hatte sie ihn schließlich hinter dem Westflügel gefunden. Sein Hemd hatte er abgestreift, und seine Brust glänzte vor Schweiß. Er war von einem Berg von Weinranken umgeben, und als sie mit ihm sprach, drehte er sich mit einem triumphierenden Grinsen zu ihr um, das sich über sein verschmutztes Gesicht breitete.

»Ich kann's nicht glauben«, erwiderte er, während er eine große Heckenschere zu Boden fallen ließ und seine Hände in die Hüften stützte. »Als dieses Haus gebaut wurde, wußten die, was sie taten.«

Annes Brauen wölbten sich skeptisch. »Wenn sie's wußten«, entgegnete sie, »warum fällt's dann auseinander?«

»Das ist es ja gerade«, sagte Kevin zu ihr, wobei sich sein Grinsen verbreiterte. »Es fällt nicht auseinander. Unter der Verschalung sind die Ziegel ganz solide, und der Großteil der Verschalung muß nur gestrichen werden und braucht neue Nägel. Ich dachte, die Wand würde einstürzen, als ich mich an den Wein machte, aber sieh mal!« Er deutete auf die Wandfläche, die er von fünfundzwanzigjährigem Bewuchs befreit hatte, und Annes Blick folgte widerwillig seiner Geste.

»Ich sehe eine verzogene Verschalung, an der überhaupt keine Farbe mehr ist, zwei Fensterläden, die dir bald auf den Kopf fallen, und eine Dachrinne, von der ein ganzes Stück fehlt«, sagte sie. »Und dieses Abflußrohr fällt ab, die Fenster in der ersten Etage sind zerbrochen, und wenn das am Fundament da kein Schimmel ist, dann bin ich blind.«

Kevin kicherte kläglich. »Na schön, es ist nicht gerade hübsch«, stimmte er zu. »Aber es ist kein Schimmel – ich habe das Erdgeschoß überprüft, und das Holz ist in Ordnung. Außerdem besteht das Fundament aus Beton, und der kann nicht schimmeln.«

Anne schnitt eine Grimasse. »Richtig. Aber er zerfällt«, betonte sie.

»Nur, daß er das nicht tut. Und alles andere, was du siehst, ist rein äußerlich. Jedesmal, wenn ich hier etwas mache, bin ich erstaunt. Es ist geradeso, als ob das Haus all die Jahre für sich selbst gesorgt hätte und nur darauf wartete, daß jemand käme, um es neu zu streichen.«

Bei seinen Worten klingelte es leise in Annes Kopf, und ihre Augen trübten sich, als sie ihren Mann ansah. »Willst du das als nächstes tun?« fragte sie. »Es streichen?«

Kevins Grinsen schwand etwas. »Und wenn? Es ist nötig, und ...«

»Und du hast nur noch zehn Tage Urlaub«, erinnerte Anne ihn. »Es ist in Ordnung, wenn du ein paar Dinge richtest, aber ich hoffe doch nicht, daß du vorhast, die ganze Zeit damit zu verbringen, am Haus zu arbeiten.«

»Das hatte ich wirklich nicht, aber warum sollte ich das eigentlich nicht?« fragte Kevin, dessen Verhalten plötzlich abwehrend wurde. »Meine Mutter und meine Schwester leben hier, Anne. Was soll ich tun? Alles so lassen?«

Anne kämpfte mit ihren Gefühlen. In gewisser Hinsicht hatte er natürlich recht – an dem Haus mußte eine Menge getan werden, und es waren überwiegend Arbeiten, die Marguerite sicher nicht ausführen konnte. Und offensichtlich gab es kein Geld, um Handwerker zu bezahlen.

Aber was war mit ihr und den Kindern? Hatten sie kein Recht darauf, in diesen zwei Wochen mit Kevin etwas Spaß zu haben? »Es kommt mir ein bißchen eigenartig vor, daß jemand, der erst gar nicht hierher wollte, sich plötzlich verhält, als wolle er nie wieder weg«, sagte sie schließlich, und ihr Herz setzte einen Schlag lang aus, als sie hinter Kevins Augen einen Vorhang fallen sah.

»Du weißt, daß das nicht wahr ist«, sagte er, aber seine Stimme wirkte auf Anne wenig überzeugend, und sie hatte plötzlich das Gefühl, daß sie über das Thema nicht weiter sprechen wollte.

»Ich bin nicht hergekommen, um dich zu ärgern«, sagte sie zu ihm. »Aber mich beschäftigt etwas, und darüber wollte ich mit dir sprechen.«

Kevin schaute sie spöttisch an. »Und du wolltest mit mir allein reden«, sagte er, womit er ihre Gedanken las.

Anne nickte kurz und erzählte ihm dann, was am Morgen geschehen war. »Weißt du, was in dem Zimmer ist?« fragte sie schließlich. »Da war etwas an Marguerites Verhalten, bei dem ich ein ganz eigenartiges Gefühl bekam. Als ob da etwas sei, was ich nicht sehen sollte.«

Kevin grinste wieder, und seine Augen funkelten belustigt. »Du glaubst also, du hättest ein Geheimnis im Haus entdeckt?« spottete er. »Ich lasse deine Blasen ungern platzen, aber wenn es der Raum ist, den ich meine, dann ist es das Kinderzimmer.«

»Das Kinderzimmer?« wiederholte Anne. »Dein Kinderzimmer?«

»Zuerst Marguerites und dann meins«, bestätigte Kevin. »Und daran ist nichts geheimnisvoll. Wenn du es sehen willst, bitte Ruby, es aufzuschließen.«

Aber Ruby, die Ocra schnitt, als Anne ein paar Minuten später in die Küche kam, weigerte sich. »Es gibt Dinge, an die rührt man nicht«, sagte sie, wobei sie Annes Blick auswich.

Einen Augenblick überlegte Anne, ob sie die Schlüssel verlangen sollte, doch dann änderte sie ihre Meinung. Aber für den Rest des Tages ertappte sie sich dabei, daß sie wiederholt vor der verschlossenen Tür stehenblieb und abwägend darauf schaute. Und einmal, am späten Nachmittag, spürte sie, daß sie beobachtet wurde, als sie im Korridor stand. Doch als sie sich umdrehte, war der lange Korridor leer.

Helena Devereaux' Augen öffneten sich in der Dunkelheit, und sie drehte automatisch den Kopf, um auf die fluoreszierenden Zeiger der Uhr neben ihrem Bett zu schauen.

Kurz nach Mitternacht.

Gewöhnlich wachte sie nicht vor halb drei morgens auf, und dann dauerte das Wachsein nur wenige Minuten. Aber heute nacht, während draußen im Dunkel die Insekten summten, war sie sicher, daß etwas nicht stimmte.

Die Geschöpfe der Nacht schwiegen plötzlich.

Ein Dielenbrett knarrte leise irgendwo hinter der geschlossenen Tür ihres Zimmers. Sie lauschte aufmerksam mehrere Sekunden lang, die sich wie eine Ewigkeit zu dehnen schienen.

Es knarrte wieder.

Einen Augenblick lang dachte sie, es müsse Marguerite sein, wußte dann aber, daß sie es nicht war. Wer immer in der Halle war, war stehengeblieben, als die erste Diele knarrte, und Marguerite hätte das nicht getan. Es war also jemand anders.

Helenas Augen verengten sich in der Dunkelheit, als sie sich daran erinnerte, wie Anne an diesem Nachmittag im Korridor gestanden und auf die Tür des Kinderzimmers gestarrt hatte. Ihr Herz begann zu flattern, als sie begriff, was da geschah. Diese Frau wollte das Kinderzimmer betreten.

Ihr erster Instinkt war, nach dem Knopf neben ihrem Bett zu greifen und Marguerite zu rufen, doch während sie den Arm ausstreckte, änderte sie ihre Meinung.

Damit würde sie selbst fertig werden.

Sie schwang ihre Beine aus dem Bett und langte nach dem Seidenumhang, den Ruby auf den Stuhl an der anderen Seite des Nachttisches gelegt hatte. Warum konnte die dumme Frau ihn nicht auf dem Bett lassen, wo sie besser herankam?

Helena rappelte sich auf die Beine und stützte sich auf den Nachttisch, während sie nach dem Umhang griff. Dann setzte sie sich auf das Bett, um das Gewand überzustreifen.

Nachdem sie schließlich den Gürtel um die Taille gebunden und einen Schlüssel aus ihrer Nachttischschublade genommen hatte, begab sie sich langsam zur Tür, wobei sie sich an der Wand entlangtastete und ihr Atem mit jedem Schritt schwerer wurde.

Doch das Rasseln in ihrer Lunge zählte nicht.

Wichtig war allein, diese Frau von dem Kinderzimmer fernzuhalten!

Sie lehnte sich einen Moment an die Wand, während sie nach Atem rang, und öffnete dann die Tür. Das sanfte Glühen eines Nachtlichtes warf lange Schatten auf den Korridor, doch von Anne war nichts zu sehen.

Und dann hörte Helena unten eine weitere Diele knarren, und sie verstand augenblicklich, was Anne tat. Langsam ging sie den Korridor entlang, wobei ihre Knie unter ihr wankten und ihr Herz in ihrer Brust pochte. Als sie schließlich den Treppenabsatz erreicht hatte, mußte sie sich an das Geländer klammern, um nicht umzufallen.

Für einen Moment war Anne vergessen, als Helenas

Blick auf den verhaßten Sessellift fiel, der seit dem letzten Jahrzehnt ihre einzige Möglichkeit war, von einer Etage zur anderen zu kommen. Sie hatte nie die Absicht gehabt, ihn zu benutzen – ja, sie wollte ihn entfernt haben lassen, nachdem sie Marguerite vor so vielen Jahren schließlich verboten hatte, ihn zu benutzen. Doch das Herausreißen war nicht nötig gewesen, da ihre Tochter ihn nie wieder benutzt hatte, nachdem sie ihr erzählt hatte, daß der Sessel nur eine Krücke sei.

Er war also geblieben, und als ihr eigener Körper gebrechlich zu werden begann, hatte sie festgestellt, daß sie den Lift selbst brauchte. Aber nicht heute nacht. Heute nacht mußte sie nur ins Kinderzimmer gelangen, und bevor Anne dort war.

Sie begann wieder, den langen Korridor entlangzugehen und ignorierte den plötzlichen, scharfen, stechenden Schmerz in ihrem linken Arm.

Anne tastete sich durch die Dunkelheit der ersten Etage und fühlte sich noch immer schuldig bei dem, was sie tat. Aber sie hatte in dieser Nacht nicht einschlafen können, und lange, nachdem Kevin neben ihr leise zu schnarchen begonnen hatte, hatte sie wach gelegen und vor ihren Augen das Bild der verschlossenen Tür gesehen.

»Es gibt Dinge, an die rührt man nicht.«

Was mochte Ruby damit gemeint haben?

Was mochte in dem Kinderzimmer sein, daß es abgeschlossen werden mußte?

Schließlich verließ sie ihr Bett, glitt hinaus in das Dunkel des Korridors und schlich auf die Treppe zu. Doch jedesmal wenn eine Diele knarrte, blieb sie kurz stehen, aus Angst, erwischt zu werden. Aber das war lächerlich! Wobei erwischt werden? Sie tat nichts Schlechtes!

Und als sie die Treppe erreichte, hatte sie noch immer kein Licht angemacht. Nun stand sie zögernd vor der Küchentür und lauschte nach Geräuschen, ob Ruby noch wach war.

Schließlich stieß sie die Tür auf und griff nach dem Schlüsselbund, der an einem Haken direkt neben der Tür hing.

Das leise Klirren schien laut in der Küche zu hallen, als sie ihn vom Haken nahm, und sie dämpfte das Geräusch rasch mit ihrer Hand und eilte dann wieder zur Treppe zurück.

Sie konnte etwas anderes spüren, kaum daß sie den Treppenabsatz der zweiten Etage erreicht hatte. Sie blieb wieder stehen und lauschte, doch das Haus war ruhig, und die Insekten draußen hatten wieder ihr leises Zirpen begonnen. Und doch, als sie langsam über den Korridor auf die Kinderzimmertür zuging, überkam sie ein Gefühl des Unbehagens, das stärker als das Schuldgefühl war, das sie vorher empfunden hatte.

Vielleicht sollte sie es sein lassen und das Kinderzimmer einfach vergessen. Aber sie wußte, daß sie das nicht konnte.

Sie riß sich zusammen, ging rasch zu der Tür und begann, die Schlüssel auszuprobieren.

Der achte paßte.

Sie drehte ihn im Schloß, drehte dann den Knopf und schob die Tür einen Spalt auf.

Drinnen war das Zimmer pechschwarz, und Anne tastete an der Wand nach einem Lichtschalter. Einen Augenblick später war der Raum mit blendendweißem Licht erfüllt, und Anne stieß die Tür weit auf. Und schrie.

Eine zerschmetterte Wiege stand an eine Wand gelehnt, daneben die Überreste dessen, was offensichtlich einmal ein Kinderbettchen gewesen war. In einer Ecke stand ein winziger Schaukelstuhl. Nur wenige Meter davon entfernt ein Duplikat in voller Größe.

Die Polster beider Stühle waren aufgeschlitzt, und Baumwollpfropfen quollen aus den Schlitzen im Gewebe.

Die Überreste eines dicken, geflochtenen Teppichs bedeckten den Boden, und ein paar Bilder – die schief in zerbrochenen Rahmen hinter zersplittertem Glas hingen – zierten die Wände.

Und in der Mitte des Zimmers stand Helena Devereaux mit funkelnden Augen, und ihr Körper bebte vor Zorn.

So schnell wie er gekommen war, erstarb der Schrei auf Annes Lippen. Ihre Blicke schossen einen Moment in dem Chaos des völlig verwüsteten Zimmers herum und verharrten dann auf der alten Frau. »Ich – ich verstehe nicht«, flüsterte sie halb zu sich.

»Niemand hat dich gebeten zu verstehen«, zischte Helena. Sie machte einen Schritt auf Anne zu, und ihre Hände streckten sich wie Klauen der jüngeren Frau entgegen. »Niemand hat dich gebeten hierher zu kommen und in meinem Haus herumzuschnüffeln! Du hast hier nichts verloren, Weib! Glaubst du nicht, daß dieses Zimmer aus einem bestimmten Grund verschlossen ist? Oder ist dir das gleich?«

»Aber was ist denn, Miß Devereaux?« fragte Anne. »Was ist denn passiert? Warum wird es verschlossen gehalten?«

»Um Leute wie dich fernzuhalten«, schrie Helena. Sie bewegte sich wieder auf Anne zu, taumelte auf ihren wakkeligen Beinen vorwärts und richtete ihren Finger anklagend auf Anne. »Wie kannst du es wagen, hierher zu kommen? Wie kannst du es wagen, deine Nase in unsere Angelegenheiten zu stecken?«

Plötzlich weiteten sich ihre Augen, und sie trat zurück, als habe sie ein Schlag getroffen. Ihr ohnehin rotes Gesicht wurde zu einem tiefen Scharlachrot, und dann umkrallten ihre Hände ihre Brust. Sie keuchte – ein schreckliches, rasselndes Geräusch, das ihren ganzen Körper zu durchzukken schien – dann sackten die Beine unter ihr weg, und sie fiel zu Boden.

Mit vor Entsetzen weit aufgerissenen Augen starrte Anne kurz auf die gestürzte Frau, ließ sich dann neben ihrer Schwiegermutter auf die Knie nieder und nahm ihre Hand. Helena, deren Augen trotz des Schmerzes, der ihren Körper erfaßt hielt, bösartig funkelten, entzog ihr die Hand.

»Faß mich nicht an!« röchelte sie.

Anne erhob sich voller Panik und wandte sich zur Tür, wo Kevin stand und sie unsicher anschaute.

»Kevin!« schrie Anne. »Deine Mutter! Etwas ist mit ihr passiert! Schnell!«

»Ihre Medizin«, sagte Kevin, der an Anne vorbeieilte und neben Helena auf dem Boden kniete. »Sie steht auf dem Tisch neben ihrem Bett. Hol sie!«

Mit klopfendem Herzen eilte Anne aus dem Zimmer und rannte über den Korridor zu Helenas Suite. Sie stieß die Tür so heftig auf, daß sie laut gegen die Wand schlug. Sie wühlte einen Augenblick in dem Nachttisch herum und fand dann die kleine Tablettenflasche. Sie wollte gerade wieder zurück zum Kinderzimmer laufen, als Marguerite im Türrahmen auftauchte, ein Morgengewand eng um sich gewickelt.

»Was ist denn?« fragte Marguerite. »Was...« Dann sah sie das leere Bett. »Anne? Wo ist Mutter? Was ist geschehen?«

»Im Kinderzimmer«, sagte Anne rasch. »Ich glaube – ich weiß nicht – es sieht wie ein Herzanfall aus.« Sie eilte an Marguerite vorbei, die Tablettenflasche fest umklammert. »Ruf einen Krankenwagen, Marguerite. Schnell!« Sie rannte zum Kinderzimmer zurück und versuchte im Laufen den Flaschenverschluß zu öffnen.

»Wasser!« befahl Kevin.

Anne erstarrte für einen Augenblick und starrte auf Helenas Gesicht. Ihre Hautfarbe war jetzt totenblaß, und die Finger einer Hand zuckten spasmisch, als versuchten sie, einen unsichtbaren Gegenstand zu fassen. Dann fand Anne die Beherrschung wieder, eilte ins Badezimmer und kehrte in dem Augenblick mit einem Glas Wasser zurück, als Kevin drei Tabletten aus dem Glas schüttelte. Er legte den Kopf seiner Mutter in seinen Schoß und versuchte, ihr die Pillen in den Mund zu schieben. Aber Helena stieß seine Hand beiseite.

»Nein«, keuchte sie, und ihre Worte waren durch das schwere Keuchen ihres erstickten Atems kaum vernehmbar. »Es ist zu spät.« Dann öffneten sich ihre Augen weit, und sie starrte in das Gesicht ihres Sohnes. »Kevin...« begann sie, aber ihre Stimme erstarb.

»Ich bin hier, Mutter«, sagte Kevin. »Keine Angst – es geht dir bald wieder besser.«

Helenas Augen fixierten die seinen. »Versprich mir –« flüsterte sie. »Versprich mir –« Dann zuckte ihr Körper heftig, als ein neuer Krampf ihr Herz erfaßte.

»Was, Mutter?« fragte Kevin. »Was denn?«

Plötzlich wurde am Türeingang ein schwacher Schrei laut, und als Anne aufblickte, sah sie Marguerite mit aschfahlem Gesicht und weißen Knöcheln da stehen, die sich am Türrahmen festhielt. »Ist sie –?«

Anne schüttelte den Kopf. »Wo ist der Arzt?«

»Er – er kommt«, stammelte Marguerite. Sie eilte in das Zimmer, wobei ihr lahmes Bein unter ihr wegzuknicken drohte, und Anne eilte zu ihr und stützte sie auf dem Weg zu ihrer Mutter.

»Nein!« keuchte Helena, und ihre Augen funkelten Marguerite boshaft an. »Nicht sie! Bring sie raus! Hinaus!«

Mit vor Entsetzen geweiteten Augen wich Marguerite

zurück und bedeckte den Mund mit einer Hand. »Mama«, rief sie. »Stirb nicht, Mama. Du kannst nicht...«

Wieder schien Helena sich zu erholen. »Ich sterbe«, keuchte sie. »Willst du mir dabei nicht zusehen, Marguerite? Hast du nicht darauf all diese Jahre gewartet?« Dann zuckte ihr Körper wieder, und sie riß ihre Hände wieder an ihre Brust. Vor Schmerz gekrümmt klammerte sie sich an Kevin. Ihr Atem ging in kurzen Stößen. »Versprich mir...« brachte sie wieder heraus.

Kevin atmete heftig ein, als er die Worte seiner Mutter hörte, doch als ihre Hände sich wie ein Schraubstock um seine klammerten, konnte er nur nicken.

»Marguerite«, keuchte die alte Frau. »Kümmere dich um Marguerite...«

Ihr Blick begegnete dem seinen, und zum letztenmal spürte Kevin, wie die seltsame Willenskraft seiner Mutter ihn zu umfangen schien.

Selbst als sie da sterbend lag, wollte er sich ihr entziehen, wollte ihrem Einfluß entrinnen. Aber er konnte es als Kind nicht, und er konnte ihr jetzt nicht entkommen.

Und dann schrie Helena laut auf, als ein sengender Schmerz in ihrer Brust in jeden Teil ihres Körpers explodierte. Eine Ader an ihrer Stirn platzte, und ein zorniger purpurner Fleck breitete sich unter der Haut aus. Während der Schrei auf ihren Lippen erstarb, löste sich ihre Umklammerung von Kevins Hand, ihre Hände sanken beiseite, ihr Mund öffnete sich, und ihr Kopf fiel schlaff in Kevins Schoß. Der Ärger wich aus ihren Augen, und sie starrte blicklos nach oben, bis ihr Sohn sanft ihre Lider schloß.

Marguerite, die leise an der Wand neben der Tür jammerte, schien die Veränderung zu spüren.

»M-Mama?« fragte sie mit unsicherer und fast kindlicher Stimme. »Mama?«

Kevin blickte hilflos zu seiner älteren Schwester auf. »Sie ist von uns gegangen, Marguerite.«

»Neiiiiiiin...«

Das Wort dehnte sich zu einer schmerzvollen Klage auf Marguerites Lippen, und sie entzog sich Annes stützendem Halt, um in den Raum zu eilen. Ihr lahmes Bein verdrehte sich seltsam seitwärts. Sie sank zu Boden und nahm ihre Mutter in die Arme. »Nein, Mama«, flüsterte sie. »Du kannst mich nicht verlassen. Du kannst mich nie verlassen, Mama. Das lasse ich nicht zu! Ich lasse dich nicht gehen!« Gebrochen schluchzend begrub sie ihr Gesicht an Helenas stiller Brust, umarmte dann den Körper noch fester, als wolle sie dem Leichnam etwas von ihrer Wärme geben.

Kevin streckte die Hand nach ihr aus, aber plötzlich tauchte Ruby in der Tür auf. Sie trat rasch ein und drängte seine Hand zurück. Ihre Blicke begegneten sich, und Kevin spürte, daß die tiefdunklen Augen der alten Dienerin ihn gebannt hielten. »Lassen Sie sie, Mr. Kevin«, sagte Ruby ruhig. »Sie muß auf ihre Art damit fertig werden. Und das wird sie, Mr. Kevin. Das wird sie.«

Kevin versuchte zu protestieren, aber Ruby schüttelte den Kopf. »Ich kenne sie, Mr. Kevin. Ich kenne sie viel besser als Sie. Ich bin ihr ganzes Leben lang hier gewesen, und ich weiß, wie sie ist. Wir müssen sie in Ruhe lassen.«

Schwer seufzend drehte sie sich um und blickte auf den reglosen, zerbrechlichen Körper, der von ihrer Herrin übriggeblieben war. »Es wird alles gut«, sagte sie fast zu sich selbst. »Dafür sorge ich, Miß Helena. Dafür sorge ich.« Dann nahm sie Kevin bei der Hand und führte ihn aus dem verwüsteten Kinderzimmer.

Anne, die wie betäubt neben der Tür gestanden hatte, starrte Marguerite und Helena einen Augenblick lang an und wandte sich dann zum Gehen. Doch bevor sie das

Zimmer verlassen hatte, hörte sie Marguerites freudlose, leere Stimme.

»Sie hat mich verlassen«, sagte sie ruhig.

Anne wandte sich daraufhin wieder um und sah, daß Marguerite sie anschaute. Ihre Augen waren unbewegt und von einem Schmerz erfüllt, den Anne nie zuvor bei ihr gesehen hatte.

»Wie konnte sie das tun?« fragte Marguerite dann. »Wie konnte sie mich verlassen? Ich brauchte sie, Anne. Ich brauchte sie.«

6. Kapitel

Anne hatte voller Erstaunen geschaut, als die Autos am Nachmittag von Helena Devereaux' Beerdigung über den Damm strömten, doch nach kurzem Nachdenken fand sie, daß sie über diese Wendung eigentlich nicht überrascht sein sollte. Schließlich waren die Devereaux' trotz der offensichtlichen Depression des Gebietes fast zwei Jahrhunderte lang eine der ersten Familien des Landes gewesen, und sicherlich wurde der Tod der Matriarchin als besonderes Ereignis betrachtet. Und außerdem wurde ihr klar, daß die meisten Menschen, die zur Beerdigung auf die Insel kamen, Helena seit über einem Jahrzehnt nicht gesehen hatten und wahrscheinlich nicht die geringste Ahnung hatten, welch bösartige Vettel aus ihr geworden war. Marguerite hatte sich bestimmt nie beklagt, und wenn Anne Ruby nicht völlig falsch einschätzte, würde die alte Dienerin ebenso verschwiegen gewesen sein wie Marguerite.

Während Anne in der erstickenden Hitze des Julinachmittags stand und der Ortspfarrer etwas predigte, was sie für eine völlig fiktive Lobrede auf Helenas Seele hielt, schaute sie sich aufmerksam um. Bestimmt hatte die Helena Devereaux, über die der Pfarrer sprach, keine Ähnlichkeit mit der Frau, die Anne in der letzten Woche kennengelernt hatte. Schließlich hörte sie dem Pfarrer überhaupt nicht mehr zu und ließ ihre Blicke über die Gesichter der Menschen wandern, deren eigenes Schicksal über so viele Generationen an das der Devereaux' gebunden war. Die Gruppe, die sich auf dem kleinen Familienfriedhof ein paar hundert Meter unterhalb des Hauses versammelte, bestand fast zu gleichen Teilen aus Weißen und Farbigen, und viele Gesichter hatten Züge beider Rassen. Und soweit Anne sehen konnte, gab es keine Spannungen zwischen beiden, da Weiß und Schwarz Seite an Seite am Grabe standen.

Zu Annes weiterer Überraschung sahen die Stadtbewohner bei weitem nicht so ärmlich aus, wie sie erwartet hatte. Obwohl ein paar Männergesichter die tiefen Linien der endemischen Krankheit der ganz Armen zeigten, die bereits früh altern, schienen die meisten dem Mittelstand anzugehören, die zwar schwere Zeiten mitmachten, aber damit rechneten, daß die Situation nur vorübergehend war.

Die Frauen waren überwiegend Spiegelbilder ihrer Männer. Auch ihre Gesichter hatten das verwitterte Aussehen derer, für die das Leben nicht leicht gewesen war, aber sie sah nichts von hoffnungsloser Bitterkeit.

Es gab, wie sie bemerkte, auch eine eigenartige Ähnlichkeit zwischen den Gesichtern, die sie betrachtete. Auch das war verständlich, da viele Familien im Lauf der Jahre untereinander geheiratet haben mußten und dadurch miteinander verwandt waren. Sie unterdrückte ein Lächeln, als sie stumm überlegte, bei wie vielen von ihnen Devereaux-Blut durch die Adern rinnen mochte, und sie vermutete, daß der Prozentsatz weit höher war, als irgendwer in der Stadt zugeben würde.

Der Pfarrer verstummte, und Anne konzentrierte ihre Aufmerksamkeit auf den geschmückten Sarg, der auf einem kleinen Katafalk vor der offenen Tür der großen Marmorgruft ruhte, die die Überreste von vier Devereaux-Generationen barg. Anne hatte sich die Gruft zuvor angesehen und die Namen der längst toten Devereaux' gelesen. Die ersten von ihnen hatten französische Namen, doch über die Jahre waren schottische und irische Namen dazugekommen. Anne hatte einige der Inschriften nicht lesen können, da sie schon sehr verwittert waren. Doch Helenas Name war deutlich zu lesen. Er war erst am Tage zuvor von einem Steinmetz eingemeißelt worden, der eigens aus Charleston gekommen war, um Helenas Namen neben den ihres Gatten Rafe zu setzen.

Die Menge murmelte flüsternd ein Gebet, als die Bahrtuchhalter den Sarg von dem Katafalk hoben und ihn in die dunkle Marmorhöhle schoben. Dann trat Marguerite vor, ihre schlanke Gestalt in eine Kaskade schwarzen Chiffons gehüllt, und legte eine einzelne Rose auf den Sarg ihrer Mutter. Sie stand einen Augenblick reglos da, streckte dann die Hand aus, berührte den Sarg mit ihren Fingerspitzen und trat wieder zurück.

Kevin wiederholte das Ritual; dann defilierten die Trauergäste nacheinander an der offenen Gruft vorbei, sagten zu Marguerite ein leises Wort der Ermutigung, und verließen den Friedhof, um sich den sanften Hügel zum Haus hochzubegeben, wo ein kaltes Büffet auf der Veranda bereitstand. Anne, von Julie und Jeff flankiert, wartete, bis der letzte Stadtbewohner seine letzte Ehre erwiesen hatte, und trat dann vor. Zuerst legte sie, dann jedes der Kinder, eine Blume zwischen die anderen Blumen auf den Sarg. Danach streckte Marguerite die Hand zur schweren Tür der Gruft aus, zögerte aber. Mit feuchten Augen wandte sie sich an Kevin. »Ich kann es nicht«, sagte sie leise. »Ich kann's einfach nicht tun, Kevin.«

Kevin trat an die Seite seiner Schwester, zog die Tür zu und versperrte sie mit einem silbernen Schlüssel. Er legte seinen Arm um Marguerite und geleitete sie zum Haus.

»Ist alles vorbei?« fragte Jeff laut flüsternd, als auch Anne und die Kinder den Friedhof verließen.

»Es ist alles vorbei«, versicherte Anne ihrem Sohn, dem es irgendwie gelungen war, die halbe Stunde der Feierlichkeit relativ still zu bleiben. »Und ich wette, daß ihr, Toby und du, noch was zu essen bekommt, bevor alles weg ist.« Jeffs Gesicht strahlte, und er rannte voraus und verschwand in der Menge, um eine Sekunde darauf mit Toby im Schlepptau wieder aufzutauchen. Die beiden eilten die Stufen zur Veranda hoch und begannen Essen auf ihre Teller zu häufen. Anne grinste Julie kläglich an. »Ich habe das Gefühl, daß wir Schwierigkeiten haben werden, Jeff zur Heimkehr zu überreden«, bemerkte sie. »Hast du je erlebt, daß jemand so schnell einen engen Freund findet?«

»Toby ist nett«, erwiderte Julie. »Ja, die meisten Kinder hier sind nett. Sie sind nicht wie die Leute, die wir in Connecticut kennen.«

Anne schaute ihre Tochter mit gelinder Überraschung an. »Ich dachte, du magst deine Freunde.«

»Das tue ich auch«, sagte Julie rasch, wobei sie errötete. »Aber hier unten sind alle anders. Sie machen sich keine Gedanken darüber, wer das schönste Haus hat oder das meiste Geld oder irgend so was.«

»Es dürfte schwer sein, sich über Geld Gedanken zu machen, wenn man keins hat«, betonte Anne.

»Sie sind nicht arm«, sagte Julie. »Jennifers Vater arbeitet in Charleston, und das machen die meisten Väter ihrer Freundinnen auch.«

Annes Gesichtsausdruck wurde unsicher. »Aber wenn sie alle arbeiten, warum machen sie nichts an ihren Häusern? Die ganze Stadt sieht aus, als würde sie einstürzen?« Als Julies Augen sich verdüsterten und sie von ihrer Mutter wegschaute, vertiefte sich Annes Unsicherheit. »Julie, was ist? Stimmt etwas nicht?«

Julie zuckte umständlich mit den Schultern und sah dann Jennifer Mayhew, die mit einem anderen Mädchen und drei Jungen zusammenstand. »Da ist Jenny«, sagte sie winkend, »ich sollte sie begrüßen.« Sie wollte gehen, doch Anne hielt sie zurück.

»Julie, was stimmt nicht?«

Julie zögerte wieder, dann begegnete ihr Blick dem ihrer Mutter. »Vielleicht solltest du besser Papa fragen«, sagte sie. »Frag ihn, warum die Stadt so aussieht!« Bevor Anne etwas darauf erwidern konnte, eilte Julie den Hang hinauf und wurde von einer Gruppe von Teenagern verschluckt.

Anne blieb einen Augenblick stehen und überlegte, was Julie gemeint haben mochte. Noch immer über die Frage nachdenkend, ging sie den sanften Hügel hoch. Doch an diesem Nachmittag sollte sie nicht herausfinden, welche Bedeutung Julies eigenartige Worte hatten, denn als sie sich zu der Menge der Trauernden begab, die sich im Schatten der Bäume zusammengefunden hatten, fühlte sie sich zunehmend wie eine Außenseiterin. Und das war sie natürlich.

All die Menschen hier – sogar ihr Mann – teilten eine gemeinsame Herkunft, von der sie nichts wußte. Und wenn sie mit ihnen sprach oder mit ihnen zu sprechen versuchte, spürte sie die Kluft zwischen sich und den Menschen von Devereaux größer werden.

Nicht, daß jemand unhöflich zu ihr gewesen wäre. Sie

spürte, daß die meisten ihr gegenüber freundlich waren. Aber es war die Freundlichkeit, die Ortsansässige Fremden gegenüber zeigen, nicht die Freundlichkeit von Freunden untereinander.

Nach knapp dreißig Minuten war Anne sicher, daß, egal wieviel Zeit sie in Devereaux verbringen würde – und sollte es der Rest ihres Lebens sein –, sie dort nie hineinpassen würde.

Lange bevor die ersten Trauergäste heimgegangen waren, hatte sie Zuflucht in dem Zimmer gesucht, das sie mit Kevin teilte.

Und das war des Übels Wurzel, fand sie, als sie sich auf dem Bett ausstreckte. Dies war nicht ihr Zimmer und würde es auch nie sein. Es war nur das Zimmer, das sie mit Kevin teilte, der, anders als sie, ein echter Devereaux war.

Aber das ist egal, sagte sie sich, während sie ihre Augen schloß. Es ist egal, weil wir in ein paar Tagen heimfahren werden...

»Hast du schon mal vorher eine Leiche gesehen?« fragte Toby, und starrte düster auf den Teller mit Kartoffelsalat, auf den er plötzlich keinen Appetit mehr hatte.

Jeff schüttelte stumm den Kopf.

»Irgendwie fand ich das komisch«, gab Toby zu.

»Ich auch«, stimmte Jeff zu. Aber es hatte mehr bei ihm bewirkt, als daß er sich nur komisch fühlte. Er hatte während der Feier so ruhig wie nur möglich gestanden und überlegt, was passieren mochte, wenn alles vorbei war. Er war froh gewesen, daß man den Sarg nicht wieder geöffnet hatte, bevor er in die Gruft geschoben wurde – es war schon schlimm genug gewesen, daß er drei Tage lang in der Bibliothek gestanden hatte und jeder aus der Stadt gekommen war, um einen Blick auf die seltsame weiße

Maske zu werfen, die überhaupt nicht wie seine Großmutter aussah. Er hatte sich die Leiche oft angesehen – immer dann, wenn niemand da war, um ihn aus der Bibliothek zu vertreiben – und sich versucht vorzustellen, warum seine Großmutter jetzt so anders aussah, da sie tot war. Doch sogar jetzt, nachdem man sie begraben hatte – falls man das so nennen konnte, wenn man eine Leiche in eine steinerne Kiste über dem Boden schob, war er sich dessen nicht sicher. Er wußte nur, daß es unheimlich gewesen war, die Leiche anzuschauen.

Noch unheimlicher war die Art, wie Tante Marguerite ihn angeschaut hatte, als sie ihn gestern in der Bibliothek entdeckt hatte. Ihr Gesicht war weiß gewesen und ihr Haar völlig wirr, und eine Sekunde lang hatte sie für Jeff genau wie seine Großmutter ausgesehen.

Doch als sie ihn dann direkt angeschaut hatte, war ihm eine Gänsehaut über den Körper gelaufen. Es war genau die Art, wie seine Großmutter ihn angeschaut hatte, als sie an ihrem ersten Tag in Sea Oaks in diesem Sessel heruntergekommen war.

Als ob sie nicht sicher sei, wer er war, es ihr auch egal war.

Und es war ihr egal, das hatte Jeff sofort gewußt, weil ihn seine Großmutter aus irgendeinem Grunde haßte – obwohl sie ihn nicht einmal kannte.

Und gestern hatte ihn Tante Marguerite für einen Sekundenbruchteil genauso angesehen.

Als ob sie ihn haßte.

Er spürte, wie ein Schauer über seinen Rücken lief und schaute sich schnell um, als ob seine Tante seine Gedanken lesen könnte. Aber da sie nirgendwo zu sehen war, stupste er Toby mit seinem Ellenbogen an. »Komm«, sagte er. »Gehen wir zum Strand.« Sie begannen sich wieder den Weg durch die Menge zu bahnen, und Jeff war erleichtert, daß er seiner Tante nicht begegnete.

Marguerite stand unter der größten Eiche. Die Gesichter der Menschen, die sie ein Leben lang gekannt hatte, verschmolzen miteinander, bis sie nicht mehr genau wußte, mit wem sie sprach. Und dann trat eine große Gestalt aus der Menge, und plötzlich stand Will Hempstead vor ihr. Fast dreißig Zentimeter größer als Marguerite lächelte er auf sie hinab, seine Augen mit Sorge erfüllt. »Kann ich etwas tun?« fragte er mit so leiser Stimme, daß nur Marguerite ihn hören konnte. »Wenn es irgend etwas gibt, Marguerite, sag es mir.«

Marguerite lächelte schwach und schüttelte den Kopf. »Aber dein Angebot ist lieb, Will. Nach all diesen Jahren und all dem, was geschehen ist...« Ihre Stimme wurde verlegen.

»Ist schon gut«, versicherte Will ihr. »Ich bin jetzt viel älter, Marguerite, und du auch, aber es hat sich nichts geändert, Marguerite. Ich hoffe, du weißt das.«

Marguerite hob den Kopf und schaute Will an. »Aber es hat sich etwas verändert, Will. Alles hat sich verändert, und nichts kann wieder so sein, wie es war.« Sie konnte sehen, daß Will etwas sagen wollte – etwas, das sie vielleicht nicht hören wollte – und sah dann, daß ihr Bruder ein paar Meter entfernt stand. »Kevin?« rief sie. »Kevin, komm und begrüße Will Hempstead. Du erinnerst dich doch noch an Will?«

Kevin entschuldigte sich bei der Gruppe, mit der er geplaudert hatte, und kam mit ausgestreckter Hand herüber. »Wahrscheinlich erinnert sich Will viel eher nicht mehr an mich. Ich glaube, ich habe dich nicht mehr gesehen, seit ich acht oder zehn Jahre alt war.« Er drückte Wills Hand fest. »Was machst du beruflich?«

»Gesetz«, verkündete Will. »Allerdings festnehmenderweise, nicht vor Gericht.«

»Will ist der Polizeichef«, erklärte Marguerite, und Kevin meinte, daß ihre Stimme plötzlich ein wenig zu fröhlich sei. »Alle sagen, daß er die richtige Persönlichkeit für die Aufgabe ist, aber ich glaube, man hat ihn dazu gemacht, weil er so groß ist, daß niemand wagen würde, mit ihm zu streiten.«

»Und ich glaube, du spottest immer noch soviel wie damals, als du noch ein Mädchen warst«, erwiderte Will Hempstead, strahlte aber über ihre Worte. Dann wandte er sich Kevin zu. »Ich habe bereits gehört, daß du hier bist. Viele Leute sind froh, daß du wieder zurück bist.«

Kevin zuckte die Schultern. »Ist schön, willkommen zu sein, aber ich fürchte, ich werde nicht lange bleiben. Ich werde wohl noch drei Tage hier sein und dann zurück nach Norden fahren.«

Hempstead wirkte überrascht. »Du bleibst nicht?« fragte er. »Ich habe was anderes gehört. Die Leute sagen, du hättest Frau und Kinder mitgebracht und würdest hierher ziehen. Und wenn du's nicht tust«, fügte er hinzu, »dann würd's mir leid tun.« Er zwinkerte Kevin zu. »Ich hab' deine Tochter gesehen – das hübscheste Mädchen, das wir hier hatten, seit Marguerite erwachsen ist. Aber da sie genau wie Marguerite aussieht, bin ich wahrscheinlich voreingenommen.«

»Will!« rief Marguerite aus.

»Aber es ist doch wahr, oder?« fragte Will.

»Auch wenn's das ist, ist das weder Zeit noch Ort, so etwas zu sagen«, protestierte Marguerite. Sie ließ Kevin und Hempstead allein und ging über den Rasen, ihre rechte Hand an die Hüfte gepreßt, und ihr Hinken war stärker als sonst. Will Hempstead schaute ihr nach, und sein Blick wurde abwesend.

»Du magst sie noch immer?« fragte Kevin schließlich, und der Polizeichef errötete stark, nickte aber.

»Das werde ich wohl immer«, sagte er. »Und jetzt, da Miß Helena gestorben ist...« Er beendete sichtlich verlegen den Satz nicht.

»Jetzt, da Mutter tot ist, kannst du wieder herkommen?« führte Kevin den Satz zu Ende. Bevor Will etwas sagen konnte, fuhr Kevin fort. »Ich überlege, was sie jetzt tun wird. Da sie all diese Jahre mit Mutter gelebt hat, habe ich das Gefühl, daß eine Weile alles sehr schwer für sie sein wird.«

Hempstead schüttelte den Kopf. »Sie kommt schon klar. Es gibt niemand in der Stadt, der Marguerite nicht sehr mag, trotz der alten Dame. Sie braucht nur etwas zu sagen und die Leute scharen sich um sie.« Dann richtete sich sein Blick betont auf Kevin. »Natürlich würde es helfen, wenn ihr Bruder auch eine Weile da wäre, wenn du verstehst, was ich meine. Du bist ihr einziger Angehöriger, und sie wird dich brauchen. Tatsächlich«, fügte er hinzu, »wird die ganze Stadt dich brauchen.«

Kevin bewegte sich unbehaglich. »Ich weiß, was du meinst, Will. Und ich habe die Absicht, Mutters Angelegenheiten zu ordnen. Aber das wird nicht lange dauern, und wenn es erledigt ist, werde ich wieder fahren.«

Ein dritter Mann gesellte sich zu ihnen. Es war Sam Waterman, ein weißhaariger Anwalt, der sich seit fast einem halben Jahrhundert um Helena Devereaux' Angelegenheiten gekümmert hatte. Kevin war nicht überrascht, daß Waterman trotz dieses Anlasses wie gewohnt einen weißen Anzug trug. »Hörte ich, daß Sie wieder gehen wollen?« fragte er Kevin scharf.

Kevin wiederholte, was er Will Hempstead erzählt hatte, und der alte Anwalt hörte schweigend zu. Doch dann schüttelte er seinen Kopf.

»Ich würde nicht damit rechnen«, sagte er leise.

Kevin runzelte die Stirn. Was mochte der Anwalt meinen?

»Wie bitte?« fragte er.

»Ich würde nicht damit rechnen, zu gehen«, wiederholte der Anwalt. »Ich würde nicht einmal vor morgen darüber nachdenken, wenn ich das Testament verkünde. Und anschließend werden Sie sicher ihre Meinung ändern.« Dann wandte er sich freundlich lächelnd einer anderen Gruppe zu.

Kevin starrte ihm einen Augenblick nach und fragte sich, was der Anwalt gemeint haben mochte. Plötzlich drangen die Worte, die Ruby in der ersten Nacht in Sea Oaks gesagt hatte, wieder in sein Gedächtnis.

»Sie sind ein Devereaux, Mr. Kevin, und Sie werden in Sea Oaks bleiben.«

Trotz der wabernden Hitze des Nachmittags durchlief ihn ein Frösteln.

In dieser Nacht fand Kevin keinen Schlaf. Nicht nur, daß Sam Watermans Worte ihm durch den Kopf gingen. Nach dem Abendessen hatte ihm Anne von der rätselhaften Unterhaltung mit Julie nach der Beerdigung erzählt. Als sie fertig war, nickte er. »Es ist die Pacht«, sagte er, während er sich einen Bourbon mit Wasser einschenkte. »Niemand in Devereaux besitzt das Land, auf dem sein Haus oder sein Geschäft steht.«

Anne war verblüfft. »Wie bitte?«

»Pacht«, hatte Kevin erklärt. »Meine Familie hing immer am Land. Als sich Ende des vergangenen Jahrhunderts die Lage verschlechterte, verkaufte sie kein Land, sondern verpachtete es – auf neunundneunzig Jahre. Die ersten Pachten laufen in den nächsten Jahren aus. Was bedeutet, daß gesetzlich jedes Gebäude in Devereaux mit dem Land an uns zurückfällt. Deshalb«, fügte er hinzu, als sie der Schreck auf Annes Gesicht zu zeigen begann, »sieht die Stadt so aus. Wer sollte Geld ausgeben, um Gebäude zu erhalten, die ihm nicht gehören? Niemand in der Stadt ist bankrott, Anne. Sie wissen nur nicht, was als nächstes geschehen wird.«

Annes Augen hatten sich verengt. »Das meinten sie also damit, als sie wissen wollten, was wir vorhaben?«

Kevin hatte müde genickt. »Will Hempstead hat mich heute auch gefragt, aber ich habe ihn abgewehrt.«

»Und das wirst du tun?« hatte Anne gefragt.

Kevin schüttelte seinen Kopf. »Darüber schlafen. Und abwarten, was Sam Waterman zu sagen hat. Dann können du und ich und Marguerite entscheiden, was das Richtige ist.«

Anne hatte protestierend ihre Hände gehoben. »Nicht ich«, sagte sie. »Es liegt allein bei dir und Marguerite. Ich bin noch nie zuvor hier gewesen, ich kenne keinen der Menschen, die betroffen sind und, um ganz offen zu sein, mir liegt nicht viel an der Stadt.« Als Kevin ihr einen spöttischen Blick zugeworfen hatte, hatte sie halb entschuldigend gesagt: »Was kann ich sagen? Ich habe beobachtet, wie alle heute nachmittag dich und Marguerite behandelten, und ich habe gespürt, wie man mich behandelte. Für sie gehörst du zu Devereaux, und es ist völlig gleich, daß du hier nicht mehr lebst. Du gehörst zu ihnen. Aber nicht ich.« Als Kevin versucht hatte, mit ihr darüber zu reden, hatte sie ihm das Wort abgeschnitten. »Oh, sie waren höflich. Das ist es nicht – es ist nur ein Gefühl. Ich habe das Gefühl, daß sie mich für eine Außenseiterin halten, und sie haben recht. Also entscheidest du mit Marguerite, was zu tun ist, und mach dir meinetwegen keine Sorgen. Ich bin kein Teil von Sea Oaks oder Devereaux und werde es nie sein.«

Sie ließen es dabei bewenden, und nun schlief Anne friedlich neben ihm. Aber Kevin war noch wach, und in seinem Kopf drehte sich alles. Da er wußte, daß er nicht einschlafen konnte, stand er schließlich auf und verließ das Zimmer. Am anderen Ende des Korridors fiel ein Lichtschimmer unter Marguerites Tür durch, und Kevin ging hinüber und klopfte leise an. Seine Schwester forderte ihn zum Eintreten auf.

Marguerite saß auf dem Bett, eine Lesebrille auf der Nase. Sie nahm sie ab, als er eintrat, und zeigte dann aufs Bett, damit er sich neben sie setzte.

»Wie fühlst du dich?« fragte Kevin.

»Ganz gut«, erwiderte Marguerite. »Aber noch benommen. Doch das wird vorbeigehen; ich schaffe es schon.«

»Das tust du immer«, sagte er weich. »Manchmal erstaunst du mich. Wie hast du es mit ihr all die Jahre aushalten können?«

Marguerites Augen verdunkelten sich leicht. »Ich habe sie geliebt, Kevin«, sagte sie. Als er sprechen wollte, legte sie einen Finger auf seine Lippen. »Ich weiß, was du empfunden hast, aber nicht ich. Sie hat sich auch um mich gekümmert, Kevin. Nach dem –« Sie zögerte einen Moment und zwang sich weiterzusprechen. »Du weißt, daß sie sich nach meinem Unfall um mich gekümmert hat.«

»Wie könnte ich das vergessen?« sagte Kevin, in dessen Stimme plötzlich deutliche Bitterkeit zu hören war. »Sie schickte mich ins Internat, damit sie all ihre Zeit mit dir verbringen konnte.«

Marguerites Augen füllten sich mit Tränen. »Glaubst du das?«

»Warum sollte ich nicht? Es ist doch wahr, oder?«

Marguerite schwieg lange, nickte aber schließlich matt. »Ich glaube, es war so«, stimmte sie zu. »Und es war nicht fair. Aber es war für mich auch eine schlimme Zeit, Kevin.

Und am Ende gingst du von hier weg. Das habe ich nie getan.«

Kevin ergriff ihre Hand. »Nun, es ist noch nicht zu spät. Ich denke, du kannst jetzt alles tun, was du willst. Wenn wir Sea Oaks verkaufen...«

Marguerite entzog ihm ihre Hand. »Sea Oaks verkaufen?« wiederholte sie. »Kevin, das meinst du doch nicht im Ernst? Wo sollte ich leben? Was sollte ich tun?«

Augenblicklich bedauerte Kevin seine Worte. »Ich sagte nur ›wenn‹«, versicherte er ihr. »Wir tun bestimmt nichts, was du nicht willst.«

»Also ich weiß, daß ich nicht von hier weggehen möchte«, sagte Marguerite. »Ich habe mein ganzes Leben hier verbracht. Ich will nicht sagen, daß es immer glücklich war, aber es ist mein Zuhause, und ich weiß, daß ich nirgendwoanders leben könnte.« Ihre Stimme wurde ängstlich. »Ich brauche nicht viel Geld...«

»He!« protestierte Kevin. »Wenn du das willst, werden wir natürlich einen Weg finden, damit du hierbleiben kannst. Und wir wollen jetzt nicht mehr darüber reden. Warten wir bis morgen und sehen, was Sam zu sagen hat. Okay?«

Marguerite schaute ihn an und lächelte dann. »Okay.« Sie schaute auf die Uhr. »Und ich meine, du solltest längst im Bett sein. Du bist schließlich mein kleiner Bruder, und ich kann dich zu Bett schicken, wann ich will, stimmt's?«

»Stimmt«, gab Kevin zu, stand auf und beugte sich, um seine Schwester auf die Wange zu küssen. »Und sei tapfer, Schwester, ja?«

»Bin ich das nicht immer?« erwiderte Marguerite.

Nachdem Kevin das Zimmer verlassen hatte, setzte sie wieder ihre Brille auf und versuchte, sich auf das Buch zu konzentrieren, das sie lesen wollte. Aber es nützte nichts. Ohne Mutter fehlte etwas im Haus.

Schließlich schaltete sie das Licht aus und lag dann flach auf dem Bett. In ihrer rechten Hüfte begann ein brennender Schmerz zu wüten.

Sie versuchte, den Schmerz zu ignorieren.

Aber das ging nicht. Er war immer da, lauerte hinter ihrem Bewußtsein und brach an Tagen wie diesen, wenn etwas sie aufregte, durch und beherrschte ihren ganzen Körper.

So war es seit drei Tagen, seit ihre Mutter gestorben war.

Der Schmerz wurde jeden Tag schlimmer...

Es war der Traum, der Jeff weckte. Er hatte seine Großmutter gesehen. Ihre kalten Augen funkelten ihn an, ihre knochigen Finger zeigten anklagend auf ihn. Aber er wußte nicht, warum sie böse auf ihn war.

Er wußte nur, daß sie ihm weh tun wollte.

Daß sie ihn töten wollte.

Gerade als sie die Hände nach ihm ausstreckte, ihre Finger seinen Hals umfaßten, wachte er auf.

Ein paar Minuten lag er mit pochendem Herzen still im Bett und lauschte den Geräuschen des Hauses.

Er identifizierte sie nacheinander.

Das seltsame kratzende Geräusch – das, was so klang, als versuchte jemand durch das Fenster zu kommen – war nur ein Zweig, der die Scheibe streifte.

Das hohle Klopfen – das Geräusch, das in der ersten Nacht so unheimlich gewesen war, als ob ein Geist an die Tür klopfte – war ein lockerer Fensterladen in der zweiten Etage direkt über seinem Zimmer.

Das Knarren und Ächzen waren die Bewegungen des Hauses, und vor solchen Geräuschen hatte er nie Angst gehabt – in dem Haus in Connecticut gab es sie auch.

Aber etwas hatte ihn aufgeweckt, und nachdem er

schließlich all diese Nachtgeräusche identifiziert hatte, stieg er aus dem Bett und ging zur Tür. Er preßte sein Ohr an das Holz und lauschte aufmerksam.

Nichts.

Er ging zum Fenster und spähte ängstlich in die Dunkelheit. Ein Halbmond schimmerte über dem Meer, und er sah den Silberstreifen, der sich über das kräuselnde Wasser ergoß, und die Brandung, die hell im Mondlicht funkelte.

Dann sah er die Bewegung.

Eine Sekunde lang war er sich nicht sicher, weil sie verschwunden war, als er wieder dahin blickte, wo er sie zu sehen geglaubt hatte.

Er wechselte den Blick und sah sie wieder.

Er schloß einen Moment die Augen, damit sie sich an die Dunkelheit gewöhnten und öffnete sie wieder.

Und schluckte, und sein Herz begann zu rasen.

Etwa dreißig Meter hinter dem Haus, auf dem Friedhof, schien sich eine weiße Gestalt zwischen den Grabsteinen zu bewegen.

Ein Geist.

Der Geist seiner Großmutter.

Aber das war dumm, sagte er sich. So etwas wie Geister gab es nicht, außer in Filmen.

Nur, daß der da war, so klar zu sehen, wie es seine Großmutter in seinem Traum gewesen war. Er konnte ihn nicht genau sehen, weil die Äste der Eiche in der Brise schwankten. Doch alle paar Sekunden konnte er einen Blick davon erhaschen, wie der Geist sich über den Friedhof bewegte und langsam um die Gruft herumging.

Sein Herz pochte noch schneller, und er spürte, wie der kalte Klumpen Furcht sich in seinem Bauch zu festigen begann.

Sollte er wieder ins Bett kriechen und sich die Decke

über den Kopf ziehen? Aber wenn der Geist ihn gesehen hatte und zu ihm kam?

Julie würde wissen, was zu tun war.

Mit zitternden Beinen ging er zur Tür und lauschte wieder. Er drehte den Türknopf und zog die Tür einen Spalt auf.

Der Korridor war pechschwarz, und seine Großmutter schien durch die Finsternis nach ihm zu greifen, ihre eisigen Finger um seine Kehle zu legen.

Er wich zurück, und Panik erfüllte ihn.

Aber er konnte nicht bleiben, wo er war. Jetzt nicht mehr.

Dann wußte er, was er zu tun hatte.

Er drückte den Lichtschalter, und der Kronleuchter im Zimmer ging an. Er öffnete wieder die Tür. Obwohl der Spalt nur einen Zentimeter breit war, war es schon besser. Langsam vergrößerte er den Spalt, und der Lichtstrahl verbreiterte sich.

Er schaute in beide Richtungen, spähte in die dunklen Schatten hinter dem Licht. Dann holte er tief Atem, rannte den Korridor hinunter und eilte durch die Tür in Julies Zimmer, wo er in ihr Bett sprang und die Decke fest um sich hüllte. Julie richtete sich sofort auf.

»Jeff?« fragte sie. Sie zog ihm die Decke weg und schaute ihn an. »Jeff! Was machst du denn?«

Jeff schluckte den Kloß in seiner Kehle herunter und versuchte, normal zu sprechen. »G-Geist«, brachte er heraus. »Auf dem Friedhof ist ein Geist, Julie!«

Julie starrte ihn an. »Wovon redest du?«

»Ich hab' ihn gesehen«, beharrte Jeff. »Ich wachte auf und wußte, daß etwas nicht in Ordnung war, und als ich aus dem Fenster schaute, sah ich ihn!«

»Wen hast du gesehen?« wollte Julie wissen.

»Einen Geist! Er war ganz weiß, und es war, als ob er schweben würde!«

Julie verdrehte die Augen. »Das ist dumm. Geister gibt es nicht, und das weißt du.«

»Ich hab' ihn gesehen!« beharrte Jeff. »Wenn du mir nicht glaubst, dann sieh doch selbst nach!«

Plötzlich glaubte Julie zu verstehen. »Du glaubst wohl, du brächtest mich dazu, aufzustehen und aus dem Fenster zu schauen, damit du mich auslachen kannst? Das schaffst du nicht. Also geh jetzt wieder in dein Bett, oder ich rufe Mama und Papa.«

Jeff blieb wo er war, und sein Gesicht war trotzig. »Ist mir egal«, sagte er. »Ich weiß, was ich gesehen habe.«

Julie zögerte. Bisher hatte die Drohung, ihre Eltern zu rufen, Jeffs Spielen immer ein Ende gesetzt. Diesmal sah er wirklich verängstigt aus. Schließlich stieg sie seufzend, aber neugierig aus dem Bett und ging ans Fenster.

Der Friedhof lag düster im Mondlicht und war bis auf die Gruft und ein paar Grabsteine völlig leer.

»Da ist nichts«, sagte Julie.

»Da ist doch was«, sagte Jeff, der blieb, wo er war.

»Da ist nichts«, beharrte Julie. »Wenn du mir nicht glaubst, schau doch selbst!«

Ein langes Schweigen entstand, und schließlich stieg Jeff aus dem Bett und trat vorsichtig ans Fenster. Bevor er hinausschaute, ergriff er eine Hand seiner Schwester. Dann nahm er seinen Mut zusammen und schaute wieder in die monderleuchtete Stille der Nacht. Der Friedhof war leer.

Er hielt den Atem an, und seine Augen füllten sich mit Tränen. »Aber er war da«, sagte er. »Ich sah ihn. Ich weiß, daß ich ihn gesehen habe.«

Schließlich brachte Julie ihren Bruder wieder zu Bett, überzeugt davon, daß das, was immer er gesehen haben mochte, ihn wirklich erschreckt haben mußte. »Was es auch war, jetzt ist es weg. Aber wenn du willst, kannst du heute nacht bei mir schlafen, ja?«

Jeff nickte ernst und ließ sich von Julie zudecken. Eine Minute darauf lag sie ebenfalls im Bett und löschte das Licht.

Mehrere Minuten lang war es still im Zimmer. Dann sträubte sich das Haar in Jeffs Nacken, und er spürte einen Schauer über sein Rückgrat laufen.

»Buh!« schrie Julie, die ihn von hinten packte.

Jeff quietschte, mußte dann aber kichern. Aber nachdem sich sein Kichern gelegt hatte und Julie eingeschlafen war, blieb das Bild dessen, was er auf dem Friedhof gesehen hatte, in seinem Kopf.

Es war ein Geist, und er war Wirklichkeit gewesen.

Und wenn er in seinem Zimmer geblieben wäre, wäre er zu ihm gekommen.

7. Kapitel

»Ich habe etwas gesehen!« brauste Jeff auf. Sein Kiefer war trotzig, und seine Augen verengten sich zu erbosten Schlitzen, als er seine Schwester über den Küchentisch anfunkelte.

Aber Julie zuckte nur die Schultern und goß etwas Zuckersirup auf die Pfannkuchen, die Ruby ihr hingestellt hatte.

»Ich habe ja nicht gesagt, du hättest nichts gesehen«, erwiderte sie, wobei sie vorsätzlich mit der geduldigen Stimme sprach, die, wie sie wußte, Jeff noch mehr aufbrachte. »Ich habe nur gesagt, du hättest keinen Geist gesehen. So etwas wie Geister gibt es nicht.«

»Woher weißt du das?« fragte Jeff. »Nur weil du's sagst, muß das ja nicht sein!«

»Und weil du's sagst, muß es auch nicht sein.«

Ruby kam mit einem riesigen gefüllten Teller zu ihnen und setzte sich zu den Kindern. »Worüber streitet ihr denn so früh am Morgen?« fragte sie.

Bevor Jeff ein Wort sagen konnte, sagte Julie: »Jeff meint, er hätte heute nacht einen Geist gesehen. Hast du schon mal so was Dummes gehört?« Doch statt zu nicken, wie Julie erwartet hatte, schaute Ruby Jeff an, und ihre Augen funkelten hell.

»Unten auf dem Friedhof?« fragte sie. »Bei der Gruft?«

Jeffs Augen weiteten sich überrascht, und er nickte. »Er war ganz weiß«, keuchte er. »Fast als würde er schweben oder so.«

Wieder nickte Ruby. »Das wird Miß Helena gewesen sein«, sagte sie ruhig. »Ich dachte mir, daß sie sich zeigen würde.«

»Großmutter?« fragte Jeff.

Doch bevor Ruby antworten konnte, brach Julie in Gelächter aus. »Ach, hör auf, Ruby, du machst Witze.«

Ruby wirbelte herum, und als sich ihre Augen auf Julie richteten, war in ihnen eine Finsternis, die das Gelächter auf den Lippen des Mädchens ersterben ließen. »Hier machen wir keine Witze über solche Dinge.«

»A-aber so etwas wie Geister gibt es nicht«, wiederholte Julie. Doch ihre Stimme hatte an Überzeugung verloren.

»Nein?« fragte die alte Frau. »Vielleicht gibt es keine, wo ihr herkommt. Aber hier unten sind die Dinge anders. Und wenn Jeff sagt, er hat letzte Nacht einen Geist gesehen, dann würde ich ihm an deiner Stelle glauben.«

Ermutigt schaute Jeff voller Ehrfurcht Ruby an. »Hast du je einen Geist gesehen?«

Ruby schürzte kurz die Lippen und nickte dann wieder. »Ich denke ja«, sagte sie. »Tatsache ist, daß es auf dieser Insel nicht viele Menschen gibt, die noch keinen gesehen haben. Zumindest nicht, wenn sie hier waren, nachdem jemand starb. Passiert jedesmal. Passierte, als euer Großvater starb – ich hab' die Erscheinung selbst gesehen.«

Julie hatte ihr Frühstück vergessen und schaute aus dem Fenster. Obwohl die Morgensonne hell strahlte und die Hitze die Luft bereits zum Flimmern brachte, merkte sie, daß sie schauderte, als sie den Hang hinab auf den Familienfriedhof schaute. Einen Augenblick lang bildete sie sich fast ein, sie könnte etwas sehen –

Nein! Sie schüttelte das seltsame Gefühl ab und wandte sich wieder Ruby zu. »Ich sag' trotzdem, daß es keine Geister gibt«, beharrte sie, fragte sich aber plötzlich, wen sie eigentlich überzeugen wollte – Ruby oder sich.

Ruby schaute sie mit ruhigen Augen an. »Du kannst glauben, was du willst«, sagte sie. »Das ändert nichts. Ich weiß, was ich gesehen habe. Und wenn Miß Helena letzte Nacht zurückgekommen ist, wäre ich nicht überrascht. Es gibt hier Leute, die alle Devereaux' haben zurückkommen sehen. Einige Leute sagen, daß sie die Insel nie verlassen, und in manchen Nächten – wenn der Mond richtig scheint – kann man sie alle um die Insel wandern sehen.«

Jeffs Augen waren jetzt so groß wie Untertassen. »Aber was wollen sie? Was tun sie?«

Ruby zuckte umständlich die Schultern. »Wer weiß? Vielleicht schauen sie sich nur um, ob alles in Ordnung ist.« Dann verengten sich ihre Augen, sie blickte abwesend, und ihr Stimmfall senkte sich. »Oder vielleicht wollen sie etwas«, fuhr sie fort. »Bei den Toten weiß man das nie. Aber ich weiß, daß sie hier sind, und ich weiß, daß ein Devereaux zurückkommt, wenn er stirbt, zumindest einmal.«

»Mann«, keuchte Jeff. »Wenn ich das Toby erzähle!«

»Wenn du ihm was erzählst?« fragte Kevin, der aus dem Eßzimmer kam und sich an den Tisch setzte.

»Der Geist!« rief Jeff aus. Er war bereits aufgesprungen,

nahm seinen Teller und trug ihn zur Spüle. »Ich sah Großmutter letzte Nacht! Ist das nicht toll?« Bevor sein Vater etwas sagen konnte, war Jeff fort und durch die Hintertür verschwunden.

Kevin schaute zu, wie er ging und wandte sich dann an Ruby. »Kannst du mir vielleicht sagen, worum es ging?«

»Sie haben's gehört«, erwiderte Ruby, die sich von ihrem Stuhl erhob und sich daranmachte, für Kevin Pfannkuchen zuzubereiten. »Miß Helena. Sie kam letzte Nacht zurück, und Jeff hat sie gesehen.«

Kevins Gesichtsausdruck wurde ärgerlich. »Um Himmels willen, Ruby! Du wirst doch wohl den Kindern nicht mit diesen alten Geschichten angst machen?«

Julie blickte ihren Vater scharf an. »Heißt das, du hast sie schon mal gehört?«

Kevin nickte. »Zuletzt, als ich so alt war wie Jeff. Nachdem mein Vater gestorben war, hat sie mich halb zu Tode geängstigt. Sie erzählte mir, er sei zurückgekommen, und wenn ich nicht brav wäre, würde er mich bestrafen.« Seine Augen wanderten wieder zu Ruby, und er merkte, daß ihr Rücken starr wurde, während sie geschickt die Pfannkuchen wendete. »Und ich möchte nicht, daß du Jeff so angst machst, Ruby.«

Ruby sprach, ohne sich umzudrehen. »Ich hatte nicht den Eindruck, als sei er bestürzt«, murmelte sie.

»Das war er jetzt wahrscheinlich nicht mehr«, entgegnete Kevin. »Aber was war heute nacht? Oder morgen nacht? Als ich so alt war wie er, habe ich wegen dieser Geschichten nicht schlafen können, und das muß ja nicht auch bei ihm sein.«

»Ich hab' ihm nur gesagt, was ich weiß«, sagte Ruby stur, während sie den Teller vor Kevin absetzte. »Ich wüßte nicht, wieso die Wahrheit jemandem schaden kann.«

»Aber es ist nicht wahr«, gab Kevin zurück. »Es sind nur Altweibergeschichten.«

Ruby drehte sich um und starrte Kevin an. »Für jemand, der schrecklich lange nicht hier war, scheinen Sie ja genau zu wissen, was vorgeht«, sagte sie. »Aber ich will dir etwas sagen, junger Mann«, fügte sie mit einer Stimme hinzu, die Kevin nicht mehr gehört hatte, seit er ein Junge war. »Sie wissen nichts! Verstehen Sie? Sie wissen überhaupt nichts!« Und dann verschwand sie aufrecht und mit erhobenem Kopf durch die Tür der Butlers Pantry. Einen Augenblick später hörten Julie und Kevin, wie sie ärgerlich Schubladen zuknallte.

Julie kicherte leise und blickte ihren Vater aus den Augenwinkeln an. »Ich dachte kurz, sie würde dich verprügeln.«

»Das dachte ich auch«, gab Kevin zu. Dann schwand sein Grinsen, und sein Gesichtsausdruck wurde ernster. »Hat Jeff ihr wirklich geglaubt?«

Julie zuckte die Schultern. »Wer weiß? Wahrscheinlich ja – bis du kamst, hatte sie mich auch schon fast überzeugt.«

»Also, wenn sie noch mehr Geschichten erzählt, glaub ihr nicht«, erwiderte Kevin. »Ruby ist eine wundervolle Frau, aber sie ist genauso abergläubisch wie alle anderen hier.«

Julie begann zu nicken, aber dann verdunkelte sich ihr Blick. »Und wenn es nun wahr ist?« fragte sie. »Ich meine, wenn alle dasselbe glauben, muß es doch einen Grund dafür geben, oder?«

Doch bevor Kevin antworten konnte, betrat Anne die Küche. »Da ist ein Anruf für dich«, sagte sie. »Ein Junge. Jemand namens Kerry Sanders?«

Julie errötete und nickte dann eifrig. »Ich hab' ihn gestern kennengelernt«, sagte sie mit aufgeregter Stimme.

»Er sagte, er wollte heute morgen anrufen. Er wollte wissen, ob ich mit ihm und den anderen Kindern zum Strand gehen darf. Darf ich?«

Anne zuckte die Achseln. »Warum nicht?« Als Julie gegangen war, wandte sie sich an Kevin. »So. War heute morgen etwas?«

Kevin schüttelte den Kopf. »Nichts, was der Rede wert wäre«, sagte er. »Das Personal hat den Kindern nur Gespenstergeschichten erzählt.«

Sam Waterman war stolz auf seine Fähigkeit, das Ergebnis jeder Zusammenkunft schon immer im voraus zu kennen. Das war im wesentlichen auf sein Alter zurückzuführen – je älter man wurde, desto mehr wußte man, und er war jetzt fast achtzig. Aber dahinter steckte mehr: Er hatte eine Begabung gehabt, einen Charakter erkennen zu können, und damit war er immer im Vorteil gewesen – wenn man wußte, mit wem man es zu tun hatte, wußte man, wie man mit ihm umzugehen hatte.

Heute jedoch wußte er nicht, was ihm bevorstand, und während er seinen Wagen auf den Damm zur Insel der Devereaux' steuerte, schob er sich eine Tablette in den Mund, um damit die Sorge zu unterdrücken, die ihm den ganzen Morgen Sodbrennen verursacht hatte. Das Problem war, daß er Anne Devereaux überhaupt nicht kannte, und selbst Kevin, den er seit dem Tag seiner Geburt gekannt hatte, war ihm ein Rätsel.

Das lag zum Teil daran, wie Kevin jetzt sprach, mit dem harten Dialekt eines Yankee. Keine Spur von der sanften Dehnung, die in South Carolina üblich war, war in seiner Stimme geblieben, und selbst sein Verhalten hatte sich geändert. Es war etwas an Kevins Verhalten, das Sam nur als ›gestutzt‹ bezeichnen konnte. Natürlich waren die Jahre im Norden Grund dafür, weil sich dort die Dinge viel rascher entwickelten als in Devereaux. Sam kicherte leise vor sich hin, als er auf die Insel zufuhr. Teufel, in Devereaux hatte sich fast überhaupt nichts verändert! Aber dennoch würde er Kevin und Anne etwas in den Schoß werfen, ohne auch nur eine Ahnung zu haben, wie sie darauf reagierten, und das gefiel Sam überhaupt nicht.

Ohne es zu merken, verlangsamte er die Fahrt, als ob eine Verzögerung in dieser Situation helfen könnte, aber er erreichte das Herrenhaus, bevor er mit seinen Überlegungen fertig war. Wäre die Wahrheit bekannt gewesen – und Sam wußte, daß die Wahrheit, wenn überhaupt, selten bekannt war –, hätte er gleich nach dem Frühstück herkommen und die Dinge hinter sich bringen können. Nichts würde sich ändern, und es hätte ihm ein paar Cents für Tabletten erspart. Tief seufzend griff er nach dem Ordner auf dem Beifahrersitz, stieg dann aus dem Wagen und ging die Stufen hoch. Als er die Veranda überquerte, öffnete sich die Eingangstür, und Marguerite kam heraus. Wie immer sah sie kühl und frisch in der Sommerhitze aus, aber heute schien es Sam, als schauten ihre Augen ein wenig düster, und ihr Begrüßungslächeln wirkte etwas unsicher.

Vielleicht weiß sie es, dachte er, verdrängte dann aber diesen Gedanken. Helena Devereaux hatte außer zu ihm mit niemandem über das gesprochen, was sie mit ihrem Besitz zu tun gedachte und hatte ihn schwören lassen, das geheimzuhalten. »Das ist nicht nur eine Grille«, hatte sie gefaucht, als er ihr vorgeschlagen hatte, mit ihrer einzigen Tochter über ihre Pläne zu sprechen. »Marguerite kann mit Dingen nicht umgehen – das hat sie noch nie gekonnt.«

»Guten Tag, Marguerite«, sagte Sam jetzt, wobei er bemerkte, daß, was immer Helena über ihre Tochter gedacht haben mochte, Marguerite auf eine Art mit Dingen fertig wurde, auf die man stolz sein konnte. Selbst auf der Beerdigung hatte sie sich bemerkenswert ruhig verhalten. Nein, hier würde es keine Hysterie geben. »Sind alle bereit?« Marguerite trat beiseite, um sich von dem alten Anwalt aus der brütenden Hitze in die relative Kühle des Hauses führen zu lassen. »Die Kinder sind mit ihren Freunden draußen, und Kevin und Anne warten im Arbeitszimmer.«

Sam nickte kurz und bog dann in den Westflügel ab. Am Ende des Korridors befand sich ein großer Raum mit Fenstern an allen drei Seiten, in dem die Familienoberhäupter der Devereaux' stets ihre umfangreichen und wichtigen Arbeiten erledigt hatten. Sam hatte immer überlegt, obwohl er Rafe Devereaux nie danach gefragt hatte, ob die Lage des Arbeitszimmers symbolisch sei, weil es einer von nur zwei Räumen des Hauses war, die einen Blick über das ganze Anwesen der Devereaux, boten.

Das andere Zimmer war ein Herrenzimmer, direkt über dem Arbeitszimmer gelegen.

Anne und Kevin erhoben sich, als Sam den Raum betrat, und nachdem er sie begrüßt hatte, ging er sofort um den Schreibtisch herum und nahm in dem verschlissenen Ledersessel Platz, der seit fast zwei Jahrhunderten dort stand. Doch der Sessel war ebenso solide wie das Haus und knarrte kaum unter seinem Gewicht. Sam setzte seine Nickelbrille vorsichtig auf und nahm dann einige Papiere aus dem Ordner. »Sollen wir beginnen?« fragte er, wobei er die drei Devereaux' über den Brillenrand anschaute. Er begann vorzulesen, da niemand etwas einzuwenden hatte.

Zehn Minuten später war es vorbei, und ein lähmendes Schweigen erfüllte den Raum, wie Sam erwartet hatte. Sam überlegte während des Schweigens, wer von ihnen zuerst sprechen würde. Er hatte schließlich auf Kevin getippt, als Annes Stimme schrill das gespannte Schweigen durchschnitt.

»Das ist absolut unerhört! Sie kann nicht alles Kevin hinterlassen haben! Das kann sie einfach nicht!«

»Sie kann es nicht nur«, stellte Waterman milde fest, »sie hat es auch.«

»Aber das ist nicht fair«, protestierte Anne. »Was ist mit Marguerite? Sie hat sich ihr Leben lang um Helena gekümmert! Und jetzt bekommt sie nichts? Überhaupt nichts?« Ihre Augen funkelten verärgert, und sie ergriff Marguerites Hand. »Wie konnte sie das nur tun?«

Zu aller Überraschung antwortete Marguerite ihr. »So hat sie es immer getan, Anne«, sagte sie. Obwohl ihre Augen feucht glänzten, war ihre Stimme fest. »Unser Land ist immer an den ältesten Sohn vererbt worden. Es war der einzige Weg, um das Land zusammenhalten zu können. Daddy sagte immer, wenn man das Land teilt, verliert man es. Deshalb erbt es jetzt natürlich Kevin. Ich denke, das hätte ich wohl wissen müssen.«

»Ist das wirklich wichtig?« fragte Kevin lächelnd, der zum erstenmal etwas sagte, seit Waterman das Testament vorgelesen hatte. »Abgesehen von der Insel und der Stadt, ist sonst noch etwas da?«

»Ein paar hundert Morgen«, erwiderte Waterman. »Aber es ist für nichts gut – meist Sumpfland, das niemand haben will.«

»Aber wir können die Grundstücke in der Stadt doch verkaufen, oder?« fragte Anne. »Und das Geld mit Marguerite teilen?«

»Das ist möglich«, stimmte Waterman zu. »Aber es wird nicht leicht sein – die Pachtverträge laufen noch mehrere Jahre, und es gibt ein Kodizil.«

»Ein Kodizil?« echote Kevin. »Heißt das, da ist noch mehr?«

Waterman nickte und leckte nervös seine Lippen. »Es ist Teil des Testaments. Ich habe versucht, Helena das auszureden, aber das konnte ich nicht. Nachdem sie wußte, daß ich dagegen war, hat sie das sogar von einem anderen Anwalt aufsetzen lassen.« Er schaute Kevin jetzt direkt an. »Ich nehme an, Sie wissen, wie sehr sich Ihre Mutter wünschte, daß sie zurückkommen?«

Kevin nickte, runzelte aber verwirrt die Stirn. Worauf wollte der Anwalt hinaus?

»Nun, ich fürchte, sie hat einen Weg gefunden. Obwohl sie alles Ihnen hinterlassen hat, hat sie auch festgelegt, daß Sie hier auf Sea Oaks leben und das Anwesen verwalten müssen, und, ich zitiere, ›zum Wohle der Familie Devereaux und der Bürger von Devereaux, South Carolina.‹ Ende des Zitats.«

Kevins Stirnrunzeln schwand und wich einem entspannten Lächeln. »Dann haben wir ja kein Problem. Dann brauche ich ja nur mit Anne und den Kindern heimzufahren, und Marguerite bekommt alles, oder?«

»Irrtum«, erwiderte Waterman. »Sie müssen Ihrer Mutter schon ein wenig mehr zutrauen. Sie mag nicht sehr freundlich gewesen sein, aber sie war auch nicht dumm. Wenn Sie sich weigern, hier zu leben und das Anwesen zu verwalten, dann fällt alles an das Fortress. Alles – das Land, das Haus, die Bankkonten, die Aktien – das ganze Erbe. Wenn Sie nicht hier leben wollen, kann Marguerite es auch nicht.«

Eine Sekunde lang war der Raum von schockiertem Schweigen erfüllt. Marguerites Finger spannten sich um die Lehnen ihres Sessels, doch sie sagte nichts. Anne schaute verwirrt, als ob sie nicht ganz verstünde, was vorgelesen worden war. Doch Kevins Gesicht war aschfahl, und sein Kiefer war voller Wut verkrampft. Es dauerte fast eine Minute, bis er sprechen konnte. »Ich nehme an, Sie haben bereits festgestellt, daß es keine Möglichkeit gibt, dieses Kodizil zu umgehen?«

Waterman spreizte hilflos seine Hände. »Es ist sehr lang, es ist sehr kompliziert und es ist sehr umfassend. Sie hat alle Eventualitäten berücksichtigt, die ihr oder dem Anwalt in Charleston einfielen, und soweit ich weiß, ist es hieb- und stichfest. Ich wollte es sogar verbrennen«, fügte er hinzu. »Aber das hätte nichts genützt, da das Original nicht einmal in meinen Händen ist.«

Anne blinzelte, als erwache sie aus einem tiefen Schlaf. »Aber es ist obszön«, keuchte sie. »Nach allem, was Marguerite für sie getan hat, hinterläßt sie ihr nichts, und jetzt will sie Kevin auch noch zwingen, sein ganzes Leben zu ändern!«

Waterman seufzte schwer. »Ich bin Ihrer Meinung«, sagte er. »Ich habe mein Bestes getan, ihr das auszureden, aber sie wollte nicht nachgeben. Aber«, fügte er hinzu, »es ist ja nicht für ewig.« Seine Lippen spannten sich zu einem dünnen, humorlosen Lächeln. »Es wäre wirklich besser, wenn sie das auf Dauer festgelegt hätte. Das hätte ein Gericht für unzulässig erklärt. Aber das hat sie umgangen. Sie müssen zehn Jahre bleiben. Sie haben völlige Kontrolle über das Land, doch wenn sie etwas davon verkaufen, werden die Verkäufe erst gültig, wenn die zehn Jahre um sind. Danach können Sie tun, was Sie wollen.«

»Wie großzügig von ihr«, bemerkte Anne, die keinen Versuch machte, ihren bitteren Sarkasmus zu verbergen.

»Nicht großzügig«, hielt Waterman ihr ruhig entgegen. »So weit konnte sie gehen, damit es zulässig war. Und sie sagte mir, daß sie glaubte, zehn Jahre seien ohnehin genug. Sie sagte, wenn Sie so lange bleiben würden, würden Sie von alleine ganz bleiben.«

Marguerite erhob sich unsicher und hinkte zu Kevin hinüber. Sie legte ihre Hände auf seine Schultern und beugte sich, um seine Wange zu küssen. »Es tut mir leid«, flüsterte sie. »Es tut mir so leid. Ich wußte nichts darüber. Überhaupt nichts.«

Kevin ergriff die Hand seiner Schwester. »Ist schon gut«, sagte er. »Ich bin nicht sicher, was wir daran ändern können, aber wir werden einen Weg finden.« Marguerite brachte ein Lächeln zustande und neigte ihren Kopf. »Dessen bin ich sicher«, sagte sie mit bebender Stimme. »Aber ich bin jetzt ein wenig müde. Wenn ihr mich bitte entschuldigt?« Sie warf Sam einen Blick zu, gerade so, als bäte sie ihn um Erlaubnis zu gehen. Als er nichts sagte, verließ sie hinkend das Arbeitszimmer und schloß die Tür hinter sich.

»Wie konnte Helena nur so grausam sein?« fragte Anne.

Waterman schüttelte den Kopf und begann, die Papiere wieder in die Akte zu schieben. »Ich weiß es nicht«, sagte er, obwohl er nicht sicher war, ob Annes Frage eine Antwort verlangte. »Es ist letztlich eine Frage des Herrschens, denke ich. Sie mochte es nie, keine Kontrolle zu haben. Sie haßte es, die letzten Jahre krank zu sein, und sie haßte es sogar, daß man sie pflegen mußte. Vielleicht gab sie am Ende dafür Marguerite die Schuld.«

»Aber was sollen wir tun?« fragte Anne, deren Stimme nun kläglich klang. »Man wird doch wirklich nicht erwarten, daß Kevin hierbleibt.«

Wieder verzogen sich Watermans Lippen zu einem dünnen Lächeln. »Was Sie beide tun, ist natürlich Ihre alleinige Entscheidung. Doch wenn Sie darüber nachdenken, sollten Sie Marguerite nicht vergessen.« Sein Blick begegnete dem ihren. »Und den Rest von uns«, fügte er hinzu. »Vergessen Sie uns nicht. Was immer Sie entscheiden, jeder in Devereaux muß damit leben.«

Fünf Minuten später ging der Anwalt. Sein Wagen wirbelte eine Staubwolke auf, als er von Devereaux Island fuhr. Kevin und Anne schauten zu, bis sein Wagen auf dem Damm verschwunden war. Dann gingen sie gemeinsam in das schattige Dunkel des Herrenhauses.

Aber es ist kein Herrenhaus, überlegte Anne, als sie die Eingangstür schloß. Es ist überhaupt kein Herrenhaus. Es ist ein Gefängnis.

Marguerite blieb oben am Treppenabsatz stehen, um zu Atem zu kommen und wartete darauf, daß der stechende Schmerz in ihrer Hüfte ein wenig nachließ. Der Schmerz hatte begonnen, als sie Sam Waterman bei der Verlesung des Testamentes gelauscht hatte, aber sie hatte ihr Bestes getan, sich nichts anmerken zu lassen. Statt dessen hatte sie einfach die Lehnen des Sessels fester umklammert, bis der Schmerz in Händen und Fingern sie vom Schmerz in ihrer Hüfte abgelenkt hatte.

Nie zuvor hatte sie über die Möglichkeit nachgedacht, Sea Oaks verlassen zu müssen. Seit den Tagen ihres Unfalls – als sie wußte, daß sie nie wieder würde tanzen können – war sie davon ausgegangen, hier draußen in Frieden zu leben, mit ihrer Mutter in der vertrauten Umgebung, die das einzige Zuhause waren, das sie je kennengelernt hatte. Jetzt, als die Realität des Testamentes ihrer Mutter ihr klar zu werden begann, erkannte sie, daß sie nicht nur Sea Oaks als gegeben hingenommen hatte; es war auch ihre Mutter gewesen. Und erst als sie Sam vorlesen hörte, war ihr völlig klargeworden, daß ihre Mutter von ihr gegangen war, daß sie nie wieder das wütende Schnarren des Summers hören würde, nie wieder das ärgerliche Gesicht ihrer Mutter sehen würde, wenn diese stets wachsende Forderungen an sie stellte.

Aber Marguerite hatte diese Forderungen klaglos hingenommen und die ständigen Unterbrechungen ihres Tages fast eifrig akzeptiert. Sich um ihre Mutter zu kümmern, war für viele Jahre Mittelpunkt ihres Seins gewesen. Und es waren keine schlechten Jahre gewesen, trotz allem, was andere dachten.

Und Marguerite wußte natürlich, was sie dachten, da sie schon vor langer Zeit gelernt hatte, die wirklichen Gedanken hinter den Worten zu lesen. »Wie geht es Ihrer Mutter«, mit besorgter Stimme und mitleidsvollem Gesichtsausdruck gefragt, bedeutet ganz einfach: »Wann wird die alte Hexe endlich sterben?«

»Wie geht es Ihnen?« bedeutete: »Wie können Sie es nur mit dieser häßlichen alten Vettel aushalten?«

Marguerite schien immer die Worte als ehrlich gemeint hingenommen zu haben und hatte der Annahme anderer Leute, daß sie ihre Mutter haßte, nie widersprochen. Denn sie haßte ihre Mutter nicht; sie liebte ihre Mutter wirklich und entschuldigte die immer schlechter werdende Laune der alten Frau mit dem zunehmenden Alter und der nachlassenden Gesundheit. Wer würde nicht mürrisch werden, wenn er an sein Bett gefesselt war?

Und außerdem schuldete Marguerite Helena weit mehr, als sie je bezahlt hatte. Hatte sie ihre Mutter nicht vor so vielen Jahren enttäuscht, als sie so ungeschickt war, die Treppe hinabzustürzen und damit die Träume zu beenden, die Helena für sie seit dem Tage ihrer Geburt gehegt hatte?

War sie nicht vom Gegenstand der Hoffnungen zu einer Last geworden, die ihre Mutter zu tragen gezwungen war?

Und nun war ihre Mutter nicht mehr, und obwohl Kevin und seine Familie da waren, würde das Haus für Marguerite für immer leer sein.

Bis auf ihre Mädchen natürlich.

Und Julie.

In Julie war soviel von ihr.

Sie ging langsam auf ihr Zimmer zu, und ein feines Lächeln umspielte ihre Lippen, als sie sich daran erinnerte, wie sie Julie beim Tanzen zugeschaut hatte. Es war fast, als würde sie sich selbst wieder sehen ...

Sie nahm eine plötzliche Bewegung am Ende des Korridors wahr. Dann merkte sie, daß jemand im Zimmer ihrer Mutter war.

Stirnrunzelnd ging Marguerite leicht hinkend über den Korridor und hielt sich dabei stützend mit einer Hand an der Wand fest.

Die Tür des Herrenzimmers war geöffnet. Marguerite trat ein und blieb dann stehen.

Die Tür des riesigen begehbaren Kleiderschranks, in dem die Kleidung ihrer Mutter ordentlich auf gepolsterten Bügeln hing, war weit geöffnet, und Ruby nahm nacheinander Kleidungsstücke von den Bügeln, faltete sie und packte sie in große Kartons. Marguerites Augen weiteten sich, als sie begriff, was Ruby tat, und sie schluckte. Ruby drehte sich ihr kurz zu und machte sich dann wieder an ihre Arbeit.

»Wir sollten das zum Altkleiderhändler schicken«, sagte sie, während sie auf die lange Kleiderreihe schaute. »Ich weiß zwar nicht, wer so was kauft, aber ich denke, es gibt immer jemand –«

Ihre Worte wurden abgeschnitten, als Marguerite ihr das Kleid aus den Händen riß, das sie hielt.

»Wie kannst du es wagen?« fragte Marguerite mit zornig blitzenden Augen.

»Wie kannst du es wagen, die Dinge meiner Mutter anzufassen?«

Ruby trat verwirrt zurück und stolperte fast über einen Karton. »Miß Marguerite, Sie sehen doch genau, was ich tue. Ich packe Miß Helenas Sachen zusammen, wie ich Mr. Rafes Sachen nach seinem Tod gepackt habe.« Sie wollte Marguerite das Kleid wegnehmen, doch Marguerite zog es zurück.

»Nein!« rief sie aus und preßte das Kleid fest an ihre Brust.

»Das lasse ich nicht zu! Noch nicht!«

Ruby wollte protestieren, änderte aber ihre Meinung, als sie das wütende Funkeln in Marguerites Augen sah. Sie wich langsam zurück. »Es tut mir leid, Miß Marguerite«, sagte sie. »Vielleicht hätte ich bis morgen warten sollen.«

So schnell wie er gekommen war, schien Marguerites Ärger zu verfliegen, und sie entspannte sich leicht. Aber sie ließ das Kleid nicht los.

»Ja«, sagte sie schließlich. »Vielleicht kannst du morgen mit dem Packen beginnen. Oder übermorgen. Aber nicht heute.« Ihr Blick wurde bittend. »Bitte, Ruby, ja?« sagte sie.

Ruby nickte schließlich. »Gut«, sagte sie. »Ich warte ein oder zwei Tage. Diese Kleider werden ja nicht unmodischer, als sie ohnehin schon sind.« Sie drehte sich um und wollte das Zimmer verlassen, warf an der Tür aber einen Blick zurück.

Marguerite stand im Ankleidezimmer vor einem Spiegel. Sie hielt das Kleid ihrer Mutter vor ihren Körper und betrachtete einen Augenblick lang ihr Spiegelbild im Glas. Dann breitete sich ein geheimnisvolles Lächeln über ihr Gesicht, und sie verbeugte sich tief wie eine Primaballerina.

Doch die Lahmheit ihres Beines ließ die Verbeugung unbeholfen und beklagenswert grotesk wirken.

Ruby eilte aus dem Zimmer.

8. Kapitel

Julie lag auf dem Rücken und beschirmte mit dem rechten Arm ihre Augen vor der Sonne. Sie spürte Schweiß an sich herabrinnen und wußte, daß sie bald ins Wasser gehen mußte, um sich ein wenig abzukühlen. Das Problem war allerdings, daß sie sich nicht sicher war, ob sie genug Kraft hatte, die paar Schritte von ihrem Handtuch zum Wasser zu machen. Die Hitze umfing sie wie eine Decke und umhüllte sie so fest, daß sie kaum atmen konnte. Doch die anderen Kinder um sie herum – die Kinder, die hier aufgewachsen waren – schienen davon unberührt.

Sie waren zu zehnt, und Julie hatte am frühen Nachmittag gefunden, daß sie bis auf Mary-Beth Fletcher alle mochte. Und sie versuchte auch, Mary-Beth zu mögen, aber es war nicht leicht gewesen, weil ihr Mary-Beth jedesmal ausgewichen war.

Und dann vor einer Stunde, als sie mit Kerry zusammensaß und den Inhalt des Picknickkorbes erforschte, den Ruby für sie gepackt hatte, hatte sich Mary-Beth auf den Rand von Kerrys Handtuch gesetzt. Julie hatte ihr ein Sandwich angeboten, aber Mary-Beth hatte den Kopf geschüttelt.

»Wir essen hier nicht wie die Nordstaatler«, hatte sie gesagt, und jedes Wort übertrieben langgezogen. »Wenn du willst, kannst du dich ja wie ein Schwein benehmen. Ich bin sicher, daß dir das gefällt!«

Julie spürte, wie sie vor Verlegenheit rot wurde, hatte aber nichts gesagt, und nachdem Mary-Beth Flirt mit Kerry zu nichts geführt hatte, war sie gegangen.

Jetzt hörte Julie Mary-Beths Stimme, die besonders laut mit Freundinnen sprach. Und Julie begriff sofort, daß sie jedes Wort hören sollte.

»Ich werde mit dem Tanzunterricht vielleicht aufhören«, sagte Mary-Beth.

»Aufhören?« hörte Julie Jennifer Mayhew fragen, deren Stimme deutlich Bestürzung wiedergab. »Warum?«

»Ich weiß nicht«, erwiderte Mary-Beth mit berechnender Gleichgültigkeit. Obwohl Julies Augen geschlossen waren, konnte sie spüren, daß Mary-Beth sie anstarrte, als sie fortfuhr. »Bis vergangene Woche hatte Miß Marguerite keine Lieblinge, und es hat Spaß gemacht. Und jetzt sieht's so aus, als säßen wir alle rum und schauten zu, wie dieser Yankee-Trampel herumspringt, während Marguerite wie eine Idiotin faselt und uns erzählt, wie wunderbar ihre Nichte ist. Wer will das hören?«

Jenny Mayhew schnaufte verärgert. »Mary-Beth, das ist nicht wahr, und das weißt du auch! Miß Marguerite ist überhaupt nicht so, und es ist nicht Julies Schuld, wenn sie besser als wir anderen tanzt. Ich meine, du könntest von ihr lernen.«

Julie konnte Mary-Beths geziertes Lächeln fast sehen. »Du bist ja ganz plötzlich nicht mehr das Zückerchen!«

Dann hörte Julie eine andere Stimme. »Jenny ist kein Zückerchen und wir anderen auch nicht. Wenn du aufhören willst, weil du weißt, daß du nicht gut bist, warum sagst du es nicht? Du brauchst Julie keine Vorwürfe zu machen oder behaupten, daß Miß Marguerite sich verändert hätte.«

Mary-Beths Stimme wurde defensiv. »Ich hab' nicht gesagt, daß ich aufhören würde«, protestierte sie. »Ich habe gesagt, vielleicht. Ich denke nur darüber nach. Wieso hackt ihr alle auf mir rum? Und wenn ihr alle so verrückt nach Julie seid, warum sprecht ihr nicht mit ihr?«

Plötzlich konnte Julie es nicht mehr ertragen. Sie setzte sich auf, blinzelte in die gleißende Sonne und wandte sich an Kerry, der auf dem Handtuch neben ihr saß. Sein Kiefer war vor Wut gespannt, und seine blauen Augen blitzten gefährlich.

»Komm«, sagte sie. »Laß uns ins Wasser gehen. Wenn ich hier noch fünf Minuten bleibe, werde ich ohnmächtig.« Sie versuchte aufzustehen, fiel aber auf die Decke zurück, weil ihre Beine durch die Hitze ganz schwach waren. Doch als sie Mary-Beth kichern hörte, beugte sich Kerry zu ihr, nahm ihre Hand und zog sie mit Leichtigkeit hoch.

»Bewege dich einfach«, sagte er so leise, daß es sonst niemand hören konnte. Er grinste ermutigend und wischte sich eine Locke seines blonden Haars aus der Stirn. »Es sind nur ein paar Minuten, und sobald du im Wasser bist, geht's dir besser.«

Eine Welle von Benommenheit überkam Julie. Einen Augenblick lang glaubte sie, ohnmächtig zu werden, aber Kerry hielt sie fest, und sie ließ sich von ihm rasch zum Strand führen. Als sie die Kühle des Wassers an ihren Füßen spürte, ließ sie Kerrys Hand los und sprang in eine große Welle, die auf die Küste zurollte.

Augenblicklich wurde ihr Kopf klar, und sie spürte, wie der klebrige Schweiß fortgespült wurde. Sie schwamm ein paar Züge unter Wasser, tauchte dann an die Oberfläche, drehte sich auf den Rücken und sah sich nach Kerry um. Er war nur ein paar Meter entfernt und grinste sie an. »Fühlst du dich besser?«

Julie nickte. »Ich dachte, ich würde ohnmächtig werden. Wie erträgt man das?«

»Die Hitze oder Mary-Beth?« spöttelte Kerry.

»Die Hitze«, erwiderte Julie. »Wen interessiert, was Mary-Beth sagt?«

Plötzlich rief Kerry ihr etwas zu, und Julie drehte sich gerade noch rechtzeitig um, um zu sehen, wie sich hinter ihr ein Brecher auftürmte. Tief Atem holend hielt sie ihre

Nase zu und duckte sich in dem Augenblick, als die Welle sie überrollte. Einen Augenblick später spürte sie, wie das Wasser von ihr glitt.

»Du wirst dich an die Hitze gewöhnen«, sagte Kerry, als sie wieder an der Oberfläche waren. »In ein paar Wochen wirst du sie gar nicht mehr spüren.« Er grinste schelmisch. »Genau wie Mary-Beth – in ein paar Wochen wirst du sie gar nicht mehr zur Kenntnis nehmen. Außerdem ist sie nur sauer, weil ich dich heute eingeladen habe.«

Julie glaubte jetzt zu verstehen. »War sie deine Freundin?«

Kerry schüttelte den Kopf. »Nein.«

»Aber sie wünscht, sie wäre es?« fragte Julie, und Kerrys Gesicht wurde vor Verlegenheit rot.

»Willst du den ganzen Nachmittag reden oder schwimmen?« fragte er, während er sie mit Wasser bespritzte.

Julie spritzte zurück, und dann stürzten sich alle anderen Kinder bis auf Mary-Beth auch ins Wasser, um mitzumachen. Bald hatte sich die Gruppe in zwei Parteien geteilt, die je nach Lage ständig die Seiten wechselten. Und dann hörte Julie durch das Gelächter, wie Kerry ihr zurief, »Julie! Vorsicht!«

Sie wirbelte herum, aber es war schon zu spät. Aus dem Nichts war eine riesige Welle aufgetaucht, und bevor sie tauchen oder sich unter die Oberfläche ducken konnte, hatte sie die Unterwelle gepackt, und sie spürte, wie ihre Beine weggerissen wurden. Als die Welle sie faßte und dann wie ein Stück Treibholz über den Boden schleifte, rang sie nach Atem.

Sie kämpfte dagegen an, wollte wieder Grund bekommen, spürte dann aber, wie sich ihre Füße in Seetang fingen, und sie wurde von etwas Panik erfüllt. Ihre Lungen platzten fast, und sie wußte, daß sie den Atem nur noch ein paar Sekunden anhalten konnte.

Und die Welle schien entschlossen, sie auf dem Boden zu halten. Dann spürte sie, wie ihr Kopf durch die Wasseroberfläche drang und daß ihre Füße Grund faßten. Sie öffnete den Mund weit, um tief Luft zu holen.

Und Wasser.

Eine andere Welle hatte sich bereits hinter der ersten aufgebaut und schmetterte ihr ins Gesicht, flutete in ihren Mund und erstickte ihre Kehle mit Salzbrühe. Sie hustete, als sie das zweite Mal untertauchte, und diesmal wußte sie, daß sie keine Luftreserve mehr hatte.

Sie würde ertrinken!

Panik übermannte sie, und sie begann gegen das wallende Wasser zu schlagen, gegen den Sog zu kämpfen, suchte nach einem Halt auf dem Grund.

Wider ihren Willen begann Wasser in ihre Lungen zu dringen.

Und dann, als sie merkte, daß ihr schwarz vor Augen wurde, spürte sie, wie starke Arme ihren Körper umfaßten und sie aus dem Wasser hoben. Sie zappelte einen Moment und hörte dann Kerrys Stimme.

»Schon gut! Ist ja alles gut, Julie, ich habe dich!«

Noch immer hustend und keuchend warf sie ihre Arme um ihn und klammerte sich an ihn, als er mit ihr durch die Brandung watete und auf den Strand ging. Schließlich legte er sie auf ihr Handtuch, hockte sich dann neben sie, rollte sie auf den Bauch und drückte fest auf ihren Rücken.

Salzwasser schoß aus ihren Lungen und verschwand im Sand.

Einen Augenblick später war es vorbei, und Julie lag still da. Ihre Brust hob und senkte sich, als sie heftig die frische Luft einatmete. Es schienen Stunden vergangen zu sein, als sie sich schließlich umdrehte und zu dem Kreis der Gesichter über sich aufschaute.

»Wa-was ist passiert?« fragte sie.

Kerry schaute sie an. Seine blauen Augen blickten besorgt. »Es war meine Schuld«, sagte er. »Ich hätte dich warnen sollen. Es war eine Sprungwelle. Die kommen dann und wann. Alles ist völlig ruhig, und dann plötzlich kommt eine große Welle, und wenn man nicht aufpaßt, schlägt sie einen um. Ist alles in Ordnung?«

Julie zögerte und nickte dann. »Ich – ich denke schon.« Sie brachte ein schwaches Grinsen zustande. »Aber eine Sekunde lang glaubte ich, es sei aus. Wenn du mich nicht gehalten hättest...« Sie schwieg und schauderte bei dem bloßen Gedanken. Dann merkte sie, daß sie trotz der Nachmittagshitze vor Kälte zitterte. »Ich – vielleicht bringst du mich besser heim...«

Von den anderen Kindern umstanden, hob Kerry sie hoch und trug sie zu seinem Wagen, einem verbeulten und rostigen Chevy-Sportwagen.

»Vielleicht sollten wir einen anderen Wagen nehmen«, schlug er mit ängstlicher Stimme vor. Aber Julie schüttelte den Kopf.

»Der ist gut«, sagte sie. »Mir gefällt dein Wagen.«

»Dann bist du verrückt«, erwiderte Kerry, grinste sie aber an. »Aber ist in Ordnung – ich mag verrückte Mädchen.« Er schlug die Tür zu, nachdem sie eingestiegen war, rannte um den Wagen herum und setzte sich auf den Fahrersitz.

Sie beide hörten nicht, was Mary-Beth ihnen beim Wegfahren zurief: »Warum fährst du sie nicht gleich in den Norden zurück, wo sie hingehört? Und wenn du sie so sehr magst, dann geh doch gleich mit!«

Toby Martin starrte Jeff mißtrauisch an. »Und was, wenn wir erwischt werden?« fragte er.

Sie befanden sich in dem Fort, das sie an diesem Nachmittag fertig gebaut hatten – einem wackeligen Anbau neben der Garage, aus faulendem Holz gebaut, das sie aus den baufälligen Sklavenwohnungen geholt hatten – zusammengehalten von rostigen Nägeln, die sie in der Scheune gefunden hatten. Es gab eine kleine Tür, die gerade so groß war, daß sie hineinkriechen konnten, doch keiner von beiden war auf den Gedanken gekommen, daß ein Fenster die stickige Hitze darin gelindert hätte. Doch selbst wenn sie die Hitze spürten, gab es keiner der beiden zu. Seit sie das Fort vor einer Stunde fertiggestellt hatten, waren sie darin geblieben, sicher vor der Welt da draußen versteckt, und hatten über das gesprochen, was Jeff in der vergangenen Nacht auf dem Friedhof gesehen hatte.

»Man wird uns nicht erwischen«, sagte Jeff. »Ich schleiche mich raus, wenn alle anderen schlafen, und wir treffen uns hier. Dann beobachten wir die ganze Nacht den Friedhof.«

Plötzlich hörten sie draußen ein Geräusch, als ob sich jemand im Unterholz bewegt hätte. »Was war das?« flüsterte Jeff. »Ist da draußen jemand?«

Toby zuckte die Schultern. »Ich weiß nicht. Was sollen wir machen?«

»Laß uns nachsehen«, beschloß Jeff. Er ließ sich auf Hände und Knie nieder und kroch durch das winzige Loch in der Wand. Einen Augenblick später folgte ihm Toby.

»Was war das?« fragte Toby. »Hast du was gesehen?«

Jeff schüttelte den Kopf, während er in dem Gebüsch nach der Spur einer Bewegung suchte. Ein paar Meter entfernt entdeckte er ein Kaninchen, das dicht an den Boden geduckt war und absolut still saß. »Sieh!« flüsterte er, wobei er Toby in die Rippen knuffte. »Da drüben! Ich werd' sehen, ob ich's fangen kann.«

Toby folgte Jeffs Blick, aber es dauerte einen Moment, bis auch er das Kaninchen sah. Und dann begriff er, warum das Kaninchen sich nicht bewegte. »Warte!« schrie er, aber es war zu spät.

Das unheimliche Rasseln einer Klapperschlange schnarrte in der Luft, und Jeff erstarrte. Nur seine Augen bewegten sich, als er nach der Quelle des warnenden Rasselns suchte.

Sie war knapp einen Meter entfernt, eine große Klapperschlange, die sich eng zusammengewunden hatte. Ihr Kopf nickte gefährlich, während die Rassel an ihrem Schwanz drohend klapperte.

»Beweg dich nicht!« warnte Toby. »Darum hält das Kaninchen still. Wenn du dich nicht bewegst, kann sie dich nicht sehen!«

»Aber... was sollen wir tun?« jammerte Jeff. Seine Knie waren schwach, und er war sicher, daß er jede Sekunde umfallen würde.

»Ich hole jemanden«, sagte Toby. »Aber wenn du dich bewegst, tötet sie dich bestimmt!« Er ließ Jeff mit der gewundenen Kreatur allein, machte kehrt und rannte um Hilfe schreiend zum Haus hoch. Die Hintertür wurde aufgestoßen, als Toby die Treppen erreichte, und Kevin trat heraus.

»Eine Schlange«, schrie Toby. »Eine große Klapperschlange hat Jeff bei der Garage. Schnell, Mr. Devereaux. Schnell!«

An dem entsetzten Jungen vorbeirennend, eilte Kevin auf die Garage zu und packte im Laufen eine rostige Schaufel, die an eine Wand gelehnt stand. Eine Sekunde später sah er seinen Sohn, der noch immer unbewegt dastand, mit blassem Gesicht und am ganzen Leibe zitternd.

»Ist schon gut«, sagte Kevin. »Ich bin da, und es wird alles gut. Steh ganz still, Jeff. Kannst du das?«

Jeff, der zu entsetzt war, um auch nur zu sprechen, sagte nichts.

Kevin bewegte sich langsam im Kreis, bis er hinter der Schlange war. Er näherte sich ihr dann vorsichtig, wobei er versuchte, kein Geräusch zu machen, das die Schlange vor der Gefahr von hinten warnen würde. Schritt um Schritt kam er näher, die Augen fest auf den schwankenden Kopf der Schlange gerichtet, die noch immer auf Jeff starrte. Ihre Zunge schoß vor und zurück, als sie versuchte, ihre Beute zu finden.

Kevin hob die Schaufel und hielt sie so, um zuzuschlagen, wenn er nah genug war.

Sein Fuß trat auf einen Zweig, der laut zerbrach. Die Klapperschlange drehte sich und schlug sofort zu, und Kevin sprang beiseite und schlug die Schaufel mit aller Wucht nach unten. Das Blatt der Schaufel drang in dem Augenblick in den Boden, als der Kopf der Schlange dagegen schlug, und Kevin konnte die Vibration des Schlages am Stiel spüren. Von der Wucht nur leicht betäubt, krümmte sich die Schlange wieder, um erneut zuzuschlagen. Doch diesmal war Kevin schneller. Die Klinge der Schaufel durchschnitt den Schlangenleib direkt hinter dem Kopf, und die Kreatur fiel zusammen. Seine Rassel schlug einen Moment auf den Boden, bevor sie starb.

Jeff warf sich schreiend in die Arme seines Vaters.

»Ist ja alles gut«, sagte Kevin. »Dir ist nichts passiert, und die Schlange ist tot. Es ist alles vorbei.«

»Sie wollte mich töten, Papa«, schluchzte Jeff. »Ich hab' sie nicht mal gesehen. Sie war einfach da!«

»Ich weiß«, sagte Kevin zu ihm. »So sind sie nun mal. Du mußt immer deine Augen offenhalten und dich genau umsehen, bevor du einen Schritt machst.«

Anne tauchte hinter der Garage auf und blieb wie erstarrt stehen, als sie die noch zuckende Schlange sah. »Mein Gott«, keuchte sie mit vor Entsetzen geweiteten Augen. »Was ist geschehen?«

»Nichts«, versicherte Kevin ihr. »Jeff ist auf eine Schlange gestoßen, aber er hat genau das Richtige getan. Wahrscheinlich«, fügte er hinzu, »hätte ich sie nicht mal töten müssen. In ein paar Sekunden hätte sie das Interesse verloren und wäre verschwunden. Wahrscheinlich hatte sie mehr Angst als Jeff.«

Anne starrte Kevin verärgert an. »Wie kannst du das sagen? Sie hätte ihn töten können!« Sie nahm ihren Sohn in die Arme und hielt ihn fest umschlungen. »Liebling, ist alles in Ordnung?«

Jeff nickte und löste sich aus den Armen seiner Mutter. Da die Gefahr vorüber war, faszinierte ihn der Kadaver der Schlange. »Kann ich das behalten, Papa?« fragte er, während er mit einem Stock auf die Rassel zeigte.

Kevin kicherte und trennte die Rassel mit der Schaufel ab. »Nimm sie – als ich so alt war wie du, habe ich wohl ein paar Dutzend davon gehabt.«

»Toll«, sagte Jeff. Er hockte sich hin, ergriff behutsam die Rassel und schüttelte sie dann.

Es gab ein leicht klapperndes Geräusch, und Jeff ließ die Rassel fallen, als sei sie glühend heiß. Dann hob er sie selbstbewußt wieder auf. »Hast du auch so was?« fragte er Toby, der ein paar Meter entfernt stand.

Toby nickte. »Ich habe fünf. Und eine davon ist sogar größer als die.«

»Wirklich?« fragte Jeff mit ehrfurchtsvoller Stimme. »Kann ich die sehen?«

»Sicher«, erwiderte Toby.

»Wann? Jetzt?«

Doch bevor Toby antworten konnte, griff Anne ein. »Nicht jetzt«, sagte sie. »Ich denke, ihr solltet jetzt beide ins Haus gehen.«

»Ach, Mama«, setzte Jeff an, doch Anne schüttelte den Kopf.

»Vielleicht hast du ja schon alles vergessen, aber ich nicht. Und solange möchte ich, daß ich sehen kann, wo du bist, ja?«

Jeff, der wußte, daß es sinnlos war zu widersprechen, ging, von Toby gefolgt, ins Haus. Anne blieb stehen wo sie war und schaute voller Ekel auf die Schlange. Schließlich traf ihr Blick Kevin.

»Wie hältst du das aus?« fragte sie. »Wie kann das jemand ertragen? Die Hitze, die Alligatoren, die Moskitos und jetzt das!«

Kevin zuckte nur die Schultern. »Abgesehen von den Alligatoren, was ist so anders als daheim? Bei uns ist es auch furchtbar heiß, und falls du es nicht weißt, bei uns gibt es auch Klapperschlangen.«

Annes Mund öffnete sich. »Nun hör aber auf, Kevin...«

»Aber es ist wahr«, sagte Kevin. »Im ganzen Osten gibt's Klapperschlangen. Der einzige Grund, warum wir nicht so viele sehen, ist die Bauerei überall. Und es wäre leicht, sie hier zu beseitigen.«

Annes Augen verengten sich, und Falten traten auf ihre Stirn. »Sie beseitigen? Wovon redest du?«

Bevor Kevin etwas sagen konnte, ertönte lautes Hupen. Als sie sich umdrehten, sahen sie Kerry Sanders Wagen in einer Staubwolke vom Damm auf die schmutzige Straße abbiegen. Erst als er kreischend vor dem Haus bremste, begriffen sie, daß etwas nicht in Ordnung war.

Sie eilten die Auffahrt hinauf und erreichten Kerrys Wagen in dem Augenblick, als er Julie vom Beifahrersitz half.

Ihr Gesicht war bleich, und ihr Haar, eine strähnige Masse wirrer Locken, hing schlaff auf ihre Schultern herab.

Anne starrte ihre Tochter schockiert an. »Julie? Alles in Ordnung?«

Julie nickte, hüllte sich aber in ihr Handtuch. »Ich fühle

mich gut. Ich wurde nur von einer Welle umgeworfen und begann zu würgen.«

»Umgeworfen?« wiederholte Anne mit schriller werdender Stimme. »Liebling, du siehst aus, als wärst du fast ertrunken.«

»So schlimm ist es nicht –« wollte Julie widersprechen, aber Kerry fiel ihr ins Wort.

»Es war schlimm genug. Sie wurde von zwei Wellen erwischt, aber ich bekam sie noch rechtzeitig zu fassen. Es geht ihr gut, aber sie sagt, sie friert –«

»Schock«, sagte Kevin. »Komm, Kleines, wir bringen dich ins Bett.«

Anne starrte ihren Gatten an. Wie konnte er das so leichtnehmen? Zuerst bedrohte eine Klapperschlange Jeff, und jetzt wurde Julie halb ertrunken nach Hause gebracht! Und er benahm sich, als sei nichts geschehen! Was mußte noch passieren, damit er begriff, daß es das beste war, wenn sie einfach ihre Sachen packten und dahin zurückfuhren, wo sie hingehörten? Sie öffnete ihren Mund, um das zu sagen, überlegte es sich dann aber anders. Sie würde später mit Kevin darüber reden, wenn sie allein waren. Und er würde es verstehen.

Doch ein nagender Zweifel blieb. Was würde sie tun, wenn er ernsthaft erwog, hierzubleiben?

Sie wußte es nicht.

Kevin hob Julie hoch und trat mit ihr auf die Stufen. Anne lief vor, um die Tür zu öffnen. Doch gerade, als er die Schwelle erreichte, öffnete sich die Tür, und Marguerite erschien. Sie trat zurück, um Kevin und Anne vorbeizulassen, versperrte aber Kerry, der folgen wollte, den Weg. Er blieb verwirrt stehen.

»K-kann ich hereinkommen?« fragte er schließlich.

Marguerite ignorierte seine Frage. »Was ist passiert?« wollte sie wissen.

Kerry erklärte das, so gut er konnte. »Es war ein Unfall«, schloß er. »Ich versuchte, sie zu warnen, aber es war zu spät. Ich ...«

Aber Marguerite ließ ihn nicht ausreden. »Wie kannst du es wagen?« fragte sie mit wütend funkelnden Augen. »Was heißt das, ein Unfall? Solche Dinge wie Unfälle gibt es nicht, junger Mann. Wir haben dir Julie anvertraut, und was ist passiert? Du bringst sie halb ertrunken nach Hause!«

Kerrys Gesicht rötete sich, und er trat einen Schritt zurück. »Es – es tut mir leid, Miß Devereaux«, begann er, aber wieder fiel ihm Marguerite ins Wort.

»Leid? Es tut dir leid? Meine Nichte ist eine ganz besondere Person, Kerry. Sie ist eine Tänzerin, die eine große Karriere vor sich hat. Heute hätte ihr das alles deinetwegen genommen werden können.«

Kerry spürte, daß seine Erregung wuchs. »Nun, was soll ich denn sagen?« fragte er. »Es war nicht meine Schuld, und ich versuchte, sie zu warnen, und ich habe sie aus dem Wasser geholt und heimgebracht! Was hätte ich denn sonst noch tun sollen?«

»Du hättest aufpassen müssen, daß nichts passiert«, erklärte Marguerite. »Du bist genau wie alle anderen Jungen – überhaupt kein Verantwortungsgefühl! Und wie kannst du es wagen, so mit mir zu sprechen?«

Kerry verlor die Beherrschung. »Ich mit Ihnen sprechen?« schrie er. »Wie reden Sie denn mit mir? Jetzt verstehe ich, warum Mary-Beth Ihren blöden Unterricht aufgeben will. Wenn Sie mit den Mädchen so wie mit mir sprechen, werden alle aufhören!«

Marguerite wich angesichts Kerrys Ärger zurück und mußte sich an der Tür festhalten, um nicht zu taumeln. »Aufhören?« schluckte sie. »Ich verstehe nicht – wovon redest du?«

»Ich rede von Mary-Beth Fletcher«, sagte Kerry, dessen Stimme noch immer vor Wut zitterte. »Sie sprach heute davon, daß sie den Unterricht bei Ihnen aufgeben will, und alle anderen versuchten, sie davon abzubringen. Aber jetzt verstehe ich, warum sie aufhören will.«

Er stürmte von der Veranda, sprang in seinen Wagen und startete den Motor. Die Räder drehten im Gras kurz durch und hinterließen tiefe Spuren, als der Wagen über den Rasen schlitterte, auf die Straße rutschte und in einer Staubwolke verschwand.

Marguerite stand noch lange wie gelähmt auf der Veranda, nachdem Kerrys Wagen aus ihrem Blickwinkel verschwunden war.

Worüber hatte er gesprochen? Mary-Beth wollte mit dem Unterricht aufhören? Aber das war nicht möglich. Sie konnte Marguerite nicht verlassen. Das konnte sie nicht!

Während sich die Gedanken in ihrem Kopf überschlugen, spürte Marguerite eine Berührung an ihrem Arm.

Sie wirbelte herum und erwartete fast, ihre Mutter dort stehen zu sehen.

Aber es war natürlich nicht ihre Mutter – ihre Mutter war tot. Sie mußte sich daran erinnern und aufhören zu glauben, daß Helena zurückkommen würde.

»R-Ruby?« fragte sie, und ihre Augen blinkten, als sie sich mit heißen Tränen füllten. »Oh, Ruby, was soll ich tun? Wenn Mary-Beth mich verläßt.«

»Aber, aber«, tröstete Ruby sie. »Daran sollten Sie nicht einmal denken. Wegen Mary-Beth Fletcher sollten wir uns keine Gedanken machen. Ich habe immer gesagt, daß es noch mal böse für sie enden würde, und wenn sie Ihren Unterricht verläßt, dann meine ich, sollten wir froh sein, daß wir sie los sind.«

Aber Marguerite schüttelte ihren Kopf. »Nein«, keuchte sie. »Du verstehst nicht, Ruby. Sie kann mich nicht verlassen. Ich liebe sie, Ruby. Ich liebe sie, und sie kann mich nicht verlassen...« Ihre Stimme versagte, und sie machte einen unsicheren Schritt, lehnte sich an Ruby, um Halt zu finden. »Sie kann nicht...«, sagte sie noch einmal.

»Dann wird sie es nicht«, sagte Ruby entschlossen, geleitete Marguerite wieder ins Haus und schloß die Tür hinter sich. »Wir werden das regeln, Miß Marguerite. Es gibt immer einen Weg, Dinge in Ordnung zu bringen.«

Marguerite ließ sich in den kleinen Salon führen und nahm in einem Sessel Platz, wo sie mehrere Minuten lang schweigend saß. »Ja«, sagte sie schließlich, aus ihrem Grübeln erwachend. »Wir werden das in Ordnung bringen, nicht wahr? Es gibt immer einen Weg, Dinge in Ordnung zu bringen.«

9. Kapitel

Kevin wartete, bis das Abendessen vorüber war, bevor er den Gedanken aussprach, der ihm gekommen war, nachdem Sam Waterman vor einigen Stunden weggefahren war. Die ganze Familie hatte gewußt, daß etwas bevorstand, und sie wollten während der Mahlzeit wissen, worüber er lächelte. Er hatte auf den richtigen Augenblick gewartet. Als schließlich eine sanfte Brise durch die geöffneten Türen fächelte und Glyzinienduft die Luft erfüllte, fand er, daß der richtige Augenblick gekommen sei. Er wandte sich an Julie, die neben ihm die letzten Krümel von Rubys Rhabarberkuchen aß. »Was hältst du davon«, fragte er, »hier zu leben? Ich meine dauernd?«

Julie starrte ihren Vater überrascht an und runzelte ein wenig die Stirn. »Du meinst, wir würden überhaupt nicht nach Hause fahren? Einfach hierbleiben?«

»Natürlich würden wir heimfahren«, sagte er. Er blickte zu Anne, und plötzlich kam ihm der erste Hauch eines Zweifels, denn statt ihn ermutigend anzulächeln, schien sie im Stuhl am anderen Ende des Tisches zu erstarren. Er wandte sich rasch wieder Julie zu. »Wir müssen packen, das Haus verkaufen und uns um eine Menge Kleinigkeiten kümmern. Aber ich möchte wissen, was du davon hältst, hier zu leben.«

Julie schaute verwirrt drein. »Ich – ich weiß nicht«, stammelte sie. »Ich meine – also, ich habe noch nicht darüber nachgedacht, das ist alles.«

»Ich meine, es wäre toll«, erklärte Jeff, dessen Augen aufgeregt funkelten.

»Und ich«, sagte Anne, bei deren kalter Stimme das Glitzern aus Jeffs Augen schwand, »möchte wissen, wovon du überhaupt redest.«

Kevin schaute seine Frau an und holte tief Luft, bevor er sprach. »Ich habe über unser Problem nachgedacht«, sagte er. »Und mir scheint, daß Mutter, obwohl sie versuchte, mir durch das Testament ihren Willen aufzuzwingen, uns allen vielleicht den größten Gefallen unseres Lebens getan hat.«

Annes Blick wanderte kurz zu Marguerite, die stumm dasaß und ihren Bruder anschaute. »Uns allen?« fragte sie mit deutlicher Skepsis in der Stimme. »Ich glaube, ich kann dir nicht folgen.«

»Ein Gasthof«, sagte Kevin, der fand, daß es an der Zeit sei, die Karten auf den Tisch zu legen. »Wir alle wissen, daß ich schon immer den Wunsch hatte, ein eigenes Haus zu führen, und mir scheint, daß Sea Oaks dafür perfekt wäre. Für eine Familie ist es viel zu groß, aber wir haben neun Schlafzimmer – alle mit eigenem Bad – und unten viel Platz für allgemeine Räume. Ganz zu schweigen vom Rest der Insel. Es gibt Land genug für einen Golfplatz, für

Apartmenthäuser, Swimmingpool und Tennisplätze – für all das!«

Anne starrte ihn an, als hätte er den Verstand verloren. »Kevin, wovon redest du? Das klingt, als wolltest du aus dem Anwesen ein Hilton Hotel machen!«

»Genau!« rief Kevin aus, dessen Begeisterung für das Projekt den ganzen Nachmittag über größer geworden war. »Warum nicht? Ich sage ja nicht, daß es nicht mit viel Arbeit verbunden wäre und mit viel Geld, aber alles, was wir zum Start brauchen, ist hier. Wir haben einen der schönsten Strände an der ganzen Küste, ein Haus, das für ein kleines Hotel ideal wäre – zumindest für den Anfang – und alles Land, was wir brauchen! Und wir besitzen es bereits. Und denk doch nur an die Vorteile für die Stadt – mein Gott, wenn das Erfolg hat, dann würden die Grundstückspreise in die Höhe schießen, und es gäbe mehr Arbeit, als überhaupt Leute da sind...«

Aber Anne ließ ihn nicht ausreden. Sie erhob sich abrupt mit ausdruckslosem Gesicht. »Ich denke, du und ich, wir sollten später darüber sprechen, wenn wir allein sind«, sagte sie. »Wenn ihr mich entschuldigen wollt...« Während ihre Familie schweigend dasaß, verließ sie das Eßzimmer, und einen Augenblick später hallten ihre Schritte auf der Treppe durch das Haus. Schließlich sprach Julie.

»Du bist ja high, Papa«, sagte sie. »Warum hast du nicht wenigstens zuerst mit ihr darüber gesprochen?«

Kevin wußte, daß seine Tochter recht hatte, aber die ganze Idee mit dem Restaurant war ihm so perfekt erschienen, daß er gehofft hatte, Anne würde das auch so sehen. Er wußte aber auch, daß Anne Überraschungen haßte und, was noch schlimmer war, daß sie es haßte, wenn für sie Entscheidungen getroffen wurden. Und so, wie er geredet hatte... Er ließ seine Serviette auf den

Tisch fallen und stand auf. »Ich werde besser mit ihr sprechen.«

»Ich fänd' das toll«, sagte Jeff, nachdem sein Vater gegangen war.

Julie hörte ihren Bruder kaum. Statt dessen schaute sie ihre Tante an, die völlig reglos mit fast ausdruckslosen Augen auf ihrem Stuhl saß. »Tante Marguerite?« fragte Julie schließlich. »Weißt du, was das alles zu bedeuten hat? Warum spricht Papa davon, dein Haus zu einem Hotel zu machen?«

Marguerite schüttelte ihren Kopf, als versuche sie, etwas aus ihrem Verstand zu verdrängen. Dann gelang es ihr, ihre Nichte anzulächeln. »Es... Nun, das ist nicht mehr mein Haus, Liebes«, sagte sie. »Es gehört jetzt deinem Vater. Und es gibt da einige Probleme.« Marguerite erklärte ihr die Bedingungen des Testamentes. Als sie schloß, war Julie ärgerlich.

»Aber das ist nicht fair«, erklärte sie. »Wie konnte sie das tun?«

Marguerite zuckte die Achseln. »Ich weiß, daß es nicht fair scheint, Liebes, aber das ist das Leben doch nie, oder? Und dein Vater versucht, für uns alle einen Weg zu finden, um Mutters Letzten Willen zu erfüllen.« Ihr Blick glitt durch das Zimmer und haftete für einen Augenblick auf jedem Möbelstück. Schließlich seufzte sie leise. »Aber ein Hotel«, grübelte sie. »Ich weiß nicht – das Haus mit Fremden zu füllen – nun, es ist eine so eigenartige Idee.«

Jetzt neigte Julie nachdenklich ihren Kopf. »Aber eigentlich ist sie doch gar nicht eigenartig, Tante Marguerite. Papa hat recht – das Haus wäre ein wundervolles Hotel. Und Häuser wie dieses suchen jetzt alle. Papa sagt, daß die Leute keine neuen Hotels mehr mögen. Sie wollen in Häusern sein, die Geschichte haben und wirklich altmodisch sind und...« Sie schwieg aus plötzlicher Verlegenheit über ihre gedankenlose Bemerkung, aber ihre Tante lächelte sie nur an.

»Ja, das Haus ist altmodisch«, sagte sie. Dann wurde ihr Lächeln breiter. »Und sicher ist die Küche groß genug, um eine Armee zu ernähren. In den Tagen meiner Großmutter war es überhaupt nicht ungewöhnlich, wenn zwanzig oder fünfundzwanzig Personen zu den Mahlzeiten hier waren.« Marguerites Gesicht begann sich zu erhellen, als sie sich an die Vergangenheit erinnerte. »Als ich ein Mädchen war, gab es noch Bälle hier. Alle kamen viele Meilen weit her, und wir stellten zusätzliches Personal ein, und das Haus wurde wie in einem Märchen geschmückt. Wir hatten ein kleines Orchester im Ballsaal, und wir tanzten die ganze Nacht.« Ihre Augen, die jetzt funkelten, ruhten auf Julie. »Wäre es nicht wundervoll, wenn es so wieder sein könnte?« fragte sie. »Es könnte genau so sein, wie es war, bevor« – Abrupt hörte sie zu reden auf, und das Licht schwand aus ihren Augen.

»Bevor was?« fragte Julie.

Aber Marguerite schüttelte nur ihren Kopf. »Nichts«, sagte sie. »Es ist nur so, daß ich manchmal meine Gedanken treiben lasse, das ist alles. Und das sollte ich nicht.«

»Warum nicht?« fragte Jeff. »Ich tue das immer. Ich liege manchmal gern auf meinem Rücken und schaue zum Himmel hoch und tue so, als sei ich ein Vogel oder eine Wolke oder so. Was ist denn dabei?«

»Ich glaube nichts«, sagte Marguerite, aber ihre Stimme war undeutlich, als dachte sie über etwas anderes nach. »Aber man sollte das nicht zu oft tun. Wenn man's tut, kann man vergessen, was Wirklichkeit ist und was nicht. Und dann ...« Ihre Stimme verebbte, und sie sah wieder so abwesend wie zuvor aus. Jeff, der sie beim Sprechen beobachtet hatte, schaute nervös zu seiner Schwester. Doch als er etwas sagen wollte, schüttelte Julie den Kopf.

»Komm«, sagte sie. »Wir helfen Ruby beim Abwasch.«

Ein paar Minuten später, als sie in der Küche waren, schaute Jeff Julie erneut an. »Was ist denn mit Tante Marguerite?« fragte er. »Warum hat sie so seltsam gesprochen? Und was ist denn falsch, wenn man so tut als ob?«

Doch Ruby antwortete, bevor Julie reagieren konnte. »Daran ist nichts falsch. Aber deine Tante hat sich erinnert. Und immer wenn sie sich an all die guten Zeiten erinnnert, die sie hatte, erinnert sie sich auch an die schlechten.«

Jeff schaute seine Schwester an, dann Ruby. »Schlechte Zeiten?« fragte er. »Was meinst du damit?«

Ruby schien etwas sagen zu wollen, änderte dann aber ihre Meinung. »Nichts«, sagte sie. »Ich hab' nur so dahergeredet.«

»Wie soll ich mich denn fühlen?« wollte Anne wissen. »Heute nachmittag mußte ich mit dem verrückten Testament deiner Mutter fertig werden, meine Tochter ist fast ertrunken und mein Sohn wird von einer Klapperschlange angegriffen. Und was passiert beim Abendessen? Du benimmst dich, als ob dir gerade die wundervollste Gelegenheit auf der ganzen Welt in den Schoß gefallen sei!« Ihr Ärger wuchs, und sie stand mit funkelnden Augen in der Mitte des Schlafzimmers. »Und du hast nicht mal mit mir darüber gesprochen! Das ist das Schlimmste – du triffst einfach eine Entscheidung über das, was du tun willst, und jetzt erwartest du von mir, daß ich sie teile! Das werde ich nicht, Kevin, das werde ich einfach nicht!«

Kevin ging auf sie zu, doch Anne wich zurück, wich seiner Berührung aus. »Es tut mir leid«, sagte er. »Liebling, ich weiß, daß ich mit dir darüber hätte reden sollen, aber die ganze Idee schien mir so perfekt, daß ich mir nicht vorstellen konnte, daß du das nicht auch so sehen würdest.«

Aber Anne war dadurch nicht besänftigt. »Perfekt? Um Himmels willen, Kevin, hast du eine Ahnung, was das kostet? Woher sollen wir das Geld für diese verrückte Idee bekommen?«

»Wir haben das Haus...« setzte Kevin an, aber Anne fiel ihm ins Wort.

»Das völlig mit Hypotheken belastet ist. Wir können von Glück sagen, wenn wir nichts draufzahlen müssen, und das weißt du ebensogut wie ich.«

»Auf dieses Haus«, sagte Kevin hastig, »kann ich sicher noch Hypotheken aufnehmen, doch selbst wenn ich das nicht kann, glaube ich einen Weg gefunden zu haben, das Testament zu umgehen.«

Anne schüttelte den Kopf. »Du hast Mr. Waterman gehört. Es gibt keine Möglichkeit. Gäbe es eine, hätte er sie gefunden.«

»Aber das ist es ja gerade. Es ist nicht ein direktes Umgehen. Ich glaube, ich kann Kaufoptionen für die Zeit verkaufen, wenn die Pachtverträge auslaufen. Ich kann sie an die Pächter verkaufen – an all die, die ihre Grundstücke erwerben wollen – und ich wette, ich kann den Rest an andere Bauherren verkaufen. Genauso ist es mit dem Land auf der Insel...«

Anne starrte ihn an, als sei er verrückt geworden. »Aber du kannst das nicht tun«, stellte sie fest. »Du kannst zehn Jahre lang nichts verkaufen, und auch dann kannst du es nur, wenn du zehn Jahre hier wohnst. Und wenn du glaubst, daß ich dazu bereit sei –«

»Warte«, bat Kevin. »Warte doch bitte und denk einmal darüber nach, ja? Ich weiß, daß es falsch war, nicht gleich mit dir darüber zu sprechen, und ich wollte es auch nicht so vorbringen. Aber ich glaube dennoch, daß es ein Weg ist, Mutters Testament zu unserem Vorteil zu nutzen. Ich bitte dich doch nur, darüber nachzudenken. Kannst du das zumindest tun?«

Anne öffnete den Mund, um andere Einwände vorzubringen, besann sich dann aber anders. Was machte sie denn? Beharrte sie ebenso auf ihrer Meinung, wie es ihrer Meinung nach Kevin tat? Sie holte tief Luft und zwang sich dann zu einem dünnen Lächeln. »Also gut«, räumte sie ein, »ich werde darüber nachdenken. Aber ich möchte allein darüber nachdenken, ohne daß du versuchst, mich zu etwas zu überreden.«

»Laß mich dir nur sagen, wie ich mir das vorstelle«, setzte Kevin an, aber Anne schüttelte den Kopf.

»Wir sprechen morgen darüber. Im Augenblick muß ich darüber nachdenken, ob ich hier leben kann oder nicht. Und ich muß auch an die Kinder denken. Was ist mit der Schule? Ich weiß nicht viel über South Carolina, aber ich weiß, daß man hier für Ausbildung nicht viel ausgibt.«

»Ich ging hier zur Schule«, stellte Kevin fest.

»Du gingst aufs Fortress, und du weißt sehr wohl, wie sehr du das gehaßt hast.« Sie mußte plötzlich grinsen. »Sehr raffiniert von deiner Mutter, zu drohen, alles dem Fortress zu vermachen, nicht wahr? Sie muß gewußt haben, daß du fast alles tun würdest, um das zu verhindern.«

Kevins Mundwinkel verzogen sich leicht. »Niemand kann behaupten, daß meine Mutter nicht klug gewesen wäre«, räumte er ein. »Aber über diesen Gesichtspunkt habe ich eigentlich nicht nachgedacht.«

»Das solltest du aber«, seufzte Anne, »weil ich glaube, daß sie eine recht gute Chance haben, es zu bekommen.« Das Grinsen schwand aus ihrem Gesicht, und sie sah ihren Gatten an. »Ich liebe dich sehr, Kevin«, sagte sie. »Aber ich weiß nicht, ob ich hier leben kann. Ich habe versprochen, darüber nachzudenken, und das werde ich.

Aber wenn ich zu der Überzeugung komme, daß ich das nicht kann? Was dann?«

In Kevins Magen wurde es flau. Was würde er tun, wenn sie das wirklich sagte? Es traf ihn wie ein Blitz, als er erkannte, daß er das nicht wußte. Er wußte nicht, was ihm mehr bedeutete – seine Frau, seine Familie und das Leben, das er seit zwanzig Jahren gelebt hatte – oder dieses alte Herrenhaus – das Symbol der unglücklichen Jahre seiner Kindheit und jetzt die Möglichkeit einer Zukunft, von der er bisher nur hatte träumen können. Seine Gedanken überschlugen sich, doch bevor er die rechten Worte fand, war es bereits zu spät.

»Nun«, sagte Anne ruhig mit zitternder Stimme, »ich denke, die Antwort habe ich bekommen, oder?«

Es war nach Mitternacht, aber die Temperatur war nur leicht gefallen und die leichte Brise, die zuvor die Luft bewegt hatte, war völlig erstorben. Schwere lag über dem Haus, und als Anne in dem düster erleuchteten Wohnzimmer saß, spürte sie, wie die Atmosphäre sie umhüllte, sie erstickte. Draußen summte die Nacht vom Sirren der Insekten, und sie konnte hören, wie sie gegen das Fenster schlugen, um an das lockende Licht der Tischlampe zu gelangen.

Sie hatte seit Stunden allein dagesessen. Bis halb elf. Als die Kinder schließlich zu Bett gegangen waren, hatte sie ihre Blicke auf sich gespürt. Sie wußte, daß sie ihre Entscheidung bereits gefällt hatten. Sie wollten bleiben.

Und warum auch nicht? Für Jeff war die Insel das Paradies auf Erden, in dem eine Wildnis zu erforschen war, es einen eigenen Strand gab und ein Haus, das für einen Achtjährigen wie eine Burg sein mußte. Für ihn waren Devereaux und Sea Oaks Wirklichkeit gewordene Fantasie.

Für Julie war es genauso. Sie hatte bereits Freunde gefunden, Freunde, die sie mehr zu mögen schien, als die Kinder, die sie bisher gekannt hatte. Und dann war da natürlich Kerry Sanders – groß, blond und blauäugig, und er hatte Julie bereits das Leben gerettet. Sogar hier allein im Halbdunkel sitzend mußte Anne bei dem Gedanken lächeln, wie Julie sich jetzt fühlen müßte. Kerry war offensichtlich die erste große Liebe in Julies Leben, und Anne konnte sich nur zu gut ihren Liebeskummer vorstellen, wenn sie gezwungen werden würde, sich von ihm zu trennen. Aber es war ein Liebeskummer, den sie überwinden würde, gleich, was sie jetzt dachte.

Anne hatte auch Marguerites Blicke auf sich gespürt, obwohl Marguerite ihr Bestes tat, um sich neutral zu verhalten. Doch was würde Marguerite tun, wenn Anne Kevin überzeugte, nicht hier zu bleiben? Wie konnte sie ohne das Haus und ohne das Einkommen aus dem Land leben und allem, was Helena im Laufe der Jahre zusammengehalten hatte? Wahrscheinlich würde sie bei ihnen in Connecticut leben müssen.

Marguerite würde das hassen.

Schließlich würden es alle hassen.

Aber was ist mit mir? dachte Anne. Sie hatte eine Stunde damit verbracht, durch das riesige Haus zu wandern und versucht, sich vorzustellen, hier zu leben. Sie hatte die Möbel betastet – Möbel, die seit Generationen im Besitz der Familie Devereaux waren – und versucht sich vorzustellen, daß alles ihr gehörte.

Sie konnte es nicht.

Sie war keine Devereaux – zumindest keine Devereaux von Sea Oaks – und würde es nie sein. Man mußte dazu geboren sein, sich in einer solchen Umgebung wohl zu fühlen, und das war sie nicht. Sie war in einer kleinen Stadt im Staate New York aufgewachsen, in einem kleinen Haus, das ihre Eltern sich kaum hatten leisten können.

Von dort war sie in ein Apartment nach New York gezogen, das sie mit drei anderen Mädchen teilte, und dann hatte sie Kevin geheiratet und hatte nie verstehen können, woher er kam. Er hatte wenig über seine Familie gesprochen, und wenn er es tat, dann mit einer Bitterkeit, die Anne im Herzen weh tat. Sie hatte gewußt, daß er auf einer Militärschule groß geworden war, die er haßte – und bei der ersten Gelegenheit nach Norden gezogen war. Und niemals hatte er angedeutet, daß er bereit sei, unter welchen Umständen auch immer, nach South Carolina zurückzukehren.

Doch hier gab es nun Umstände.

Natürlich würden sie nicht in dem Herrenhaus leben, vergegenwärtigte sie sich. Zumindest nicht im ganzen Haus. Und es würde auch kein Herrenhaus mehr sein. Es würde ein Geschäft sein, und Kevin, das wußte sie, war perfekt dazu geeignet, es zu führen.

Aber dennoch mußten sie hier leben, und Kevin würde täglich vierundzwanzig Stunden arbeiten müssen, zumindest in den ersten Jahren, und die Kinder würden hier zur Schule gehen müssen, was, wie Anne befürchtete, fast so schlimm war, wie überhaupt nicht zur Schule zu gehen.

Und am Ende bestand durchaus die Möglichkeit, daß sie trotz Kevins Erfahrung bankrott machen würden. In der Hotelbranche geschah das dauernd.

Und zu alledem diese Hitze, diese Feuchtigkeit, die Insekten, Schlangen und Alligatoren –

Nein!

Sie schrie das Wort fast. Es war völlig unmöglich. Aber wie sollte sie das Kevin sagen? Und wie würde er reagieren?

Sie schloß für ein paar Minuten die Augen und ließ ihre Gedanken treiben, war nicht bereit, sich jetzt mit der

Möglichkeit auseinanderzusetzen, daß ihre Ehe in Gefahr war.

Und alles wegen des gemeinen Testaments einer niederträchtigen alten Frau. All dies war Helenas Schuld.

Die Uhr tickte laut und schlug dann die halbe Stunde, und Anne wußte, daß sie zu Bett gehen mußte. Ihre Gedanken begannen sich zu verwischen, und ihre Gefühle übermannten sie.

Zuerst wußte sie nicht, warum sie sicher war, nicht allein im Raum zu sein. Es war einfach ein Gefühl. Sie schloß ihre Augen und lauschte.

Etwas knarrte leise, etwas, das mehr war, als die ständigen Bewegungen des alten Hauses.

Wer immer in dem Zimmer war, war näher gekommen. Aber warum sprach er nicht? Annes Herz schlug ein wenig schneller. Sie sollte ihre Augen öffnen und sich umschauen.

Sie konnte es nicht.

Aber sie mußte es.

Die Dielen knarrten wieder.

Anne riß sich zusammen und öffnete die Augen.

Ein paar Meter entfernt stand eine weiß gekleidete Gestalt und starrte sie an.

Helena!

Anne schluckte, richtete sich kerzengerade auf, und ihr Herz pochte. Aber dann bewegte sich die Gestalt, und sie hörte eine Stimme.

»Anne? Ich bin's, Marguerite. Ich – ich dachte, du schliefst, und ich wollte dich nicht wecken.«

Anne lachte leise, als ihr Herz wieder normal schlug. »Marguerite! Es tut mir leid. Du hast mich halb zu Tode erschreckt. Ich glaube, ich habe geschlafen, aber plötzlich hatte ich dieses unheimliche Gefühl, und als ich dich sah, dachte ich, es sei Helenas Geist.« Sie schwieg und kicherte verlegen. »Wahrscheinlich, um mich zu verfolgen.« Sie schwang ihre Beine von der Couch und streckte die Hand, um die Lampe höher zu drehen. »Was tust du hier unten? Ich dachte, du wärst schon vor einer Stunde zu Bett gegangen.«

»Ich konnte nicht schlafen«, gab Marguerite zu, die aus den Schatten trat und in dem Sessel Anne gegenüber Platz nahm. »Ich lag da oben, dachte über Mutters Testament nach und bekam mehr und mehr Angst.« Sie starrte Anne mit großen Augen an. »Ich kann mit Kevin nicht darüber sprechen – er muß schon an so vieles denken. Aber ich fürchte mich, Anne. Ich weiß nicht, was ich tun soll.«

»Du fürchtest dich?« wiederholte Anne. »Wovor?«

Marguerite biß sich auf die Lippe und schaute für einen Moment weg, aber dann richtete sich ihr Blick wieder auf Anne. »Ich habe Angst, daß er wieder fortgeht«, sagte sie, und ihre Stimme war kaum mehr als ein Flüstern. »Ich habe keinen anderen Platz zum Leben und kein Geld. Ich – ich weiß einfach nicht, was ich tun soll. Und ich weiß auch, daß es nicht deine Sorge ist – ich weiß, daß es nicht dein Problem sein sollte. Aber – aber –«

»Aber natürlich sorge ich mich darum«, sagte Anne sofort, und ihr Herz flog ihrer Schwägerin zu. »Was auch geschieht, betrifft uns alle, und wir alle müssen wissen, was du empfindest.«

Marguerite blinzelte im Lampenlicht. »Aber das ist es ja gerade, verstehst du nicht? Ich weiß nicht, was ich empfinden soll. Ich kann mir nicht vorstellen, irgendwoanders zu leben, aber ich möchte nicht, daß ihr etwas tut, was ihr eigentlich nicht tun wollt. Oh, Anne! Kevin ist alles, was mir geblieben ist. Er und die Kinder und du. Und ich weiß, wie unglücklich er war, als er noch hier war. Aber wenn er jetzt geht und ich das Haus verliere –« Ihre Stimme brach, und sie begrub ihr Gesicht in den Händen. Anne trat neben sie und legte ihre Arme um die verzweifelte Frau. Als Marguerite wieder aufblickte, war ihr Gesicht tränenüberströmt. »Ich kann es nicht verlieren, Anne«, sagte sie mit erstickter Stimme. »Ich kann es einfach nicht. Bitte – ihr müßt bleiben. Ihr alle müßt es. Ich – ich brauche euch!«

Anne versuchte den Kloß zu schlucken, der in ihrer Kehle wuchs, und als sie schließlich sprechen konnte, bebte ihre Stimme. »Wir werden einen Weg finden, Marguerite«, versprach sie. »Irgendeinen Weg. Aber du wirst nicht allein sein. Ja?«

Marguerite zögerte, nickte dann und betupfte ihre Augen mit einem Taschentuch. Schließlich erhob sie sich und ging unsicher zur Tür. »Es tut mir leid«, entschuldigte sie sich. »Ich fühle mich wie eine Närrin. Aber ich konnte nicht anders, ich mußte einfach herunterkommen und mit dir sprechen. Ich – ich hoffe, es hat dich nicht zu sehr gestört.«

»Natürlich nicht«, versicherte Anne ihr. »Geh einfach wieder zu Bett und versuche zu schlafen, und ich bin sicher, daß wir morgen alle wissen, was zu tun ist. Ich verspreche, daß ich über alles nachdenken werde.«

Marguerite lächelte. »Das habe ich manchmal auch getan.« Sie schaute sich in der großen Eingangshalle um und schauderte. »Natürlich konnte ich manchmal wegen all der Erinnerungen hier nicht richtig denken. Deshalb nahm ich manchmal den Wagen und fuhr weg. Habe einfach eine Weile die Insel verlassen, verstehst du?«

Anne nickte, wartete dann, bis Marguerite langsam die Treppe hochgestiegen war und ging schließlich zurück ins Wohnzimmer, um das Licht auszuschalten. Doch zu ihrer Überraschung stand Ruby in der Eßzimmertür. Die alte Dienerin schaute sie lange an und schüttelte dann den Kopf.

»Sie hat Sie«, sagte sie leise. »Sie hat euch alle, und sie wird euch niemals gehen lassen.«

Anne war sofort sicher, daß sie verstand. »Sie ist tot, Ruby«, erwiderte sie. »Sie ist tot und begraben, und sie kann niemandem von uns etwas tun. Wir werden nur das tun, was wir wollen und nicht weil Miß Helena es will oder wegen ihres Testamentes.«

Doch wieder schüttelte Ruby den Kopf. »Sie werden bleiben. So will sie es, und sie wird einen Weg finden, zu erreichen, was sie will.« Dann drehte sich Ruby um und kehrte durch das Eßzimmer in ihren eigenen kleinen Raum hinter der Küche zurück. Sie ließ Anne im Wohnzimmer stehen, das noch immer von dem Porträt von Helena Devereaux beherrscht wurde.

10. Kapitel

Der Morgenhimmel war schiefergrau, und dicke Wolken türmten sich im Südosten auf. Ruby, die am Küchentisch stand und das Frühstückstablett für Marguerite fertigmachte, schaute aus dem Fenster und schüttelte zweifelnd den Kopf. »Davor hätte man uns aber warnen sollen«, murmelte sie. »Sieht so aus, als würd's heute böse werden. Miß Marguerite wird nicht runterkommen.«

Julie blickte von dem Magazin auf, das sie beim Frühstücken durchblätterte. »Aber was ist mit dem Unterricht?« fragte sie. »Und sie war doch schon auf?«

Ruby zuckte abweisend die Schultern. »Ich weiß nur, daß es mit ihrem Bein wirklich schlimm ist, wenn's so ist. Und wenn ihr Bein schlimm ist, weiß ich nicht, wie sie ihre Klasse unterrichten soll. Außerdem«, fügte sie hinzu, bedeutungsvoll zu dem Sturm deutend, der sich draußen zusammenbraute, »wenn's so bleibt, kann niemand über den Damm kommen.« Sie nahm das Tablett und wollte zur Küchentür gehen, aber Julie stand sofort auf.

»Ich kann's hochbringen«, sagte sie.

Ruby zögerte kurz, und die Falten auf ihrer Stirn vertieften sich etwas. Dann lächelte sie und reichte Julie das Tablett. »Ich glaube, das wird sie mögen.«

Vorsichtig das Tablett balancierend ging Julie durch die Schwingtür der Butlers Pantry, dann durchs Eßzimmer und Wohnzimmer zur Treppe. Als sie hochging, hörte sie die Stimme ihrer Mutter aus der Bibliothek.

»Kevin, du kannst nicht von mir erwarten, daß ich über Nacht bei so etwas Wichtigem zu einer Entscheidung komme! Mein Gott, zuerst überfällst du mich aus dem Nichts mit dieser Idee, und dann willst du am nächsten Tag wissen, wie ich darüber denke. Das ist nicht fair!«

»Liebling, ich bitte dich doch nicht jetzt um eine Entscheidung. Ich bat dich nur, mich erklären zu lassen –«

»Nein!« Anne explodierte. »Du brauchst nichts zu erklären – ich bin absolut sicher, daß dein Plan völlig vernünftig ist. Aber ich bin mir überhaupt nicht sicher, ob ich hier leben kann. Und ich bin fast davon überzeugt, daß es für die Kinder falsch wäre.«

»Aber sie wollen bleiben –«, setzte Kevin an, doch Anne fiel ihm ins Wort.

»Und Jeff hätt's auch gern, wenn jeden Tag Weihnachten wäre! Um Himmels willen, Kevin, es sind Kinder! Du kannst doch nicht erwarten, daß sie wissen, was richtig für sie ist.«

Bevor ihr Vater etwas sagen konnte, eilte Julie die Treppe hoch, da sie nichts mehr hören wollte. Als sie den oberen Treppenabsatz erreicht hatte und den Korridor zu Marguerites Zimmer hinunterzugehen begann, war Orangensaft aus dem Glas geschwappt und auf den Toast neben den Spiegeleiern gespritzt. Julies Augen brannten, als sie die Tür zum Zimmer ihrer Tante aufstieß und eintrat. Marguerite, mit einem roten Satinmantel bekleidet, saß auf einem Stuhl neben ihrem Bett und hatte ihr lahmes Bein auf eine Ottomane gelegt. Sie lächelte ihre Nichte an, als Julie ins Zimmer trat, doch als sie das Blinken in Julies Augen sah, schwand ihr Lächeln. »Julie, was ist denn los?«

Julie schnaufte, als sie das Tablett auf dem Tisch neben ihrer Tante abstellte. »Eigentlich nichts. Ich habe nur Mama und Papa gehört, das ist alles. Sie streiten darum, ob wir bleiben sollen oder nicht.«

Marguerite schloß für einen Augenblick die Augen, und ihr Kopf bewegte sich traurig vor und zurück. »Ich wußte es«, sagte sie leise. »Ich wußte, daß es Ärger geben würde. Ich dachte – nun, ist auch egal, was ich dachte.« Dann lächelte sie wieder. »Es ist nett, mir das Frühstück hochzubringen. Aber das brauchtest du nicht – Ruby hätte das tun können.«

»Ich wollte es aber«, protestierte Julie. »Es – es tut mir leid, daß dich dein Bein heute morgen so schmerzt. Ruby erzählte mir, daß es schlimmer wird, wenn ein Sturm aufkommt.«

Marguerite brachte ein gequältes Lächeln zustande. »Daran läßt sich nichts ändern. Aber wenn ich mich eine Stunde ruhig hinlege, geht es mir besser.«

Julie schaute nervös aus dem Fenster. Der Wind schien stärker geworden zu sein, und die Pinien begannen zu rauschen, ein tiefes, schneidendes Geräusch, das Julie schaudern ließ. »Werden die Mädchen heute wirklich kommen? Ruby sagt –«

Marguerite wischte ihre Worte mit einer leichten Geste beiseite. »Ruby ist eine schreckliche Pessimistin, die immer sicher ist, daß das Ende der Welt bevorsteht. Und das ist nur eine kleine Bö. Du wirst sehen – um zehn Uhr sind alle Mädchen hier. Und mein Bein wird in Ordnung sein.«

Julie runzelte unsicher die Stirn. »Vielleicht sollte ich Jenny anrufen und ihr sagen, daß sie nicht kommen soll. Sie könnte die anderen anrufen und –«

Aber Marguerite schüttelte den Kopf. »Das ist absolut lächerlich. Wenn ich nicht wüßte, daß ich damit fertig werde, würde ich's dir sagen. Und wenn's gefährlich wäre, würde ich bestimmt nicht wollen, daß eines der Mädchen herkommt. Aber mir wird's bessergehen, und der Sturm wird vorbeiziehen. Du solltest nach unten gehen und fertig frühstücken. Du weißt ja, daß man nicht direkt nach dem Essen tanzen soll. Sonst bekommst du einen Krampf.« Julie wollte das Zimmer verlassen, aber Marguerite hielt sie zurück. »Und, Julie – mach dir keine Sorgen wegen deiner Mutter. Ich bin sicher, daß sie tun wird, was richtig ist. Wir müssen sie mit den Dingen allein fertig werden lassen, ja?«

Julie nickte unsicher und verließ das Zimmer. Als sie die Treppe hinuntergehen wollte, lauschte sie nach den Stimmen ihrer Eltern, doch aus der Bibliothek war nichts zu hören. In der Küche jedoch fand sie ihre Eltern mit steinernen Gesichtern am Frühstückstisch sitzen.

Keiner der beiden sprach, als sie eintrat, und als sie Ruby ansah, schüttelte die alte Frau warnend ihren Kopf. Julie verließ eiligst die Küche und wollte wieder hochgehen. Doch als sie die Treppe erreichte, kam Jeff heruntergeeilt. Julie packte ihn und drehte ihn zu sich um. »Du solltest besser nicht in die Küche gehen«, sagte sie. »Mama und Papa sind dort und haben sich gestritten. Im Augenblick sprechen sie nicht mal miteinander.«

Jeffs Augen schauten ungläubig. »Mama und Papa streiten sich nie!« erklärte er.

»Aber jetzt streiten sie«, beharrte Julie. »Und wir sollten uns da raushalten, ja?«

»Aber ich hab' Hunger«, beklagte sich Jeff, der seine Arme aus dem Griff seiner Schwester befreite. »Was soll ich tun? Verhungern?«

Julie verdrehte die Augen. »Tu was du willst. Aber wenn Mama und Papa dich anschreien, komm nicht zu mir gelaufen.«

Jeff schaute Julie verächtlich an. »Das werde ich nicht!«

Doch fünf Minuten später schlich er mit blassem Gesicht in Julies Zimmer. »Sie brüllen sich an«, sagte er mit bebender Stimme. »Mama sagt, sie will niemals hier leben, und Papa sagt, wir müßten es. Was werden wir machen?«

Julie schüttelte den Kopf. »Ich weiß es nicht«, sagte sie. Ich glaube, wir können gar nichts anderes machen, außer abwarten.«

»Das ist nicht fair«, erwiderte Jeff. »Bis auf Mama wollen wir alle hierbleiben. Was ist denn los mit ihr?«

Julie konnte nur den Kopf schütteln und mit den Schultern zucken.

Um zehn Uhr, gerade als es zu regnen begann, fuhr Alicia Mayhew mit ihrem Kombi vor Sea Oaks vor, und vier Mädchen stiegen aus und eilten die Stufen der alten Veranda hoch. Jenny wollte auch dorthin laufen, als ihre Mutter besorgt auf den finsteren Himmel schaute. »Vielleicht sollte ich warten«, sorgte sie sich. »Es sieht sehr arg aus.«

»Was bringt das?« fragte Jenny. »Wenn es noch schlimmer wird, mußt du mit uns anderen hier warten. Und wenn's nicht schlimmer wird, kannst du kommen und uns abholen.«

Alicia drückte liebevoll die Hand ihrer Tochter. »Ich

möchte nur sicher sein, daß du bei diesem Wetter nicht nach Hause läufst. Und die anderen Mädchen auch nicht. Versprochen?«

»Ich versprech's«, stöhnte Jenny. »Jetzt sorge dich nicht mehr und fahre heim. Wird schon alles gut.« Sie sprang aus dem Wagen, schlug die Tür zu und eilte auf die Veranda, wo die Mädchen auf sie warteten. Sie winkte ihrer Mutter zu, drückte dann auf die Klingel und war sicher, daß ihre Mutter erst losfahren würde, wenn sie und die anderen Mädchen im Hause waren. Manchmal benahm sich ihre Mutter, dachte sie, als wäre sie erst fünf Jahre alt. Einen Augenblick später öffnete sich die Tür, und Jenny winkte noch einmal. Wie erwartet, begann der Kombi gerade die Auffahrt hinunterzurollen. Als dann ein Blitz über den Himmel zuckte, auf den sofort ein Donnerschlag folgte, eilte Jenny ins Haus und schloß die Tür hinter sich. Die anderen Mädchen gingen bereits nach oben. »Wo ist Julie?« fragte Jenny, und Ruby richtete ihren Daumen zur Decke.

»Ich glaube, in ihrem Zimmer. Und ich weiß nicht, warum ihr Mädchen heute morgen eure Zeit vergeudet. Miß Marguerite fühlt sich nicht so gut.«

Jenny grinste. »Sie müßte tot sein, bevor sie eine Unterrichtsstunde ausfallen läßt.« In diesem Augenblick erschien Marguerite oben an der Treppe, wie immer aufrecht, ihr Haar zu einem Knoten zusammengesteckt.

»Und wenn du nicht hochkommst und dich aufwärmst«, sagte sie, und ihre Augen verdunkelten sich, als sie Jenny ansah, »wirst du tot sein, bevor der Unterricht vorbei ist.«

Als Jenny die Stufen hocheilte, bewegte sich Marguerite leicht über den Treppenabsatz, und ihr Hinken war kaum wahrnehmbar. Ruby schaute zu, bis Marguerite aus dem Blickfeld verschwunden war, und ging dann in die Küche zurück. Aber es war eigenartig, dachte sie. Wenn das Wetter schlechter wurde, war Marguerites Humpeln in den letzten zwanzig Jahren immer schlimmer geworden. Und auch heute morgen, als Marguerite in die Küche kam, noch bevor sie selbst angezogen war, hatte sie den Schmerz in Marguerites Gesicht lesen können, und ihr Bein war so steif gewesen, daß sie kaum die Treppe hochsteigen konnte. Und doch schien es Marguerite jetzt gutzugehen.

Ein eigenartiger Tag, fand sie, als sie durch die Küchentür ging. Ein sehr eigenartiger Tag.

Das Haus schien sich um Anne zu schließen. Den ganzen Morgen lang, von dem Augenblick an, als sie aus unruhigem Schlaf erwachte, spürte sie den Druck um sich. Es war nicht nur Kevin, der sie zu einer Entscheidung drängte, bevor sie überhaupt eine Gelegenheit gehabt hatte, die Dinge zu durchdenken. Es waren auch die Kinder. Sie hatte Julies Gesicht in dem kurzen Augenblick gesehen, als sie in der Küche auftauchte und dann verschwand. Julies Blick hatte einen Moment auf ihr geruht, und Anne hatte die Botschaft nur zu deutlich lesen können. »Warum kannst du nicht tun, was wir alle anderen wollen?«

Dann war Jeff mit ängstlichem Gesicht hereingekommen und hatte sie forschend angesehen. Gerade in dem Augenblick, als sie wie eine Furie schrie.

Sie hätte da fast nachgegeben und trotz ihrer Befürchtungen Kevins Plan zugestimmt. Und sie hatte eingewilligt, sich von ihm durchs Haus führen zu lassen und seinen Plänen zuzuhören, wie er das Herrenhaus in ein kleines Hotel umbauen wollte.

Doch alles, was sie Zimmer um Zimmer gesehen hatte, war eine nicht enden wollende Menge Arbeit, die getan werden mußte, und ein ebenso endloser Strom von Rechnungen, die bezahlt werden mußten. Und wo würden sie am Ende sein? Auf einer winzigen Insel gefangen.

In dem Augenblick hatte sich alles um sie geschlossen, und die riesigen Zimmer waren winzig geworden und erdrückten sie, bis sie schreien wollte.

Sie waren jetzt wieder in der Bibliothek, und Kevin ging Reihen von Zahlen durch, die er aufgeschrieben hatte, kalkulierte die Kosten und versuchte ihr zu zeigen, wie alles bezahlt werden sollte. Aber sie konnte ihm nicht mehr zuhören, und nicht deshalb, weil der Sturm draußen heulte, der Wind durch Pinien und Magnolien peitschte, sie mit den Wurzeln auszureißen und über den Rasen und in die See zu schleudern drohte. Selbst das Haus erzitterte jetzt, wenn die Böen dagegen prallten. Doch es war nicht der Sturm, der sie taub machte.

Es war das Haus – das Eingeschlossensein – und ihr Verstand, der ihr zuschrie, von hier wegzugehen, irgendwo anders darüber nachzudenken, irgendwo, wo sie allein war, wo sie nicht die Blicke der anderen sehen und spüren konnte, die sie beobachteten und darauf warteten, daß sie eine Entscheidung traf. Dann erinnerte sie sich an Marguerites Worte aus der vergangenen Nacht: »...manchmal setze ich mich in den Wagen und fahre eine Weile fort. Ich fahre einfach für eine Weile von der Insel weg...«

»Ich gehe«, sagte sie plötzlich.

Kevin schaute sie verwirrt an. »Du gehst?« echote er mit hohler Stimme. »Aber ich dachte –«

Anne schüttelte den Kopf. »Nicht dauernd. Aber ich muß hier raus. Ich muß raus aus diesem Haus und runter von dieser Insel und eine Weile allein sein.« Ihre Augen füllten sich mit Tränen. »Ich komme mir vor, als könnte ich nicht einmal mehr denken. Ich weiß, was du willst, und ich weiß, was die Kinder wollen und auch, was Marguerite will! Aber ich weiß nicht, was ich will, Kevin! Und mit jeder Minute, die verstreicht, scheint es mir, als würde ich alles noch mehr hassen. Und ich weiß nicht einmal, warum ich es hasse!« Ihre Stimme hatte einen hysterischen Klang bekommen, und die Worte drangen unkontrolliert aus ihrem Mund. »Ich weiß, daß es ein wundervolles Haus ist, und ich weiß, daß ein wundervolles Hotel daraus gemacht werden könnte! Und ich weiß, daß du es schaffen kannst! Aber ich komme mir vor, als sei ich völlig willenlos. Es ist, als ob deine Mutter dich besäße, obwohl sie tot ist. Sie hat dich und die Kinder und Marguerite, und jetzt will sie auch mich! Ich weiß, daß das verrückt klingt, aber so fühle ich eben! Ich fühle mich, als würde ich verrückt werden, Kevin. Ich muß einfach weg. Jetzt gleich!«

Kevin wollte ihren Arm fassen, doch sie entzog sich ihm.

»Nein!« schrie sie. »Versuche nicht, mich aufzuhalten! Sprich auch nicht mit mir! Laß mich einfach gehen!«

Kevin starrte seine Frau an. Ihr Gesicht war bleich, ihre Hände zitterten, und in ihren Augen war eine Wildheit, die er nie zuvor gesehen hatte. Er streckte wieder die Arme nach ihr aus, doch wieder wich sie seiner Berührung aus.

»Bitte«, sagte sie, und ihre Stimme verlor sich zu einem Flüstern. »Laß mich einfach gehen. Laß mich für ein paar Stunden hier weggehen.« Sie wandte sich von ihm ab und eilte aus der Bibliothek. Als er sie eingeholt hatte, war sie bereits im Foyer, schlüpfte in einen Regenmantel und suchte in ihrer Tasche nach den Autoschlüsseln. Sie hatte die Tür halb geöffnet, als er die Hand ausstreckte und sie schloß.

»Nicht jetzt«, sagte er. »Liebling, du mußt warten – der

Sturm ist zu stark. Du wirst nicht über den Damm kommen –«

Anne schüttelte den Kopf. »Ich muß«, sagte sie. »Ich muß hier raus, und ich muß jetzt raus. Wenn ich nicht von der Insel runterkomme, werde ich verrückt.« Ihre Blicke trafen sich. »Ich muß das tun, Kevin. Ich werde in ein paar Stunden zurück sein oder ich rufe dich an. Aber ich muß jetzt gehen.« Sie öffnete die Tür, zog den Regenmantel dicht um sich und trat auf die Veranda hinaus. Der Regen, von brüllendem Wind getrieben, umpeitschte sie, doch sie ignorierte ihn, beugte sich gegen den Sturm und wankte die Stufen hinunter. Einen Augenblick später verschwand sie hinter dem Haus, und eine Minute darauf sah Kevin, wie ihr Kombi rasch über die Auffahrt auf die Straße zufuhr. Hilflos sah er sie davonfahren, bis der Sturm den Wagen verschluckt hatte.

Er schloß gerade die Tür, als der Himmel in einem Blitz zu explodieren schien. Darauf folgte ein Donnerschlag, der die Fenster klirren ließ. Und als der Donner verebbte, gingen die Lichter plötzlich aus und tauchten das Haus in eine fast nachttiefe Dunkelheit.

Verdammt, fluchte Kevin leise vor sich hin. Er stieß die Tür mit dem Fuß zu und begann, die Kellertreppe hinabzugehen. Vielleicht war der Strom nicht ganz ausgefallen – vielleicht war es nur die Hauptsicherung des Hauses, die durch den Blitz überlastet worden war.

Im Ballsaal hörte der Phonograph plötzlich auf zu spielen. Die strahlenden Lichter der Kronleuchter flackerten einmal und erloschen dann. Die ganze Wut des Sturmes umtobte das Haus, und eines der Mädchen schrie auf, als der Strom ausfiel.

»Ruhig bleiben«, sagte Marguerite. »Es ist nur ein Sturm, und das haben wir alle schon mitgemacht. Ich bin sicher, das Licht wird in einer Minute wieder brennen, und dann können wir mit dem Unterricht weitermachen.«

»Warum hören wir nicht einfach auf?« fragte Mary-Beth Fletcher, deren Stimme herausfordernd klang. »Wir haben ja nur hier gesessen und Julie beim Tanzen zugesehen. Ich weiß nicht mal, warum ich heute hergekommen bin.«

Die anderen Mädchen wurden still, und alle schauten Marguerite an, aber die lächelte Mary-Beth nach kurzem Zögern nur an. »Ich denke, du hast recht. Vielleicht sollten wir für heute aufhören und nach unten gehen und sehen, ob Ruby etwas zu essen hat. Wie wär's damit?«

Die Spannung, die Mary-Beths Worte verursacht hatten, löste sich, und die Mädchen begannen ihre Ballettschuhe aufzuschnüren und zur Tür zu gehen, wobei sie sich in der Dunkelheit an der Wand auf die Treppe zutasteten. Doch als sie schließlich unten waren und die anderen Mädchen in die Küche gingen, blieb Mary-Beth stehen. »Ich gehe nach Hause«, verkündete sie. »Ich bin nicht hungrig, und ich bin's leid zuzusehen, wie überschwenglich Marguerite zu Julie ist. Dieser blöde Tanzunterricht macht mich krank.«

Jennifer Mayhew funkelte Mary-Beth an. »Wirst du wohl still sein? Willst du, daß Miß Marguerite dich hört?«

»Wen kümmert das?« gab Mary-Beth zurück. »Wir sind ihr ohnehin egal. Sie kümmert sich ja nur um ihre blöde Yankee-Nichte, und die bin ich so leid, daß ich kotzen könnte! Deshalb gehe ich heim.«

»Aber das kannst du nicht«, protestierte Jenny. »Du kommst nicht über den Damm.«

»Lieber lasse ich mich vom Damm spülen, als daß ich hierbleibe«, erwiderte Mary-Beth. Sie begann ihren Regenmantel anzuziehen, als Marguerite langsam die

Treppe herunterkam. Als sie die Eingangshalle erreichte, war Mary-Beth zum Gehen bereit.

Marguerite starrte sie überrascht an. »Mary-Beth? Wohin gehst du?«

»Heim«, sagte Mary-Beth, den Blick auf den Boden gerichtet. »Ich hab' beschlossen, mit dem Unterricht aufzuhören, und ich will hier nicht länger bleiben. Deshalb gehe ich heim.«

Marguerites Gesicht verdüsterte sich. »Aber – aber ich verstehe nicht. Ich dachte, du tanzt gerne –«

»Hab' ich vielleicht«, erwiderte Mary-Beth mit trotziger Stimme. »Aber jetzt nicht mehr. Und ich mag Julie auch nicht. Deshalb gehe ich lieber.« Sie wandte sich zur Tür, aber Marguerite hielt sie auf.

»Mary-Beth, du kannst jetzt nicht gehen. Nicht bei diesem Sturm, und nicht so.« Ihre Stimme nahm einen bittenden Klang an. »Bitte. Bleib wenigstens, bis der Sturm vorüber ist. Und laß uns doch darüber sprechen. Du kannst doch so nicht gehen. Das kannst du einfach nicht.«

Aber Mary-Beth schüttelte den Kopf. »Ich hab' keine Angst vor dem Sturm, und ich werde meine Meinung nicht ändern«, sagte sie, wobei ihre Stimme vor Ärger lauter wurde. »Warum können Sie mich nicht einfach gehen lassen?« Sie drehte sich um, zog die Eingangstür auf und trat in den Sturm hinaus. Marguerite sah wie gelähmt zu, wie sie ging, und dann fuhr ihre Hand unbewußt an ihre rechte Hüfte, die plötzlich vor Schmerz brannte. Sie ging zum Schrank und nahm einen Regenmantel vom Haken.

Julie, die still im Foyer stand, starrte ihre Tante an. »Tante Marguerite, was hast du vor? Du kannst nicht hinausgehen. Laß mich gehen. Jenny und ich gehen ihr nach.«

Marguerite schüttelte den Kopf. »Das muß ich tun«, sagte sie ruhig. »Ich muß tun, was richtig ist.« Sie lächelte

Julie und Jenny an, ihre Hand bereits an der Tür. »Es wird nur ein paar Minuten dauern«, versprach sie. »Ich suche sie und bringe sie zurück.« Einen Augenblick später verschwand auch Marguerite im Sturm.

Anne hielt am Ende des Dammes an und spähte angestrengt durch die Windschutzscheibe. Sie konnte praktisch nichts sehen, denn obwohl die Scheibenwischer mit Hochgeschwindigkeit liefen, war der Regen viel zu stark. Schließlich kurbelte sie das Fenster herunter und lehnte sich hinaus, um auf das schmale Stück Straße zu schauen, das zum Festland führte.

Der Wind kam jetzt aus südlicher Richtung tobend auf die Küste zu, und die Gischt, die von der aufgewühlten See hochgefegt wurde, schlug Anne ins Gesicht und nahm ihr die Sicht. Doch der Damm sah noch befahrbar aus, obwohl eine Welle über die Straße schlug, als sie darauf schaute. Sie schloß das Fenster, legte einen Gang ein, gab dann Gas und lenkte den Wagen auf den schmalen Damm.

Sie hatte ein Viertel des Weges zurückgelegt, als die Maschine zu stottern begann. Rasch trat sie das Gaspedal durch. Der Wagen ruckte eine Sekunde, dann zündete der Motor wieder, und das Auto fuhr in die Sprühwolke hinein.

Und dann, auf halbem Wege, stotterte der Motor wieder, spuckte und ging aus. Anne trat auf die Bremse, aber sie wirkte nicht mehr, da der Motor aus war, und es kostete sie all ihre Kraft, den Kombi zum Stehen zu bringen. Sie stellte den Schalthebel auf Parken und drehte den Schlüssel, aber nichts geschah. Dann erinnerte sie sich, drehte den Schlüssel ganz zurück und wieder vor.

Der Starter drehte sich, doch die Maschine sprang

nicht an. Sie wartete einen Augenblick, versuchte es dann wieder.

Noch immer nichts.

Der Wind wurde plötzlich stärker, und Anne spürte den Wagen leicht schwanken und sich einen oder zwei Zentimeter bewegen. Eine Welle -- größer als die anderen – baute sich im Süden auf, schmetterte gegen den Damm und überflutete kurz die Straße, bevor sie weiter nordwärts spülte.

Anne drehte den Schlüssel wieder, doch nichts bewegte sich.

Ohne daß ihr klar wurde, was sie eigentlich tat, öffnete sie die Tür und ging an die Wagenfront, wobei sie sich so gut sie konnte festhielt. Sie tastete nach dem Haken, der die Haube sperrte. Einen Augenblick später starrte sie auf ein Gewirr von Drähten und Schläuchen, die wie ein Labyrinth um den Motor führten.

Sie verstand nicht, was sie sah. Sie wußte nur ungefähr, wie ein Motor arbeitete und noch weniger, wo sie nach der Ursache für die Störung suchen sollte.

Und dann, als sie verständnislos auf den Motor schaute, brach eine andere Welle über den Damm, deren Wucht sie fast von den Beinen riß. Unter der Wucht keuchend, schlug Anne die Kühlerhaube zu und ging zurück zur Fahrertür.

Eine dritte Welle traf sie, als sie die Tür erreichte, und bis sie eingestiegen und es ihr gelungen war, die Tür zu schließen, waren sie und das Wageninnere naß.

Sie saß einen Moment da und starrte durch die Windschutzscheibe.

Der Sturm wurde schnell heftiger, und die Wellen überspülten nacheinander die Straße, überfluteten sie ständig.

Der Wagen mußte anspringen – er mußte einfach! Es gab keine Möglichkeit, durch den Sturm zu laufen. Wenn der Wind sie nicht von der Straße fegen würde, dann würden die Wellen sie wegreißen.

Panik begann in ihr aufzusteigen, und sie drehte den Schlüssel wieder.

Der Starter murrte, diesmal aber schwächer, und sie begriff, daß die Batterie nachließ. Aber der Motor sprang nicht an.

Panisch suchten ihre Augen das Instrumentenbrett ab, suchten nach einem Hinweis darauf, was nicht in Ordnung war. Dann sah sie es.

Die Tankuhr schien ihr entgegenzuspringen, wirkte größer, als sie tatsächlich war.

Leer.

Die Nadel, die auf Voll hätte zeigen müssen, ruhte am gegenüberliegenden Ende.

Aber es war unmöglich. Der Wagen war erst vor zwei Tagen vollgetankt worden. Sie hatte ihn selbst aufgetankt, und er war seitdem kaum gefahren worden.

Und dann begann ihr langsam die Wahrheit zu dämmern.

Jemand hatte den Tank geleert.

Aber das war unmöglich. Es ergab keinen Sinn. Warum?

Die Panik, die in ihr gewachsen war, brach jetzt aus, und sie lehnte sich auf die Hupe und schrie stumm, daß jemand sie hören sollte, daß jemand kam, um sie zu retten. Aber sie wußte, daß das unmöglich war. Nicht einmal sie konnte den schwachen Ton der Hupe durch das Brüllen des Sturmes hören, und der Regen und die Gischt waren jetzt so dicht, daß sie kein Ende des Dammes mehr sehen konnte.

Sie versuchte, sich zusammenzureißen und sich zu beruhigen.

Es würde vorübergehen. Es war nur ein Sommersturm,

obwohl er die Wucht eines Hurrikan zu haben schien. Und wenn er vorbei war, würde sie einfach aus dem Wagen steigen und den Rest des Weges in die Stadt laufen.

Aber der Sturm ging nicht vorbei.

Statt dessen wurde er ständig stärker. Als sie nach Süden schaute, schienen die Wellen groß wie Berge zu sein.

Und dann schlug wie eine übernatürliche Kraft eine ungeheure Welle auf sie nieder, deren Kamm sich erst immer höher aufbaute, bis er schließlich kippte, eine Ewigkeit lang über dem Damm zu verharren schien und schließlich auf sie herabschlug.

Die Welle traf den Wagen mit der Wucht einer Lokomotive an der Längsseite.

Der Wagen zitterte, und Anne spürte, wie er seitwärts rutschte. Einen Augenblick lang glaubte sie, er würde stehenbleiben, da es eine leichte Verzögerung gab, bevor die Masse des Wagens der Wucht der Welle nachgab.

Und dann wurde der Wagen wie von einer riesigen Hand gepackt, vom Wasser hochgeworfen und mitgenommen.

Eine zweite Welle, die der ersten folgte, erledigte den Rest und schob den Wagen weiter, bis er über den Rand des Dammes kippte.

Anne schrie, als der Wagen ins Wasser stürzte und stützte sich gegen den Aufprall ab. Dann schloß sich das Wasser über dem Fahrzeug, das weiterrollte, von der Strömung und den sturmgetriebenen Wellen erfaßt.

Sie mußte hinauskommen, aus dem Wagen flüchten, bevor er sich mit Wasser füllte.

Sie versuchte, die Tür aufzuschieben, aber sie wurde durch das Gewicht des Wassers von draußen zugedrückt. Sie überlegte jetzt hastig und wußte dann, was sie zu tun hatte. Wider jeden Instinkt handelnd, mußte sie das Fenster hinunterkurbeln und das Wasser eindringen lassen, bis der Druck innen gleich war. Erst dann konnte sie entkommen, entweder, indem sie die Tür öffnete oder indem sie durch das offene Fenster kletterte.

Sie holte tief Luft und begann das Fenster hinunterzukurbeln.

Wasser gurgelte in den Wagen und überschüttete sie mit der Wucht eines Feuerwehrschlauches. Sie wandte sich ab, und ihr Atem kam keuchend, als sie das Wasser um sich steigen spürte. Der Wagen schien viel zu schnell überflutet zu werden, viel schneller, als sie es für möglich gehalten hatte.

Plötzlich hörte der Wagen auf zu rollen, und Anne begriff, daß er auf der Seite lag, mit dem offenen Fenster nach oben. Sie hatte noch eine Chance! Und dann zerplatzte vor ihr die Windschutzscheibe, brach mit einer so plötzlichen Wucht ein, daß das Meer ganz in das Auto sprang. Anne schrie wieder auf, schnappte dann zum letztenmal nach Atem, bevor die restliche Luft aus dem Wagen gepreßt wurde.

Jetzt!

Sie drückte gegen die Tür, und sie bewegte sich leicht, klemmte aber dann.

Das Fenster! Sie klammerte sich an das offene Fenster und stieß sich dann mit den Füßen an der Beifahrertür ab.

Nach oben! Sie mußte sich nach oben stoßen!

Ihre Arme und der Kopf drangen durch das Fenster, dann ihr Körper. Sie drehte sich, versuchte ihre Beine nachzuziehen.

Sie würde es schaffen. Noch eine Sekunde, und sie war frei.

Und dann spürte sie, wie es geschah: etwas wickelte sich um ihren Knöchel und zog sich fest.

Sie wußte instinktiv, was passiert war, ohne auch nur darüber nachzudenken.

Der Sicherheitsgurt.

Der breite Gewebestreifen, der ihr Leben retten sollte. Aber jetzt tat er das Gegenteil, hatte sich um ihren Knöchel gewickelt, sie gefesselt und hielt sie unter der Wasseroberfläche.

Ihr Atem brannte in ihren Lungen, doch sie griff nach unten und zerrte an dem dicken Gurt, versuchte, ihr gefesseltes Bein zu befreien.

Der Druck in ihren Lungen wurde ständig größer, und die Strömung der tobenden See schlug auf sie, zerrte ihre Finger von dem steifen Material. Schließlich revoltierte ihr Körper, und ihre Lungen stießen den Atem aus und sogen dann den ersten qualvollen Schluck Salzwasser ein.

Sie hatte verloren.

Im allerletzten Augenblick hatte sie verloren, und jetzt würde sie sterben.

Wasser füllte ihre Lungen, und ihr Körper saugte schnell den letzten Rest von Sauerstoff aus ihrem Blut.

Eine seltsame Euphorie begann sie zu überkommen, und plötzlich betrachtete sie das Meer als Freund.

Ein zärtlicher Freund, in dessen weich wiegenden Armen sie wiedergeboren werden würde.

Ihre Panik verfloß, und dann entspannte sie sich und gab sich ganz ihrem neuen und letzten Freund hin.

11. Kapitel

Der Schmerz brannte jetzt heftig in Marguerites Hüfte, sie versuchte, ihn zu ignorieren, beugte sich gegen den Wind und beschirmte ihre Augen vor dem peitschenden Regen, so gut sie konnte. Sie war auf der Straße, stapfte durch den Matsch, der an ihren Füßen saugte und sie völlig nach unten zu ziehen drohte, aber sie mußte weiter. Und dann, kaum sichtbar, konnte sie eine andere Gestalt ausmachen.

»Mary-Beth!« schrie sie, doch ihre Worte verflogen augenblicklich im heulenden Wind. »Mary-Beth, warte! Bitte, warte!« Über den Schmerz in ihrer Hüfte und ihr fast gefühlloses lahmes Bein wimmernd, verdoppelte sie ihre Anstrengungen und verfiel in ein unbeholfenes Rennen, als sie versuchte, Mary-Beth Fletcher einzuholen. Als sie nur noch drei Meter entfernt war, rief sie wieder: »Mary-Beth! Warte!«

Mary-Beth zögerte, drehte sich dann um, und einen Augenblick später hatte Marguerite sie eingeholt. Keuchend streckte Marguerite eine Hand aus, um sich zu stützen, aber Mary-Beth wich zurück, und Marguerite verlor fast das Gleichgewicht. »Mary-Beth, bitte«, keuchte Marguerite. »Du kannst jetzt nicht heimgehen – es ist zu gefährlich. Komm zurück.«

Mary-Beth zögerte. Sie wußte augenblicklich, daß sie einen Fehler gemacht hatte, als sie das Haus verlassen und der Wind sie fast umgerissen hatte. Aber sie hatte ihren Entschluß gefaßt und wollte ihn nicht ändern. Sie konnte es einfach nicht ertragen, jetzt zurück ins Haus zu gehen und zu erleben, wie die anderen Mädchen sie anschauten und sie verspotteten, weil sie die Nerven verloren hatte.

Vor allem Julie. Julie, die aus dem Nichts gekommen war und sich sofort mit allen Freundinnen von Mary-Beth angefreundet hatte, die besser tanzte, als Mary-Beth je würde tanzen können und ihr dann auch noch Kerry Sanders weggenommen hatte. Nein, sie würde jetzt nicht nach Sea Oaks zurückkehren. Niemals wieder. Sie starrte Marguerite an, und ihre Augen funkelten vor Wut. »Ich gehe nicht zurück«, schrie sie und hob ihre Stimme, um den Sturm zu übertönen. »Niemals! Ich hasse Sie, und ich hasse Julie, und ich gehe. Und niemand kann mich aufhalten!« Wieder streckte Marguerite die Hand nach ihr aus, doch Mary-Beth wich zurück und zog den Mantel zusammen, der um ihre Beine flatterte. »Ich hasse Sie«, schrie Mary-Beth wieder. »Ich hasse euch alle, und ich will keinen von euch je wiedersehen!« Dann war sie fort, und der Sturm umfing sie.

Marguerite stand mitten auf der schlammigen Straße, durch die wütenden Worte des Mädchens wie betäubt, und sengender Schmerz brannte in ihrer Hüfte, und ihr Herz hämmerte. Mary-Beth ging – und würde nie zurückkommen.

Wieder beugte sie sich gegen den Sturm, taumelte im Wind und stieß sich vorwärts. Sie mußte Mary-Beth erreichen, bevor sie an den Damm gelangte. Wenn sie das nicht tat...

Sie verdrängte den Gedanken, unfähig, die Vorstellung zu akzeptieren, daß eines ihrer Mädchen sie tatsächlich für immer verlassen könnte.

Mary-Beth starrte auf die tobende See. Die Wellen waren riesig, schlugen mit einer ungeheuren, erschreckenden Gewalt über den Damm, die sie zusammenzucken ließ. Sie würde den Weg darüber nicht schaffen. Und der Wind schien noch stärker geworden zu sein, drohte sie von den Beinen zu reißen und in die brodelnde See zu schleudern.

Ein Blitz teilte den Himmel, und Mary-Beth schrie laut auf, als der krachende Donner sie überrollte. Sie konnte seine Wucht an ihrer Brust spüren und hielt sich die Ohren zu, bis er verebbt war und das Geräusch sich im brüllenden Wind verlor. Sie weinte jetzt und wünschte sich, sie hätte das Herrenhaus nie verlassen, wünschte, sie wäre mit Marguerite zurückgegangen, als sie noch die Gelegenheit dazu gehabt hatte. Aber jetzt war es zu spät. Sie würde es nie zurück nach Sea Oaks schaffen – sie war zu müde, um gegen den Sturm anzukämpfen. Sie mußte Schutz finden, einen Platz, an dem sie warten konnte, bis der Sturm sich legte.

Es gab eine Piniengruppe etwa zwanzig Meter entfernt, die sich im Wind beugte, und ein hohes, schneidendes Winseln drang aus den sturmgepeitschten Nadeln der Bäume. Wenn sie dorthin gelangen könnte, um unter einem der Bäume etwas Schutz vor dem Sturm zu finden. Sie hob ihre Arme, um sich vor dem Regen zu schützen und eilte dann mit großen Schritten auf die Bäume zu.

Dann kauerte sie an einem der drei Stämme und lehnte sich erschöpft an den Baum, ihr Atem kam in kurzen Stößen, und ihr Herz pochte rasend.

Die Gischt der See war hier mit Regen vermischt, und sie konnte den scharfen Salzgeschmack auf ihrer Zunge spüren. Aber zumindest war sie sicher.

Ein weiterer Blitz teilte den Himmel, und ein scharfes Krachen – lauter als ein Gewehrschuß – dröhnte über ihr. Der Baum, an den sie sich lehnte, wurde in ganzer Länge geteilt und warf Mary-Beth zu Boden. Fast augenblicklich durchnäßte Schlamm ihren Mantel und ihre Kleidung, und sie spürte seine kalte Glitschigkeit an ihrer Haut.

Sie schluchzte, weinte heftig, als sie von dem zersplitterten Baum fortkroch, und zog sich dann hoch, um sich an einen anderen Stamm zu lehnen. Jetzt bedrohte sie nicht nur der Sturm. Es waren auch die Bäume.

Sie konnte hören, wie um sie herum Äste abgerissen wurden und krachend zu Boden fielen.

Sie stand auf. Sie mußte weggehen, irgendeinen sicheren Ort finden. Oder einen Menschen.

Wankend und taumelnd verließ sie die Piniengruppe. Moosfetzen, die von den Bäumen losgerissen worden waren und die der Sturm vor sich hertrieb, peitschten ihr

Gesicht, und wieder hob sie ihre Hände in dem vergeblichen Bemühen, sich zu schützen.

Und dann spürte sie mit dem Instinkt eines gefangenen Tieres, daß jemand in der Nähe war.

Sie blieb stehen und lauschte aufmerksam, konnte aber nichts als den Sturm hören.

»H-hilfe!« rief sie, doch ihre Worte klangen erbärmlich gegen das Toben des Windes und der Brandung. »Bitte – so helft mir doch! Bitte!«

Und dann sah sie eine Gestalt aus dem Sturm kommen, die sich ihr näherte. Zuerst war es nur eine undeutliche Kontur, aber sie begann wieder zu schreien. Die Gestalt schien zu zögern, ging dann weiter auf sie zu.

Mary-Beth fiel auf die Knie, nicht nur durch ihren Kampf gegen den Sturm erschöpft, sondern auch durch ihre Furcht.

Sie schluckte, versuchte, die Beherrschung über sich wieder zu gewinnen, den letzten Rest von Panik zu unterdrücken, die sie Sekunden zuvor noch erfaßt hatte. Und dann blickte sie auf, in der Erwartung, ein vertrautes Lächeln zu sehen, das die letzte Angst von ihr nehmen würde.

Und sah einen riesigen Stein, der von zwei zitternden Händen hochgehalten wurde, der jetzt auf sie niederstürzte, in ihr Gesicht schmetterte.

Sie würde nie erfahren, ob das letzte Geräusch, das sie hörte, das scharfe Krachen eines Astes war, der über ihrem Kopf zerbrach, oder das gleichermaßen scharfe Krachen ihres eigenen Schädels, der unter der Wucht des Steines zersplitterte.

Julie zuckte zusammen, als ein weiterer Blitz über den Himmel zuckte und das Haus unter der Wucht des Donners, der sofort darauf folgte, erzitterte. Sie versuchte, keine Furcht zu zeigen, als sie Jennifer Mayhew anschaute, die von der Gewalt des Sturmes völlig unbeeindruckt schien. »Wo sind sie?« fragte sie. »Sollten sie nicht längst zurück sein?« Obwohl es Julie schien, als sei eine Ewigkeit vergangen, seit ihre Tante, gefolgt von ihrem Vater, hinaus in den Sturm gelaufen waren, um Mary-Beth Fletcher zu suchen, waren es tatsächlich kaum mehr als dreißig Minuten gewesen.

Aber Jennifer schien nicht besorgt zu sein. »Denen geht's gut«, sagte sie. »Wir haben schon schlimmere Stürme erlebt. Warte erst mal, bis die Hurrikans kommen. Dann wird's wirklich schlimm.«

Tammy-Jo Aaronson verdrehte ihre Augen. »Wenn's schlimmer als jetzt wird, werden wir direkt ins Meer gefegt«, sagte sie. Sie schaute nervös in die schattigen Ecken des düsteren Wohnzimmers. »Ich wünschte, das Licht würde wieder brennen. Ich hasse es, wenn so was passiert.«

Die beiden anderen Mädchen im Zimmer kicherten leise. »Hast du Angst, daß Miß Helena dich holt?« fragte Allison Carter mit spöttischer Stimme. Sofort wanderten Julies Augen zu Allison.

»Warum hast du das gesagt?« fragte sie, und ihre Stimme bebte, als sie sich an die Geschichte erinnerte, die Ruby am Tage nach der Beerdigung ihrer Großmutter erzählt hatte.

Allison grinste boshaft. »Das mit den Geistern von Devereaux weiß doch jeder«, sagte sie. »Sie kommen immer zurück, und ich habe gehört, daß sie am schlimmsten bei Stürmen seien. Und wenn's ganz schlimm wird, kommen sie aus dem Friedhof hoch und schleichen im Haus herum.«

Jeff, der still am Ende des Sofas gesessen hatte, starrte Allison mit großen Augen an. »Wa-was wollen sie?« keuchte er.

Allison wandte sich an Jeff, und ihre Stimme senkte sich zu einem heiseren Flüstern. »Kleine Jungen«, sagte sie. »Kleine Jungen wie dich. Und du weißt nie, wann sie kommen. Tatsächlich«, fuhr sie fort, wobei ihr Blick zu den Winkeln des Zimmers wanderten, »könnten sie schon hier sein und warten vielleicht nur darauf, daß du alleine herumläufst.«

»Hör auf!« verlangte Tammy-Jo Aaronson. Dann, als ihre Freundinnen über die offensichtliche Angst in ihrer Stimme zu kichern begannen, versuchte sie, ein mutiges Gesicht zu machen und zwang sich zu einem Lachen. »Das ist dumm –« setzte sie an, schwieg dann aber, und die Farbe wich aus ihrem Gesicht, als die französischen Türen laut zu klappern begannen.

»Wa-was ist das?« stammelte Jeff, der auf dem Sofa enger an Julie heranrutschte.

Ein weiterer Blitz zuckte. Draußen, an den französischen Türen zeichnete sich eine Gestalt gegen die dünnen Vorhänge ab, die sich am Türgriff zu schaffen machte.

Eines der Mädchen stieß ein seltsames Winseln aus, und Jeff preßte sich an seine Schwester. Dann, als der Donner verebbte, hörten sie eine Stimme rufen.

»Julie? Liebling, schließ die Tür auf, ich ertrinke noch!«

Die Spannung im Raum löste sich augenblicklich, als man Marguerites Stimme erkannte. Julie rannte zur Tür, öffnete das Schloß und hielt die Tür gegen den Wind fest, während ihre Tante mit triefendem Regenmantel eintrat.

»Die Eingangstür war versperrt, und ich habe meinen Schlüssel vergessen. Habt ihr mich nicht klingeln hören?«

Julie starrte ihre Tante eine Sekunde lang an und begann dann zu kichern. »Wie sollten wir das hören?« fragte sie. »Der Strom ist doch ausgefallen. Die Klingel funktioniert nicht. Aber wo sind Papa und Mary-Beth?«

»Ich konnte Mary-Beth nicht dazu bringen, zurückzukehren«, sagte Marguerite. »Ich habe versucht, mit ihr zu reden, aber sie wollte nicht hören. Sie –« Sie unterbrach sich und starrte Julie an. »Dein Vater?« fragte sie. »Warum sollte ich ihn gesehen haben? Ist er nicht hier?«

Julie schüttelte ihren Kopf. »Er ist dir nachgegangen«, erklärte sie. »Er hatte sich Sorgen gemacht, weil du draußen im Sturm warst und –«

Bevor sie ausreden konnte, öffnete sich die Eingangstür und wurde dann wieder zugeschlagen, und Kevin tauchte mit schlammverschmierter Kleidung auf. Er starrte Marguerite an, und seine Brust hob und senkte sich, als ob er gerannt sei. »Du bist hier«, brachte er schließlich heraus. »Mein Gott, ich hatte das Gefühl, als sei ich über die ganze Insel gelaufen. Wo warst du?«

Marguerite runzelte die Stirn. »Natürlich auf der Straße. Aber Mary-Beth wollte nicht zurückkommen. Sie sagte, sie wollte heimgehen.«

»Bei dem Wetter?« fragte Kevin, nach draußen deutend. »Mein Gott, jetzt kommt niemand mehr über den Damm. Er ist völlig überflutet.«

Die Mädchen wechselten nervöse Blicke. »Aber wo ist sie dann?« fragte Allison schließlich. »Wenn sie nicht auf der Insel ist und sie nicht verlassen konnte ...« Ihre Worte verebbten, als sie langsam die Bedeutung ihrer Worte begriff.

»Wir sollten uns nicht verrückt machen«, sagte Marguerite rasch, als sie die Angst der Mädchen sah. »Kevin kann die ganze Insel nicht abgesucht haben – dazu hatte er nicht die Zeit. Und vielleicht ist sie ja nach drüben gekommen. Wir – nun, wir müssen eben einfach den Sturm abwarten, und dann werden wir feststellen, was geschehen ist.«

»Ich wette, ich weiß, was geschehen ist«, sagte Jeff, dessen Augen auf seinen Vater starrten. »Ich wette, die Geister haben sie entdeckt und mitgenommen.«

Kevin starrte seinen Sohn belustigt an. »Wie kommst du denn darauf?« fragte er.

Jeff wandte sich an Allison Carter. »Das hat sie uns erzählt«, sagte er. »Sie hat gesagt, daß alle Geister von Devereaux rauskommen, wenn es stürmt.«

Allison lachte laut auf. »Aber ich hab' doch nur Spaß gemacht«, sagte sie zu Jeff und wandte sich dann an Kevin. »Wirklich, Mr. Devereaux, es war nur ein Scherz.«

»Und wenn es keiner war?« fragte Jeff. »Wenn Großmutter zurückgekommen ist und Mary-Beth geholt hat? Und sie getötet hat?«

Ein betroffenes Schweigen erfüllte das Zimmer. »Es ist schrecklich, so etwas zu sagen, Jeff«, sagte Marguerite, deren Stimme so scharf wurde, daß Jeff zurückfuhr. »Du solltest dich schämen, so etwas auch nur zu denken!«

Jeff starrte seine Tante einen Moment an, blinzelte, brach dann in Tränen aus und eilte die Treppe hoch.

12. Kapitel

Der Sturm war vorüber, und eine seltsame Stille hatte sich auf Devereaux Island gesenkt. Das ganze Land war von heruntergerissenen Zweigen und verstreuten Trümmern übersät. Die See, die nach dem Sturm noch immer heftig wogte, war mit weißen Schaumkappen bedeckt, und eine starke Brandung schlug heftig auf den weitgestreckten Strand. Doch der Himmel war klar, von einem tiefen Blau, das nur im Norden grau gefärbt war, wo der Sturm über dem Horizont tobte. Der Wind hatte sich zu einer steifen Brise abgeschwächt, doch schon begann die vertraute Hitze wieder aufzusteigen. Dampf hob sich in einem wabernden Nebel aus dem Land, während der Regen unter der Kraft der Sonne schwand.

Alicia Mayhew war gekommen und hatte die Mädchen abgeholt, und das Haus war jetzt leer. Dreißig Minuten bevor Alicia gekommen war, war der Strom wieder da, und auch das Telefon funktionierte.

Kevin hatte Alicia auf der Veranda zurückgehalten, als sie losfahren wollte und sie gefragt, ob sie Anne irgendwo in der Stadt oder vielleicht ihren Wagen gesehen hätte.

Alicia hatte den Kopf geschüttelt. »Aber wenn ich an ihrer Stelle gewesen wäre«, sagte sie zu Kevin, »wäre ich ins Landesinnere gefahren.« Sie schüttelte verwundert den Kopf, als sie sich an die Gewalt des Sturmes erinnerte, der jeden in Devereaux veranlaßt hatte, fast den ganzen Tag die Häuser zu schließen. »Ich habe schon Stürme erlebt, aber dieser war besonders schlimm.« Ihr Blick wurde besorgt. »Ich hoffe, daß es Mary-Beth gutgeht.«

Kevin brachte ein Grinsen zustande. »Nach dem, was Marguerite sagte, muß sie wohlauf sein. Sie war über irgend etwas böse und wollte nicht zurückkommen.«

Auf Alicias Stirn traten Falten. »Dieses Mädchen ist immer auf etwas böse. Diesmal wird es wohl mit Ihrer Tochter zu tun gehabt haben. Mary-Beth ist seit Monaten hinter Kerry Sanders her, aber seit er Julie kennengelernt hat, hat er für keine andere mehr Augen. Schön«, schloß sie und warf einen Blick auf die Mädchen, »ich fahre besser heim. Geben Sie Bescheid, wenn Sie von Anne gehört haben, ja?« fügte sie hinzu, als sie die Stufen hinunterging. »Ich würde gern wissen, was sie von unseren kleinen Böen hält.«

Kevin zuckte kläglich die Schultern. »Ich fürchte, das wird noch Öl aufs Feuer gießen. Sie ist entschlossen, nicht hierzubleiben. Und ich kann ihr nicht mal einen Vorwurf machen.«

Alicia Mayhew drehte sich überrascht um. »Hierbleiben? Sie meinen, Sie denken daran, wieder hierher zu ziehen?«

Kevin nickte. »Das ist alles noch unsicher, aber es scheint eine Menge guter Gründe zu geben, zu bleiben. Das hängt alles von Anne ab...« Er brach ab, aber Alicia nickte verständnisvoll.

»Sie glaubt, daß wir wie Hinterwäldler leben und kulturell rückständig sind, nicht wahr?«

Kevin errötete leicht, nickte aber.

»Ich kann ihr das nicht übelnehmen«, seufzte Alicia. »Ich glaube auch, daß wir das vor hundert Jahren waren. Aber die Dinge haben sich geändert.« Sie lächelte ermutigend. »Ich könnte ja mit ihr sprechen«, schlug sie vor. »Vielleicht kann ich sie davon überzeugen, es wenigstens zu versuchen.«

»Das wäre schön«, erwiderte Kevin, als das Telefon in der Halle schrillte. »Ich gehe besser ran. Es könnte Anne sein.« Er winkte Alicia zu, und während sie aus dem Hause eilte, ging er ins Haus und nahm das Telefon ab. »Hallo?«

»Kevin? Hier ist Muriel Fletcher. Ist Mary-Beth noch da?«

Kevin spürte, wie sich sein Magen zusammenzog. Mary-Beth hätte schon vor Stunden daheim sein müssen. Dann hörte er Marguerites Stimme von einem der Nebenapparate.

»Muriel? Heißt das, Mary-Beth ist noch nicht zu Hause?«

»Nein. Sie ist doch da, oder?«

»N-nein«, erwiderte Marguerite, und Kevin konnte die plötzliche Besorgnis in ihrer Stimme hören. »Sie – nun, sie weigerte sich hierzubleiben. Sie war über irgend etwas aufgebracht und beschloß, nach Hause zu laufen.«

»Zu laufen?« Muriel klang entsetzt. »In diesem Sturm? Mein Gott, Marguerite, wie konnten Sie so etwas zulassen?«

Marguerites Stimme zitterte. »Ich versuchte, sie aufzuhalten, aber ich konnte es nicht, Muriel. Sie zog einfach ihren Mantel an und ging hinaus. Ich bin ihr gefolgt und versuchte, sie umzustimmen, aber das gelang mir nicht. Sie – sie ist einfach vor mir weggelaufen.«

»O Gott«, stöhnte Muriel. Es war wirklich nicht überraschend. Ihre Tochter hatte schon immer ein aufbrausendes Temperament gehabt, und selbst Muriel hatte Probleme mit ihr.

»Ich habe versucht, sie zu finden, doch bis ich an den Damm gelangt war, war sie weg«, fuhr Marguerite fort. Dann klang ihre Stimme hoffnungsvoll. »Es sah wirklich nicht so schlimm aus. Der Sturm schien ein wenig nachzulassen. Sie muß hinübergekommen sein. Andernfalls wäre sie doch zurück ins Haus gekommen, oder?«

Muriel zögerte und versuchte, sich in ihre Tochter zu versetzen. »Nein«, sagte sie schließlich. »Das wäre sie wahrscheinlich nicht. Nicht, wenn sie böse war. Sie wäre allein draußen geblieben, bevor sie vor anderen zugegeben hätte, einen Fehler gemacht zu haben.«

»Ich bin sicher, daß mit ihr alles in Ordnung ist. Vielleicht ist sie zu ihren Freundinnen gegangen.«

Wieder ein Zögern, doch als Muriel Fletcher dann sprach, konnte Kevin ihre Besorgnis hören. »Vielleicht«, sagte sie. »Ich werde jedenfalls herumtelefonieren. Und Kevin? Sind Sie noch da?«

»Ich bin hier«, entgegnete Kevin.

»Würden Sie vielleicht auf der Insel suchen? Ich weiß, daß das viel verlangt ist, aber ...«

»Natürlich werde ich das«, erwiderte Kevin. »Ich werde in etwa einer Stunde zurückrufen.«

Er legte auf, und einen Augenblick später hörte er den ungleichmäßigen Schritt seiner Schwester, als sie aus der ersten Etage die Treppe herunterkam. Sie schaute ihn an, und ihr Gesicht war eine besorgte Maske. »Ich hätte sie nicht gehen lassen dürfen, Kevin«, sagte sie. »Wenn ihr etwas zugestoßen ist, wird es meine Schuld sein. Ich hätte sie nicht gehen lassen dürfen.«

»Hör auf, Margie«, erwiderte Kevin, der unbewußt den Spitznamen benutzte, mit dem er sie als Kind gerufen hatte. »Wir wissen ja nicht, ob ihr überhaupt etwas zugestoßen ist. Ich werde hinausgehen und mich umsehen –« Doch bevor der den Satz beenden konnte, hörte er eine Autotür schlagen und einen Augenblick später das Geräusch schwerer Schritte auf der Veranda. Es klingelte in dem Augenblick, als er die Tür öffnete.

Auf der Veranda stand Will Hempstead und schaute sehr ernst drein. Kevin wußte sofort, daß etwas nicht stimmte und machte instinktiv einen Schritt zurück.

»Es geht um Anne, Kevin«, sagte der Polizeichef. »Es ist nicht leicht, dir das zu sagen. Ihre – also, ihre Leiche wurde etwas nördlich der Stadt angeschwemmt. Wir wissen, also... Wir wissen noch nicht, was geschehen ist, aber...«

Hempsteads Stimme sprach weiter, doch Kevin hörte nichts mehr. Es war nicht möglich. Anne konnte nicht tot sein – sie konnte es einfach nicht! Sie war nur gegangen, um kurz wegzufahren, wollte doch nur alleine sein. Sie würde jetzt jeden Augenblick zurückkommen, und sie würde nicht mehr böse sein. Sie würde ihn anlächeln und ihm sagen, daß sie endlich über alles nachgedacht hatte, und –

Aber sie kam nicht zurück. Etwas war geschehen, und sie würde nie wieder zu ihm oder zu den Kindern zurückkommen.

Er ließ sich auf den Holzstuhl neben der Tür fallen und begrub sein Gesicht in den Händen, und sein Körper zuckte unter seinem Schluchzen.

Selbst die Geschöpfe der Nacht schienen verstummt zu sein.

Die Luft war still, und die letzte vom Sturm getriebene Welle war gebrochen. Nur ein leise klatschendes Geräusch trieb durch die Dunkelheit, und Kevin saß allein in dem Zimmer, das er mit Anne geteilt hatte, am Fenster und starrte hinaus. Sein Verstand war benommen, wollte nicht die Wahrheit dessen akzeptieren, was geschehen war. Er spürte den eigenartigen Drang, mit Anne zu sprechen, nach ihr zu rufen, als ob sie im Bad sei und sich aufs Schlafengehen vorbereitete. Zweimal hatte er ein Geräusch gehört und eifrig aufgeschaut, geglaubt, daß die Tür sich öffnete und Anne in das Zimmer treten würde. Doch jedesmal hatte er sich daran erinnert.

Es war nicht Anne.

Es würde nie wieder Anne sein.

Sie hatten versucht herauszufinden, was geschehen sein mußte. Sie hatte es nicht einmal über den Damm geschafft. Der Wind und die See hatten sie genommen, hatten den Wagen von der Straße gefegt, sie darin gefangen. Aber sie hatte sich fast befreien können.

Will Hempsteads Worte klangen noch in seinem Kopf. »Wir haben den Wagen gefunden. Sie wäre rausgekommen. Hätte es fast geschafft. Doch nach den Spuren an ihrem Körper zu urteilen, sieht es aus, als hätte sich der Sicherheitsgurt um ihren Knöchel gewickelt und sie festgehalten. So dämlich. So unglaublich dämlich!«

Kevin wünschte fast, daß Will ihm das nicht erzählt hätte. Irgendwie wäre es leichter gewesen, wenn er glauben könnte, daß sie sofort tot war, bewußtlos war, bevor sie ertrank. Aber bis zum Ende zu kämpfen, und das im Angesicht des Überlebens –

Er erschauerte und versuchte die Tränen zu unterdrükken, die ihn überkamen. Doch er konnte es nicht und schluchzte minutenlang, bis die Welle von Leid wieder kurz verebbte. Er öffnete das Fenster und sog die duftende Luft tief in sich ein.

Es war der Duft, der starke Geruch, der ihn plötzlich in seine Jugend zurückbrachte, die Tage, bevor sein Vater gestorben war, als ihm das Leben wundervoll erschienen war. Doch dann, als er sechs war, war sein Vater in der Scheune gestürzt, hatte sich das Genick gebrochen und war gestorben. Danach hatte sich alles verändert.

Seine Mutter hatte sich plötzlich nur noch Marguerite gewidmet. Und Kevin konnte ihr deshalb nicht mal einen Vorwurf machen. Nicht aus der Perspektive seiner eigenen Reife. Schließlich war Marguerite ihrer Mutter so ähnlich gewesen. Ihre Schönheit, ihre Anmut, ihr Talent...

Marguerite hatte plötzlich das Leben ihrer Mutter ausgefüllt, und in ihrer Entschlossenheit, daß ihre Tochter die Karriere machen sollte, die ihr selbst nicht vergönnt war, hatte sie sich von Kevin abgewandt, ihn schließlich auf die Militärschule geschickt.

Ins Fortress, wo er jedes Jahr neun schreckliche Monate verbracht hatte, nur um dann jeden Sommer in ein Lager in Maine geschickt zu werden.

Daheim – daheim in Sea Oaks – nur zu Weihnachten.

Es hatte nach all diesen Jahren kein Zuhause mehr sein dürfen. Und doch, als die wundervoll süßen Düfte des Sommers seine Lungen füllten, wußte er, daß es sein Zuhause war.

Es war seine Mutter, die er gehaßt hatte, nicht das Haus.

Er wünschte, Anne hätte verstehen können, daß der

Haß auf sein Zuhause, den er immer zum Ausdruck gebracht hatte, weder auf die Stadt noch auf die Insel, noch auf das Haus gerichtet gewesen war.

Nur auf seine Mutter.

Aber seine Mutter war jetzt tot.

Und Anne auch.

Alles was geblieben war, war Sea Oaks. Sea Oaks und sein Traum, von dem er gehofft hatte, daß Anne ihn mit ihm teilen und ihn Wirklichkeit werden lassen würde.

Langsam, während er über die Insel schaute und das Haus um sich spürte, begriff er, daß er schließlich eine Entscheidung getroffen hatte. Denn ohne Anne gab es keine andere Wahl mehr. Er wurde hier gebraucht, hier waren seine Wurzeln, und hier würde er bleiben, mit seinen Kindern und bei seiner Schwester.

Bleiben und überleben.

Aber Anne, das wußte er, würde ihn nie verlassen. Ihm wurde aber auch klar, daß nach zwanzig Jahren des Glücks ihre letzten gemeinsamen Augenblicke voll Ärger und Bitterkeit waren. Damit würde er den Rest seines Lebens leben müssen.

Marguerite bewegte sich langsam über den Korridor und versuchte, die Ruhe des Hauses nicht zu stören. Sie blieb einen Augenblick vor Kevins Tür stehen. Dahinter war es still, doch als sie leise an die Tür klopfen wollte, wurde das eigenartige Schweigen durch ein unbeherrschtes Schluchzen durchbrochen, und Marguerite zögerte.

Was sollte sie ihm sagen? Was konnte sie ihm sagen, das den Schmerz zu lindern vermochte, den er empfand?

Nichts.

Ihre Hand, die nur wenige Zentimeter von der Tür entfernt war, sackte herab, und sie ging weiter.

Der Schmerz in ihrer Hüfte hatte an diesem Nachmittag

nachgelassen. Es war natürlich der Sturm gewesen. Wenn die Stürme vorbei waren, konnte sie wieder besser gehen.

Sie kam an Jeffs Tür und lauschte wieder, ging dann ohne anzuklopfen hinein. Der Junge lag in seinem Bett, seine Augen weit geöffnet, und starrte an die Decke. Sie ging zum Bett und beugte sich über ihn und strich sanft über seine Wange.

Er wandte das Gesicht ab.

»Es tut mir leid, Liebling«, sagte Marguerite, die sich auf die Bettkante setzte. »Es tut mir so leid, was geschehen ist.«

Jeff blickte sie mit ärgerlichen, tränengefüllten Augen an. »Es ist nicht fair«, sagte er mit bebender Stimme. »Warum mußte Mami sterben? Es ist einfach nicht fair!«

»Ich weiß«, tröstete Marguerite ihn und streckte die Hand aus, um ihn wieder zu berühren. »Ich weiß, wie du fühlst, und ich möchte, daß du weißt –«

Doch wieder wandte sich Jeff von ihr ab, zog die Decke über seinen Kopf und kuschelte sich zusammen. »Laß mich in Ruhe!« schluchzte er. »Du bist nicht meine Mutter! Laß mich in Ruhe!«

Marguerites Hand zuckte zurück, als hätte sie sich verbrannt. Sie saß eine Sekunde lang still da, überlegte, was sie tun sollte, seufzte dann schwer und stand auf. Sie wollte den Jungen tätscheln, doch er schüttelte sich heftig unter der Decke und entzog sich ihrer Berührung. Einen Augenblick später verließ Marguerite das Zimmer, nickte leicht mit dem Kopf und schloß leise die Tür hinter sich.

Sie ging langsam über den Korridor und erreichte schließlich Julies Zimmer. Sie wartete einen Augenblick, lauschte wieder und klopfte dann leise an die Tür. Einen Moment herrschte Schweigen, dann hörte sie Julies Stimme, klar, aber angespannt: »He-herein.« Marguerite legte ihre Hand auf den Türknauf, drehte ihn und stieß die

Tür auf. Julie saß mit von Tränen geröteten Aguen auf dem Bett, einen Haufen Kissen im Rücken. Marguerite blieb einen Augenblick stehen, und ihr Herz flog dem Mädchen zu.

Wie ich, dachte sie. Sie sieht mir so ähnlich, als ich in ihrem Alter war.

Sie machte einen Schritt auf das Bett zu und war dann neben ihrer Nichte. Sie spürte, wie Julies Arme ihren Hals umschlangen, spürte, wie Julies Gesicht sich an ihre Brust preßte.

»Was soll ich tun?« schluchzte Julie, über deren Gesicht Tränen flossen. »Oh, Tante Marguerite, was wird nur geschehen? Ich – ich fühle mich so traurig und so – so allein. Ich kann es nicht ertragen, Tante Marguerite. Ich kann es einfach nicht ertragen...«

»Ruhig, Liebling«, flüsterte Marguerite in Julies Ohr. »Es wird alles gut werden. Ich werde mich um dich kümmern, mein Liebling. Ich werde mich um dich kümmern, und du wirst nie wieder allein sein. Nie wieder allein.«

Langsam begann sich Julie in ihren Armen zu entspannen, und das Schluchzen des Mädchens begann nachzulassen. Marguerite wiegte sie einen Augenblick sehr zärtlich, und ein Wiegenlied drang über ihre Lippen.

Sie blieb Stunden da, noch lange nachdem Julie eingeschlafen war, beobachtete ihre Nichte, streichelte dann und wann ihre Wange oder strich ihr eine Haarsträhne aus der Stirn.

Es würde alles gut werden, dachte Marguerite bei sich, als es schließlich zu dämmern begann. Sie würde sich jetzt um alle kümmern; um Kevin und Jeff.

Und um Julie, wie Helena sich um sie gekümmert hatte.

Ja, jetzt würde alles schön werden...

13. Kapitel

Zwei Wochen lang hing eine seltsame Art von Lähmung über Sea Oaks, so, als ob Annes Tod dem Hause die Energie entzogen hätte. Eine kalte Betäubung hatte Kevin umfangen, und an den ersten Tagen nach der Beerdigung – es war eine kleine Beerdigung, da nur wenige Menschen aus Devereaux Anne in der kurzen Zeit kennengelernt hatten – stellte er fest, daß er manchmal nichts tat. Er begann mit irgendeiner Beschäftigung, entfernte vielleicht Unkraut aus einem Teil des Gartens, und ihm wurde plötzlich bewußt, daß er sein Leben in einer anderen Welt verbrachte, in der seine Frau noch lebte, noch dicht bei ihm war, fast so nah, daß er sie berühren konnte. Doch er konnte sie nicht ganz berühren, nicht einmal in diesen Zeiten der stillen, reglosen Zuflucht. Es waren schmerzliche Stunden, denn wenn sie vorbei waren, stellte Kevin fest, daß die Erinnerungen ihn nur noch einsamer zurückgelassen hatten, und er wurde sich seiner inneren Leere bewußt. Als die Tage verstrichen, spürte er, daß er sich nicht weiter zurückziehen und sich wegen des Streites keine Vorwürfe machen durfte, der zwischen ihm und Anne gewesen war, bevor sie starb. Er hatte noch seine Kinder und Marguerite und Sea Oaks. Langsam zwang er sich, jeden Tag ein wenig mehr zu tun, seine wenige verbliebene Energie der wirklichen Welt zuzuwenden und weniger der Welt seines Schmerzes.

Als seine Wunden langsam heilten, konnte er die Fortschritte im Hause sehen. Das Gelände um das Haus, das solange unberührt gewesen war, war gesäubert, und die Gärten sahen wieder so aus, als ob sie angelegt und gepflegt seien. Die abblätternde Farbe war entfernt und sorgfältig abgeschliffen worden, so daß das Haus für die Maler bereit war, die in ein oder zwei Wochen mit ihrer

Arbeit beginnen würden. Womit er aber wirklich beginnen mußte, war die Arbeit im Inneren, etwas, das er fast unbewußt vor sich hergeschoben hatte. Nicht, daß er nicht genau gewußt hätte, was er tun wollte. In Gedanken hatte er bereits genau festgelegt, wie jedes Zimmer aussehen sollte, und auch die Umbauten der Zimmer in der zweiten Etage, in denen er, Marguerite und die Kinder schließlich wohnen würden, waren völlig klar, und sollten von einem Architekten in Charleston zu Papier gebracht werden, den er erst gestern beauftragt hatte. Und doch hatte er trotz seiner Überlegungen jeden Tag die tatsächliche Arbeit im Haus verzögert, denn wenn er sich von Zimmer zu Zimmer bewegte, konnte er fast die Stimme seiner Mutter flüstern hören:

»Dies ist mein Haus. Du hast kein Recht, es zu verändern. Es sollte so bleiben, wie es ist, so wie ich es verlassen habe.«

Die Eigenartigkeit der Situation – die Tatsache, daß Marguerite, er, Julie und Jeff alle Zimmer belegt hatten und daß Marguerite ihn gebeten hatte, davon Abstand zu nehmen, etwas an dem Kinderzimmer oder der Suite ihrer Mutter zu tun – war nur eine Ausrede gewesen. Es gab noch drei andere Zimmer, an denen er arbeiten konnte, Zimmer, in denen ebenso dringend die Farbe entfernt und geschliffen werden mußte wie draußen. Einige Tage, nachdem er die Arbeit vollendet hatte und ein paar Minuten damit verbrachte, durch das Haus zu gehen, hatte er überlegt, ob es ihm wirklich gelingen würde, auszuführen, was er sich vorgenommen hatte.

Und doch wußte er nach langen Gesprächen mit Sam Waterman, daß es möglich war. Sie hatten einen Finanzplan entwickelt. Alles, was er außer Grundstücken besaß, war jetzt verpfändet; der gesamte Nachlaß wurde für zehn Jahre treuhänderisch verwaltet. Dafür konnte er Optionen an dem Land verkaufen, die in zehn Jahren fällig waren, womit er mehr Bargeld als genug für die erforderlichen Renovierungen des Hauses und genug Kapital aufbringen würde, um die Familie über Wasser zu halten, bis das Hotel Gewinn abzuwerfen begann. Und nach Abschluß der Kalkulation stellte er erfreut fest, daß der Gewinn bei weitem seine Hoffnungen übertraf. Da er die Insel ohne Belastungen besaß und keine Hypothekenschulden zu zahlen waren, würde selbst eine vierzigprozentige Belegung der neun Schlafzimmer, mit der er begann, kostendeckend sein. Alles weitere war Gewinn. Und in zwei Wochen würden die Handwerker kommen, um mit der Renovierung zu beginnen.

An diesem Morgen mußte er mit Marguerite über seine Pläne sprechen. Er konnte das nicht länger aufschieben.

Und er konnte die Kinder auch nicht länger hinhalten. Er wußte, daß er sie vernachlässigt hatte, sie gezwungen hatte, mit dem Verlust ihrer Mutter so gut wie möglich fertig zu werden, während er seine eigenen Wunden gepflegt hatte. Es war nicht fair gewesen, und doch hatte er in den ersten Tagen seines Schmerzes nichts anderes tun können.

Julie schien fast über Nacht erwachsen geworden zu sein. Selbst am Morgen von Annes Beerdigung war eine Reife an ihr gewesen, die er nie zuvor wahrgenommen hatte. Ohne daß sie darum gebeten worden war, hatte sie sich um ihren Bruder gekümmert, dafür gesorgt, daß er jeden Tag badete, darauf geachtet, daß sein Zimmer immer sauber war und die Arbeit selbst getan, so wie es ihre Mutter getan hatte. Bei der Beerdigung hatte sie neben Jeff gestanden, seine Hand gehalten und neben ihm gekniet, um ihn zu trösten, als die Tränen ihn schließlich übermannten. Und in dieser Nacht hatte Kevin gesehen, als er nach oben ging, wie Julie aus Jeffs Zimmer kam. Sie hatte ihn nur zugedeckt, erzählte sie ihm, und ihm vorgelesen. Sich zu einem Lächeln zwingend hatte sie verlegen hinzugefügt, daß sie das nicht nur für Jeff getan habe – sie fühlte sich so auch besser. Und doch hatte er, wenn er Julie manchmal heimlich beobachtete, den Schmerz in ihren Augen sehen können, das Leid, das sie zu beherrschen versuchte. Einmal, als sie allein in der Bibliothek waren, hatte er versucht, mit ihr zu sprechen, doch nach nur wenigen Worten hatte sie den Kopf geschüttelt.

»Ich will nicht darüber sprechen«, sagte sie. »Nicht jetzt. In ein paar Tagen vielleicht. Aber wenn ich jetzt über Mama spreche, weine ich, und wenn ich zu weinen anfange, kann ich nicht aufhören. Und dann wird auch Jeff zu weinen anfangen, und dann kann ich mich nicht um ihn kümmern.« Sie hatte ihn angeschaut. »Ich muß mich um ihn kümmern, Papa. Mama hätte das so gewollt.«

Während Kevin auf der Suche nach Marguerite die Treppen hochstieg, wußte er, daß Anne von ihm erwartet hätte, daß er sich auch um Jeff kümmerte. Aber wie konnte er seinem Sohn erklären, daß er die Mutter in einem Sturm hatte hinausgehen lassen, von dem er wußte, daß er gefährlich war? Jeff würde ihn dafür hassen – fast so sehr, wie Kevin sich selbst haßte – und diesen Gedanken konnte er nicht ertragen. Und deshalb merkte er, daß er seinem Sohn auswich und sah, wie das Kind sich verschloß. In den letzten Tagen hatte Jeff praktisch nicht mit Kevin gesprochen, ihm nur gesagt, wo er hinging, wenn er das Haus verließ. Aber das würde er ändern, sagte sich Kevin, als er an Marguerites Tür klopfte.

»Herein«, rief Marguerite leise, und Kevin öffnete die Tür. Seine Schwester war noch im Morgenmantel und saß mit einem Buch auf dem Schoß am Fenster. Sie blickte auf und lächelte ihn entschuldigend an.

»Ich weiß, daß ich längst angezogen sein sollte«, sagte

sie. »Aber es ist so heiß, und ich habe nichts zu tun, was ich nicht auch einen Tag verschieben könnte, und ich dachte –«

»Ich fürchte, ich habe etwas, das nicht länger aufgeschoben werden kann«, fiel Kevin ihr ins Wort, während er sich auf den Rand von Marguerites Bett setzte. »Es sind die Renovierungen. Sie müssen in zwei Wochen beginnen.«

Marguerite schaute ihn bestürzt an. »In zwei Wochen schon? Aber ich dachte – ich dachte, es würde noch Monate dauern.«

Kevins Schultern bewegten sich hilflos. »Ich kann nicht Monate warten. Aber ich habe ein Problem.« Er erklärte ihr seine Pläne, erläuterte die Veränderungen, die er sich im Erdgeschoß vorstellte und die Neukonstruktion der zweiten Etage. »Das Problem ist diese Etage«, schloß er. »Ich bitte dich nicht, auf dieses Zimmer zu verzichten – zumindest noch nicht – aber ich muß mit den anderen Zimmern anfangen.«

Marguerite blinzelte. »Aber da ist das Rosa Zimmer und das Grüne Zimmer –«

»Und das Kinderzimmer und Mutters Zimmer«, fiel Kevin ein, der beschloß, auf den Punkt zu kommen. Marguerite erblaßte, und Kevin sah, wie ihr Körper sich spannte. »Ich kann nicht nur jeweils ein Zimmer renovieren lassen. Die Kosten wären astronomisch. Das bedeutet, daß wir Mutters Dinge ausräumen müssen. Und was das Kinderzimmer anbelangt...« begann er, machte dann aber absichtlich eine Pause. Kein einziges Mal war Marguerite seit dem Tode ihrer Mutter bereit gewesen, über das Kinderzimmer zu sprechen. Aber das konnte nicht länger aufgeschoben werden.

Marguerite schwieg einen Moment und krümmte sich dann, als ein stechender Schmerz von der Hüfte her durch ihr verkrüppeltes Bein schoß. Sie versuchte, es zu ignorieren, traf dann schließlich eine Entscheidung und stand auf, wobei ihr Bein unter ihr nachzugeben drohte. »Ich weiß, daß du dich über das Kinderzimmer gewundert hast«, sagte sie schließlich. Sie holte tief Luft, und ihr Blick wich ihrem Bruder aus, als sie sprach. »Ich hatte es gerichtet. Ich... nun, ich habe immer gehofft, daß ich eines Tages heiraten und ein Baby haben würde, und... nun, ich glaube, daß ich mit diesem Zimmer auf meine Weise meine Hoffnungen genährt habe. Ich – ich fing eines Tages einfach damit an. Zuerst wollte ich es nur streichen, aber dann machte ich weiter, und nach einer Weile nähte ich Vorhänge und möblierte es und machte es ganz fertig.« Ihre Augen ruhten plötzlich auf ihm und glänzten. »Und dann zerstörte Mutter es. Sie sagte, es sei nur Einbildung, und ich müßte es vergessen. Sie zerstörte es an einem einzigen Tag.« Ihre Stimme begann zu zittern. »Sie zertrümmerte alle Möbel und zerfetzte die Polsterung und zerschlug die Bilder. Und dann schloß sie es ab und verbot mir, je wieder hineinzugehen.«

Kevin starrte seine Schwester ungläubig an. »Und das hast du nicht getan?« fragte er.

Doch Marguerite schüttelte nur den Kopf. »Ich – ich konnte es nicht«, gab sie zu. »Ich habe wohl gedacht, daß ich es nach Mutters Tod wieder in Ordnung bringen könnte.« Sie schwieg einen Augenblick und fuhr dann fort. »Aber ich bin fast fünfzig. Ich werde nicht heiraten, und ich werde kein Baby haben, und ich bin nicht verrückt. Also nimm das Kinderzimmer und mach damit, was du willst. Es ist Zeit, daß ich es endlich aufgebe.«

Kevin schluckte den Kloß hinunter, der in seinem Hals gewachsen war. »Ich – ich weiß nicht, was ich sagen soll...« setzte er an, aber Marguerite hielt abwehrend die Hände hoch.

»Sag nichts. Ich fühle mich so schon töricht genug. Ruby und Mutter haben natürlich verstanden, und ich hoffe, du kannst es auch. Aber das ist jetzt vorbei. Ich werde nicht heiraten, und alles wird sich ändern, und ich muß mich auch ändern.« Ihr Blick begegnete wieder dem seinen, und Kevin glaubte einen Augenblick, etwas Eigenartiges darin zu sehen. Es war eine Art Furcht oder Verzweiflung, doch es verschwand fast so schnell, wie es gekommen war.

»Was ist mit Mutters Räumen?« fragte er schließlich mit leiser Stimme.

Marguerite zögerte nur einen Augenblick und nickte dann. »Ich werde mich darum kümmern«, sagte sie. »Ich fange heute damit an.«

Kevin blieb noch einen Augenblick, dachte, daß er seiner Schwester noch etwas sagen sollte, eine Geste machen müsse, um sie wissen zu lassen, daß er verstehe, wieviel sie aufgab, doch am Ende fand er keine Worte. Er küßte sie nur und ließ sie dann allein.

Nachdem er gegangen war, stand Marguerite einen Moment still da, spürte seinen Kuß auf ihrer Wange und wischte ihn unbewußt fort. In ihrer Hüfte pochte es, und sie hinkte zur Tür und ging über den Korridor zu den Räumen ihrer Mutter. Sie begab sich zuerst in den kleinen Salon, bewegte sich langsam durch das Zimmer, wobei ihre Finger über das polierte Mahagoni der Möbel glitten, blieb einen Moment vor der großen Spieldose aus Rosenholz stehen, an die sie sich noch aus ihrer Kindheit erinnerte. Wie hatte sie es geliebt, den Deckel zu öffnen und dem langsamen Drehen der metallenen Platte zuzuschauen, während die leise Melodie herausrieselte. Sie hätte sie jetzt fast geöffnet, drehte sich dann aber schnell ab, und Tränen standen in ihren Augen. Dann ging sie weiter ins Schlafzimmer und rückte automatisch Dinge auf der Kommode, indem sie sie so hinlegte, wie ihre Mutter es gerne gehabt hätte. Schließlich war sie in Helenas Ankleidezimmer und stand vor den großen Kleiderschränken. Ihre Augen wanderten über die langen Reihen von Kleidern, die längst aus der Mode waren, die ihre Mutter nie hatte wegwerfen wollen.

Plötzlich, ohne zu wissen, was sie tat oder warum, nahm sie eines der Kleider aus dem Schrank.

Sie erinnerte sich gut an das Kleid. Es war eines der Lieblingskleider ihrer Mutter gewesen – ein Partykleid, das ihre Mutter getragen hatte, als Marguerite noch ein kleines Mädchen war. Es war aus Seide, smaragdgrün und schräg geschnitten, so daß es in üppigen Falten Helenas Körper umhüllte und fast bis zum Boden reichte.

Marguerite hielt es an ihren Körper und drehte sich, um in den Spiegel zu schauen.

Selbst nach fast einem halben Jahrhundert konnte sie die Ähnlichkeit sehen. Im Spiegel erblickte sie eine Frau, die so aussah, wie ihre Mutter damals ausgesehen hatte.

Marguerite legte ihren Morgenmantel ab und streifte das Kleid über den Kopf.

Jeff stand im Korridor und spähte fasziniert durch die leicht geöffnete Tür ins Zimmer seiner Großmutter. Er war nicht sicher, wie lange er schon geschaut hatte. Eigentlich hatte er gar nicht zuschauen wollen. Er war nach unten gelaufen, um sich mit Toby Martin zu treffen, als er bemerkt hatte, daß die Tür des Zimmers seiner Großmutter einen Spalt offenstand, und hatte wissen wollen, warum.

Und da war Tante Marguerite und stand vor dem Spiegel, hielt ein altmodisches Kleid hoch und schaute sich an. Und während er zuschaute, zog sie es an und bewegte sich langsam, während sie in den Spiegel starrte. Schließlich, ohne zu bemerken, daß er vor der Tür stand, ging sie zur Kommode und begann ihr Haar zu kämmen, steckte es auf ihrem Kopf hoch und befestigte es mit langen Haarnadeln.

Dadurch sah sie eigenartig aus, und Jeff hatte langsam das Gefühl, daß er nicht zuschauen sollte, als er eine Hand auf seiner Schulter spürte.

Er machte einen wilden Satz und wollte überrascht aufschreien, doch Rubys Hand legte sich über seinen Mund, und sie drehte ihn zu sich um.

»Was tust du hier oben?« fragte Ruby mit leiser, aber sehr deutlicher Stimme.

»N-nichts«, sagte Jeff, als die Hand der alten Frau von seinem Mund glitt. »Ich hab' nichts getan. Ich habe nur –«

»Nur deiner Tante nachspioniert«, beendete Ruby den Satz mit einem düsteren Flüstern. »Hat dir deine Mami nicht gesagt, daß man so etwas nicht tut?«

Jeff versuchte, sich ihrem Griff zu entziehen. »Hab' ich nicht«, protestierte er. »Ich sah nur Licht darin und wollte sehen, warum.«

Ruby schaute den Jungen einen Moment prüfend an und ließ dann seine Schulter los. »Na schön«, sagte sie. »Aber geh jetzt nach unten und kümmere dich um deine Angelegenheiten.«

Erleichterung überkam Jeff, als er begriff, daß er nicht bestraft werden würde. Er eilte über den Korridor und verschwand dann treppabwärts.

Aber Ruby blieb, wo sie war, ihren Blick auf Marguerite gerichtet, die vor dem Spiegel saß und mit fliegenden Händen ihr Haar in einem Stil arrangierte, der vor vielen Jahren Helenas Lieblingsfrisur gewesen war.

Kevin erhob sich vom Küchentisch, ging mit seinem Teller zum Ausguß und streifte die Reste in den Abfalleimer. Er wusch den Teller ab, bevor er ihn in die große Geschirrspülmaschine stellte, die am Tag zuvor installiert worden war und über die sich Ruby seitdem beklagte. »Ich verstehe nicht, wozu wir die brauchen«, murrte sie, als der Klempner sie anschloß. »Viele Leute hier hätten nichts dagegen zu spülen, wenn sie dafür bezahlt würden.« Während Kevin seinen Teller in die glänzende Maschine stellte, schaute sie betont in die andere Richtung.

»Ich muß in die Stadt zu Sam fahren«, sagte Kevin. »Will jemand mitfahren?«

Jeff schüttelte seinen Kopf. »Ich und Toby wollen am Fort arbeiten.«

»›Toby und ich‹«, korrigierte Kevin automatisch. »Julie?«

»Ein paar Kinder kommen raus zum Strand«, sagte sie. »Jenny, Kerry, und ich weiß nicht, wer noch.«

»An unseren Strand?« fragte Marguerite stirnrunzelnd. Julie, deren Blick plötzlich besorgt wurde, wandte sich an ihre Tante.

»Ist das nicht in Ordnung?« fragte sie. »Ich meine, nachdem Großmutter starb, sagtest du –«

»Natürlich«, fiel ihr Marguerite ins Wort. »So habe ich es nicht gemeint. Du weißt, daß deine Freunde willkommen sind. Es ist nur, daß –«

Sie zögerte, und ihr Blick wandte sich hilfesuchend an Kevin, doch als der nicht zu spüren schien, worauf sie hinauswollte, wandte sie sich wieder an Julie. »Nun, ich überlegte nur, ob du Kerry wiedersehen solltest, so bald nach...« Sie konnte sich nicht dazu überwinden, den Satz zu beenden, aber Kevin hatte verstanden.

»Ich denke, es ist gut für sie«, entschied er. »Wir alle müssen uns beschäftigen und Menschen sehen, und wenn Julie mit ihren Freunden zusammen sein kann, sollte sie das tun.«

»Aber so schnell...« wiederholte Marguerite, und jetzt schaute Julie ihren Vater bittend an.

»Es ist nicht zu schnell«, sagte Kevin zu seiner Schwester. »Die Dinge sind nicht mehr so, wie sie waren, und das Leben geht weiter.« Er lächelte seine Tochter herzlich an. »Viel Spaß«, sagte er. »Und wenn du Kerry bitten willst, zum Abendessen zu bleiben, tu das. Es wäre für uns alle gut, zur Abwechslung etwas Gesellschaft zu haben.«

»Darf ich Toby auch einladen?« fragte Jeff mit eifriger Stimme, und Kevin mußte wirklich zum erstenmal seit Annes Tod lachen.

»Aber sicher«, erwiderte er. »Lade ein, wen du willst.« Er schaute dann auf seine Armbanduhr und begab sich zur Tür. »Wenn ich nicht losfahre, komme ich zu spät.« Aber Marguerite hielt ihn zurück, bevor er gehen konnte.

»Kevin, ich – also, ich habe nachgedacht. Über Mutters Zimmer. Ich weiß, was ich heute morgen gesagt habe, aber ich habe meine Meinung geändert.«

Kevins Augen verdunkelten sich. »Deine Meinung geändert? Aber ich dachte, wir seien einer Meinung, Marguerite. Ich brauche die Zimmer. Ich –«

»Ich weiß, daß du die Zimmer brauchst«, unterbrach ihn Marguerite. »Aber du kannst die von Mutter nicht haben. Noch nicht. Ich kann's einfach nicht.« Sie zögerte kurz und fuhr dann fort. »Ich habe beschlossen, selbst in Mutters Räume zu ziehen, Kevin. Du kannst mein Zimmer und das Kinderzimmer haben. Mit den anderen Zimmern sind das fünf. Das ist doch im Augenblick sicher genug, oder?«

Kevin blickte seine Schwester scharf an. »Du brauchst dein Zimmer nicht aufzugeben. Jetzt ohnehin nicht. Ich dachte, wir hätten beschlossen –«

»Aber ich will es aufgeben«, beharrte Marguerite. »Ich

will einfach für eine Weile in Mutters Räume ziehen. So habe ich Zeit, ihre Dinge durchzusehen und zu entscheiden, was damit geschehen soll. Und wenn die zweite Etage fertig ist, bin ich auch fertig. Das wird gutgehen, wirklich!«

Kevin dachte einen Augenblick darüber nach, zuckte dann die Schultern. »Wenn du's wirklich willst«, stimmte er zu. Dann fiel ihm etwas anderes ein. »Was ist mit dem Sessellift?« fragte er. »Gibt's einen Grund, ihn zu behalten? Er ist ein unschöner Anblick, und dieser Generator, den Mutter im Kleiderschrank installieren ließ, könnte im Keller angeschlossen werden, um die Heizung zu betreiben, wenn der Strom ausfällt.«

Marguerite zögerte einen Augenblick und zuckte dann die Achseln. »Ich – ich glaube, das ist egal«, sagte sie schließlich. »Tu, was du willst.«

Dann war Kevin fort, und einen Augenblick darauf verließ auch Julie die Küche und ging nach oben, um sich für den Nachmittag am Strand fertigzumachen.

Jeff stopfte sich den Rest seines Sandwiches in den Mund, rutschte dann von seinem Stuhl und begab sich zur Hintertür. Doch bevor er sie öffnen konnte, rief Marguerite ihn.

»Wohin willst du gehen, junger Mann?« fragte sie.

Die kalte Schärfe in ihrer Stimme ließ Jeff erstarren, und er drehte sich langsam um. »Na-nach draußen«, stotterte er. »Toby wartet am Fort auf mich.«

»Ach ja?« fragte Marguerite. »Nun, ich fürchte, er wird warten müssen. Du hast doch noch etwas zu tun, nicht wahr?«

Jeff starrte seine Tante verblüfft an. »Was?« fragte er.

»Du kannst den Tisch abräumen und Ruby beim Abwaschen helfen.«

Jeff blinzelte. Wovon redete sie da? Er hatte noch nie

den Abwasch beim Mittagessen gemacht. Er und Julie halfen abends beim Abwasch, aber mittags machte Ruby das allein. »Ist schon gut«, hörte er Ruby sagen. »Lassen Sie den Jungen gehen, Miß Marguerite. Es ist nicht viel, und ich kann –«

»Nein!« schnappte Marguerite, und ihre Augen hafteten auf Jeff. »Es ist Zeit, daß er ein paar Dinge zu tun lernt. Er ist bereits verwöhnt, und ich sehe nicht ein –«

Jeffs Temperament ging plötzlich mit ihm durch, und er funkelte seine Tante wütend an. »Ich bin nicht verwöhnt!« schrie er. »Und du bist nicht meine Mutter, und du hast mir nicht zu sagen, was ich zu tun habe!«

Marguerite erhob sich, und ihre Augen blitzten. »Wie kannst du es wagen, so mit mir zu sprechen?« fragte sie. »Wie kannst du es wagen?« Sie machte einen Schritt auf Jeff zu, doch der wich zurück.

»Komm mir nicht zu nahe!« schrie er. »Du bist verrückt! Das bist du. Ich hab' dich heute morgen gesehen, und du bist verrückt!« Dann rannte er aus der Tür und eilte die Stufen der hinteren Veranda hinunter und lief den Hügel hinab, bis er in dem dichten Hain bemooster Pinien verschwand.

Nachdem er gegangen war, blieb Marguerite einen Augenblick, wo sie war, drehte sich dann um und humpelte steif an der Butlers Pantry vorbei ins Haus.

Ruby sah sie mit besorgtem Blick gehen, sagte aber nichts.

Vielleicht irre ich mich, sagte sie sich, als sie den Tisch abzuräumen begann und das Geschirr ohne nachzudenken in die Spülmaschine räumte. Vielleicht ist sie nur nervös.

Und doch wußte sie, während sie ihrer Arbeit nachging, daß sie sich nicht irrte und daß Marguerite nicht nur nervös war, nein, es war mehr als das.

Vielleicht war es viel mehr.

Julie lag auf dem Sand, und Kerry lag ausgestreckt neben ihr.

Es war ein ruhiger Tag, denn alle Kinder, die am Strand zusammengekommen waren, waren Freunde von Mary-Beth Fletcher gewesen. Sie hatten überlegt, was tatsächlich mit ihr geschehen sein mochte. Doch keinem war danach gewesen, viel darüber zu reden, und am Ende hatten sie beschlossen, nicht über Mary-Beth zu sprechen und zu versuchen, sich einen schönen Tag zu machen.

Die Sonne brannte auf Julie herab. Sie konnte fast spüren, wie ihre Bräune unter der dünnen Schicht Kokosnußöl tiefer wurde, das sie vor einer Stunde aufgetragen hatte.

Um sich herum hörte sie lachende Stimmen, und ein wenig früher hatte sie sich selbst beim Lachen ertappt, als Kerry nach einem Frisbee sprang, das jemand geworfen hatte, es verfehlte und mit dem Gesicht voran in den Sand fiel. Als sie merkte, daß jemand neben ihr kniete, öffnete sie die Augen und blinzelte Jennifer Mayhew an.

»Ich liebe diesen Strand«, rief Jenny glücklich. »Er ist sauber und er ist weit, und sonst ist niemand hier!«

Julie kicherte. »Dann sollten wir das genießen, solange wir können, weil Papa mit Mr. Waterman über einen Golfplatz und Apartmenthäusr sprach.«

Kerry richtete sich auf und runzelte nachdenklich die Stirn. »Glaubt dein Vater wirklich, daß das klappt?« fragte er besorgt. »Mein Vater sagt, er kann sich nicht vorstellen, warum jemand hierher kommen sollte. Das wär'n doch nur ein Haufen Wohnungen.«

Julie zuckte die Schultern. »Wie ist denn Hilton Head? Es ist genauso. Und wenn Papa sagt, daß es funktionieren wird, dann wird's das auch.« Sie grinste Kerry an. »Außerdem bist du hier aufgewachsen – jeder haßt die Gegend, in der er aufgewachsen ist. Oder zumindest tut man das, wenn man Fantasie hat. Aber sieh dir doch mal diesen Strand an. Jenny hat recht – er ist großartig! Und wenn wir mit dem Haus fertig sind, wird es genau wie früher aussehen, nur besser.« Sie kicherte. »Vielleicht könnten wir sogar die alten Sklavenquartiere wieder herrichten und Zimmer daraus machen.«

Kerry schaute für eine Sekunde schockiert, merkte aber dann, daß sie nur scherzte. »Nun, ich hoffe, es klappt«, sagte er. »Und das tun alle anderen auch«, fügte er hinzu, wobei er sich aufrappelte und den Sand von Brust und Beinen streifte. »Dein Vater versucht wenigstens, etwas aus dem Haus zu machen. Alle dachten, daß es deiner Großmutter völlig egal sei.«

Julies Lächeln schwand. »Ich glaube nicht, daß es so war«, sagte sie. »Ich glaube, sie wollte, daß alles blieb, wie es war, und daß sie nie begriffen hat, daß sich alles verändert hatte. Sie behandelte Ruby sogar so, als ob sie noch eine Sklavin sei«, fügte sie hinzu, wobei sie verächtlich die Augen verdrehte. »Ich hab' nicht verstanden, warum Ruby geblieben ist.«

Kerry grinste breit. »Aus demselben Grund«, neckte er. »Sie weiß einfach nicht, daß sie keine Sklavin mehr ist.«

»Das ist schrecklich«, rief Julie aus und warf eine Handvoll Sand nach Kerry und sprang dann auf, um ihn über den Strand zu jagen. »Wenn ich wüßte, daß du das ernst gemeint hättest, würde ich nie wieder mit dir reden.«

»Und wenn ich es ernst gemeint hätte, solltest du auch nie mehr mit mir reden«, erwiderte Kerry und ließ sich von Julie fangen. »Komm. Gehen wir schwimmen. Und paß diesmal auf die Wellen auf, ich will nicht, daß deine Tante wieder böse auf mich ist.«

Sie sprangen ins Wasser und tauchten in die sanften Brecher, die auf den Strand gespült wurden. Dann schwammen sie hinter der Brandung. Bald befanden sie sich in leichter Dünung, und wenn Julie ihre Füße hängen ließ, konnte sie noch leicht den Grund berühren. Sie spürte das inzwischen vertraute Seegras ihre Beine streifen. Sie trieb eine Weile auf dem Rücken, schloß die Augen vor der Sonne und schrie auf, als Kerry sie unter die Oberfläche drückte. Sie kam spuckend hoch und sah, wie er von ihr wegschwamm. Heftig tretend jagte sie hinter ihm her und hatte ihn fast eingeholt, als sie spürte, wie etwas an ihr Bein stieß.

Sie stieß einen Schrei aus, mehr aus Überraschung als aus einem anderen Grund, und Kerry kam augenblicklich zurück.

»Was ist los?« rief er.

»Ich weiß nicht!« rief Julie zurück. »Etwas ist gerade gegen mich gestoßen. Wie ein Fisch oder so!«

»Ich wette, das war eine Schildkröte«, sagte Kerry. »Sie kommen, um Seegras zu fressen, und sie legen ihre Eier am Strand. Wenn du wieder gegen eine stößt, versuche, sie zu packen.«

»Zu packen? Bist du verrückt? Wenn sie mich beißt?«

Jetzt lachte Kerry. »Sie beißen nicht. Sie versuchen nur wegzuschwimmen, und wenn man sie aus dem Wasser hebt, schlagen sie mit ihren Beinen weiter. Sie sind lustig!«

Julies Augen verengten sich mißtrauisch. »Wenn du mich anlügst –« setzte sie an, doch bevor sie den Satz beenden konnte, spürte sie wieder den leichten Stoß. Ohne darüber nachzudenken, griff sie ins Wasser und fühlte, was immer sie angestoßen haben mochte.

Ihre Hände schlossen sich um einen Gegenstand, der fest, aber nicht hart war. Sie runzelte die Stirn, während sie versuchte, ihn an die Oberfläche zu bringen, aber er blieb für einen Augenblick hängen. Dann gab er nach, kam hoch und durchbrach die Oberfläche.

Es war keine Seeschildkröte, aber Julie wußte sofort, was es war.

Es war Mary-Beth Fletcher.

Ihr Gesicht war aufgedunsen, und ein Großteil ihres Körpers war durch die See weggerissen worden.

Was von ihrem Haar übriggeblieben war, war eine wirre Masse, die sich um Julies Hände zu wickeln schien, als ob sie sie ergreifen wollte.

Ihre beiden Augen waren verschwunden, und die leeren Höhlen starrten Julie an.

Schreiend versuchte Julie die Leiche wegzustoßen, doch das Haar war um ihre Finger gewickelt, und sie konnte ihre Hand nicht lösen. Als ihr Magen sich zu drehen begann und ihre Schreie zu einem hysterischen Jammern wurden, war Kerry neben ihr und zerrte an dem wirren Haar, das ihre Hände festhielt, stieß heftig – fast wirkungslos – gegen Mary-Beths versteckte Überreste, die grotesk in der Ruhe des sommerlichen Meeres auftauchten.

Julie erfuhr nie genau, wie sie eigentlich ans Ufer gelangte.

14. Kapitel

Der kleine Salon, der an Helenas Schlafzimmer grenzte, strahlte weich in dem gedämpften Licht, das durch die Vorhänge drang, und Marguerite lächelte, als sie ihr Werk betrachtete. Jedes Möbelstück war perfekt poliert und jedes Stäubchen weggewischt worden. Sie hatte ihr Bestes getan, um die abgewetzten Stellen des viktorianischen Sofas, das ihre Mutter so geliebt hatte, mit einer Reihe von Tüchern zu bedecken, aber gegen die sich abschälende Tapete hatte sie nichts tun können. Vielleicht konnte sie dasselbe Muster in einem Tapetengeschäft in Charleston finden. Dennoch sah das Zimmer zum erstenmal seit Jahren so aus, wie sie es aus den Tagen ihrer Kindheit in Erinnerung hatte.

Es war immer das Lieblingszimmer ihrer Mutter gewesen, und jetzt, nachdem es gereinigt und aufgeräumt worden war, konnte Marguerite verstehen, warum. Ein Grund dafür war das Licht. Der Raum wurde nicht vom Licht der Nachmittagssonne erfüllt, und das indirekte Licht schien das Rosenholz und das Mahagoni der Möbel von innen leuchten zu lassen. Und dieses Zimmer war auch nicht so heiß wie die anderen Räume des Hauses. Doch abgesehen von Licht und Temperatur hatte es eine altmodische Atmosphäre, als ob die vergangenen Jahre irgendwie ausgeschlossen seien. In diesem Zimmer konnte sich Marguerite – wie zuvor ihre Mutter – fast vorstellen, daß sich in Sea Oaks nichts verändert hatte, daß draußen die Baumwollfelder in voller Blüte standen und die Insel in Weiß hüllten und daß die Felder sich bis aufs Festland ausdehnten, so weit das Auge blicken konnte. Sie konnte das Haus fast um sich vor Leben summen spüren, wie Diener ihrer Arbeit nachgingen und sich auf einen Ball vorbereiteten.

Vielleicht würde es heute nacht Musik geben.

Sie stellte sich den Ballsaal vor, dessen Kronleuchter funkelten, während all die Freunde der Devereaux' die lange Sommernacht hindurch tanzten. Und dann würde das Frühstück in der Morgendämmerung serviert werden, und die Tische des Eßzimmers waren mit Omletts, Melonen und großen Schalen voller Erdbeeren beladen.

Sie konnte die Musik jetzt hören, die dünnen Klänge der Violinen –

Marguerite wurde plötzlich aus ihrer Träumerei gerissen. Es war keine Musik, es war etwas anderes. Sie lauschte aufmerksam und hörte es wieder. Dasselbe Geräusch.

Es waren keine Violinen.

Es war eine Sirene – eine Sirene, die näher kam. Sie ging zum Fenster, streifte den Vorhang beiseite und lehnte sich hinaus. In der Ferne konnte sie einen Krankenwagen sehen, der gerade die Stadt verließ, gefolgt von dem schwarzweißen Polizeiwagen. Während sie beobachtete und lauschte, bog der Krankenwagen auf den Damm ab, und die Sirenen wurden lauter.

Marguerites Herz setzte einen Schlag aus, als sie daran dachte, daß Julie diesen Nachmittag mit ihren Freunden am Strand verbrachte.

Ihre Freunde, dieser Junge –

Sie erinnerte sich, was beim letztenmal geschehen war, als Julie mit Kerry Sanders zum Strand gegangen war.

Ihr Herz pochte heftig. Sie eilte auf den Korridor hinaus und begann sich voller Schmerzen zur Treppe zu bewegen. »Kevin!« rief sie. »Kevin, wo bist du? Etwas ist passiert!«

Als sie den oberen Treppenabsatz erreicht hatte, schaute Kevin ängstlich zu ihr aus der Eingangshalle hoch. Neben ihm stand Joe Briggs, der Bauunternehmer, den er mit den Renovierungen beauftragt hatte. Joe ignorierend, richtete Marguerite den Blick auf ihren Bruder. »Da kommt ein Krankenwagen«, rief sie mit bebender Stimme. »Julie ist etwas zugestoßen! Ich weiß es!«

Sie begann, die Treppe hinabzugehen und hielt sich am Geländer fest, doch bevor sie unten angelangte, war Kevin schon gegangen, durch die französischen Türen des Eßzimmers nach draußen geeilt, gefolgt von Joe Briggs. Als Marguerite das Eßzimmer erreichte, trat Ruby aus der Küche.

»Was ist hier los?« wollte Ruby wissen. »Wo sind sie hin?«

»Der Strand«, keuchte Marguerite. »Hilf mir, Ruby. Am Strand ist etwas passiert. Da kommt ein Krankenwagen und Wills Wagen, und –« Sie griff nach Ruby. »Es ist Julie! Ich weiß, daß es Julie ist. Hilf mir, Ruby. Ich muß dorthin.«

Augenblicklich war Ruby neben ihr und nahm ihren Arm, um sie zu stützen. »Nun beruhigen Sie sich doch, Miß Marguerite«, ermahnte Ruby sie, während sie das Haus verließen und über den Hügel hinab auf den Pinienhain zugingen. »Julie ist nichts passiert. Wenn ihr etwas zugestoßen wäre, wäre Kerry Sanders zuerst hierher gekommen!«

Aber Marguerite hörte Rubys Worte kaum. Der Klang der heulenden Sirene erfüllte jetzt die Luft, und sie konnte den Krankenwagen und den Polizeiwagen über den Boden der überwachsenen Straßen hüpfen sehen, die vor Jahren auf der Insel benutzt worden waren, als die Felder noch bebaut wurden.

Ihre Hüfte pochte schmerzhaft, doch in ihrer Hysterie eilte sie, halb auf Ruby gestützt, sie halb ziehend, zum Strand. Abrupt endete das Sirenengeheul. Marguerite spürte, wie sich ein Knoten der Furcht in ihrem Bauch spannte.

Es ist zu spät! Es ist zu spät, und Julie ist schon tot.

»Schnell!« schrie sie und verfiel in ein linkisches Rennen, wobei sie ihr rechtes Bein wegen des Schmerzes steif hielt, der sie bei jedem Schritt umzuwerfen drohte.

Vor sich hin murmelnd tat Ruby ihr Bestes, um mit Marguerite Schritt zu halten.

Sie eilten durch die Pinien und erreichten den Strand, und Marguerite suchte die Gruppe der Teenager ab, die sich um Will Hempstead versammelt hatte. Dann sah sie

Julie im Sand liegen, Kevin neben ihr, der sie hielt. Auf ihrer anderen Seite war Kerry Sanders, der im Sand hockte und hilflos zuschaute, wie Julie in ein Handtuch schluchzte, das ihr Gesicht bedeckte. Aber wo waren die Männer aus dem Krankenwagen?

Wild suchte Marguerite nach ihnen und fand sie dann. Sie waren nicht bei Julie.

Sie waren ein paar Meter weiter entfernt am Strand und zogen etwas aus der Brandung.

Es war also nicht Julie.

Marguerite holte tief Luft, atmete aus und ließ dann die Spannung aus ihrem Körper entweichen.

Eine Minute später ließ sie sich in den Sand fallen, zog Julie in ihre Arme und wiegte den Kopf des schluchzenden Mädchens an ihrer Brust. »Mein Liebling«, keuchte sie. »Mein armer Liebling. Was ist denn? Erzähl mir, was passiert ist.«

Julie sagte nichts, sondern schüttelte nur ihren Kopf, während sie heftiger schluchzte und ihre Beine an die Brust zog. Ihr ganzer Körper zitterte, als ob sie fröstelte, und ihre Arme umschlangen Marguerite, umfaßten sie mit einer Heftigkeit, aus der Entsetzen sprach.

»Es ist Mary-Beth Fletcher«, erzählte Kerry ihr. »Man hat sie gefunden. Sie war im Wasser und Julie hat sie –« Seine Stimme brach, und er schüttelte den Kopf.

»Julie zog sie heraus, Miß Marguerite«, schloß Kerry Sanders, wobei sein Blick ihr auswich. »Ich dachte, es wäre eine Schildkröte, und sie versuchte, sie zu fangen.«

Marguerites Augen weiteten sich vor Entsetzen. »Gütiger Gott«, keuchte sie, und ihre Arme umfaßten ihre Nichte noch fester. »Ist schon gut«, flüsterte sie Julie ins Ohr. »Es wird alles gut, mein Liebling. Ich bin hier, und dir wird nichts geschehen. Überhaupt nichts...« Dann richtete sie ihren Blick auf Kerry Sanders. »Geh heim«, sagte sie, und ihre Stimme wurde schneidend. »Geh heim und laß uns allein.«

Die Worte trafen Kerry fast wie ein Schlag. Er blieb einen Moment, wo er war, stand dann auf und ging unsicher davon. Dann war Kevin neben ihm und legte einen Arm um seine Schulter. »Ist schon gut, Kerry«, sagte er, während er mit dem Jungen ein paar Meter den Strand entlangging. »Sie ist nur aufgeregt und sorgt sich um Julie.«

Kerry schaute Kevin an und schüttelte den Kopf. »Das ist es nicht. Sie hat sich genauso verhalten, als ich Julie an dem Tag heimbrachte, als die Welle sie mitriß. Sie tat so, als sei es meine Schuld. Und vielleicht hatte sie an dem Tage recht. Vielleicht hätte ich besser aufpassen müssen. Aber –« Seine Stimme brach, und er mühte sich, die Spannung in seiner Kehle zu lockern. »Aber was hätte ich denn heute tun sollen? Ich wußte nicht, daß Mary-Beth –« Er schwieg.

»Natürlich konntest du das nicht wissen«, versicherte Kevin ihm. »Und wenn Marguerite darüber nachdenkt, wird sie verstehen, daß es nicht deine Schuld war.«

Aber Kerry schüttelte seinen Kopf. »Nein, das wird sie nicht«, sagte er, und seine Stimme klang bitter. »Sie hat mich immer gemocht, bevor Julie kam. Aber jetzt ist alles anders – sie verhält sich, als haßte sie mich. Aber ich habe nichts getan, Mr. Devereaux.«

»Das sagt doch auch niemand«, meinte Kevin. »Geh jetzt nach Hause und komm morgen wieder oder übermorgen. Du wirst schon sehen, dann ist alles gut.«

Aber Kerry ging nicht heim. Statt dessen ging er weiter den Strand hinunter zu seinen Freunden, die zuschauten, wie die Sanitäter Mary-Beth Fletchers Leiche in einen Plastiksack hüllten und sie dann in den Krankenwagen luden. Erst als sie mit Mary-Beth fertig waren, wandten sie schließlich ihre Aufmerksamkeit Julie zu, gaben ihr eine Spritze gegen den Schock und legten sie dann auf eine Bahre, um sie heimzutragen. Als die Sanitäter schließlich den Strand verließen, von Marguerite gefolgt, stand Kerry neben Jennifer Mayhew. »Was ist mit Mary-Beth passiert?« fragte er. »Weiß das jemand?«

Jennifer schüttelte den Kopf. »Ich hörte, wie Will Hempstead mit dem Fahrer sprach. Er meinte, daß man das nicht mehr feststellen kann.«

»Scheiße«, sagte Kerry leise und schüttelte den Kopf. »Komm. Wir können auch gehen.« Doch als er und Jennifer zu seinem Wagen gehen wollten, hielt der Sheriff ihn an.

»Kerry?« sagte er. »Wieso ist Bobby Hastings in die Stadt gekommen, um mich zu holen? Warum ist er nicht einfach zum Haus gegangen?«

Kerry starrte Hempstead nur an. Es war Jennifer Mayhew, die schließlich seine Frage beantwortete. »Er hatte Angst«, sagte sie mit fast scheuer Stimme. »Wir alle hatten Angst, und Julie weinte, und Bobby wußte nicht, was er tun sollte.«

»Und ich fürchtete mich vor Miß Marguerite«, platzte Kerry heraus, den Blick auf den Boden gerichtet. »Ich hatte Angst, sie würde böse auf mich sein und denken, es sei meine Schuld. Und ich hatte recht. Jedenfalls habe ich Bobby gesagt, er solle zu Ihnen gehen.«

»Du hattest Angst vor Marguerite?« sagte Hempstead ungläubig. »Aber das ist verrückt. Sie mag alle Kinder. Die hat sie immer gemocht.«

Jetzt schaute Kerry ihn an. »Die Mädchen«, sagte er. »Sie mag die Mädchen, Mr. Hempstead. Aber mich mag sie nicht.«

Er drehte sich um und ging wieder auf seinen Wagen zu. Einen Augenblick später folgte Jennifer Mayhew ihm.

»Ich wette, Tante Marguerite hat sie getötet«, sagte Jeff. Er und Toby Martin saßen in ihrem Fort und verzehrten voller Schuldgefühl die warme Coke und die trockenen Kekse, die Jeff heute morgen aus der Küche stibitzt hatte. Sie hatten die Sirenen gehört und waren zum Strand gelaufen, um zu sehen, was passiert war, und hatten dann fasziniert zugeschaut, wie die Männer aus dem Krankenwagen die Leiche aus den Wellen gezogen hatten. Sie hatten versucht, das aus der Nähe zu sehen, doch einer der Männer hatte sie weggescheucht, und danach waren sie einfach so dageblieben, waren ihnen aus dem Weg gegangen, aber hatten versucht, sich nichts entgehen zu lassen. Einmal hatte Jeff versucht, mit seinem Vater zu sprechen, doch auch sein Vater hatte ihn abgewiesen, ihm gesagt, daß er zu tun habe und daß er später mit ihm reden würde. Und Julies Freunde hatten ihn alle ignoriert und benahmen sich, als seien er und Toby überhaupt nicht da. Nachdem man Julie ins Haus gebracht hatte und der Krankenwagen davongefahren war, waren sie ins Fort hinter der Garage gegangen und versuchten herauszufinden, was mit Mary-Beth Fletcher passiert sein mochte.

Jetzt starrte Toby Jeff mit großen Augen an. »Miß Marguerite würde niemandem etwas antun«, sagte er. »Warum sollte sie Mary-Beth töten?«

»Weil sie verrückt ist«, erwiderte Jeff, der in die braune Tüte griff, um sich noch ein paar Kekse herauszuholen. »Ich hab' sie heute morgen gesehen, und sie verhielt sich wirklich unheimlich. Sie zog die Kleider meiner Großmutter an und kämmte sich ihr Haar so komisch und all das.«

Toby runzelte nachdenklich die Stirn. »Vielleicht hat sie Verkleiden gespielt«, sagte er. »Meine Schwester macht das dauernd.«

Jeff schaute verächtlich drein. »Deine Schwester ist erst fünf. Tante Marguerite ist erwachsen. Erwachsene spielen nicht Verkleiden. Es sei denn, sie sind verrückt. Und hast du gesehen, wie sie sich bei Julie benimmt?«

Tobys Stirnrunzeln vertiefte sich. »Sie hat sich um sie gekümmert. Julie hat doch geweint, oder?«

Jeff verdrehte die Augen, als ob Toby ein Idiot sei. »Sie tat so, als sei sie ihre Mutter«, sagte er. »Und bei mir hat sie das heute auch gemacht. Sie wollte mir sagen, was ich zu tun hätte und so!«

»Und was hast du gemacht?« fragte Toby.

Jeff zuckte die Schultern, als ob das, was mit seiner Tante nach dem Mittagessen passiert war, nichts gewesen wäre. »Ich hab' ihr gesagt, sie sei nicht meine Mutter und daß sie mir nicht zu sagen hätte, was ich zu tun hab'.«

»Mann«, sagte Toby anerkennend. »Was hat sie gemacht?«

»Nichts«, verkündete Jeff, obwohl er nicht hinzufügte, daß er nicht so lange geblieben war, um das festzustellen. »Jedenfalls glaube ich, daß sie verrückt ist, und ich wette, sie hat Mary-Beth Fletcher getötet.«

Toby schaute Jeff unsicher an. Er mochte Jeff sehr – tatsächlich waren sie die besten Freunde, seit Jeff nach Devereaux gekommen war. Aber er hatte Miß Marguerite gekannt, solange er sich zurückerinnern konnte, und sie hatte auf ihn nie verrückt gewirkt. Immer wenn er oder die anderen Kinder ihr in der Stadt begegneten, hatte sie eine Coke oder Bonbons oder etwas anderes gekauft und hatte dann mit ihnen geredet, als ob sie Erwachsene seien. Seine Mama sagte immer, daß Miß Marguerite da draußen in dem großen Haus sehr einsam sein müsse, und sie hatte Toby immer leid getan. »Warum sollte sie denn Mary-Beth getötet haben wollen?« fragte er schließlich.

»Wie soll ich das wissen?« erwiderte Jeff verärgert. »Niemand weiß, warum Verrückte was machen. Darum sind sie ja verrückt.«

»Dann müßt ihr beide genauso verrückt sein, wie alle anderen, die ich kenne«, sagte Ruby, die draußen vor dem Fort stand, und die beiden Jungen erstarrten, wobei ihre Gesichter schuldbewußt wurden und sie nach einem Platz suchten, um die gestohlene Coke und die Kekse zu verstecken. »Jeder, der in einer solchen Hitze hier drinsitzt, muß ein paar Schrauben locker haben.« Ihr Gesicht tauchte in dem winzigen Schlupfloch auf und schaute sie mißtrauisch an. »Hier sind also meine Coke und die Kekse geblieben«, sagte sie. »Ich habe kalte Coke in der Küche, und wenn ihr zwei eine halbe Stunde stillsitzen könnt, mache ich euch frische Kekse. Die da hätten schon vor zwei Tagen an die Vögel verfüttert werden sollen. Und jetzt kommt da raus, ihr beiden.«

Sie zog ihren Kopf aus dem Schlupfloch, und Jeff und Toby krochen heraus. Sie wußten noch nicht, ob Jeffs Diebstahl bestraft werden würde oder nicht. Aber Ruby nahm sie nur an die Hand und ging mit ihnen über den Hügel zur Hintertür hoch.

Fünfzehn Minuten später, als Ruby das erste Blech mit Schokoladenkeksen in den Ofen schob, öffnete sich die Eßzimmertür, und Marguerite trat in die Küche.

»Ich dachte, ich hätte dir gesagt, du sollst etwas Eistee für –« setzte sie an, verstummte aber, als sie sah, was Ruby tat. »Kekse?« fragte sie, wobei ihre Stimme verdrossen klang. »Um Himmels willen, Ruby, Julie kann jetzt keine Kekse essen! Sie braucht etwas Kaltes! Ich habe dir gesagt, du sollst für sie Eistee machen!«

»Steht im Kühlschrank«, sagte Ruby gleichmütig, wobei sie zu dem großen Kühlschrank deutete. »Den wird sie wohl ohnehin nicht wollen, bevor sie aufwacht, und ich habe hier ein paar hungrige Jungen, die überhaupt nicht müde wirken.«

Zum erstenmal bemerkte Marguerite Jeff und Toby, die

am Tisch saßen, und als sie sie anschaute, war Jeff sicher, Ärger in ihren Augen zu sehen. Aber dann änderte sich ihr Gesichtsausdruck, und sie lächelte sie an. »Nun, wir wollen die ja nicht in unserer Küche verhungern lassen, nicht wahr?« sagte sie. Sie beugte sich nieder, um Jeff auf die Wange zu küssen, aber er wich zurück. »Bist du noch böse auf mich?« fragte sie.

»N-nein«, stammelte Jeff, der vor seinem Freund verlegen war und versuchte, die plötzliche Furcht in seiner Stimme nicht zu zeigen. Aber das gelang ihm nicht.

»Nun, das solltest du auch nicht«, sagte Marguerite, die Jeffs Haar streichelte. »Ich weiß, ich hätte nicht so mit dir reden sollen, aber ich habe mich nicht besonders gut gefühlt.«

Jeff rutschte unbehaglich auf seinem Stuhl hin und her und versuchte seinen Kopf vor der Berührung seiner Tante einzuziehen. »Schon gut«, murmelte er. Dann: »Weint Julie noch?«

Marguerite schüttelte den Kopf. »Sie schläft jetzt, und du und Toby, ihr müßt sehr leise sein. Ihr werdet sie nicht aufwecken, nicht wahr?«

Jeff warf Toby einen Blick zu. »Wir machen keinen Lärm. Und wenn Julie schläft, kann sie sowieso keiner wach machen. Das ist, als wenn sie tot wär' oder so.«

Marguerites Gesicht wurde blaß, und die Muskeln um ihren Mund spannten sich. »Wie schrecklich, so etwas zu sagen! So etwas darfst du nicht einmal denken. Und nach dem, was passiert ist –«

»Ach, er meinte es doch nicht so«, fiel Ruby mit ruhiger Stimme ein. Sie schob sich zwischen Marguerite und Jeff, um die Schüssel mit den Keksresten vor die Jungen zu stellen. »Gehen Sie ruhig nach oben, und sobald Julie aufwacht, drücken Sie einfach den Summer, und dann bringe ich den Eistee und ein oder zwei Kekse hoch.«

Einen Augenblick sah Marguerite so aus, als wollte sie etwas dagegen einwenden, schien aber dann ihre Meinung zu ändern. Sie ließ Ruby mit den beiden Jungen allein. Schweigend begab sich Ruby wieder an ihre Arbeit, aber Jeff schaute Toby mit wissenden Augen an.

»Siehst du?« flüsterte er. »Zuerst benimmt sie sich nett, und dann wird sie böse. Sie ist verrückt!«

Ruby drehte sich um, um Jeff mit funkelnden Augen anzuschauen. »Ich sage nichts, weil man der Privatunterhaltung anderer Leute nicht zuhören soll. Aber hör auf, Miß Marguerite verrückt zu nennen, ja? Ich will das einfach nicht hören!«

Jeff bekam große Augen, errötete tief und nickte dann. Einen Augenblick später ging Ruby wieder an ihre Arbeit, als ob nichts geschehen sei.

Jeff hatte überhaupt nicht schlafen können. Es schien, als sei das Haus, seit er ins Bett gegangen wr, von seltsamen Geräuschen erfüllt gewesen, Geräuschen, die er nie zuvor gehört hatte. Ein leichter Wind wehte, und er versuchte sich klarzumachen, daß das, was er hörte, nur die Bäume waren, die das Haus streiften, aber er wußte, daß er das nicht glaubte, weil all diese Geräusche nicht von draußen gekommen waren.

Einige waren aus dem Innern des Hauses gekommen, und er war sicher zu wissen, was sie waren.

Es war seine Tante, die im Hause umherging, vor seiner Tür stehenblieb, um zu lauschen, und dann weiterging.

Er war sich sicher gewesen, als er die seltsamen, ungleichmäßigen Schritte gehört hatte, die erst undeutlich, dann klarer wurden. Er konnte sie sich vorstellen, wie sie über den Korridor ging, sich an eine Wand stützte und vor jeder Tür lauschend stehenblieb.

Was wollte sie?

Einmal, als er hörte, wie sie vor seiner Tür fast eine Ewigkeit lang stehenblieb, zog er sich ein Laken über den Kopf, da er fürchtete, daß sie hereinkommen würde. Aber dann war sie schließlich fort, und nach einer Weile versuchte er wieder zu schlafen. Aber er konnte sie noch immer hören, wie sie sich im Korridor auf und ab bewegte, und er war sicher, daß er hörte, wie dann und wann Türen geöffnet und geschlossen wurden.

Jetzt schien die Nacht mit Geräuschen erfüllt zu sein, und er konnte sie nicht länger voneinander unterscheiden. Doch sie alle wirkten unglaublich laut, und schließlich legte er seine Hände auf die Ohren, um sie nicht mehr zu hören.

Aber sie waren noch da.

Nein, sie waren überhaupt nicht da. Er bildete sie sich nur ein, als wenn er aus einem Alptraum erwachte und der Traum noch da zu sein schien, und all die Monster, die ihn im Schlaf umkreist hatten, kamen noch immer zu ihm und streckten die Hände nach ihm aus, obwohl er wach war.

Hatte er die Tür abgeschlossen?

Er schlich aus dem Bett und bewegte sich lautlos über den Boden, drehte dann den Schlüssel im Schloß. Er erstarrte, als der Bolzen einschnappte, doch plötzlich schienen die Geräusche aufgehört zu haben. Hinter seiner Tür war das Haus jetzt ruhig.

Er wollte wieder zu seinem Bett gehen, als seine Augen eine Bewegung wahrnahmen.

Er wußte, was das war, noch bevor er zum Fenster ging, um in die Dunkelheit der Nacht zu starren.

Der Geist seiner Großmutter war zurückgekommen.

Unbewußt den Atem anhaltend, schlich er sich dicht ans Fenster.

Das Mondlicht schimmerte nur schwach, doch selbst in

der fast völligen Dunkelheit konnte er die weiße Gestalt auf dem Friedhof sehen.

Was sollte er tun?

Und dann wußte er es.

Ruby.

Wenn er nach unten ging, zu Ruby gelangen könnte, dann wüßte sie, was zu tun war. Beim letztenmal hatte sie ihm geglaubt, als er ihr erzählte, was er gesehen hatte, und heute nacht würde sie ihm auch glauben.

Seine Schwester würde das nicht und sein Vater würde das nicht.

Nur Ruby.

Er ging wieder zur Tür und lauschte aufmerksam. Draußen im Korridor war alles still. Seine Finger zitterten, als er den Schlüssel im Schloß drehte. Dann lauschte er wieder.

Nur Schweigen.

Er zog den Schlüssel aus dem Schloß, beugte sich dann vor und preßte sein Auge an das winzige Loch.

Ein schwaches Glühen war zu sehen, und er wußte, daß ein Nachtlicht angelassen worden war, so daß er zumindest nicht durch die Dunkelheit laufen mußte.

Er holte tief Atem, öffnete die Tür, glitt aus seinem Zimmer und rannte dann zur Treppe. Bevor er Zeit zum Nachdenken hatte, war er auch schon unten, durch Wohnzimmer und Eßzimmer, huschte durch die Küche und stand vor Rubys Zimmer.

Er pochte leise an ihre Tür und ein paar Sekunden später lauter. Schließlich hörte er ihre Stimme. »Wer ist da? Was ist denn?«

»Ich bin's«, flüsterte er. »Jeff. Kann ich reinkommen?«

Er hörte das Rascheln von Laken, dann schlurfende Schritte, bis sich die Tür schließlich öffnete und Ruby ihn mit verschlafenen Augen anschaute. »Was ist denn, Kleiner?« fragte sie. »Was machst du hier unten?«

»Es – es ist Großmutter«, flüsterte Jeff mit großen Augen, und seine Stimme bebte. »Sie ist wieder auf dem Friedhof.«

Ruby blinzelte, nickte dann und kam aus ihrem Schlafzimmer. Sie schloß die Tür hinter sich. »Dann wollen wir beide mal nachsehen«, sagte sie und faßte Jeff bei der Hand. Sie führte ihn durch die Küche, und als sie im Eßzimmer waren, ging sie zu den französischen Türen und zog einen der Vorhänge beiseite. Gemeinsam schauten sie in die Dunkelheit.

Die seltsame weiße Gestalt war noch da und bewegte sich langsam mit ausgestreckten Armen auf die Gruft zu.

»Wa-was will sie?« fragte Jeff mit kaum hörbarer Stimme.

»Das Kind«, erwiderte Ruby, die den Vorhang zurückfallen ließ. »Sie haben heute Mary-Beth Fletcher gefunden, und sie ist gekommen, um ihre Seele zu holen.« Sie zog Jeff vom Fenster fort und ging zur Treppe. »Und jetzt wieder ins Bett mit dir, wo du hingehörst. Sie wird dir nichts tun – sie ist ja nicht hinter dir her. Also gehen wir wieder ins Bett, und du beachtest sie gar nicht. In Ordnung?«

»Aber – aber wenn sie ins Haus kommt?« fragte Jeff kläglich, während Ruby ihn die Treppen hochführte. »Warum kann ich heute nacht nicht bei dir schlafen?«

»Sie wird nicht ins Haus kommen«, versicherte Ruby ihm. »Und du brauchst doch nicht bei mir zu schlafen. Du bist doch ein großer Junge, oder?«

Jeff biß sich auf die Lippe und ließ sich von Ruby zu Bett bringen. »K-kann denn ein Licht anbleiben?« bettelte er. »Bitte!«

Ruby zögerte und nickte dann. »Das kann wohl nicht schaden.« Sie ging zum Kleiderschrank, öffnete die Tür und zog an der Kette, die von einer Glühbirne darin herabbaumelte. Dann schloß sie die Tür, bis nur noch ein feiner Lichtstrahl beruhigend auf den Boden fiel. »Wie ist das?« fragte sie.

»G-gut«, stammelte Jeff.

Ruby begab sich wieder zum Bett und ließ sich auf einen Stuhl sinken. »Vielleicht bleibe ich eine Minute hier sitzen«, sagte sie. »Hat ja keinen Sinn, zurück ins Bett zu eilen, wenn ich schon hellwach bin.«

Jeff, erleichtert darüber, nicht allein zu sein, sagte nichts, und einen Augenblick darauf begann Ruby leise ein Wiegenlied zu summen. Nach ein paar Minuten schloß Jeff die Augen und ließ sich von dem leisen Lied beruhigen.

Zehn Minuten später, als Jeffs tiefer und gleichmäßiger Atem verriet, daß er schlief, schaltete Ruby leise das Licht im Schrank aus, verließ das Zimmer und schloß die Tür leise hinter sich.

Sie blieb einen Augenblick auf dem Korridor stehen, bewegte sich dann zu Marguerites Tür, wo sie wieder stehenblieb und diesmal lauschte.

Stille.

Schließlich ging sie wieder die Treppe hinunter und spürte die Vertrautheit des Hauses um sich. Sie bewegte sich jetzt rasch, brauchte auch kein Licht, da sie jeden Zentimeter des Hauses kannte. Im Eßzimmer aber blieb sie wieder stehen, um noch einmal auf den Friedhof zu schauen.

Die geisterhafte Gestalt war noch immer da und bewegte sich eigenartig im schwachen Mondlicht, bewegte sich in einem seltsamen Rhythmus, als ob sie tanzte.

Ruby kehrte schließlich ins Bett zurück, doch in dieser Nacht kam der Schlaf nicht so leicht wieder. Sie wurde durch eigenartige Träume wach gehalten, Träume aus der Vergangenheit, die längst vergessen war, wie sie gehofft hatte.

15. Kapitel

Julie lag am nächsten Morgen im Bett, nur von einem Laken bedeckt. Sie war nicht sicher, was die Ursache für die seltsame Benommenheit in ihrem Kopf war – die erstikkende Hitze oder die Tabletten, die der Arzt ihr am Tag zuvor gegeben und darauf bestanden hatte, daß sie sie den ganzen Tag über nahm. Sie war während der Nacht zweimal aufgewacht, und jedesmal schwebte das Gespenst von Mary-Beth in der Finsternis, und leere Augenhöhlen starrten sie anklagend an. Es hatte Julie all ihre Willenskraft gekostet, nicht laut aufzuschreien, und als es zum zweitenmal, kurz vor Anbruch der Dämmerung passierte, wollte sie über den Korridor zum Zimmer ihrer Tante gehen. Aber sie hatte gefunden, daß das kindisch sei und sich gezwungen, zu bleiben, wo sie war. Schließlich war sie eingeschlafen, als das graue Licht der aufgehenden Sonne die letzten Überreste der Vision von Mary-Beth aus dem Dunkel der Nacht wischte.

Nun lag sie in der feuchten Hitze des Morgens da, ihr Körper von einem klebrigen Schweißfilm bedeckt. Draußen konnte sie die Spottdrossel singen hören, und dann und wann hörte sie Schritte im Korridor. Ihr Vater war vorher gekommen und ihre Tante, aber keiner von beiden war länger als ein paar Minuten geblieben, und beide hatten ihr gesagt, sie solle wieder schlafen. Aber es war zum Schlafen zu heiß, und außerdem war da der Traum von Mary-Beth. Die Erinnerung daran ließ sie noch erschauern, trotz der entkräftenden Hitze.

Als sie einen Wagen an der Auffahrt vorfahren hörte, blickte sie automatisch auf die Uhr.

Fünf Minuten vor zehn.

Natürlich. Heute war Tanzunterricht, und die Mädchen kamen. Sie streifte das Laken beiseite und richtete sich auf, drehte sich, um die Füße auf den Boden zu setzen. Doch schon bevor sie aufzustehen versuchte, übermannte sie eine Welle von Schwindel, und sie mußte sich wieder hinlegen. Sie richtete sich gerade wieder auf, als es leise an der Tür klopfte, und dann hörte sie Jennifer Mayhews Stimme leise durch das dicke Holz rufen.

»Julie? Bist du wach?«

»Komm herein«, rief Julie zurück, überrascht über die Schwäche ihrer eigenen Stimme.

Die Tür öffnete sich und Jenny, für den Tanzunterricht gekleidet, schaute hinein. Ihre Augen wurden groß, als sie Julie anschaute. »Du siehst ja schrecklich aus«, sagte sie und errötete dann vor Verlegenheit.

Aber Julie lächelte nur, obwohl das Lächeln so schwach war wie ihre Beine. »Ich fühle mich wirklich noch nicht gut«, gab sie zu. »Als ich euch auf der Auffahrt hörte, dachte ich, ich sollte mich anziehen, aber ich kann kaum stehen.«

Jennifer traf ins Zimmer und schloß die Tür hinter sich. »Bist du krank?«

»Ich glaube, es sind die Tabletten, die Dr. Adams mir gegeben hat. Sie machen mich ganz benommen und bringen mich zum Schlafen, aber jedesmal, wenn ich einschlafe, träume ich von Mary-Beth. Und es ist so heiß.« Sie blickte Jenny aus den Augenwinkeln an. »Sind – sind alle gekommen?«

»Drei von uns«, erwiderte ihre Freundin, die augenblicklich verstand, was Julie eigentlich wissen wollte. »Ich, Allison Carter und Tammy-Jo.« Sie schnitt eine Grimasse. »Charlene sagte, sie würde nie wieder auf die Insel kommen. Sie kam letzte Nacht zu mir und tat so, als ob die Welt unterginge.«

»Sie war Mary-Beths beste Freundin«, stellte Julie fest.

»Aber sie hat Mary-Beth ja nicht mal gesehen«, gab

Jenny zurück. »Als du zu schreien anfingst, war sie völlig verängstigt und wollte nicht in Mary-Beths Nähe gehen, als sie aus dem Wasser gezogen wurde. Aber sie benahm sich, als hätte sie Mary-Beth gefunden und nicht du!«

Julie schauderte, als die Erinnerung sie plötzlich wieder überkam, und Jenny errötete wieder und wünschte sich, sie hätte das nicht gesagt. Doch bevor sie noch etwas sagen konnte, öffnete sich die Tür, und Marguerite erschien.

»Zehn Uhr«, verkündete sie. »Zeit für dich, Jenny, hochzugehen.« Dann lächelte sie Julie zärtlich an. »Und du solltest schlafen.«

»Es ist zu heiß«, erwiderte Julie. »Kann ich nicht hochkommen und zumindest zuschauen?«

Marguerite schüttelte den Kopf. »Dr. Adams will, daß du den ganzen Tag im Bett bleibst. Aber wenn es dir morgen besser geht –«

»Ich bin nicht krank«, erinnerte Julie ihre Tante. »Es hat mich nur erschreckt, das ist alles. Und durch die Tabletten fühle ich mich ganz merkwürdig –«

»Wenn Dr. Adams wünscht, daß du sie nimmst, dann hat das sicher einen Grund«, unterbrach Marguerite sie mit einer plötzlichen Strenge, die Julie noch nie zuvor gehört hatte. Doch bevor sie weiter protestieren konnte, hatte Marguerite ihr Zimmer verlassen und winkte Jenny, ihr zu folgen.

»Ich komme nach dem Unterricht wieder«, versprach Jenny.

Dann war Julie allein.

Ein paar Minuten später hörte sie die leisen Klänge des Flügels, als Marguerite oben zu spielen begann.

Die Hitze im Ballsaal war fast erstickend, obwohl die französischen Türen des Balkons weit offen standen. Kein

Lüftchen regte sich, und die verblichenen Vorhänge hingen schlaff herunter, und ihre dicken Samtfalten machten den großen Raum noch geschlossener. Die drei Mädchen an der Barre gaben sich Mühe, um bei den Aufwärmübungen Schritt zu halten, aber Jenny Mayhew glaubte, daß sie ohnmächtig werden würde. Und außer der durchdringenden Hitze des Morgens schien etwas mit der Klasse nicht zu stimmen.

Es lag nicht nur daran, daß Julie nicht da war. Die Mädchen spürten die Abwesenheit von Mary-Beth Fletcher. Mary-Beth war auch in der letzten Woche nicht da gewesen, aber da hatte zumindest die Möglichkeit bestanden, daß sie noch lebte, wenngleich das niemand wirklich glaubte. Seit gestern gab es diese Möglichkeit nicht mehr.

Und auch Marguerite hatte Mary-Beth Fletcher nicht einmal erwähnt. Sie hatte Jenny einfach die Treppe zum Ballsaal hochgeführt, wo die beiden anderen Mädchen warteten, sich an den Flügel gesetzt und die Musik zu spielen begonnen hatte, die die Aufwärmübungen immer begleitete. Doch als sie spielte, war Jenny sicher, daß der Takt schneller als gewöhnlich war, und sie fand es schwer, mitzuhalten, als sie nacheinander die fünf Positionen einnahm.

»Rechter Arm ein wenig niedriger, Jennifer!« hörte sie Marguerite rufen, als sie die vierte Position einnahm, und spürte dann den vertrauten Schmerz in ihren Beinen, als sie ihren rechten Fuß genau fünfundzwanzig Zentimeter vorwärts bewegte und ihn genau in Linie mit ihrem linken brachte, Absatz an Zeh. »So ist es recht. Fünfte Position!« Automatisch bewegte sich Jennifers rechter Fuß zurück, um ihren linken zu berühren, und ihr rechter Arm glitt zu ihren Fingern hoch, so daß sich ihre Finger fast über ihrem Kopf trafen. »Gerade!« hörte sie Marguerite rufen. »Halte deine Beine gerade!«

»Aber es ist zu heiß«, beklagte sich Allison Carter, deren Arme an die Seiten fielen und die ihre Beine in einer normaleren Position entspannte.

»Unter dem Bühnenlicht ist es heiß«, erwiderte Marguerite, die keinen Takt ausließ. »Die Hälfte des Tanzens ist einfach Ausdauer, und wenn ihr diese Ausdauer nicht entwickelt, werdet ihr nie Tänzerinnen.«

Jetzt ließ auch Tammy-Jo Aaronson ihre Arme sinken, sank dann auf einen Stuhl und wischte ihr Gesicht mit einem Handtuch ab. »Aber ich will keine Tänzerin werden«, beklagte sie sich. »Ich wollte nur ein bißchen lernen und Spaß dabei haben. Aber das ist kein Spaß mehr!«

Marguerite hörte auf zu spielen und schlug den Deckel des Flügels zu. Der laute Knall des schweren Holzes verwirrte Jenny Mayhew, und sie spürte ein scharfes Stechen in ihrer Achillessehne, als ihr linkes Bein zuckte. Sie fiel zu Boden und begann sofort, ihren Knöchel zu massieren.

»Spaß?« wollte Marguerite wissen, deren Stimme kreischend wurde. Sie erhob sich von der Klavierbank und humpelte auf die drei Mädchen zu, die besorgte Blicke wechselten. »Wer hat euch denn gesagt, daß Tanzen Spaß sei? Tanzen im Ballsaal ist Spaß, und ich glaube, daß für einige Leute sogar Tanzen nach Rockmusik Spaß ist. Aber Ballett ist kein Spaß! Es ist eine Kunst, und es dauerte Jahre, um die Disziplin zu perfektionieren. Jahre! Glaubt mir, mir hätte das Spaß gemacht, als ich so alt war wie ihr?« Sie schwieg einen Sekundenbruchteil, und ihre Augen blitzten. »Natürlich nicht«, fuhr sie fort. »Aber ich wußte, warum ich das mitmachte. Ich wußte, warum meine Beine schmerzten und meine Füße weh taten und meine Knöchel geschwollen waren. Aber ich habe mich nie beklagt. Niemals!«

Jenny Mayhew, die ihren Knöchel angesichts Marguerites plötzlicher Wut vergessen hatte, rappelte sich auf und ging instinktiv näher zu Allison und Tammy-Jo, die die Lehrerin mit erschreckten Blicken ansahen. Aber Marguerite schien das nicht zu bemerken.

»Ich habe gearbeitet, als ich in eurem Alter war«, fuhr Marguerite fort, und ihre Stimme echote schrill in dem weiten Ballsaal. »Es war egal, wie heiß es war oder wie müde ich war oder wie sehr meine Beine schmerzten. Ich tanzte weiter, weil ich mußte! Weil ich es mußte!«

»Ja, aber wir müssen es nicht«, sagte Tammy-Jo, deren Stimme brach, während sich ihre Augen mit Tränen füllten. »Ich will keine Tänzerin sein, und ich hab's nie gewollt. Ich bin nur wegen meiner Freundinnen hergekommen. Und sehen Sie, was passiert ist. Mary-Beth ist tot, und Charlene will nicht mehr kommen, und ich nehm's ihr nicht übel! Es macht keinen Spaß mehr, und ich gehe heim.«

Marguerite erstarrte, und ihr Gesicht war blaß, als sie die Mädchen ansah. »Aber du kannst nicht –« setzte sie an, und ihre Stimme wurde zu einem Flüstern. Bevor sie ausreden konnte, war auch Allison Carter auf den Beinen.

»Sie kann das wohl«, sagte sie. »Und ich auch.« Mit wütendem Gesicht wandte sie sich an Jenny. »Ich gehe mit Tammy-Jo«, sagte sie. »Es ist zu heiß, und ich bin müde, und ich will nicht bleiben.« Sie löste die Riemen ihrer Tanzschuhe, zog sie aus und schob sie in ihre Umhängetasche. Eine Minute später schnürte sie ihre Turnschuhe zu und streifte das T-Shirt über, das sie an diesem Morgen über ihrem Trikot trug. Als sie fertig war, war auch Tammy-Jo bereit. »Kommst du auch?« fragte Allison Jenny, als sie und Tammy-Jo zur Tür gingen.

»Ich – ich weiß nicht«, stammelte Jenny, und ihre Augen huschten unbehaglich zwischen ihren Freundinnen und Marguerite hin und her.

Marguerite, deren Gesicht jetzt aschfahl war und die am

ganzen Körper zitterte, streckte die Hand nach Jenny aus, als wolle sie sie berühren. Aber da war etwas in ihren Augen – ein seltsam brennendes Licht – das Jenny zurückweichen ließ. »Es – es tut mir leid«, flüsterte sie. »Ich muß mit ihnen gehen.« Ihre Stimme wurde bettelnd, als bäte sie Marguerite zu verstehen. »Es sind meine Freundinnen«, schloß sie, und jetzt zitterte ihre Stimme. »Ich muß gehen –« Ihre Stimme brach, und sie spürte das heiße Brennen der Tränen in ihren Augen, als sie die Tanzschuhe auszog und ihre Füße in ausgetretene Sandalen steckte. Dann eilte sie aus dem Ballzimmer, schämte sich für das, was sie tat, und holte Allison und Tammy-Jo ein, die bereits vorgegangen waren. In der ersten Etage schaute sie unsicher auf die verschlossene Tür von Julies Zimmer. »Sollten wir Julie nicht auf Wiedersehen sagen?« fragte sie, aber Tammy-Jo schüttelte den Kopf.

»Ich will nur raus hier. Ich weiß, daß Charlene recht hatte – wir hätten heute nicht herkommen sollen.«

Die drei Mädchen eilten die letzte Treppe hinunter und aus der Vordertür.

Marguerite stand im Ballsaal völlig reglos und starrte die leeren Stühle an, wo noch vor wenigen Minuten ihre Schülerinnen gesessen hatten. »Ihr könnt nicht«, keuchte sie mit kaum hörbarer Stimme. »Ihr könnt mich nicht allein lassen – ihr könnt nicht.«

Sie blinzelte und spürte eine Feuchtigkeit, die den Raum um sie verschwimmen ließ, so daß sie gezwungen war, die Augen gegen ihre Tränen fest zu schließen. Als sie sie einen Moment später öffnete, war ihr Blickfeld klar.

Alles hatte sich verändert.

Eine kühle Brise strömte durch die offenen Fenster und die dünnen Vorhänge, jetzt schneeweiß und frisch geplättet, wölbten sich sanft. Der Raum funkelte im Licht, und um sie herum tanzten Menschen. Aber es gab keine Musik.

Wie in Trance begab sie sich zu dem alten Phonographen hinüber und nahm eine Platte von dem Stapel daneben. Einen Augenblick darauf, als die Nadel über die abgespielte Platte zu kratzen begann, hörte Marguerite, wie sich der Raum mit den klaren Tönen eines Orchesters füllte.

Langsam begann sie in dem, was für sie ein voller Raum zu sein schien, allein zu tanzen...

Jeff schaute sich mürrisch in dem finsteren Keller des Hauses um. Es schien, als sei er ewig hier unten gewesen, wo er seinem Vater dabei half, das Gerümpel zu durchwühlen, das scheinbar jede Ecke füllte. Die Hitze schien sogar den Keller zu durchdringen, und in der Luft hing Staub, der Jeffs Lungen erstickte. »Warum müssen wir hierbleiben?« fragte er, zu seinem Vater aufschauend. »Ich hasse das!«

»Ich dachte, dir gefällt es«, erwiderte Kevin. »Als wir zuerst darüber sprachen, hierzubleiben, wolltest du das doch.«

»Das war vorher«, sagte Jeff. »Als Mami hier war, hat's Spaß gemacht. Aber jetzt macht's keinen Spaß mehr.« Seine Stimme begann zu zittern, und er rieb sich mit den Fäusten die Augen. »Es ist zu heiß, und Mama ist tot, und ich hasse es hier. Ich will nach Hause.«

Kevin setzte eine große Kiste mit alter Kleidung ab, die er gerade nach oben tragen wollte, und kniete sich so hin, daß er seinem Sohn in die Augen sehen konnte. »He, Champ«, sagte er mit zärtlicher Stimme. »Ich weiß, daß es hart ist. Ich vermisse deine Mama auch, weißt du. Das tun wir alle. Aber wir können nichts daran ändern. Selbst wenn wir zurück in den Norden fahren würden, würde sie das nicht zurückbringen.«

Jeff schnüffelte und wischte sich dann seine Nase am Ärmel ab. »Ich weiß«, murmelte er. »Aber ich hasse es hier trotzdem.« Er wollte noch etwas sagen, als sich die Tür oben an der Treppe öffnete und Ruby nach unten rief.

»Will Hempstead ist hier«, sagte sie. »Will mit Ihnen sprechen.«

Kevin schaute verärgert nach oben und hätte fast zu Ruby gesagt, der Polizeichef solle später wiederkommen. Dann überlegte er es sich aber anders und stand auf, wobei er rasch über Jeffs Kopf fuhr. »Komm, sehen wir mal, was er will.« Er ging die Treppe hoch und Jeff, der nur etwas besänftigt war, weil er dem heißen Keller entrinnen konnte, folgte ihm.

Sie fanden Hempstead in der Bibliothek. Als er sich zu Kevin und Jeff umdrehte, waren seine Augen ernst.

»Will«, begrüßte Kevin ihn, streckte seine Hand aus und versuchte, die plötzliche Sorge nicht zu zeigen, die er durch den Gesichtsausdruck des Polizisten empfand. »Schön dich zu sehen.«

Der Polizeichef schüttelte flüchtig Kevins Hand und ließ sie dann fallen. »Ich dachte, ich komm' mal raus und sag' dir, daß die Autopsie bei Mary-Beth Fletcher gemacht wurde.« Er schwieg, nickte dann zu Jeff und fuhr erst fort, als Kevin den Jungen aus dem Zimmer geschickt hatte. Doch keiner der beiden Männer bemerkte, daß Jeff die Tür der Bibliothek einen Spalt offengelassen hatte. »Sie war zu lange im Wasser und – na ja, du hast sie gesehen. Jedenfalls wird im Abschlußbericht stehen, daß es ein Unfall war. Wenn der Sturm stark genug war, einen Wagen vom Damm zu reißen, hat Mary-Beth überhaupt keine Chance gehabt.«

»Dann ist es vorbei«, erwiderte Kevin und entspannte sich.

Hempstead schüttelte seinen Kopf. »Ich wünschte, es

wäre so. Aber bei dieser Geschichte – nun, ich fürchte, da gibt's einiges Gerede.«

»Gerede?« echote Kevin. »Was für Gerede?«

Hempstead bewegte sich unbehaglich von einem Fuß auf den anderen. »Nun, ich glaube es geht um Marguerite. Einige Leute sagen, daß Marguerite und Mary-Beth Streit hatten, und Marguerite der letzte Mensch war, den Mary-Beth gesehen hat –«

»Es war wohl kaum ein Streit«, fiel Kevin ein. »Marguerite hat nur versucht, Mary-Beth dazu zu bringen, den Sturm abzuwarten. Die Leute sagen doch sicher nicht –«

Hempstead schnitt ihn mit einer Geste ab. »In Städten wie dieser weiß man nicht, was die Leute sagen werden. Darum bin ich hergekommen, ich wollte mit dir darüber sprechen. Falls ein Gerücht aufkommt... Es gibt keinen Beweis dafür, daß irgend jemand Mary-Beth etwas angetan hat, und ich habe wirklich nicht die Absicht, mit Marguerite darüber zu reden. Ich kenne sie schon zu lange, und ich weiß, daß sie den Kindern nie etwas tun würde. Der Gedanke ist einfach lächerlich. Aber Gerüchte gibt es immer, und man sucht immer etwas, worüber man reden kann.«

Kevin nickte. »Du willst bestimmt nicht mit Marguerite sprechen?« fragte er. »Sie ist oben.«

Hempstead schüttelte den Kopf. »Hat keinen Sinn, sie aufzuregen«, sagte er.

Die beiden Männer verließen die Bibliothek, und Kevin runzelte die Stirn, als er Jeff davonschleichen sah. Aber er sagte nichts und geleitete statt dessen den Polizeichef zu seinem Wagen. Sie plauderten noch etwas und dann trat Kevin zurück, als der schwarzweiße Wagen die Auffahrt hinunterfuhr und auf die Straße zum Damm bog. Als er wieder ins Haus gehen wollte, kam Jeff auf die Veranda.

»Können wir nicht zum Strand gehen, Papa? Warum arbeiten wir denn dauernd?«

Kevin neigte den Kopf und zwinkerte seinem Sohn zu. »Weil wir verhungern, wenn wir's nicht tun. Na komm. Wir sind da unten fast fertig, und wenn wir das ganze Gerümpel draußen haben, machen wir Pause. Okay?«

Jeff folgte seinem Vater schweigend in den Keller, aber als Kevin wieder begann, Kartons am Treppenfuß zu stapeln, sagte er: »Ich wette, daß alle recht haben. Ich wette, daß Tante Marguerite Mary-Beth Fletcher getötet hat.« Er schlug sich die Hand auf den Mund, als er begriff, daß er sich gerade verraten hatte.

Kevin starrte seinen Sohn an. »Abgesehen von der Tatsache, daß du einem Privatgespräch nicht zuhören solltest, wie kommst du dazu, so etwas zu sagen?«

Jeff schaute seinen Vater ungestüm an. »Weil sie verrückt ist«, sagte er. »Sie ist verrückt, und ich wette, sie hat Mary-Beth getötet, und Mama hat sie auch getötet!«

»Jeff!«

Aber Jeff wollte nicht aufhören. »Ja, es ist wahr!« schrie er. »Ich sah Tante Marguerite in Großmutters Zimmer, und sie verhielt sich richtig verrückt. Und wenn du da bist, tut sie immer so, als möge sie mich, aber das tut sie nicht. Wenn du und Julie nicht da seid, schreit sie mich an und versucht, mich herumzukommandieren, und sie tut so, als ob sie meine Mama ist! Aber das ist sie nicht. Sie ist eine verrückte Person, und ich wette, sie hat Mama und Mary-Beth getötet. Und ich wette, sie will auch mich töten!«

Bevor Kevin überhaupt darüber nachdachte, was er tat, schnellte seine Hand vor und traf Jeff mitten im Gesicht. »Rede nie wieder so«, sagte er. »Tante Marguerite hat dich sehr lieb, und sie würde dir nie etwas antun wollen!«

»Das ist nicht wahr!« schrie Jeff, aus dessen Augen Tränen strömten, und er preßte seine Hand an die brennende Wange. »Sie haßt mich und sie wird mich töten!« Als Kevin wieder seine Hand hob, wich Jeff zurück und machte einen Schritt rückwärts. Er verlor das Gleichgewicht, fiel um und schrie voller Schmerz auf, als sein Kopf gegen einen der Stützpfosten schlug.

Kevin, dessen Ärger so schnell verflog, wie er gekommen war, starrte eine Sekunde hilflos auf seinen Sohn, griff dann nach ihm und hob ihn auf. Jeff schrie, und Blut strömte aus einer Wunde an seinem Hinterkopf. Kevin stürmte die Treppe hoch, Jeff an die Brust gepreßt und rief nach Ruby. Als er oben war, wartete Ruby bereits auf sie. Sie erfaßte die Situation sofort.

»Bringen Sie ihn zu Dr. Adams«, sagte sie. »Los schon, bringen Sie ihn gleich hin. Ich rufe an und sage, daß Sie kommen.«

»Er – er ist gestürzt«, stammelte Kevin, dessen Gesicht bleich war. »Ich hab' ihn angeschrien, Ruby. Ich – ich hab' ihn sogar geschlagen, und er ist gestürzt und hat sich den Kopf verletzt –«

Ruby wischte seine Worte beiseite. »Erzählen Sie nur nichts. Bringen Sie ihn in die Stadt und lassen Sie die Kopfwunde nähen. Und keine Angst – Platzwunden bluten wie verrückt, aber sie sind nicht weiter schlimm. Und jetzt, fort mit Ihnen.« Sie drängte Kevin aus der Tür und eilte dann zum Telefon, während Kevin Jeff in Marguerites Chevy lud und zur Stadt fuhr.

Julie erwachte aus einem unruhigen Schlaf und hörte den Wagen wegfahren. Einen Augenblick lang glaubte sie, es müsse Mrs. Mayhew sein, die die Mädchen nach Hause brachte, aber als sie aus dem Bett aufstand und wankend zum Fenster ging, sah sie den Wagen ihrer Tante mit ihrem Vater am Steuer auf den Damm zufahren. Und dann, als das Motorengeräusch erstarb, hörte sie die schwachen Klänge kratzender Musik von oben aus dem Ballsaal.

Ihre Freundinnen mußten noch im Haus sein, und die Stunde war überlang.

Sie zog ihren Bademantel an und ging zur Tür. Ihre Beine fühlten sich jetzt stärker an, doch ihr Verstand war von den Tabletten noch immer umnebelt. Vor ihrem Zimmer lehnte sie sich einen Moment an die Wand und wartete darauf, daß der Schwindel vorbeiging. Dann ging sie über den Korridor auf die Treppe zur zweiten Etage zu.

Sie stieg langsam die Treppe hoch und blieb mehrere Male stehen, um Atem zu holen, doch schließlich erreichte sie das kleine Foyer, das zum Ballsaal führte.

Beide Türen waren verschlossen, aber jetzt konnte sie die Musik deutlich hören.

Sie stieß mit einer Hand eine der Türen auf und erwartete, Jennifer, Allison und Tammy-Jo auf dem Boden zu sehen, während Marguerite an der Barre stand und sie aufmerksam beobachtete, kleine Korrekturen machte und sie ermutigte.

Statt dessen sah sie, daß der Raum bis auf Marguerite leer war, die mitten darin stand, ihre Augen geschlossen hatte und die Arme hochhielt, während sie sich neigte und drehte.

Ihr rechtes Bein, steif durch den Unfall, ragte in unnatürlichem Winkel von ihrer Hüfte, und als sie sich bewegte, zuckte ihr ganzer Körper grotesk, da das lahme Bein nicht tat, was sie wollte.

Julie schluckte, und ihre Hand flog zum Mund, als sie die seltsame Parodie eines Tanzes beobachtete. Doch dann, als sie hinausschleichen wollte, öffneten sich Marguerites Augen plötzlich.

»Komm«, sagte Marguerite, und ihre Stimme hallte in dem leeren Raum. »Komm und tanz mit mir.«

Sie bewegte sich mit ausgestrecktem Arm auf Julie zu und ergriff deren Hand, zog sie aufs Parkett.

»Position eins«, befahl Marguerite.

Automatisch drehten sich Julies Füße nach außen, die Fersen zusammen, und ihre Arme fielen graziös zur Seite, ihre Ellenbogen so gebeugt, daß sich ihre gewölbten Finger fast berührten.

Marguerite, deren steifes Bein ihrem Willen nicht gehorchte, versuchte, sich in dieselbe Position zu zwingen, doch ihr Körper drehte sich um ihr linkes Bein, und sie taumelte, bis Julie sie am Arm faßte.

»Das kannst du nicht, Tante Marguerite –« setzte sie an, aber ihre Tante ignorierte sie.

»Ich muß«, keuchte sie. »Ich muß tanzen. Es ist alles, was ich habe, was ich je wollte.« Wieder versuchte sie, sich in die anmutige Pose zu zwingen, und ein sengender Schmerz schoß in ihre Hüfte, als ihr Körper protestierte. Tränen stiegen in ihre Augen.

»Tu's nicht, Tante Marguerite«, protestierte Julie. »Du wirst dir weh tun. Wo – wo sind die Mädchen? Jennifer versprach...«

»Sie werden wiederkommen«, sagte Marguerite. Sie machte einen Schritt vorwärts, drehte sich dann, beugte ihr linkes Knie, als sie sich zu einer starren Verbeugung senkte, während ihr verkrüppeltes rechtes Bein in seltsamem Winkel verdreht hinter ihr gestreckt war. »Ich weiß, daß sie wiederkommen werden. Sie werden mich nicht verlassen. Ich weiß, daß sie das nicht tun.«

Julies Verstand kämpfte gegen den Nebel des Beruhigungsmittels an. Zurückkommen? Aber warum waren sie gegangen? Was stimmt da nicht? Was war geschehen?

Sie versuchte noch immer, einen Sinn in der seltsamen Szene im Ballsaal zu sehen, als sie eine Hand auf ihrem Arm spürte. Sie drehte sich um und sah Ruby, deren Augen mit Sorge erfüllt waren.

»Du solltest nicht hier oben sein«, sagte die alte Haushälterin. »Du solltest in deinem Zimmer sein, Kleines. Du solltest ausruhen.«

Julie schüttelte den Kopf, als versuche sie, den seltsamen Nebel wegzubekommen. »Aber was ist denn?« fragte sie. »Wo sind meine Freundinnen?«

Ruby drängte Julie behutsam zur Tür. »Sie sind gegangen, Kind. Der Unterricht ist für heute vorbei, und sie sind heimgegangen.«

»Aber – aber Tante Marguerite...« Julies Augen forschten in Rubys Gesicht, flehten sie an. »Ruby, was ist denn mit ihr? Sie verhält sich so eigenartig. Sie ist –«

»Psst«, sagte Ruby und führte einen Finger an ihre Lippen. Sie waren jetzt im Foyer, und Ruby schloß die Tür hinter ihnen. Dann führte sie Julie zur Treppe. »Es wird mit ihr schon gut werden«, sagte sie, obwohl ihre Stimme bebte. »Wir müssen sie nur in Ruhe lassen, das ist alles.«

»Aber was ist denn mit ihr?« wollte Julie wissen. »Warum benimmt sie sich so?«

Ruby seufzte und schüttelte dann den Kopf. »Die Dinge sind schwer für sie gewesen«, sagte sie schließlich. »Sie ist wie du, Kleines. Sie hat gerade ihre Mutter verloren. Und dann ist da noch Mary-Beth. Miß Marguerite ist stolz auf ihre Mädchen, weißt du. Und eines so zu verlieren...« Ihre Stimme brach ab, als sie zu Julies Zimmer kamen. Ruby geleitete sie zum Bett, deckte sie wieder mit dem Laken zu und tätschelte ihr dann beruhigend die Hand. »Mach dir jetzt ihretwegen keine Sorgen. Es wird ihr gutgehen und dir auch. Schlaf einfach, und wenn du aufwachst, hast du alles vergessen.«

Sie wartete ein paar Minuten, und dann wirkte das Beruhigungsmittel bei Julie, und sie schlief ein. Ruby verließ erst das Zimmer, als sie sicher war, daß das Mädchen schlief. Doch statt nach unten zu ihrer Arbeit zu gehen, stieg sie wieder in die zweite Etage hoch und öffnete die Tür zum Ballsaal so weit, daß sie hineinschauen konnte.

Marguerite hinkte mit geschlossenen Augen noch immer über das Parkett, ihre Arme emporgehalten, als umarme sie einen unsichtbaren Partner.

Das Unbehagen, das sie vor Julie zu verheimlichen versucht hatte, überkam Ruby wieder. Als sie die Treppe hinunterging, versuchte sie nicht an das zu denken, was sie tun mußte.

Doch diesmal würde es vielleicht nicht so schlimm sein.

Vielleicht mußte Marguerite diesmal nicht eingeschlossen werden.

16. Kapitel

Julie wachte am späten Nachmittag auf, ihr Körper war schweißverklebt und ihr Verstand durcheinander. Schließlich rollte sie sich zur Seite, um auf die Uhr neben dem Bett zu schauen, und sie stellte entsetzt fest, daß es fast sechs war. Es schien erst ein paar Minuten her zu sein, daß sie eingeschlafen war – konnten es wirklich sieben Stunden gewesen sein? Die seltsame Verschwommenheit, die sie heute morgen verspürt hatte, war verflogen. Sie lag ein paar Minuten im Bett, wartete darauf, daß der letzte Rest von Schlaf verschwand, stand dann auf und trat ans Fenster. Ihr Vater war unten bei der Scheune. Er hatte sein Hemd ausgezogen, und seine Haut glänzte, als er eine rostige Sense in das wuchernde Unkraut schwang, das die kleine Koppel neben der Scheune überwachsen hatte. Julie rief ihn, und er schaute hoch und winkte.

»Wie fühlst du dich?« rief er, und seine Worte trieben auf einer sanften Brise, die von der See kam.

»Mir geht's gut«, rief Julie zurück. »Ich werde duschen, und dann komme ich runter.« Bevor ihr Vater protestieren konnte, wandte sie sich vom Fenster ab und ging ins Bad. Sie streifte ihr schlaffes Nachthemd ab, drehte das kalte Wasser an, holte tief Luft und trat unter den kalten Strahl. Der Schock beseitigte sofort die letzten Spuren ihrer Schläfrigkeit, und als sie spürte, wie das Wasser den Schweiß von ihrer Haut wusch, stiegen all ihre Erinnerungen an den Morgen wieder auf.

Jenny Mayhew war dagewesen und einige der anderen Mädchen, aber sie konnte sich nicht genau daran erinnern, worüber sie und Jenny gesprochen hatten. Und dann war sie ein wenig später in die zweite Etage hochgegangen.

Aber es war eigenartig gewesen.

Ihre Freundinnen waren gegangen, und Marguerite hatte allein getanzt. Doch etwas war seltsam an ihrer Tante gewesen, fast so, als hätte Marguerite nicht genau gewußt, wer sie war.

Sie runzelte die Stirn, seifte sich ein und versuchte, sich an anderes zu erinnern. Aber mehr schien nicht gewesen zu sein. Wie eine Halberinnerung, eine Art Traum.

Ihr Stirnrunzeln schwand, und sie grinste. Das war's – es war ein Traum gewesen. Tante Marguerite konnte nicht tanzen, und wenn sie wirklich nach oben gegangen wäre, hätte Marguerite gewußt, wer sie war. Es mußten die Tabletten gewesen sein und die Musik.

Sie trat aus der Dusche und trocknete sich ab, ging dann ins Schlafzimmer und fand saubere Jeans und eines der alten Hemden ihres Vaters. Angekleidet ging sie in die Küche, wo Ruby das Abendessen vorbereitete. Der Duft von Cajun-Essen erfüllte den Raum, und Julie hob den Deckel eines Topfes, um zu sehen, was darin blubberte. Ruby schaute sie mißbilligend an.

»Warum bist du auf? Du solltest im Bett sein.«

Julie schüttelte den Kopf. »Ich bin nicht krank. Ich fühle mich gut, und ich nehme Dr. Adams Tabletten nicht mehr. Sie machen mich nur schwindlig, und ich bekomme Alpträume.« Sie zog eine der Schubladen auf. »Kann ich schon den Tisch decken?«

Ruby zuckte die Achseln. »Das erledigt sich nicht von allein. Aber deck nur für drei. Deine Tante ißt nicht zu Abend.«

Julie runzelte die Stirn. »Fehlt ihr etwas?«

»Heute scheint eine Menge nicht zu stimmen.« Ruby verdrehte die Augen himmelwärts. »Du nach dem gestrigen Tage im Bett, dann stößt sich dein Bruder den Kopf und jetzt Miß Marguerite mit ihrer Hüfte.«

Julies Stirnrunzeln vertiefte sich. »Was – was ist passiert?« sagte sie, und der Traum von heute morgen war plötzlich wieder da.

Ruby schüttelte traurig den Kopf und begann Rettiche zu schälen, während sie sprach. »Mir scheint, das solltest du wissen – du warst doch da. Die törichte Frau versuchte zu tanzen. Sie weiß, daß sie das nicht mehr kann. Aber manchmal ist einfach nicht mit ihr zu reden. Manchmal ist sie wie ihre Mutter.«

Ein Frösteln durchlief Julie. Es war also kein Traum gewesen. Aber warum hatte ihre Tante sie nicht erkannt? »Ruby? Ist... äh, ist mit Tante Marguerite etwas nicht in Ordnung? Ich meine, außer ihrer Hüfte?«

Schließlich drehte sich Ruby zu Julie um und schaute sie mit dunklen Augen an. »Warum fragst du so etwas?«

»Es ist nur –«, begann Julie, schwieg aber dann, weil sie nicht wußte, wie sie erklären sollte, was geschehen war. »Es schien mir heute morgen so, als ob etwas nicht stimmte. Tante Marguerite sah ganz gut aus, irgendwie eigenartig, glaube ich. Ich redete mit ihr, aber sie schien nicht genau zu wissen, wer ich war. Weißt du, als ob ich jemand anders sei oder so.«

Ruby sagte einen Augenblick lang nichts und wandte sich dann wieder der Spüle zu. »Ich glaube, manchmal ist der Schmerz zuviel für sie«, entgegnete sie schließlich. »Aber an deiner Stelle würde ich mir nicht soviel Gedanken darüber machen. Es geht ihr schon wieder gut.«

»Vielleicht sollte ich zu ihr gehen.«

Ruby schüttelte wieder ihren Kopf. »Laß sie einfach in Ruhe. Wenn ihr Bein zu schmerzen beginnt, will sie nur allein gelassen werden. Ich werde nachher ein Tablett hochbringen, und morgen früh wird es ihr wieder gutgehen.«

Dann öffnete sich die Tür und Kevin, der mit einem T-Shirt den Schweiß vom Körper wischte, betrat die Küche. Er blieb kurz stehen, als er Julie sah, neigte dann den Kopf und schaute sie abschätzend an. Schließlich grinste er. »Wenigstens bist du wieder im Land der Lebenden. Hast du schon deinen Bruder gesehen?«

Julie schüttelte den Kopf. »Ruby sagt, er habe sich den Kopf gestoßen.«

»›Gestoßen‹ ist wohl kaum der richtige Ausdruck«, erwiderte Kevin kläglich. »Er ist im Keller gestürzt und hat sich dabei geschnitten. Da unten war überall Blut. Hast du ihn nicht schreien hören?«

Julie schüttelte den Kopf.

»Dann warst du die einzige in der ganzen Gegend, die ihn nicht gehört hat. Jedenfalls geht's ihm jetzt gut.« Er zwinkerte. »Natürlich mußte ich ihn mit einem Kinobesuch heute abend bestechen.«

Julie strahlte. »Kann ich mitkommen?«

»Fühlst du dich wirklich schon wieder gut?« fragte Kevin, dessen Augen besorgt schauten. »Dr. Adams sagte, du sollst vorsichtig sein.«

Julie verdrehte ihre Augen. »Mir geht's gut«, sagte sie. »Ich bin ja nicht krank. Und ich hasse diese Tabletten.« Sie setzte ihr hübschestes Lächeln auf und wußte sofort, daß die Diskussion beendet war. »Bitte.«

Kevin zuckte die Schultern. »Ist mir recht. Höchste Zeit, daß wir drei was zusammen unternehmen.« Er wollte aus dem Zimmer gehen, drehte sich dann um und grinste wieder. »Und wenn Jeff runterkommt, dann staune auch entsprechend über die Größe seines Verbandes. Aber glaub ihm nicht, wenn er dir erzählt, daß ich ihn geschlagen hätte.«

»Ihn geschlagen?« wiederholte Julie. »Warum sollte er das sagen? Du schlägst uns nie.«

»Nun, ich fürchte ich habe ihm einen Schlag gegeben«, sagte Kevin, dessen Stimme jetzt ernster war. »Nicht heftig, aber es hat ihn verwirrt und er ist gestürzt. Aber wenn man ihn hört, war das ein Fall von Kindesmißhandlung.«

Julie kicherte. »Ich werd' ihm davon erzählen, wie du mich mit dem Lineal gehauen hast, als ich deine neue Angelrute zerbrach. Dann wird er glauben, daß ein Schlag gar nichts ist.«

»Danke vielmals«, sagte Kevin düster und verschwand dann durch die Tür.

Zwei Stunden später waren die drei zum Kino unterwegs. Jeff trug eine neue Baseballmütze, um den großen Verband zu verdecken, mit dem seine Stiche am Hinterkopf verpflastert waren.

»Du meinst sicher, daß das gut ist?« fragte Kevin Ruby, als sie zur Hintertür gingen. »Wenn Marguerite sich nicht gut fühlt –«

»Ihr wird's gutgehen«, versicherte Ruby ihnen. »Ich habe mich um sie gekümmert, seit sie ein Baby ist, und ich kann mir nicht denken, daß ich mich jetzt nicht um sie kümmern kann. Geht nur und verbringt eine schöne

Zeit.« Sie wartete an der Hintertür, bis sie gegangen waren und begann dann, für Marguerite ein Tablett vorzubereiten. Schließlich nahm sie das Tablett, unsicher, was sie oben vorfinden würde, und ging aus der Küche.

Marguerite saß steif auf der Bank vor der Kommode und betrachtete sich aufmerksam im Spiegel. Ihr zurückgekämmtes Haar war auf dem Kopf zu einem Kranz zusammengesteckt, der durch einen großen, kunstvoll verzierten Schildpattkamm zusammengesteckt war. Ihre Augen waren stark schattiert, die Lider schwarz geschminkt und die Wimpern mit einer dicken Schicht Mascara bedeckt. Ihre Lippen leuchteten karmesinrot, wobei das helle Rot durch den blassen Puder, den sie auf ihr Gesicht gestäubt hatte, noch strahlender wirkte. Direkt unter dem rechten Mundwinkel hatte sie einen einzelnen dunklen Fleck.

Jetzt zumindest mit ihrem Gesicht zufrieden, griff sie zur Schmuckschatulle ihrer Mutter und begann die Stücke nacheinander anzusehen. Sie erinnerte sich an alle, erinnerte sich aus ihrer Kindheit daran, als sie stumm an der Tür dieses Zimmers gestanden und zugeschaut hatte, wie sich Helena auf eine ihrer Partys vorbereitete.

Manchmal, wenn sie sehr, sehr brav gewesen war, hatte ihre Mutter sie Schmuckstücke anlegen lassen. Marguerite konnte sich noch an die schwarze Kette erinnern, die sie so sehr geliebt hatte. Sie hatte sie dreimal um den Hals geschlungen und dann verzückt auf die glänzenden schwarzen Perlen geschaut, die das Licht zu fangen schienen und es in ihre Augen zurückwarfen, wobei sie durch deren Glitzern fast blinzeln mußte.

Aber ihre Mutter hatte sie das Halsband immer abnehmen lassen.

Jetzt war niemand da, der ihr das befehlen konnte.

Sie fand es ganz unten in der Schatulle und trennte es

sorgfältig von den anderen Stücken, in denen es verheddert war, hielt es dann an ihren Hals. Schließlich legte sie es mit zitternden Fingern um ihren Nacken und schloß gewandt den Verschluß, obwohl es über vierzig Jahre her war, seit das Halsband zum letztenmal auf ihrer Haut gelegen hatte.

Plötzlich öffnete sich die Tür, und sie spürte, wie Ärger sie durchzuckte. Sie blickte im Spiegel auf und sah Ruby mit großen Augen in der Tür stehen.

»Was tust du hier?« fragte Marguerite, ohne sich umzudrehen.

Ruby schreckte zurück, trat dann aber näher. »Ich habe Ihnen Suppe gebracht, Miß Marguerite«, sagte sie. »Ich dachte, Sie wären hungrig.«

Marguerite schwieg einen Moment, ihren Blick noch immer auf Rubys Spiegelbild gerichtet. Als sie schließlich sprach, klang ihre Stimme gereizt, was die alte Haushälterin frösteln ließ. »Wo ist Julie? Warum bringt Julie mir nicht mein Tablett?«

Jetzt schwieg Ruby. Sie setzte das Tablett auf dem Tisch neben dem Fenster ab und blickte dann Marguerite wieder an. »Julie ist ins Kino gegangen«, sagte sie mit gleichmütiger Stimme. »Sie ist mit ihrem Vater und ihrem Bruder gegangen.«

Marguerites Kiefer spannten sich, und ihre Augen wurden klein. »Sie hat mich nicht gefragt, ob sie gehen darf«, begann sie, aber Ruby fiel ihr ins Wort.

»Sie ist nicht Ihre Tochter«, sagte sie mit leiser, aber fester Stimme. Sie machte einen Schritt vorwärts. »Und was tun Sie da eigentlich? Warum tragen Sie dieses Make-up? Und warum versuchen Sie, wie Ihre Mutter auszusehen?«

Marguerite sagte nichts, aber ihr Gesicht wurde noch gespannter.

»Sie wollen doch das nicht tun«, fuhr Ruby mit sanfter,

beruhigender Stimme fort. »Sie wollen doch Sie selbst sein, Miß Marguerite. Sie wollen doch die nette Frau sein, die Sie sind. Sie wollen doch nicht Miß Helena sein, oder?« Sie stand jetzt hinter Marguerite, hatte ihre Hände auf deren Schultern gelegt und rieb sie behutsam. »Warum setzen Sie sich nicht ans Fenster und essen ein wenig. Ich habe Gumbo für Sie gemacht. Sie essen doch gerne Gumbo. Kommen Sie doch und essen Sie etwas, und dann geht es Ihnen gut. Richtig gut...«

Eine Sekunde glaubte Ruby zu spüren, wie sich Marguerite unter ihrer Berührung entspannte, doch dann wirbelte sie herum und schlug Rubys Hände weg. Und darauf schlug sie Ruby heftig ins Gesicht.

»Wie kannst du es wagen, so mit mir zu sprechen?« zischte sie, und ihre Stimme war genauso gehässig wie die ihrer Mutter. »Denk daran, wie du dich zu benehmen hast, Ruby!«

Ruby schluckte und trat einen Schritt zurück. Ihre rechte Hand fuhr an ihre Wange und rieb die schwellende Stelle. »Schlagen Sie mich nicht«, sagte sie mit tonloser Stimme. »Ich habe mich lange um Sie gekümmert, und ich werde mich auch weiter kümmern. Aber ich werde mich nicht schlagen lassen, und ich lasse nicht so mit mir reden. Sie sind nicht Ihre Mutter, vergessen Sie das nicht. Und glauben Sie nicht, Julie sei Ihre Tochter. Sie denken wohl, ich lasse Sie so anfangen, wie Ihre Mutter mit Ihnen angefangen hat? Wenn Sie das glauben, liegen Sie falsch!«

Marguerite war jetzt auf den Beinen, ihre Augen funkelten, und ihre Hüfte schmerzte wie wahnsinnig. Aber sie ignorierte den Schmerz, als sich ihre Hand um eine schwere Parfümflasche schloß. Mit einer raschen Bewegung hob sie sie vom Tisch und schleuderte sie auf Ruby.

Ruby wich der Flasche aus und hörte, wie sie an der Wand zersplitterte. Sie trat jetzt vor und schlug Marguerite ins Gesicht. »Ich habe Ihnen gesagt, Sie sollen das nicht tun«, sagte sie mit drohender Stimme. »Was wollen Sie? Wollen Sie wieder eingesperrt werden? Wollen Sie das? Das werde ich nämlich tun.«

»Hör auf«, zischte Marguerite. »Hör auf und laß mich allein. Mir geht es gut. Ich fühle mich sehr wohl!«

»Wohl?« echote Ruby. »Sind Sie deshalb in Miß Helenas Zimmer gegangen? Weil Sie sich wohl fühlen? Haben Sie deshalb das Make-up aufgelegt, genau wie Miß Helena, als Sie noch ein kleines Mädchen waren? Es geht Ihnen nicht gut, Miß Marguerite!«

»Sprich nicht so«, schluchzte Marguerite auf und schlug die Hände vors Gesicht. »Mama liebte mich. Geh aus diesem Zimmer und laß mich allein!«

Ruby schüttelte den Kopf. »Das kann ich nicht tun, Miß Marguerite. Das könnte ich nie tun. Wer soll sich um Sie kümmern? Sie machen wieder eine böse Zeit durch, Miß Marguerite.«

»Mache ich nicht«, jammerte Marguerite, deren Worte in ihrer Kehle fast erstickten. Schluchzend humpelte sie durch das Zimmer, warf sich auf das Bett und begrub ihr Gesicht in den Kissen. Ruby war plötzlich neben ihr und streichelte sie.

»So ist es gut«, sagte sie. »Lassen Sie's raus. Sie wissen, daß man nicht alles in sich vergraben kann – Sie wissen, was mit Ihnen geschieht.«

Marguerite rollte sich herum, weg von Rubys Berührung und funkelte dann die alte Frau wütend an. »Mit mir ist alles in Ordnung«, schrie sie. »Das einzige, was nicht stimmt, bist du. Starrst mich die ganze Zeit an, siehst mich an, als ob ich verrückt wäre! Aber das bin ich nicht!«

»Nun beruhigen Sie sich«, erwiderte Ruby. »Sie müssen sich zusammennehmen, sonst erzähle ich Ihrem Bruder, was mit Ihnen geschehen ist. Er weiß nichts von Ihren bösen Zeiten. Aber meinen Sie, er wird hierbleiben, wenn ich ihm von Ihnen erzähle?«

Marguerite kauerte auf dem Bett. »Er – er wird dir nicht glauben –« setzte sie an, aber Ruby schüttelte den Kopf.

»Er wird mir glauben«, sagte sie mit eisiger Stimme. »Vielleicht hätte mir vor zwanzig Jahren niemand geglaubt, aber die Zeiten haben sich geändert, Miß Marguerite. Ich konnte Ihre Mutter nicht daran hindern zu tun, was sie tat, aber ich kann Sie daran hindern, so wie sie zu sein. Und ich werde es Mr. Kevin sagen, wenn es mit Ihnen böse wird. Ich werde es ihm sagen, und er wird mir glauben, wenn ich ihm den Raum im Keller zeige, in den Miß Helena sie eingeschlossen hat. Sie werden ja sehen, ob er mir nicht glaubt! Sie werden ja sehen, wie lange er hierbleibt!«

»Nein«, schluchzte Marguerite mit brechender Stimme. »Ich werde brav sein, Ruby, das verspreche ich. Sag ihm nichts – bitte, sag nichts. Ich könnte es nicht ertragen, wenn er wegginge.« Ihre Augen irrten plötzlich durch das Zimmer, als suchten sie etwas. »Warum gehen sie immer weg?« schluchzte sie. »Mutter ging weg und Mary-Beth. Sogar Anne wollte weggehen.« Sie fiel wieder in die Kissen, und ihr Körper bebte.

Plötzlich begriff es Ruby mit lähmender Klarheit. »Sie haben sie umgebracht, nicht wahr?« keuchte sie. »Sie haben Anne getötet und Sie haben auch Mary-Beth Fletcher getötet.«

»Sie wollten mich verlassen«, schluchzte Marguerite. »Sie wollten mich verlassen. Ich konnte sie doch nicht gehen lassen, Ruby. Verstehst du nicht? Ich konnte sie einfach nicht gehen lassen...«

Ruby wich erschrocken von dem Bett zurück. Es war also wahr. Sie hatte vorher daran gedacht – nur ein flüchtiger Gedanke, den sie sofort verworfen hatte, da sie die

Möglichkeit nicht wahrhaben wollte, daß Marguerite so etwas tun könnte. Aber sie hätte es wissen müssen.

Sie hätte es wissen müssen und hatte nichts getan.

Doch jetzt mußte sie etwas tun. Sie mußte Hilfe holen, für Marguerite und für sich.

»Ich werde Dr. Adams anrufen«, sagte sie leise. »Ich werde einfach den Doktor anrufen, und er wird herkommen. Er wird sich um Sie kümmern.«

Sie wandte sich um und wollte zur Tür gehen, hörte dann, wie Marguerite sich bewegte. Sie drehte sich zurück, aber es war bereits zu spät. Mit Augen, in denen der Wahnsinn lohte, war Marguerite über ihr, stürzte sich auf Ruby, die Hände ausgestreckt, ihre Finger zu wütenden Klauen gekrallt. Ruby keuchte und versuchte auszuweichen, aber Marguerite sprang auf sie und warf sie aus dem Gleichgewicht. Sie schwankte und fiel zu Boden und spürte einen stechenden Schmerz im Knöchel.

Dann war Marguerite auf ihr, zerkratzte Rubys Gesicht und trommelte mit den Fäusten gegen den Kopf der Haushälterin.

Ruby versuchte sich zu verteidigen, wollte sich mit ihren Armen vor Marguerites Wut schützen, doch es war unmöglich.

Marguerite starrte blicklos auf Rubys Gesicht. Sie mußte sie aufhalten, bevor sie Kevin etwas erzählen konnte und Kevin ihr Julie wegnahm. Und das würde er.

Er würde ihr Julie wegnehmen, wie ihre Mutter ihr ihr Baby weggenommen und ihr das Tanzen genommen hatte – würde ihr alles wegnehmen, bis von ihr nichts mehr als eine Hülle übrig war.

Eine leere Hülle.

All diese Jahre, in der sie sich innerlich tot gefühlt hatte.

Nichts außer jede Woche ein paar Stunden mit ihren Mädchen, die zu ihren Tanzstunden kamen.

Aber sie waren auch gegangen. Sie waren erwachsen und lebten ihr Leben und ließen sie mit ihrer Mutter allein.

Und ihre Mutter hatte sie verlassen.

Hatte ihr alles genommen, was sie hatte, und sie dann verlassen.

Aber niemand würde sie je wieder verlassen. Weder Ruby, noch Kevin oder Julie.

Gewiß nicht Julie.

Was immer geschah, Julie würde sie behalten.

So wie ihre Mutter sie behalten hatte.

Nur daß Ruby alles zerstören wollte. Aber das würde nicht geschehen. Sie würde das nicht zulassen. Ihre Finger gruben sich tief in Rubys Haar und ballten sich zu Fäusten.

Mit steifen Armen begann sie vor und zurück zu wiegen und schmetterte Rubys Schädel immer wieder auf den Boden.

Undeutlich, wie aus großer Entfernung, konnte sie Rubys Schreie hören, aber sie ignorierte sie und schaukelte weiter.

Es war, als ritte sie auf einem Schaukelpferd.

Sie konnte sich noch daran erinnern aus der Zeit, als sie ein kleines Mädchen war.

Man mußte gerade sitzen und die Zügel gerade halten. Und dann fing man an zu schaukeln, und der Kopf des Pferdes ging auf und ab, auf und ab.

Auf und ab.

Es war ein seltsamer, unwiderstehlicher Rhythmus darin, fast wie eine Melodie – betont durch das hohle Schlagen von Rubys Kopf auf dem Hartholzboden.

Ruby war jetzt stumm, und ihre Arme waren nach ihrem vergeblichen Kampf gegen Marguerite zur Seite gesunken. Dann, als langsam ihre Kraft zu schwinden begann, hörte Marguerite mit dem Schaukeln auf und ließ Rubys Haar los. Sie blickte wieder nach unten.

Rubys Augen waren geschlossen, und einen Moment war Marguerite sicher, daß sie tot war. Aber dann spürte sie, wie Rubys Brust sich leicht unter ihrem Gewicht hob.

Sie mußte etwas tun.

Wenn Kevin heimkam und Ruby fand!

Der Keller.

Sie mußte Ruby in den Keller bringen, wo Kevin sie nicht finden würde.

Sie erhob sich von Rubys reglosem Körper. Ihre Hüfte war jetzt fast gefühllos, als ob der Schmerz sich endlich herausgebrannt hätte, und sie schleppte sich zu dem Stuhl, auf dem einer der Morgenmäntel ihrer Mutter lag. Sie schlüpfte in den Mantel und fesselte dann mit dem Gürtel Rubys Hände.

Den Gürtel mit beiden Händen packend, zerrte sie Ruby zur Zimmertür und hinaus auf den Korridor. Sie verharrte einen Moment, versuchte Atem zu holen und ging dann langsam auf den Treppenabsatz zu, wobei sie Ruby jeweils ein paar Zentimeter weiter bewegte. Einmal glaubte sie, Ruby stöhnen zu hören, aber sie fand, daß das etwas anderes gewesen sein müsse, denn als sie in das bewußtlose Gesicht schaute, sah sie keine Spur von Bewegung. Sie glaubte, daß Ruby eigentlich fast friedlich aussähe...

Sie erreichte den Treppenabsatz und schob Ruby so, daß sie aufrecht saß, ihr Rücken an der Wand neben dem Sessellift lehnte, der seit dem Tod ihrer Mutter nicht mehr benutzt worden war. Dann beugte sie sich vor und griff mit beiden Händen unter Rubys Arme. Sie holte tief Luft und wuchtete Rubys Körper auf den Sessel.

Mit dem freien Ende des Gürtels band sie Ruby an den Sessel und schaltete dann den Strom ein. Unter sich, im

Schrank, konnte sie das leise Summen der Maschine hören. Sie drückte den Knopf, und ein metallisch klirrendes Geräusch erfüllte die Eingangshalle. Es ratterte, und der Sessel begann langsam die breite Treppe hinabzufahren.

Marguerite bewegte sich steif nebenher, bis er unten zum Halt kam und sich automatisch ausschaltete. Sie löste den Gürtel und ließ Ruby zu Boden fallen, deren Augen noch geschlossen waren.

Sie wickelte den Gürtel wieder um Rubys Handgelenke und zerrte sie zur Kellertreppe. Es war jetzt leichter, da der Boden der Eingangshalle poliert und nicht mit Teppichen ausgelegt war. Sie erreichte die schmale Kellertür, brachte Ruby an den Treppenrand und stieß dann zu.

Ruby kollerte hinunter, wobei sich ihr Körper grotesk überschlug und dann rücklings auf dem Boden liegenblieb.

Marguerites Atem ging jetzt stoßweise, als sie die Kellertreppe hinabstieg, über Ruby hinwegtrat und das Licht anmachte.

Ein grelles weißes Licht aus einer Glühbirne erfüllte den Keller und blendete Marguerite. Doch dann gewöhnten sich ihre Augen an das Licht, und sie blickte sich um, bis sie sah, wonach sie suchte.

Eine kleine Tür, fast unsichtbar, in einer abgelegenen Ecke des Kellers.

Ruby hinter sich herziehend, begab sie sich auf die Tür zu. Als sie davor war, blieb sie stehen.

Es war Jahre her, seit sie hier unten gewesen war.

Jahre seit diesen Wochen – oder waren es Monate gewesen? Nach dem Unfall, als ihre Mutter sie hier unten eingesperrt hatte, im Dunkeln eingesperrt hatte, so lange bis sie begriff, daß sie krank gewesen war und daß sie ohne ihre Mutter überhaupt nicht mehr gesund geworden wäre.

Sie konnte noch die Stimme ihrer Mutter hören, die durchdringend in der Dunkelheit hing.

»Ich hätte dich fortschicken können. Für immer. Aber ich habe es nicht getan. Ich liebe dich und ich behalte dich zu Hause, wo du hingehörst.«

Wo du hingehörst – wo du hingehörst...

Die Worte hallten noch, und als sie nach dem Türknauf griff, zitterten ihre Finger.

Zu ihren Füßen stöhnte Ruby leise.

Marguerite drehte den Knopf, aber die Tür öffnete sich nicht.

Dann sah sie das schwere Vorhängeschloß an dem Riegel. Sie ging schleppend in die Küche hoch und fand Rubys Schlüsselbund am Haken an der Küchentür hängen. Sie nahm ihn vom Haken und humpelte wieder in den Keller hinunter. Sie begann nach dem richtigen Schlüssel zu suchen. Und dann, scheinbar nach einer Ewigkeit, glitt einer der Schlüssel ins Schloß, und es sprang auf.

Sie öffnete die Tür.

Der Raum war winzig.

Ein Holzbett mit einem dünnen Baumwollpolster stand an eine Wand gelehnt, gegenüber einem breiten Bett, an dem sie die Mahlzeiten zu sich genommen hatte, die Ruby ihr gebracht hatte, als sie krank war.

Alles, woran sie sich in dem Zimmer erinnern konnte, war das Gefühl des harten Bettes, wo sie Stunde um Stunde, Woche um Woche gelegen und darauf gewartet hatte, daß sie gesund wurde, daß der Schmerz aufhörte.

Und schließlich hatte der schlimmste Schmerz aufgehört, und sie war aus dem Kellerraum gekommen und nie wieder dorthin zurückgegangen.

Aber er war immer da gewesen, hatte auf sie gewartet...

Ruby stöhnte wieder, und ihre Augen öffneten sich für einen Moment. »Nein«, murmelte sie. »O nein, bitte ...«

Marguerite starrte auf sie herab, beugte sich dann über sie und ergriff die Hände der Haushälterin. Heftig ziehend, zerrte sie Ruby über die Schwelle und ließ sich dann, den Schmerz in ihrem Bein ignorierend, zu Boden sinken.

Sie schlang das freie Ende des weichen Satingürtels um Rubys Hals und begann, fest daran zu ziehen.

Fest, und dann fester...

Rubys Augen öffneten sich und begannen aus ihren Höhlen zu quellen. Eine ihrer Hände kam hoch, tastete nach Marguerite und fiel dann herunter. Ihre Finger krümmten sich eine Sekunde und waren dann still.

»Es wird jetzt alles gut werden«, flüsterte Marguerite leise, als sie das Schloß vor den Riegel hängte und es zuschnappen ließ. »Jetzt wird alles gut. Ich werde mein Heim haben, und ich werde mein kleines Mädchen haben, das sich um mich kümmert, und niemand wird mich je wieder verlassen. Nie, nie wieder...«

Eine Stunde später war Marguerite, in eines der Kleider ihrer Mutter gekleidet und das Perlenhalsband um den Nacken, wieder im Ballsaal. Leise summend hob sie ihre Arme und verbeugte sich so anmutig wie sie nur konnte vor dem Tanzpartner, den nur sie sehen konnte.

»Ich tanze gut«, hauchte sie, als sie sich von den unsichtbaren Armen umfassen ließ. »Aber nicht so gut wie meine Tochter. Meine Tochter wird eines Tages ein Star werden.« Sie lächelte mild und ein abwesender Ausdruck trat in ihre Augen. »Das werde ich erleben. Ja, eines Tages wird Marguerite ein Star werden...«

17. Kapitel

Kevin steuerte Marguerites alten Chevy vom Damm herunter und auf die Straße, die zum Haus führte. Der Wagen, der protestierend keuchte, als er auf das Gaspedal trat, machte einen Satz vorwärts, und Kevin schüttelte kläglich seinen Kopf. »Wir brauchen einen neuen Wagen«, sagte er. »Der fällt ja auseinander.«

»Können wir einen Sportwagen kaufen?« fragte Jeff sofort vom Rücksitz her. »Die sind toll.«

»Ich denke, ein neuer Kombi wäre etwas praktischer«, erwiderte Kevin. Nach vorn blickend, runzelte er die Stirn. Sea Oaks ragte wie eine dunkle und schwere Masse vor dem klaren Himmel, die nur von einem Licht am Westende der ersten Etage erleuchtet war. »Warum hat Ruby für uns kein Licht angelassen?«

»Warum sollte sie?« fragte Julie. »Wir sind ja zum erstenmal nachts weg.«

Ein paar Minuten später fuhr Kevin den Chevy in die Garage, stellte den schnaufenden Motor ab und schloß die wackelige Tür. Julie und Jeff waren bereits in der Küche, als Kevin sie einholte, und Jeff wühlte im Kühlschrank herum und suchte nach etwas Eßbarem.

»Nicht jetzt«, sagte Kevin zu ihm und schlug die Kühlschranktür zu. »Es ist nach elf, und du hast schon Schokolade gegesssen. Zeit fürs Bett.«

»Ach, Papa«, jammerte Jeff. »Ruby sagte, sie wollte heute abend einen Kuchen backen. Kann ich nicht wenigstens ein Stück haben?«

Kevin schaute sich rasch in der Küche um und funkelte dann seinen Sohn mit gespieltem Ernst an. »Wenn Ruby wollte, daß du was von ihrem Kuchen bekommst, hätte sie dir ein Stück rausgestellt. Und jetzt raus mit dir!« Er klopfte Jeff leicht aufs Hinterteil, und der Junge schoß aus der Küche. Als er gegangen war, lächelte Kevin Julie an. »Wie ist's mit dir? Willst du ein Stück Kuchen mit mir teilen, falls ich ihn finden kann?«

Julie schüttelte ihren Kopf. »Ich hätte das Fruchteis nicht essen sollen. Ich fühle mich dick wie ein Ballon.«

»Wie du willst«, erwiderte Kevin. Er prüfte, ob die Hintertür geschlossen war. »Wenn du hochgehst, schau doch bitte, ob dein Bruder sich die Zähne geputzt hat, ja?«

»Da braucht niemand zu schauen. Er putzt sie sich nie, wenn man nicht daneben steht.«

Kevin drehte sich zu Julie um und neigte den Kopf, als sähe er sie zum erstenmal. »Und du tust das?« fragte er, wobei seine Stimme vor plötzlicher Gefühlsaufwallung erstickt klang.

Julie zuckte die Schultern, nickte dann und errötete etwas verlegen. »Ja – jemand muß es ja tun«, sagte sie mit zitternder Stimme.

Kevin biß sich auf die Lippen, legte dann den Arm um seine Tochter und zog sie an sich. »Ich weiß«, murmelte er. »Aber das sollte ich sein, nicht du. Ich glaube, ich war nicht –«

Julie drückte ihn fest und sprach, bevor er ausreden konnte. »Ich weiß, wie sehr du Mama vermißt«, sagte sie. »Wir alle vermissen sie. Und mir macht's nichts aus, mich um Jeff zu kümmern. Du mußt dich um uns alle kümmern und auch um das Haus und so. Was hätte ich tun sollen?« fragte sie dann. »Dich fragen, ob du mir bei Jeff helfen kannst?«

»Aber du bist erst fünfzehn –«

»Fast sechzehn«, erinnerte Julie ihn. »Und manchmal, seit Mama tot ist, fühle ich mich wie dreißig. Ganz plötzlich ist alles ganz anders, und ich kann mich nicht wie ein kleines Kind benehmen. Aber Jeff ist erst acht. Jemand muß sich um ihn kümmern.«

Kevins Kehle schnürte sich zusammen, und einen Augenblick lang glaubte er, er müsse weinen. »Danke«, flüsterte er mit heiserer Stimme. Sie gingen gemeinsam aus der Küche und durch das Haus zur Treppe. »Ich schau noch mal hier unten nach dem Rechten, dann komme ich hoch«, sagte er. Er kicherte, aber sein Lachen war hohl. »Ich wollte sagen, ich bring' dich zu Bett, aber das ist wohl nicht mehr nötig, was?«

Jetzt errötete Julie wirklich, obwohl ihr Vater es im Dunkel des Hauses nicht sehen konnte. »Es ist trotzdem nett«, sagte sie, »jedenfalls dann und wann.« Sie küßte ihren Vater auf die Wange und eilte die Treppe hoch.

Kevin bewegte sich langsam durch das Haus, überprüfte Fenster und Türen. Doch als er von Zimmer zu Zimmer ging, hatte er ein wachsendes Gefühl von Unbehagen, als ob etwas im Hause nicht in Ordnung sei. Als er noch einmal in die Küche kam, sah er, daß etwas fehlte.

Das Geschirr vom Abendessen, obwohl sauber gestapelt und bereit für die Geschirrspülmaschine, stand noch auf dem Tisch neben der Spüle, und im kalten Wasser der Spüle weichten Töpfe und Pfannen. Kevin starrte einen Augenblick lang auf das Durcheinander, durchquerte dann die Küche und klopfte an Rubys Tür.

Er wartete lange, aber eine Antwort erfolgte nicht.

Er klopfte wieder, diesmal lauter, aber als noch immer keine Antwort folgte, drehte er den Türknopf und stieß die Tür auf.

Rubys Bett war gemacht, aber leer.

Stirnrunzelnd schloß er die Tür, ging rasch durch das Haus, stieg die Treppen hoch und ging dann über den Korridor bis zu der geschlossenen Tür des früheren Zimmers seiner Mutter. Licht fiel unter der Tür durch, deshalb wußte er, daß Marguerite wach war.

Er rüttelte heftig daran.

»Herein«, hörte er Marguerite rufen.

Er öffnete die Tür und betrat das Schlafzimmer. Marguerite, die auf dem Bett lag und nur ein Laken über ihr Nachthemd gezogen hatte, lächelte ihn an. Ihre Augen zwinkerten und ihr Haar, das ihr über die Schultern fiel und ihr Gesicht umrahmte, ließ sie seltsam jung aussehen. »Ich hörte die Kinder hochkommen«, sagte sie. »War's schön?«

Kevin nickte. »Ja«, sagte er. Dann: »Fühlst du dich besser? Du siehst gut aus.«

Marguerites Lächeln wurde breiter, und sie streckte sich matt im Bett. »Ich fühle mich wundervoll«, sagte sie. »Meine Hüfte schmerzt heute abend fast gar nicht. Ich fühle mich fast so, als könnte ich wieder tanzen. Ich habe einfach hier gelegen und finde alles schön. Geht es dir nicht manchmal auch so?«

»Aber wo ist Ruby?« fragte Kevin, die Fragen seiner Schwester ignorierend. »Die Küche ist nicht aufgeräumt und in ihrem Zimmer ist sie nicht.«

Das Lächeln schwand von Marguerites Lippen, und ihre Augen verdunkelten sich. »Sie ist gegangen«, sagte sie, wobei ihre Stimme etwas scharf klang. »Sie bekam einen Anruf, kurz nachdem ihr losgefahren wart. Ein Familienproblem, sagte sie. Jedenfalls hat sie mir das Abendessen hochgebracht und ist dann einfach weggefahren!«

»Ruby?« sagte Kevin zweifelnd. »Das ist nicht ihre Art. Als ich noch klein war, war sie immer hier –«

Marguerite unterbrach ihn mit einer ungeduldigen Geste. »Ja, das war vor Jahren, oder? Damals konnte man sich noch auf Menschen verlassen.« Sie seufzte schwer. »Manchmal weiß ich nicht, was ich mit ihr machen soll. Es scheint, als würde es immer schlimmer mit ihr werden. Heute abend einfach zu verschwinden, wo ich mich nicht gut fühlte, nun – ich schwöre, Kevin, manchmal frage ich mich, ob wir sie nicht einfach rauswerfen und versuchen sollten, jemand zuverlässigen zu finden. Mutter sagte immer –«

»Mutter sagte immer über jeden etwas Schlechtes«, fiel Kevin ein. »Und wir werden Ruby bestimmt nicht hinauswerfen.«

Marguerite entspannte sich plötzlich. »Nein, das werden wir natürlich nicht«, sagte sie mit sanfter Stimme. »Und ich denke, jeder hat dann und wann ein Recht auf Familienprobleme, oder?« Sie streckte die Hand nach Kevin aus und drückte die seine sanft. »Und es ist ja nicht so, als ob ich niemanden hätte, der sich um mich kümmerte, nicht wahr? Da bist du, und Julie...«

Kevin nickte. »Und Jeff.«

Marguerite lachte leicht, und ihre Stimme klang wie ein Glöckchen. »Natürlich«, fügte sie hinzu. »Und Jeff. Ihn darf ich ja nicht vergessen, nicht wahr?«

»Als ob er das zuließe«, erwiderte Kevin. Er beugte sich und streifte die Wange seiner Schwester mit den Lippen. »Jedenfalls freue ich mich, daß es dir besser geht. Schlaf gut. Wir sehen uns morgen früh. Aber ich gehe jetzt wohl hinunter und mache den Abwasch.«

»Das brauchst du nicht«, protestierte Marguerite. »Julie kann sich morgen darum...«

Aber Kevin schüttelte entschlossen den Kopf. »Ich mache das heute abend. Julie hat genug zu tun, besonders, wenn Ruby eine Weile weg ist. Bis morgen.«

Dann ging er, und Marguerite streckte sich wieder aus.

Sie fühlte sich gut heute nacht, fand sie. Ja, zum erstenmal seit vielen, vielen Jahren fühlte sie sich wirklich wundervoll...

Julie wußte nicht, was sie geweckt hatte. Sie war sich eigentlich nicht einmal sicher, ob sie überhaupt geschlafen hatte. Nachdem sie Jeff zu Bett gebracht hatte, war sie in ihr Zimmer gegangen, hatte ihren Schlafanzug angezogen und sich dann auf die Decke gelegt, um noch etwas zu lesen. Obwohl sie das Fenster weit geöffnet hatte, war es ihr unmöglich, sich auf ihr Buch zu konzentrieren, da die leichte Brise verschwunden war und die feuchte Luft sie schwer umfing. Schließlich legte sie das Buch beiseite, lag auf dem Rücken, starrte zur Decke und ließ ihre Gedanken treiben. Ein wenig später war ihr Vater hereingekommen.

»Warum hast du mir das nicht gesagt?« beschwerte Julie sich, als er ihr von Rubys Abwesenheit erzählte. »Ich hätte dir beim Abwasch helfen können. Ich hab' nur hier gelegen und getan, als ob es kühl sei.« Sie grinste ihn an. »Aber das funktioniert nicht. Je mehr ich darüber nachdenke, desto verschwitzter werde ich. Hat Ruby Limonade im Kühlschrank gelassen?«

Sie waren gemeinsam die Treppe hinuntergegangen und hatten dann eine Weile in der Küche geredet, bis Kevin schließlich sein Gähnen nicht mehr unterdrücken konnte. »Ein paar von uns schlafen nicht den ganzen Tag«, hatte er bemerkt, während er die Gläser in die Spülmaschine stellte.

Die nächste Stunde etwa hatte Julie wieder auf ihrem Bett gelegen und versucht einzuschlafen. Aber das ging nicht.

Die Insektengeräusche schienen heute nacht stärker zu sein, wogegen von der See nur ein fernes, leises Klatschen zu hören war. Zweimal hörte sie eine Eule leise in der Dunkelheit schreien, und vor kurzem war eine plötzliche Stille über die Nacht gefallen, als ob etwas Gefährliches in der Nähe sei. Dann aber hatten langsam die Grillen wieder zu zirpen begonnen, und anschließend waren die Frösche in den Chor eingefallen, bis wieder die ganze Luft von ihrem Gesang vibrierte.

Jetzt hellwach, war Julie fast sicher, daß sie heute nacht nicht würde schlafen können.

Sie holte tief Luft, rollte sich aus dem Bett und wanderte zum Fenster hinüber. Der Mond stand niedrig, eine funkelnde Silberscheibe, die über der See hing, und sein Licht ergoß sich über die Wasseroberfläche wie eine schimmernde Straße.

Weit draußen kreuzte ein Boot den Weg des Mondes, und Julie beobachtete es, bis es verschwand, von der Dunkelheit des Horizontes verschluckt. Dann bemerkte sie aus den Augenwinkeln eine eigenartige Bewegung.

Sie runzelte die Stirn, schaute in die Richtung, sah zuerst aber nichts. Dann begann sie langsam und undeutlich eine Gestalt auszumachen, die sich durch die moosbehangenen Bäume nahe dem Friedhof bewegte.

Es war nichts, sagte sie sich, denn als sie direkt darauf schaute, war sie völlig verschwunden. Erst wenn sie wegblickte, konnte sie sie wieder sehen, doch nur völlig undeutlich. Sie wandte sich ab und zwang sich ins Bett zu gehen, aber die Erinnerung an die seltsame Vision blieb, und so sehr sie es auch versuchte, sie konnte sich nicht davon überzeugen, nichts gesehen zu haben.

Jeffs Worte fielen ihr wieder ein, hallten in ihrem Kopf. »Ich weiß, daß ich etwas gesehen habe, und ich weiß, daß es ein Geist war!«

Zuletzt stand sie fast widerwillig wieder auf und begab sich zurück ans Fenster.

Die Gestalt war jetzt deutlich zu sehen, da sie zwischen den Bäumen hervorgetreten war und sich auf dem Friedhof bewegte.

Der Mond schien voll auf sie, und sie leuchtete hell, als sie sich zwischen den Gräbern beugte und drehte und schließlich neben der Gruft zur Ruhe kam, wo sie niedersank und sich auf den Boden kauerte.

Julie spürte, wie ihr Herzschlag sich beschleunigte, und plötzlich schien die Hitze der Nacht wie verflogen, als ein Schauer ihren Körper durchrieselte. Sie schaute erstarrt einen Augenblick zu, riß sich dann vom Fenster los, eilte aus ihrem Zimmer und über den Korridor in Jeffs Zimmer. Ohne anzuklopfen, stieß sie die Türe auf, ging zum Bett ihres Bruders und schüttelte ihn.

»Jeff?« flüsterte sie laut. »Jeff, bist du wach?«

Der kleine Junge bewegte sich, öffnete dann seine Augen und starrte schläfrig die verschwommene Gestalt seiner Schwester an. »Was ist denn?« murmelte er. »Was willst du?«

»Der Geist«, flüsterte Julie mit jetzt zitternder Stimme. »Ich glaube, er ist wieder auf dem Friedhof.«

Augenblicklich war Jeff hellwach. Er stieg aus dem Bett und schoß zum Fenster. Er spähte kurz hinaus und winkte dann Julie heran. »Das ist sie«, flüsterte er. »Das ist Großmutter.«

Fast widerwillig begab sich Julie zu ihrem Bruder ans Fenster und spähte in die Nacht hinaus. Die seltsame geisterhafte Gestalt war noch auf dem Friedhof und bewegte sich langsam zwischen den Gräbern, fast so, als suche sie etwas.

»A-aber, es kann kein Geist sein«, flüsterte Julie heiser. »So etwas gibt es nicht.«

»Was ist es dann?« fragte Jeff herausfordernd. »Ich sag' dir, es ist Großmutters Geist, und Ruby sagt, sie sei hier, weil jemand gestorben ist.«

»Nein«, protestierte Julie. Jetzt, da sie nicht mehr allein war, schien ihre Furcht zu schwinden. »Ich glaub's nicht. Das ist etwas anderes. Es muß so sein.«

»Ist es nicht!« erklärte Jeff. Dann starrte er seine Schwester herausfordernd an. »Wenn's kein Geist ist, warum gehen wir dann nicht raus und stellen fest, was es ist?«

Julie schluckte und versuchte, den Klumpen in ihrer Kehle zu lösen. »Ich – ich will's nicht«, sagte sie.

»Du meinst, du hast Angst«, höhnte Jeff.

»Nun, du nicht?« fragte Julie. »Ich sehe ja auch nicht, daß du hinrennst und nachsiehst.«

Die beiden starrten sich einen Moment lang an, und schließlich wandte Jeff den Blick ab. »Wa-was sollen wir machen?« fragte er, und in seiner Stimme klang nicht mehr der Mut, den er noch vor einigen Minuten gezeigt hatte.

»Wir holen Papa«, beschloß Julie. »Er wird wissen, was es ist.«

Gemeinsam verließen sie Jeffs Zimmer und schlichen über den Korridor zum Zimmer ihres Vaters. Sie gingen hinein, ohne anzuklopfen. Kurz darauf schaltete Kevin die Nachttischlampe an und blinzelte seine Kinder an, die mit bleichen Gesichtern und erschreckten Blicken vor ihm standen. Julie, die vor kaum zwei Stunden so reif gewirkt hatte, schaute jetzt fast ebenso jung aus wie Jeff.

»Was ist denn?« fragte Kevin. »Was ist los?«

»G-Großmutter«, stammelte Jeff. »Sie ist wieder auf dem Friedhof.«

Kevin schaute seinen Sohn stirnrunzelnd an. »Jetzt hör aber auf«, sagte er. »Ich dachte, das hätten wir hinter uns.«

»Aber es ist wahr, Papa«, fiel Julie ein. »Ich – ich hab' es auch gesehen. Ich weiß nicht, was es ist, aber etwas ist auf dem Friedhof und –« Sie verstummte und fühlte sich plötzlich töricht. »Also, es sieht wie ein Geist aus.«

»Nun, das ist es nicht«, seufzte Kevin, schwang sich aus dem Bett und streifte sich seinen Morgenmantel über. »Es ist vielleicht ein Hirsch, oder jemand versucht, euch einen Streich zu spielen, aber es ist kein Geist.«

»Was es auch ist, ein Hirsch ist es nicht!« sagte Jeff. »Komm. Du kannst es von Julies Zimmer aus sehen.«

Kevin ging, von den Kindern gefolgt, zu Julies Zimmer, begab sich zum Fenster und schaute hinaus in die Dunkelheit.

Der Friedhof war leer.

Er wandte sich skeptisch an seine Kinder. »Nun?« sagte er, wobei er zum Fenster deutete. »Schaut raus und sagt mir, was ihr seht.«

Widerwillig näherten sich Julie und Jeff dem Fenster und blickten hinaus. Das Mondlicht erleuchtete die Insel noch, und die Grabsteine standen starr da. Aber außer der Gruft und den umliegenden Grabsteinen war der Friedhof leer.

Julie schaute zu den Pinien, wo sie die seltsame Gestalt zuerst gesehen hatte, doch außer dem hängenden Moos und den tiefen Schatten, die die Bäume warfen, war da jetzt nichts. »A-aber ich habe etwas gesehen«, beharrte sie mit zitternder Stimme. »Papa, ich weiß das genau. Wir beide haben etwas gesehen.«

»Ihr habt euch das eingebildet«, korrigierte Kevin sie. »Aber was auch geschehen sein mag, da draußen ist sicher nichts. So, und jetzt geht ihr beide wieder ins Bett, ja?«

Julie war verärgert, nickte stumm und ging wieder in ihr Bett. Aber Jeff rührte sich nicht. Statt dessen starrte er seine Schwester mit flehenden Augen an.

»K-kann ich heute nacht bei dir schlafen?« fragte er.

»Oh, um Himmels willen«, begann Kevin, aber Julie ließ ihn nicht ausreden.

»Ist schon gut, Papa. Wirklich. Ich hab' nichts dagegen.«

Kevin wollte etwas einwenden, zuckte aber dann seine Schultern. »Na gut«, sagte er. »Wie ihr wollt. Aber heute nacht keinen Unsinn mehr von wegen Geister, ja? Bis morgen früh.« Ohne eine Antwort seiner Kinder abzuwarten, verließ er Julies Zimmer und schloß die Tür hinter sich. Fünf Minuten später schlief er wieder tief.

Aber die beiden Kinder lagen wach und lauschten gespannt den Geräuschen der Nacht.

»Wir haben's gesehen«, sagte Jeff schließlich, dessen Stimme seltsam hallte. »Ich weiß, was wir gesehen haben, und ich weiß, was es bedeutet. Es bedeutet, daß jemand tot ist.«

Julie sagte nichts, aber zum erstenmal stritt sie mit ihrem Bruder nicht darüber, was er gesehen hatte oder was es bedeuten könnte.

Schließlich hatte sie es auch gesehen.

Kevin und Julie waren bereits in der Küche, als Jeff am nächsten Morgen die Treppe herunterkam. Er setzte sich auf seinen Stuhl und schaute angewidert auf die Schale mit kalter Mehlspeise vor sich. »Wo ist Ruby?« wollte er wissen. »Warum bekommen wir nicht Eier und Pfannkuchen?«

Kevin, der in Gedanken bereits bei dem Umbau der fünf oberen Schlafzimmer war, funkelte seinen Sohn an. »Ruby ist nicht da«, erklärte er. »Und darum essen wir alle kalte Mehlspeise, ohne uns zu beschweren.«

Jeff schnitt ein Gesicht. »Ich hasse dieses Zeug.« Er hob die Mehlspeise mit seinem Löffel heraus und zog dann die Zuckerdose über den Tisch heran. Löffel um Löffel begann er dessen Inhalt auf der Mehlspeise zu verteilen und fügte dann etwas Milch hinzu. Als er den ersten Löffel der klebrigen Masse in seinen Mund steckte, schaute er seinen Vater schuldbewußt aus den Augenwinkeln an, doch sein Vater schien nicht zu bemerken, was er tat. »Ich wette, Ruby ist tot«, verkündete er plötzlich, und Kevin legte die Kalkulation beiseite, die er studierte.

»Wie bitte?« fragte er.

Jeff starrte seinen Vater ernst an. »Ich wette, Ruby ist tot«, wiederholte er. »Ich wette, darum ist Großmutter letzte Nacht zurückgekommen.«

Kevins Augen verengten sich leicht. »Ich kann dir nicht folgen.«

Jeffs Gesichtsausdruck wurde ärgerlich. »Ruby sagt, der Geist käme immer direkt, wenn jemand gestorben ist. Da Großmutter letzte Nacht kam, und Ruby nicht da ist, bedeutet das, daß sie tot ist.«

Kevin schüttelte müde seinen Kopf. »Also, wenn sie dir solche Ideen in den Kopf setzt, sollte sie besser nicht wiederkommen«, stellte er mit verzerrtem Gesicht fest.

Jeffs Entrüstung wurde größer. »Wie kann sie wiederkommen, wenn sie tot ist?« wollte er wissen.

Kevin holte tief Luft, stand auf und stellte seine Schüssel neben die Ansammlung von schmutzigem Geschirr an der Spüle. »Paß auf«, sagte er, und seine Stimme verriet jetzt Verärgerung. »Ich werd's dir noch einmal erklären, und dann will ich diesen Unsinn nicht mehr hören. Was immer du letzte Nacht auf dem Friedhof gesehen hast – oder zu sehen glaubtest – war kein Geist. Weder der deiner Großmutter noch von sonstwem.« Jeff schaute seinen Vater an. Seine Lippen spannten sich, aber er sagte nichts. »So etwas wie Geister gibt es nicht. Und was Ruby betrifft, die hat ein Problem mit ihrer Familie und muß sich darum kümmern. Ich bin sicher, daß sie heute wiederkommen wird oder vielleicht morgen. Aber sie ist nicht tot. Klar?«

Jeff merkte an der Stimme seines Vaters, daß es besser war, nicht zu widersprechen, und nickte. »Ich schätze schon«, räumte er ein, während er von seinem Stuhl rutschte, aber seine Stimme klang nicht überzeugt.

Kevin, der sogar für dieses Geständnis dankbar war, schob seine Papiere zusammen und verließ die Küche.

»Ich bin eine Weile in der Bibliothek«, sagte er zu Julie. »Wenn du Hilfe brauchst, ruf einfach.«

»Geht schon so«, erwiderte Julie. Als ihr Vater gegangen war, reichte sie Jeff den Putzlappen. »Wisch den Tisch ab, ja?«

Jeff zuckte die Schultern, sagte aber nichts und begann die zerschrammte Tischplatte sorgfältig abzuwischen. Ohne aufzublicken, sprach er wieder.

»Weißt du, was ich wette?« fragte er mit leiser Stimme, damit sein Vater ihn nicht hören konnte.

»Was?« fragte Julie, die genau wußte, daß es Jeff ihr ohnehin erzählen würde.

»Ich wette, Tante Marguerite hat Ruby getötet«, fuhr Jeff fort. Jetzt schaute er auf, und seine Augen waren wachsam, als er zur Küchentür schaute. »Ich wette, daß sie einen heftigen Kampf hatten, nachdem wir ins Kino gegangen sind, und dann hat Tante Marguerite Ruby getötet und irgendwo hier draußen auf der Insel begraben.«

»Jeff!« rief Julie aus. Doch bevor sie noch etwas sagen konnte, sprach Marguerite mit kalter Stimme.

»Es ist widerlich, so etwas zu sagen, Jeffrey.«

Jeff wirbelte herum. Zu seinem Entsetzen stand seine Tante mitten in der Küchentür, starrte auf ihn herab, und ihre Augen funkelten wütend. Er schluckte und machte einen Schritt zurück.

»Wenn ich dich je wieder so etwas sagen höre, Jeffrey, bleibt mir keine andere Wahl, als dich –«

Aber Jeff war bereits weg, aus der Hintertür verschwunden, und rannte den Hügel hinunter auf die Pinien zu. Marguerite, deren Hand plötzlich an ihre Hüfte glitt, hinkte zur Tür. »Komm zurück!« schrie sie. »Du kommst sofort hierher!«

»Er hat's nicht so gemeint, Tante Marguerite«, bettelte Julie. »Das hat er wirklich nicht. Er ist doch noch ein kleiner Junge, und er erfindet immer solche Geschichten. Aber er hat's nicht so gemeint.«

Marguerite sagte einen Augenblick nichts, drehte sich dann aber um und lächelte Julie an. »Vielleicht hat er's nicht«, räumte sie ein. »Aber ich fürchte, ich werde kleine Jungen nie verstehen können.« Sie schwieg dann, und als sie wieder sprach, hatte ihre Stimme einen seltsam abwesenden Klang angenommen. »Vielleicht hatte Mutter recht«, sagte sie, wobei Sie die Stirn nachdenklich runzelte. »Sie sagte immer, kleine Jungen machten mehr Ärger, als sie wert seien. Und ich bin nicht sicher, ob sie sich irrte. Nein«, schloß sie, »ich bin sicher, daß sie sich überhaupt nicht geirrt hat.«

18. Kapitel

»Also, ich weiß, wie wir das rausfinden können«, sagte Toby zu Jeff. Sie schlenderten am Strand entlang, und Jeff hatte vor Toby gerade wiederholt, was er bereits seinem Vater und seiner Schwester erzählt hatte, daß er der Geschichte seiner Tante über Rubys Verbleib nicht glaubte. »Gehen wir zu Emmaline. Sie weiß bestimmt, wo Ruby ist.«

Jeff schaute im hellen Sonnenschein schräg drein. »Wer ist Emmaline?«

»Rubys Schwester«, erwiderte Toby, der die Augen verdrehte, als könnte er sich nicht vorstellen, daß es in Devereaux jemand gab, der Emmaline Carr nicht kannte. »Sie wohnt hinter Wither's Pond. Komm.«

Sie verließen den Strand und begaben sich in das Gewirr von Wegen, die die Insel überquerten, und erreichten schließlich den Damm. Jeff blieb stehen und runzelte unsicher die Stirn. »Vielleicht sollte ich lieber meinem Vater sagen, wohin ich gehe.«

Toby schaute ihn verächtlich an. »Du gehst ja nirgendwohin. Nur in die Stadt. Ist doch egal.«

Jeff dachte kurz darüber nach und zuckte dann die Schultern. Sie würden ja nicht lange weg sein.

Am Ende des Damms auf dem Festland bog Toby nach links ab. Sie gingen eine Weile auf der Hauptstraße von Devereaux, dann bog Toby nach rechts auf die Atlanta Avenue und begann, landeinwärts zu gehen. Die Stadt schien nach nur wenigen Blocks zu Ende zu sein und wich einem Gebiet mit kleinen Farmen, die nicht viel mehr waren, als ein paar Morgen Land, die ein baufälliges Farmhaus umgaben, von denen viele verlassen schienen. Schließlich verließ Toby die Straße ganz und folgte einem Fußweg, der durch ein Dickicht von moosigen Pinien und an einem trägen Teich vorbeiführte, der mit einer dicken Schicht grüner Algen bedeckt war. Jeff starrte einen Augenblick darauf, doch als plötzlich eine große Schlange aus einem Baum fiel und unter der Wasseroberfläche verschwand, rannte er hinter Toby her. Dann stießen sie in einer kleinen Lichtung auf ein Haus. Nur daß es, soweit Jeff sehen konnte, eigentlich überhaupt kein Haus war. Es war nicht mehr als eine Bude, aus verwitterten Brettern zusammengehauen, und der Boden wurde wenige Zentimeter über der Erde von einem bröckelnden Fundament getragen. Sie hatte ein rostiges Blechdach, und an den glaslosen Fenstern hingen zerrissene Vorhänge. Die Tür stand weit auf, aber von drinnen drang kein Licht.

Jeff starrte die baufällige Bude scheu an. »Du meinst, dadrin lebt tatsächlich jemand?« fragte er.

Toby zuckte die Schultern. »Viele Leute leben in solchen Häusern.« Er machte einen Schritt vorwärts und rief: »Emmaline? Bist du zu Hause?«

Ein langes Schweigen entstand, und Jeff schaute sich nervös auf der kleinen Lichtung um. Das Bild der Schlange war noch immer gegenwärtig, und er konnte fast spüren, wie eine Schlange aus den Bäumen glitt und zu ihm kroch. »Vie-vielleicht gehen wir besser zurück«, flüsterte er. »Mir gefällt's hier nicht.«

Aber Toby schüttelte heftig den Kopf. »Wir sind hier, um mit Emmaline zu sprechen, und das werden wir«, sagte er, und dann schrie er lauter: »He, Emmaline. Komm raus!«

Wieder herrschte Stille. Dann hörte Jeff das Geräusch schlurfender Schritte aus dem Haus. Einen Moment später erschien eine knorrige alte Frau an der Tür, die ein dünnes Baumwollkleid trug, das vielleicht einmal blau gewesen sein mochte, jetzt aber verwaschen und zu einem gräulichen Weiß verblichen war. Um ihre Taille war eine zerlumpte Schürze gebunden, und sie trug ein Kopftuch ums Haar. Ihre Füße, ohne Socken oder Strümpfe, steckten in ausgetretenen Sandalen. Jeff wußte nicht genau, wie alt sie sein mochte, aber ihr Gesicht war tief gefurcht, und als sie ihn anstarrte, verengten sich ihre Augen zu mißtrauischen Schlitzen.

»Wer is' da?« fragte sie mit heiserer, krächzender Stimme. »Wer ruft nach mir?«

Selbst Toby wich zurück, versuchte dann aber mutiger zu wirken, als er sich fühlte. »Ich bin's. Toby Martin.«

Die Lippen der alten Frau spannten sich, und sie hob ihren Arm, um einen zitternden Finger auf Toby zu richten. »Mach kein' Unfug hier draußen«, warnte sie. »Ich mag alt sein, aber ich bin doch nich' tot!« Dann wanderten ihre Augen zu Jeff. »Wer bist du? Ich glaub', ich kenn' dich nich'.«

»J-Jeff«, stammelte Jeff. »Jeff Devereaux.«

Emmalines Brauen hoben sich leicht. »Wenn das nichts

ist. Ein Devereaux kommt den ganzen Weg hier raus, um die alte Emmaline zu besuchen.« Sie schwieg einen Moment, und als sie wieder sprach, klang ihre Stimme fast ärgerlich. »Was wollt ihr?«

»Wir – wir suchen Ruby«, sagte Jeff zitternd und kämpfte dagegen an, kehrt zu machen, und von der baufälligen Bruchbude und ihrem seltsamen Bewohner davonzurennen.

»Wieso sucht ihr hier? Sie wohnt nich' hier.«

Jeff spürte einen Kloß in seiner Kehle. »Tante Marguerite sagte –« setzte er an. Die alte Frau fiel ihm ins Wort.

»Wen kümmert, was die sagt?« meinte Emmaline. »Sie is' einfach verrückt, und das is' wahr, egal, was die Leute über sie denken!«

Die beiden Jungen wechselten einen nervösen Blick. »Aber sie sagt, Ruby hätte ihre Familie besucht«, brachte Jeff schließlich heraus.

Emmalines schwarze Augen funkelten. »Ruby hat keine Familie außer mir, und sie is' seit Monaten und Monaten nich' hier gewesen.« Sie hob wieder ihre Hand und winkte die beiden Jungen heran. »Ihr könnt auch reinkommen«, murmelte sie. »Wenn ihr nich' gekommen seid, um Steine zu werfen, kann ich euch wenigstens Tee oder so was geben.«

»Lie-lieber nicht«, meinte Toby, dessen letzter Rest von Gelassenheit verschwand, als er nervös auf die Finsternis in der kleinen Hütte schaute.

»Angst?« fragte Emmaline und verzog ihre Lippen zu der verzerrten Grimasse eines Lächelns, was dunkle Lükken zwischen ihren verbliebenen Zähnen enthüllte.

»N-nein«, log Toby.

»Dann kommt rein«, verlangte Emmaline. »Ihr wollt alles über Miß Marguerite Devereaux wissen, ihr kommt rein. Ich steh' nich' den ganzen Tag hier draußen.«

Sie machte kehrt und verschwand wieder in der Bude, und Toby und Jeff schauten sich unsicher an.

»Was sollen wir tun?« fragte Jeff schließlich. »Wird sie uns was antun?«

»I-ich weiß nicht«, erwiderte Toby. »Mit ihr spricht kaum jemand.« Dann trat plötzlich ein entschlossener Blick in seine Augen. »Wenn wir jetzt weglaufen, werden wir nie erfahren, wohin Ruby gegangen ist«, fand er. »Komm.«

Fast wider seinen Willen folgte Jeff ihm in die Hütte. Da standen ein alter Lehnsessel – mit zerfetztem Bezug und herausquellender Polsterung – und ein verschrammter Holztisch mit drei Stühlen. Aber die Hütte schien heute morgen ausgefegt worden zu sein, und als Jeff sich auf einen der Stühle hockte, konnte er in dem anderen Raum ein Bett sehen, das sauber mit einer Flickendecke überzogen war. »Ich hab' nur Tee«, murmelte Emmaline, die eine dampfende Tasse vor Jeff stellte und ihm gegenüber Platz nahm. Sie kniff ihre Augen zusammen, um ihn im schattigen Licht zu mustern. »Du bist also Jeff«, sagte sie. »Nun, ich denk', Ruby lag mit dir ziemlich richtig. Funkelnd wie 'n neuer Penny, hat sie gesagt, und so siehst du auch aus. 'türlich –«

»Ich dachte, Sie sagten, Sie hätten Ruby nicht gesehen«, fragte Jeff.

»Hab' ich nich' gesagt. Hab' nur gesagt, daß sie nich' hier war. Hab' sie jetz' seit Wochen nich' gesehen.«

»Wohin könnte sie denn gegangen sein?« piepste Jeff.

Emmaline schürzte ihre Lippen, und ihr Blick wurde finsterer. »Also, das weiß ich nich'. Tatsache is', ich hab' sie seit 'ner Woche nich' gesehen.«

Jeff wandte sich an Toby, und seine Augen leuchteten triumphierend. »Siehst du? Ich hab' dir gesagt, daß Tante Marguerite lügt! Ich wette, sie hat Ruby getötet!« Dann schlug er die Hand vor den Mund und schaute furchtsam zu Emmaline auf. Doch zu seiner Überraschung war Emmaline nicht ärgerlich. Statt dessen nickte sie fast nachdenklich.

»Ich wußte, daß so was mal passier'n würde«, sagte sie halb zu sich. »Ich hab' ihr immer wieder gesagt, sie soll sich vor der süßtuenden Miß Marguerite hüt'n, aber sie wollt' nicht hör'n. Sagte, Miß Marguerite sei jetzt viel besser und würd' niemand was tun!«

Jeffs Augen wurden groß. »B-besser?« fragte er. »Was war denn mit ihr?«

Emmalines Lippen verengten sich zu einer dünnen, harten Linie. »Soweit ich von Ruby weiß, war dein Tantchen so verrückt wie 'ne Wanze. Is' schon lange her. Es war dieser Unfall. Wenn's ein Unfall war.«

Jetzt hörte auch Toby der alten Frau fasziniert zu. »Sie meinen, als sie sich die Hüfte brach?« fragte er.

»Das war nich' mal die Hälfte«, stellte Emmaline fest. »Tatsache is', daß sie was erwartete, als sie die Treppen runterfiel – und sie verlor das Baby. Und das machte sie verrückt – 's war überhaupt nich' ihre Hüfte!«

»Ver-verrückt?« flüsterte Jeff, dessen ganzes Mißtrauen gegenüber seiner Tante sich plötzlich zu einem Klumpen Furcht ballte.

»Denk' nich', daß dir das wer erzählt hätte«, fuhr Emmaline düster fort. »Miß Helena hat's sicher niemand erzählt, und Ruby auch nich', nur mir. Sagte, niemand würd ihr glauben, und ich denk', sie hatte recht, so wie die Dinge damals war'n. Jedenfalls hat mir Ruby vor langer Zeit erzählt, was passierte. Sie hab'n dein Tantchen unt'n eingesperrt.«

»Tante Marguerite?« sagte Jeff entsetzt. »Wo – wo?«

»Unt'n im Keller. Miß Helena wollt' sie nich' mal ins Krankenhaus bring'n, als sie die Treppe runterfiel. Sagte

Ruby, sie würd' Miß Marguerite eher sterb'n lass'n, als daß jemand rausfänd', daß sie schwanger wär'. Also packt'n sie sie ins Bett, aber dann verlor sie ihr Baby und wurd' verrückt. Darum hab'n sie sie im Keller eingeschloss'n. Da unt'n is' ein kleiner Raum – ganz hint'n – kann man kaum seh'n. Und da war sie drin, bis sie sich beruhigt hatte.« Ihre Stimme klang plötzlich abwesend, und ihre Augen verdunkelten sich, als blickten sie in die Vergangenheit. »Vorher war Miß Marguerite 'n kleiner Hitzkopf«, sagte sie. »Hab' nie 'n Mädchen gekannt, daß lebhafter war. Aber danach –.« Sie schwieg und schenkte sich dann selbst eine Tasse von dem starken Tee ein. »Na ja, danach wurd' sie richtig sanft. In ihr'm Mund schmolz nich 'mal Butter, und alle dacht'n, sie wär' 'ne Heilige.« Sie schüttelte ihren Kopf, und ihre Augen wurden schmal. »Aber nich' ich. Ich hab' Ruby immer gesagt, daß Mensch'n nich' verwind'n, was ihr passiert is' – es schwärt in ihnen und kommt schließlich raus. Und merkt euch meine Worte«, schloß sie, ihre Augen plötzlich auf Jeff gerichtet. »Eines Tages kommt's bei deinem Tantchen raus, und wenn Ruby was passiert is', kannst du wetten, daß sie's getan hat.«

Zehn Minuten später verließen Jeff und Toby Emmalines winzige Hütte in den Wäldern und gingen zurück zur Stadt. »Glaubst du ihr?« fragte Jeff, als sie weit genug von der kleinen Lichtung entfernt waren.

Toby zuckte die Schultern. »Ich weiß nicht. 'ne Menge Leute halten sie für verrückt. Sie sieht ja auch so aus.«

Jeff nickte, aber er runzelte die Stirn. »Ich werd's trotzdem meinem Papa sagen«, sagte er, als sie den Stadtrand von Devereaux erreichten. »Aber ich wette, er wird mir nicht glauben. Kommst du mit mir?«

Toby schüttelte den Kopf. »Nee«, sagte er. »Ich geh' nie wieder da raus.«

Jeff schluckte. »Du glaubst, Emmaline hat recht, oder?« fragte er. Toby sagte nichts und schlurfte mißmutig durch den Schmutz. »Aber was soll ich tun?« jammerte Jeff. »Wenn du nicht mal mit mir kommst –.« Abrupt schwieg er, als er den verbeulten Chevy seiner Tante vor dem Drugstore stehen sah. »Ich wette, Papa ist da«, rief er und begann zu rennen. »Komm! Wir suchen ihn.«

Aber Kevin war nicht in dem Laden. Statt dessen erfuhren sie, daß er in Sam Watermans Büro gegangen war. Als sie hochkamen, wollte sie die Sekretärin des Anwalts jedoch nicht hineinlassen.

»Was du ihm zu sagen hast, kann warten«, erklärte sie. »Ich bin sicher, daß es nicht um Leben und Tod geht, oder?«

Jeff versuchte ihr zu erklären, daß es genau das sei, aber sie lächelte nur und deutete auf einen Stuhl.

»Wenn ihr warten wollt, setzt euch dahin«, sagte sie und wandte sich wieder an ihre Schreibmaschine. »Aber ich möchte nichts hören.«

Die beiden Jungen setzten sich, um zu warten, und die Minuten zogen sich hin. Eine schien länger als die andere zu währen.

Kerry Sanders hielt seinen Wagen vor Sea Oaks und schaute nervös auf das alte Herrenhaus. Vielleicht hätte er anrufen sollen, bevor er hierher fuhr, aber er war fast sicher, daß Marguerite Devereaux ihn überhaupt nicht mit Julie hätte sprechen lassen. Statt dessen war er in seinen Wagen gestiegen und über den Damm gefahren und hatte gemeint, daß er zumindest herausfinden könnte, wie es Julie ging, wenn Marguerite ihn nicht mit ihr sprechen lassen würde. Zu seiner Überraschung öffnete Julie selbst die Tür, als er ein paar Sekunden später klingelte.

»Hi«, sagte sie, und ihre Augen funkelten fröhlich, als sie Kerry auf der Veranda sah.

»Hi, geht's dir gut?« fragte Kerry mit besorgter Stimme.

Julie nickte und öffnete die Tür weiter. »Mir geht's gut. Komm herein.« Aber als Kerry in die Eingangshalle trat, stand Marguerite an der Treppe und schaute ihn mit kühler Mißbilligung an.

»Ich – ich dachte, wir könnten vielleicht zum Strand fahren oder so«, stammelte Kerry, der an Julie vorbei auf deren Tante schaute.

»Zum Strand ...« echote Julie, und ihre Augen verdunkelten sich.

»Nicht zu dem hier«, sagte Kerry hastig. »Zu dem am Kanal. Du warst doch noch nie da? Da gibt's überhaupt keine Brandung, und der Strand ist ziemlich klein, aber –.«

»Gerne«, sagte Julie, deren Gesichtsausdruck sich aufhellte. »Ich werde Tante Marguerite sagen –.«

Als sie sich umdrehte, sprach Marguerite, und ihre Stimme klang sehr deutlich. »Wenn du dich gut genug fühlst, um zum Strand zu gehen, solltest du dich auch gut genug fühlen, um zu tanzen«, sagte sie kühl. »Sicher solltest du keine Zeit mit ihm vergeuden.« Mit schmalen Lippen nickte sie zu Kerry, vermied es aber bewußt, seinen Namen zu gebrauchen. Kerry, der errötete, sagte nichts.

Julies Lächeln schwand. »Aber es ist zu heiß zum Tanzen«, warf sie ein. »Und Dr. Adams hat doch gesagt, daß ich mich entspannen soll. Ich will mich ja nur etwas an den Strand legen. Ich werde nicht mal schwimmen.«

»Ich glaube einfach nicht, daß du das solltest«, beharrte Marguerite. »Nach dem, was vorgestern geschehen ist.«

»Aber das ist vorüber«, erwiderte Julie. »Und gestern bin ich nur mit Papa ins Kino gegangen. Bitte? Nur ein bißchen.«

Marguerite sah aus, als wollte sie ihr überhaupt verbieten, irgendwohin zu gehen, schien es sich dann aber anders zu überlegen. »Nun, ich kann dich wohl nicht aufhalten«, seufzte sie. »Aber versprich mir, daß du nicht ins Wasser gehst. Ich weiß nicht, was ich tun würde, wenn dir etwas geschähe.« Ihre Stimme brach. »Ich weiß, daß es komisch klingt, aber du mußt es mir versprechen. Bitte? Ich – ich sehe dich so, als wärst du meine eigene Tochter, und ich mache mir Sorgen.«

»Ich versprech's«, sagte Julie, die die Gelegenheit ergriff, bevor ihre Tante ihre Meinung ändern konnte.

Kerry wartete in seinem Wagen, während Julie hochrannte, um ein Handtuch zu holen, doch als er in der sengenden Sonne saß, konnte er Marguerites Blick noch auf sich spüren und fast die feindseligen Vibrationen fühlen, die sie ausstrahlte. Endlich kam Julie aus dem Haus und sprang neben ihm auf den Sitz. Kerry startete den Motor und fuhr rasch auf die Straße. Als er sprach, hielt er den Blick auf die Straße gerichtet. »Kann ich dich etwas fragen, ohne daß du böse auf mich wirst?«

Julie warf ihm einen Blick zu und schaute verwirrt. »Sicher«, sagte sie. »Warum sollte ich böse auf dich sein?«

»Ich weiß nicht«, gab Kerry zu. »Es geht um ... also, um deine Tante.«

»Tante Marguerite? Was ist mit ihr?«

»Ich meine die Art, wie sie sich benimmt«, sagte Kerry, dessen Gesicht etwas rot wurde. »Ich meine – also, sie hat mich immer gemocht, aber seit ich mit dir zusammen bin, scheint es, als haßte sie mich. Aber ich habe nichts getan.« Schließlich schaute er sie an. »Sie verhält sich irgendwie unheimlich, das ist alles.«

Julie erinnerte sich plötzlich an den gestrigen Zwischenfall in der zweiten Etage, den sie erst für einen Traum gehalten hatte. »Ich – ich weiß nicht«, gab sie schließlich zu.

»Manchmal kommt sie mir auch eigenartig vor, aber dann scheint sie wieder wie jeder andere zu sein.« Stockend versuchte sie Kerry zu erzählen, was gestern geschehen war. »Es war wirklich unheimlich«, schloß sie. »Aber ich war durch die Tabletten so benommen, daß ich nicht mal sicher war, was tatsächlich geschah.«

»Was willst du tun?« fragte Kerry, der langsamer fuhr, als sie sich dem Damm näherten. »Hast du mit deinem Vater darüber gesprochen?«

»Es schien nicht so wichtig zu sein«, erwiderte Julie schulterzuckend. »Aber ich denke dauernd darüber nach und darüber, wie Tante Marguerite sich benimmt, wenn ich tanze. Sie scheint zu glauben, ich würde ein großer Star werden, und das will ich gar nicht.«

Dann sahen sie, daß ihnen eine Gestalt zuwinkte, und als Kerry anhielt, rannte Jenny Mayhew atemlos auf sie zu. »Ich wollte gerade zu dir gehen«, sagte sie und grinste Julie an. »Geht's dir gut?«

»Mir geht's gut«, versicherte Julie ihr. »Aber warum bist du gestern nach dem Unterricht nicht zu mir gekommen?«

Jennys Grinsen schwand, und sie schaute plötzlich unbehaglich drein. »Hat Marguerite dir das nicht gesagt?« fragte sie.

»Mir was gesagt?«

Jenny senkte den Blick. »Wir sind nicht die ganze Zeit geblieben«, sagte sie. »Es war wirklich heiß, und Miß Marguerite hat uns schwer arbeiten lassen, und... Na ja, Tammy-Jo wurde sauer, und wir alle sind früher heimgegangen.« Sie schaute Julie wieder an.

»Deshalb wollte ich zu euch«, fügte sie hinzu. »Um mich bei Marguerite zu entschuldigen.« »Dich bei ihr entschuldigen?« fragte Kerry. »Warum? Wenn's zu heiß da oben war, hätte sie euch ohnehin nach Hause schicken sollen.«

Jenny schüttelte den Kopf. »Vielleicht. Aber sie sagte, wir sollten uns nicht um die Hitze kümmern, und ich denke, sie hatte recht. Wenn man tanzen will, dann kann man nicht nein sagen, nur weil's zu heiß ist!«

Julie kicherte. »Aber genau das hab' ich getan«, sagte sie. »Sie wollte, daß ich tanzen übe, aber ich sagte ihr, daß es zu heiß sei und daß ich mich ausruhen solle.« Sie warf Kerry einen Blick zu. »Kein Wunder, daß sie böse auf dich war. Alle sind gestern weggegangen, und dann kamst du heute und hast mich auch von ihr weggeholt.«

»Ich hab' dich ihr nicht weggenommen«, protestierte Kerry. »Um Himmels willen, sie besitzt dich doch nicht, nur weil sie deine Tante ist.«

»Na ja, manchmal benimmt sie sich so, als ob sie mich besäße«, entgegnete Julie. »Sie tut so, als hätte sie mein ganzes Leben für mich geplant.«

»Julie!« rief Jenny aus. »Das ist nicht wahr. Sie ist nur stolz auf dich, weil du besser tanzt als wir anderen.«

»Aber das ist mir egal«, sagte Julie, deren Stimme etwas verärgert klang. »Tanzen macht Spaß, aber das ist nicht mein ganzer Lebensinhalt. Manchmal tut Tante Marguerite so, als sollte es das sein. Darüber haben Kerry und ich auch gerade gesprochen.«

Jenny runzelte die Stirn. »Worüber habt ihr gesprochen? Heißt das, du willst auch aufhören?«

Julie merkte, daß sie darüber überhaupt noch nicht nachgedacht hatte, aber sie zuckte gleichmütig die Schultern. »Vielleicht«, sagte sie. »Und wenn ich's tu'?«

»Aber sie baut auf dich«, sagte Jenny zu ihr. »Sie baut auf uns alle. Mir ist das Tanzen auch ziemlich egal, aber ich mag Miß Marguerite, und es macht sie einfach glücklich, wenn wir alle bei ihr sind.«

»Bis auf gestern«, erinnerte Julie Jennifer. »Das klang nicht so, als ob's jemandem Spaß gemacht hätte.«

Jenny verdrehte verächtlich die Augen. »Na ja, das war Tammy-Jos Schuld, nicht die von Miß Marguerite. Man hat doch Mary-Beth erst den Tag zuvor gefunden. Niemand fühlte sich besonders. Vielleicht hätten wir überhaupt keinen Unterricht machen sollen.« Sie trat vom Wagen zurück, aber ihr Blick ruhte auf Julie. »Und wenn du dich entschließt, mit dem Unterricht aufzuhören, finde ich dich gemein.«

»Ich hab' das ja nicht gesagt«, protestierte Julie. »Ich sagte, ich würde darüber nachdenken, mehr nicht.«

»Schön, gib Bescheid, wenn du eine Meinung hast«, sagte Jenny, deren Augen zornig blitzten. »Sieht langsam so aus, als sei ich die einzige, die übrigbleibt, oder?«

Bevor Julie etwas erwidern konnte, war ihre Freundin in Richtung Sea Oaks weitergegangen.

»Vielleicht sollten wir zurückfahren«, sagte Julie besorgt, als Kerry anfuhr. »Ich möchte nicht, daß Jenny böse auf mich ist.«

Aber Kerry schüttelte den Kopf. »Ist sie nicht. Marguerite war immer ganz verrückt nach ihr.« Er fuhr los. Ein paar Minuten später lagen sie Seite an Seite an dem Strand am Kanal. »Ist das nicht besser, als den Nachmittag im Ballsaal zu verbringen?« fragte Kerry.

»Mmmmm-hmmm«, seufzte Julie. Dann richtete sie sich auf und schaute auf die See, und ein Schauer überkam sie, als sie sich an das erinnerte, was vor zwei Tagen geschehen war. »Aber ich gehe trotzdem nicht ins Wasser. Ich weiß nicht, ob ich das je wieder tun werde.«

Marguerite saß auf der Veranda und starrte blicklos über die Insel. Sie hätte Julie nicht so mit Kerry Sanders wegfahren lassen sollen, dachte sie. Sie hätte sie daheim halten sollen, so wie ihre Mutter versucht hatte, sie daheim zu halten, als sie in Julies Alter war. Aber sie war wie Julie gewesen, trotzig und willensstark, und wie hatte es geendet. Ihre Mutter hatte versucht, sie zu halten, sie zu retten, aber sie hatte nicht gehört.

Eine Gestalt kam über die Straße vom Damm, und Marguerite stand auf und trat einen Schritt vor. Schmerz durchschoß ihre Hüfte, der Schmerz, der mehr als eine Stunde gepocht hatte, seit Julie gegangen war. Aber jetzt kam Julie zurück.

Und sie war allein!

Sie überquerte die Veranda und ging die Treppen hinunter, als die Gestalt näher kam.

Aber es war nicht Julie. Es war Jennifer Mayhew.

Von Marguerites Hüfte fuhr ein scharfer, bohrender Nadelstich durch ihr rechtes Bein, und als sie sich daran erinnerte, was gestern im Ballsaal geschehen war, wie die Mädchen von ihr weggelaufen waren, begannen die Finger ihrer rechten Hand ihre schmerzenden Muskeln zu massieren.

Sie wandte sich ab und ging die Treppen der Veranda wieder hoch.

»Miß Marguerite?« rief Jenny. »Miß Marguerite, warten Sie!«

Marguerite blieb stehen, wo sie war, drehte sich aber nicht zu Jenny um.

»Ich – ich bin gekommen, um mich zu entschuldigen«, sagte Jenny, und ihre unglückliche Stimme veranlaßte Marguerite, sich umzudrehen und sie anzusehen. Ihre Augen glänzten vor Tränen. »Ich – also, ich wollte Ihnen sagen, daß es mir leid tut, daß ich mit Tammy-Jo und Allison gestern weggegangen bin, und auch wenn Julie beschließt, aufzuhören, ich werde das nicht.«

Sie rannte zu Marguerite und umschlang sie. Aber Marguerite rührte sich noch immer nicht. »Julie?« sagte sie atemlos. »Wovon redest du?«

Jenny hob ihr Gesicht. »Ich habe gerade mit ihr gesprochen«, sagte sie. »Sie war mit Kerry Sanders unterwegs zum Strand, und sie sagte, daß sie überlegt, mit dem Tanzen aufzuhören.«

Marguerites Augen wurden glasig, doch als sie sprach, war ihre Stimme ruhig. »Ich bin sicher, daß du dich irrst«, sagte sie. »Julie wird das Tanzen nicht aufgeben. Es bedeutet ihr alles – alles!«

»Aber sie sagte...«

Marguerite legte behutsam eine Hand auf Jennys Mund und erstickte ihre Worte. »Ich werde mit ihr sprechen«, sagte sie. »Wenn sie heimkommt, werde ich mit ihr sprechen, und ich bin sicher, wir können alles regeln.« Dann lächelte sie Jenny an. »Aber da du schon hier bist, können wir ja hoch in den Ballsaal gehen. Ich kann dir Unterricht geben, um das von gestern nachzuholen. Nur wir zwei.«

Jenny blinzelte überrascht. Jetzt Unterricht? Aber sie hatte kein Trikot und auch keine Schuhe und auch sonst nichts an, was sie brauchte. »Ich – ich weiß nicht«, sagte sie. »Ich habe Mama gesagt, ich wär' gleich wieder zurück.

»Aber du mußt«, beharrte Marguerite. »Du bist den ganzen langen Weg gekommen, und ich bin ganz allein. Du mußt nicht gleich wieder gehen.« Ihre Stimme wurde bittend. »Das darfst du nicht.«

Jenny zögerte, und zum erstenmal bemerkte sie etwas Seltsames in Marguerites Augen. Obwohl Marguerite sie anschaute, hatte Jenny das eigenartige Gefühl, daß sie sie nicht wirklich sah.

»Bitte«, sagte Marguerite. »Nur ein bißchen.«

In Marguerites Stimme schwang ein gewisses Pathos mit, das Jennys Herz zucken ließ, und sie nickte stumm.

»Gib mir deinen Arm«, sagte Marguerite, als sie Jenny

in die Stille des großen Hauses führte. »Ich fürchte, meine Hüfte schmerzt heute morgen sehr…«

Ihre Stimme brach ab, und ihre rechte Hand umklammerte Jennys Arm, und ihre Finger drückten so heftig, daß Jenny zusammenzuckte. Sie gingen langsam die Treppen hoch. Am Absatz der ersten Etage blieb Marguerite stehen, um Atem zu schöpfen.

»Vie – vielleicht hätten sie den Sessellift nehmen sollen«, meinte Jenny, doch Marguerite schüttelte den Kopf.

»Ich bin noch nicht tot«, sagte sie, und ihre Augen blickten mit fast grimmiger Entschlossenheit. »Und wenn ich nicht laufen kann, dann kann ich wohl auch nicht darauf hoffen, je zu tanzen, oder?« Sie packte Jenny Mayhew wieder am Arm und stieg dann die Treppen zur zweiten Etage hoch.

Zehn Minuten später wußte Jenny, daß sie einen Fehler gemacht hatte. Seit sie in den Ballsaal gekommen war und Marguerite eine kratzende Platte auf den alten Fonografen gelegt hatte, hatte sich ein wachsendes Unbehagen in ihr breitgemacht.

Marguerites Augen blickten jetzt noch seltsamer, und statt Jenny beim Tanz zuzuschauen und sie zu korrigieren, wenn sie einen Fehler machte, tanzte Marguerite selbst und bewegte sich steif in einer humpelnden Parodie eines Walzers durch den Raum. Sie hielt ihre Arme hoch und hatte den Kopf mit geschlossenen Augen nach hinten geneigt, als werde sie von den Armen eines unsichtbaren Partners gehalten.

Als ihr Unbehagen schließlich zu Furcht wurde, begab sie sich zur Tür. Sofort hörte Marguerite zu tanzen auf, und ihre Augen, die in einem seltsamen Licht glühten, richteten sich auf Jenny. »Geh nicht«, sagte sie. »Du kannst jetzt nicht gehen.«

Jennys Herz begann zu rasen, und sie fühlte sich benommen. »Ich – ich muß aber«, flüsterte sie. »Ich bin ja heute nicht wegen des Unterrichts gekommen. Ich habe keine Schuhe dabei und kein Trikot und...«

»Aber das ist unwichtig«, sagte Marguerite. »Wichtig ist allein, daß du tanzt.« Sie durchquerte den Raum, bewegte ihr rechtes Bein steif und verdrehte ihren Körper bei jedem Schritt. »Tanz mit mir«, befahl sie, wobei ihre Hände nach Jenny griffen und sie aufs Parkett zogen. »Lausche der Musik und tanze...«

Marguerite nahm Jennys Hände und begab sich in die erste Ballettposition. Ihr unsichtbarer Partner von vorhin war jetzt offensichtlich vergessen. »Position eins!« befahl sie und drehte ihr lahmes Bein nach außen. Die Adern an ihrer Stirn traten vor, als sie gegen den Schmerz ankämpfte, den die Bewegung in ihrer deformierten Hüfte verursachte. »Dreh deine Füße nach außen, Marguerite! Nach außen!«

Jenny starrte Marguerite verblüfft an. Was geschah da? Wußte Marguerite nicht einmal, wer sie war?

»Position zwei!« verlangte Marguerite. Ihre Arme kamen hoch, aber ihr rechtes Bein, das jetzt vor Schmerz hämmerte, bewegte sich nicht.

Jenny schaute voller Entsetzen zu, wie Marguerite gegen ihren verkrüppelten Körper ankämpfte. »Hören Sie doch auf«, rief sie, und ihre Stimme brach, als ein Schluchzen in ihrer Kehle aufstieg. »Bitte, hören Sie auf, Miß Marguerite. Was wollen Sie denn tun?«

Marguerites Hand klatschte in Jennys Gesicht. »Sei still!« zischte sie. »Wenn ich dich unterrichte, sprichst du nicht!«

Ihre Stimme hatte einen seltsam vertrauten Klang angenommen, aber im ersten Augenblick konnte Jenny ihn nicht unterbringen. Und dann erinnerte sie sich.

Wie viele Male hatte sie diese Stimme durch das Haus hallen hören, schreiend, fordernd, befehlend? Aber es war überhaupt nicht Marguerites Stimme.

Es war die Stimme ihrer Mutter – Miß Helenas Stimme – die nach Marguerite rief, ihre Anwesenheit forderte, ihr etwas zu tun befahl. Aber jetzt kam Miß Helenas Stimme aus Marguerites Kehle.

»Nein«, jammerte Jenny. »Oh, nein...« Sie wollte zur Tür gehen. »Ich – ich muß gehen«, flüsterte sie. »Es tut mir leid...«

»Nein!« schrie Marguerite. »Du kannst nicht gehen. Nicht jetzt! Du kannst mich nicht verlassen! Ich verbiete es!«

Jennys Tränen strömten jetzt, und sie floh aus dem Ballsaal, eilte auf den Treppenabsatz zu. Und dann, gerade als sie dort angelangt war, hörte sie wieder Helena Devereaux' Stimme aus Marguerites Kehle krächzen. »Du wirst nicht gehen! Ich werde das nicht erlauben!«

Im selben Augenblick, als die Worte in ihre Ohren peitschten, spürte sie zwei Hände an ihrem Rücken, und ein großes Gewicht, das sie vorwärts stieß.

Sie schwankte einen Moment, versuchte, nach dem Geländer zu greifen, verfehlte es aber.

Dann fiel sie, stürzte mit dem Kopf voraus die steile Treppe hinunter.

Sie traf auf dem Boden auf, aber das Geräusch, das sie hörte – das letzte Geräusch, das sie je hören sollte –, war nicht das ihres Kopfes, der auf den Holzboden des Treppenabsatzes aufprallte.

Es war das scharfe Knacken ihres zerbrechenden Genicks.

19. Kapitel

»Aber ich sag' dir, Papa, das hat sie gesagt. Stimmt's, Toby?« Jeff schaute erwartungsvoll seinen Freund an, als ob Tobys Bestätigung seinen Vater überzeugen würde. Die drei saßen hinten im Laden. Ein ungegessener Hamburger lag weich vor Jeff. »Warum glaubst du mir nicht?«

Kevin schüttelte müde seinen Kopf. Er hatte Jeff bereits dreimal erklärt, daß Emmaline Carrs Geschichte einfach zu merkwürdig klang, um glaubwürdig zu sein. Marguerite in einem verborgenen Kellerraum eingeschlossen? Das war lächerlich! Aber die Furcht, die er in Jeffs Augen sah, war nicht lächerlich. »Paß auf«, sagte er schließlich. »Wie wäre das? Wir gehen alle nach Haus, und ich frage deine Tante danach.«

Jeffs Kiefer spannte sich trotzig. »Toby will nicht mehr in unser Haus gehen«, verkündete er. »Er hat vor Tante Marguerite zuviel Angst. Und ich fürchte mich auch vor ihr.«

»Aber das ist doch Unsinn«, beharrte Kevin. »Deine Tante liebt dich. Sie würde dir um nichts in der Welt etwas tun.«

»Doch, würde sie«, behauptete Jeff mit wildem Blick. »Sie ist nur nett zu mir, wenn du in der Nähe bist. Wenn ich mit ihr allein bin, benimmt sie sich, als ob sie mich haßte.«

Kevin atmete tief ein, da er wußte, daß Jeff seine Meinung nicht ändern würde, wenn er sich erst einmal eine gebildet hatte. »Na schön«, seufzte er. »Ich sag' dir was – du gehst eine Weile zu Toby, und ich fahre allein auf die Insel. Ich werde mit deiner Tante sprechen und sehen, ob ich feststellen kann, wo Ruby wirklich ist.«

»Kommst du später und holst mich ab?« fragte Jeff unsicher.

Kevin schüttelte den Kopf. »Du hast's geschafft, allein zu Emmalines Haus zu gehen. Du kannst auch nach Hause laufen.« Er erhob sich und legte zwanzig Dollar auf den Tisch. »Davon könnt ihr die Rechnung bezahlen. Dann ist noch genug für einen Kinobesuch übrig. Okay?« Die beiden Jungen nickten stumm, ihre Augen auf die Zehndollarnoten gerichtet. »Und sei zum Abendessen daheim«, ermahnte Kevin seinen Sohn. »Bis dahin habe ich das alles geklärt.«

Er schlenderte aus dem Laden in die staubige Hitze des Nachmittags. Die Wolken aus dem Südosten trieben jetzt über die Stadt, und die Temperatur schien um ein oder zwei Grad gefallen zu sein, aber dennoch klebte Kevins Hemd an seinem Leib, als er in den Chevy seiner Schwester stieg und den Motor anließ.

Es ist die Hitze, fand er, als er den Damm zur Insel überquerte. Die Hitze erwischt die Menschen nach gewisser Zeit, und sie beginnen, sich Dinge einzubilden. Aber eine Geschichte über Marguerite, die im Keller von Sea Oaks eingeschlossen war? Er schüttelte den Kopf.

Er fand Marguerite auf der Veranda sitzend. Sie nippte an einem Glas Limonade. Sie lächelte, als er die Stufen hochkam, und als sie sich erhob, war ihr Humpeln kaum bemerkbar.

»Geht's noch immer gut?« fragte Kevin, und Marguerite lächelte mit breiterem Lächeln.

»Ich weiß nicht, was es ist.« Sie blickte zum Himmel auf und zuckte dann die Schultern. »Gewöhnlich wird es viel schlimmer, wenn ein Sturm aufzieht. Aber heute scheint es gut zu gehen. Ich denke, dafür sollte ich dankbar sein, oder?«

Kevin runzelte die Stirn. »Ich wünschte, mehr Menschen in dieser Stadt würden das tun«, stellte er fest. »Statt Geschichten über andere Leute zu erfinden.«

Marguerites Lächeln schwand. »Geschichten erfinden? Was für Geschichten?«

Kevin zögerte, überlegte, wie er anfangen sollte. »Nun, Emmaline Carr zum Beispiel. Es scheint, als ob Jeff und Toby heute bei ihr waren.«

»E-Emmaline?« sagte Marguerite etwas stammelnd. »Warum sind die Jungens zu Emmaline gegangen? Jeder weiß, daß sie etwas seltsam im Kopf ist. Sie lebt ohne Wasser und Strom in dieser Hütte...« Sie brach ab und nickte mitleidsvoll mit dem Kopf. »Manchmal tut sie mir so leid«, fuhr sie fort. »Außer Ruby hat sie niemand auf der Welt.«

Kevin runzelte die Stirn. »Aber dann hat Ruby ja auch nur Emmaline, nicht wahr?« fragte er.

Marguerite blinzelte. »Ich – nun, ich weiß nicht...« Dann wurde ihre Stimme etwas ungeduldig. »Kevin, worauf willst du hinaus? Hat Emmaline etwas zu Jeff gesagt?«

»Ich fürchte, ja«, entgegnete Kevin. Langsam wiederholte er die Geschichte, die Jeff ihm vor wenigen Minuten erzählt hatte. Während er sprach, verschwanden die letzten Spuren von Marguerites Lächeln, und ihre Augen begannen vor Verärgerung zu funkeln.

»Aber das ist ja schrecklich«, sagte sie, als Kevin fertig war. »Wie kann Emmaline solche Dinge über mich sagen? Ich habe ihr nie etwas getan – überhaupt nichts. Sie muß den armen Jeff ja halb zu Tode erschreckt haben.«

»Aber wo ist Ruby?« fragte Kevin schließlich. »Wenn sie nicht zu Emmaline gegangen ist, wohin ist sie dann gegangen?«

Marguerites rechte Hand betastete nervös ihre Brust. »Nun, ich weiß es wirklich nicht«, erwiderte sie. »Vielleicht hat sie mich angelogen. So ist sie, weißt du. Mutter sagte immer, daß man kein Wort von dem glauben könne, was Ruby sagt. Nicht ein Wort –« Abrupt schwieg sie. Als Kevin sich zur Eingangstür wandte, fragte sie, »wohin gehst du?«

Er trat in das Düster des Hauses und schloß die Tür hinter sich. Er stand einen Augenblick still und spürte die Atmosphäre. Einen Moment lang bemerkte er nichts Besonderes: das Haus schien wie immer zu sein. Doch dann, als er durch das Wohnzimmer auf das Eßzimmer zuging und zu der dahinter liegenden Küche, hatte er das seltsame Gefühl, daß er etwas übersehen hatte.

Irgendwie war das Haus nicht leer, obwohl er wußte, daß er allein darin war. Es war eine Art von Anwesenheit in dem Haus, und als er zum Eßzimmer ging, begann sein Nacken zu kribbeln. Er blieb stehen und wirbelte herum, als erwarte er, jemanden zu sehen, der ihn anschaute. Aber das Zimmer war leer.

Und dann wußte er, was es war. Das Porträt seiner Mutter hing noch immer über dem Kamin, und es waren die Blicke seiner Mutter, die er auf sich spürte, als ob sie noch lebte und in dem Zimmer sei. Er stand einen Augenblick da und starrte das Porträt an.

Es sah Marguerite so ähnlich, daß er erschauerte. Seine Mutter und seine Schwester waren sich so ähnlich, daß sie fast dieselbe Frau hätten sein können.

Nur, daß sie das nicht waren. Seine Mutter war hart, grausam und lieblos gewesen. Sogar jetzt konnte er sich an den Traum erinnern, den er gehabt hatte – diesen Traum, in dem er in einem kleinen Raum eingesperrt war und seine Mutter kam, um ihn zu töten.

Ein kleiner Raum.

Der befand sich im Keller, hatte Jeff gesagt – ein kleiner Raum, in dem Marguerite eingesperrt gewesen war.

Er schüttelte den Kopf. Es war verrückt – es ergab keinen Sinn. Er kicherte laut und fand, daß die Hitze ihm doch zu schaffen machte, aber sein Lachen hallte hohl im Zimmer wieder und verspottete ihn.

Er wandte sich vom Porträt seiner Mutter ab und eilte weiter in die Küche.

Schmutziges Geschirr war in der Spüle gestapelt, und die Reste von Marguerites einsamem Mittagessen standen noch auf dem Küchentisch, so, als ob seine Schwester erwartete, daß Ruby jeden Moment wiederkommen und aufräumen würde. Dann fiel Kevins Blick auf Rubys Zimmertür.

Unsicher, was er zu erwarten hatte, ging er dorthin und öffnete sie.

Darin war es genauso wie letzte Nacht – das Bett noch sauber gemacht, und Rubys Nachthemd hing an einem Haken an der offenen Schranktür.

Aber dann bemerkte Kevin ein paar andere Dinge, die er vergangene Nacht nicht bemerkt hatte.

Auf dem Tisch in der Ecke hinter der Tür sah er ein Tablett.

Auf dem Tablett stand das Abendessen – ein Teller mit Gumbo, kalt und erstarrt, und etwas Salat, dessen Blätter schlaff waren und schon zu schrumpfen begannen.

Ein Abendessen, als ob Ruby in ihrem Zimmer allein hatte essen wollen, als...

Als was?

Kevin verwarf den Gedanken, der durch die Winkel seines Hirns zuckte und setzte seine Inspektion fort.

Auf dem Regal über dem Schrank fand er einen Koffer, dessen Deckel noch dick mit Staub bedeckt war.

An der Kleiderstange hingen keine leeren Bügel, und überhaupt schien nichts zu fehlen, als Kevin Rubys Schubladen untersuchte.

Plötzlich fiel ihm das Nachthemd am Haken deutlich ins Auge.

Wenn Ruby irgendwohin gegangen wäre, hätte sie dann nicht ihr Nachthemd mitgenommen? Hätte sie nicht irgend etwas mitgenommen?

Und sicher hätte sie nicht eine ganze Mahlzeit ungegessen auf dem Tisch in ihrem Zimmer stehen lassen.

Furcht ballte sich in seinem Bauch, und Kevin verließ ihr Zimmer und ging wieder durchs Eßzimmer und Wohnzimmer zurück.

Die Augen seiner Mutter schienen ihn zu durchbohren, als er an dem Porträt vorbeikam, und er beschleunigte seinen Schritt, bis er die Eingangshalle erreichte. Marguerite stand an der Tür, und als Kevin auf die Tür unter der großen Treppe zuzugehen begann – die Tür, die zum Keller führte – sprach sie mit bebender Stimme.

»Wo-wohin gehst du?«

Kevin drehte sich zu ihr, und ihre Blicke trafen sich. »In den Keller«, sagte er.

»A-aber, das darfst du nicht«, flüsterte Marguerite. Wieder fuhr ihre Hand nervös an ihre Brust, doch plötzlich fiel sie auf ihre Hüfte, und als sie einen Schritt vorwärts machte, war ihr Humpeln plötzlich noch deutlicher. »Kevin – geh nicht dort hinunter.«

Die Furcht erfaßte Kevin noch heftiger, aber er schüttelte den Kopf. »Das muß ich«, sagte er. Er zog die Tür auf, schaltete das Licht ein, und begann in den Keller hinabzugehen. Das weiße Licht der nackten Glühbirne leuchtete kalt über ihm. Er war bereits am Treppenende angelangt, als er hörte, daß ihm Marguerites ungleichmäßigen Schritte langsam folgten.

Er schaute die Tür einen Augenblick wie erstarrt an. Sie war noch halb verborgen, lag in den Schatten hinter dem Heizofen, und er verstand jetzt, warum er sie nicht vorher gesehen hatte. Bis vor ein paar Tagen mußte sie hinter den vielen Kartons, die dort gestapelt gewesen waren, völlig verschwunden gewesen sein. Er mußte sie erst gestern frei gemacht haben.

Tatsächlich hätte er sie gesehen, wenn er nicht so böse auf Jeff geworden wäre.

Er konnte Marguerite jetzt fühlen, die nur ein paar Schritte hinter ihm war, und hörte ihren Atem in einem seltsamen, halb erstickten Keuchen. Er wandte sich ihr zu, aber ihr Gesicht verlor sich im Schatten.

»Was ist darin, Marguerite?« fragte er und versuchte absichtlich, leise zu sprechen. Dennoch schienen seine Worte unheimlich zu hallen und hingen schwer in der Luft.

»N-nichts«, stammelte Marguerite. »Darin ist nichts, Kevin. Wirklich...«

»Dann mach auf«, sagte Kevin. »Wenn nichts darin ist, ist ja auch nichts zu verbergen, oder?«

Marguerite schien zurückzuzucken. »Nein«, flüsterte sie, und ihre Stimme wurde zu einem kindlichen Greinen. »Ich kann dort nicht hineingehen. Bitte zwing mich nicht. Bitte.«

Kevins Herz begann zu rasen, und der kalte Klumpen in seinem Bauch wurde zu Eis. »Warum?« fragte er. »Marguerite, warum kannst du dort nicht hineingehen?«

»Ich kann nicht«, bettelte Marguerite. »Mama hat mich darin eingesperrt. Da hinein hat sie mich gebracht, wenn ich böse Zeiten hatte, als ich krank war. Bring mich nicht dazu, hineinzugehen, Kevin. Mach's nicht.«

Tief Luft holend trat Kevin an die Tür und probierte das Schloß. Es hielt fest, hing an dem Riegel und glitzerte matt im Licht der nackten Glühbirne.

»Ich brauche den Schlüssel, Marguerite.«

Marguerite biß sich auf die Lippe und machte einen unsicheren Schritt zurück, wobei sie ihre Hände hinter dem

Rücken hielt. »Ich – ich habe ihn nicht«, flüsterte sie. »Ruby hat alle Schlüssel. Ich durfte sie nie haben...«

Gütiger Gott, dachte Kevin. Was hat Mutter ihr angetan? Aber er sagte nichts. Statt dessen ging er um Marguerite herum und stieg die Treppe hoch.

In der Küche begann er, die Schubladen zu durchwühlen, suchte nach dem Schlüsselbund, den Ruby immer bereit hielt. Und dann hörte er, wie die Tür aufging, drehte sich um und sah Marguerite, deren Augen seltsam glänzten. Neben ihr, an dem Haken direkt neben der Tür, hing der Schlüsselbund. Er nahm ihn in die Hand.

»Nein«, bettelte Marguerite, und ihre Worte schienen in ihrer Kehle zu ersticken. »Geh nicht dort hinunter, Kevin. Bitte nicht.«

Etwas in Kevin wollte seiner Schwester nachgeben, die Schlüssel wieder an den Haken hängen und nie wieder in den Keller gehen. Doch das konnte er nicht. Was immer dort unten war, er mußte es sehen. Er schüttelte den Kopf, ging an Marguerite vorbei und zurück zur Treppe.

Er hatte ihr den Rücken zugewandt, als sie das Fleischmesser aus einer der offenen Schubladen nahm und es in den Falten ihres Rocks verbarg.

Als sie wieder hinter Kevin herging, überkam sie der brennende Schmerz in ihrer Hüfte fast in hämmernden Wellen, und eine war schlimmer als die andere. Die Treppe hinabsteigend, mußte sie sich fest ans Geländer klammern, da ihr rechtes Bein, das durch den Schmerz jetzt völlig taub war, fast nutzlos war.

Kevin probierte einen Schlüssel nach dem anderen aus. Die meisten paßten überhaupt nicht ins Schloß und diejenigen, die's taten, drehten sich nicht.

Er bemerkte Marguerite kaum, spürte nur halb ihre Anwesenheit, als sie hinter ihm stand und ihre dunkel glühenden Augen auf seine Finger gerichtet hielt, während er arbeitete.

Er probierte den vorletzten Schlüssel aus, und das Schloß öffnete sich.

Er starrte darauf, und etwas in seinem Verstand wünschte, daß keiner der Schlüssel gepaßt hätte.

Dann nahm er das Schloß mit zitternder Hand vom Riegel und stieß die Tür auf.

Sie schwang leise und knarrte an den Scharnieren, und über seine Schulter fiel ein Lichtstrahl von der nackten Glühbirne in die kleine Zelle.

Das erste, was er sah, war Ruby.

Sie war an die Holzpritsche gelehnt, hatte die Augen weit offen und starrte ihn leer an, und um ihren Hals war noch immer der Gürtel von Marguerites Morgenmantel geknotet. Ein Arm war ausgestreckt, und ihre Finger schienen sich hilfesuchend ihm entgegen zu strecken.

Auf dem Boden lag mit verrenktem Körper Jennifer Mayhew. Auch ihre Augen standen offen und starrten blicklos nach oben. Ihr Kopf war gegen eine ihrer Schultern gedreht und ihre Arme leblos ausgebreitet, und die Finger ihrer linken Hand berührten eines von Rubys Beinen.

»Mein Gott«, stöhnte Kevin, der unwillkürlich einen Schritt zurück machte und sich dann zu Marguerite umdrehte. »Was hast du getan?«

Marguerite starrte Kevin mit wildem Blick an. »Ruby wollte alles sagen«, murmelte sie. »Sie wollte alles sagen, damit du von mir weggehst. Und Jenny wollte mich verlassen. Das verstehst du doch, Kevin, oder? Ich wäre ganz alleine gewesen...«

Kevin starrte sie an, vom Schock benommen. Dann trat er auf sie zu.

»Du wirst es auch erzählen«, schrie Marguerite plötzlich. »Du wirst es erzählen und mir Julie wegnehmen!« Sie hob ihren rechten Arm, und die Klinge des Messers funkelte böse im grellen Licht. »Ich werde das nicht zulassen!« schrie sie. »Ich lasse mir von dir Julie nicht nehmen. Das werde ich nicht!«

Sie stürzte sich vor und Kevin, dessen Körper sich weigerte, seinem Verstand zu gehorchen, starrte sie stumm an und sah hilflos zu, wie das Messer die Luft durchschnitt.

Die Klinge zerschlitzte seine Brust, doch für einen Augenblick spürte er überhaupt nichts. Und dann, als das heiße Blut aus der Wunde zu schießen begann, schien eine seltsame Hitze von der harten Klinge in seinem Leib auszugehen. Seine Augen weiteten sich, und er begann in die Knie zu sinken. Dann spürte er, wie er sich drehte, als Marguerite das Messer herauszog.

Dann spürte er es wieder. Diesmal erfüllte ihn ein sengender Schmerz, als das Messer seinen Rücken durchbohrte. Er versuchte, sich beiseite zu rollen, den Namen seiner Schwester auszustoßen, aber es nützte nichts.

Als das Messer ihn wieder zerschnitt, erinnerte er sich an den Traum, den er gehabt hatte, als er ein Junge war, und dann wieder vor ein paar Wochen.

Der Traum, in dem seine Mutter ihn töten wollte und in dem er versucht hatte, nach seiner Schwester zu rufen.

Er blickte auf und sah das Gesicht seiner Mutter über sich.

Nur daß es gar nicht seine Mutter war. Es war Marguerite.

Und er rief ihren Namen, aber kein Laut kam heraus. Nur ein heißer, salziger Strom von Blut rann über seine Lippen.

Seine Lungen füllten sich mit Blut, ertränkten ihn.

Er starb, und er konnte nichts tun, um sich zu retten.

Und während sein Leben verebbte, dachte er wieder über den Traum nach, den Traum, von dem er sicher war, daß er eine tiefere Bedeutung gehabt hatte.

Aber die Bedeutung war gar nicht tief, denn der Traum war nicht einmal ein Traum gewesen.

Statt dessen war es eine Vorahnung seines eigenen Todes gewesen, hier unten, in diesem dunklen und verborgenen Raum, und jetzt schien es, als ob er sein ganzes Leben lang auf diesen Augenblick gewartet habe, in dem seine Mutter ka n, um ihn zu töten.

Nur, daß es überhaupt nicht seine Mutter war.

Es war seine Schwester, die in ihrem Wahnsinn seine Mutter geworden war – und jetzt wurde sie auch die Mutter seiner Kinder.

Und während er starb, wußte er, daß sie sie töten würde, genauso, wie sie ihn getötet hatte.

Für ihn war der Alptraum vorüber.

Für seine Kinder hatte er erst begonnen.

20. Kapitel

Alicia Mayhew schaute auf die Uhr am Armaturenbrett ihres Wagens und dann zu dem finster werdenden Himmel. Es war fast drei Uhr, und sie hatte Jenny klar gesagt, daß sie spätestens um zwei zu Hause sein sollte. In dreißig Minuten sollten sie bei ihrem Bruder in Charleston sein, und selbst wenn sie Jenny innerhalb der nächsten MMinuten fand, würden sie zu spät kommen. Und der Sturm würde auch nicht helfen.

Sie hielt den Wagen an, da vor ihr Kerry Sanders und Julie Devereaux aus Kerrys altem Sportwagen gestiegen waren. »Julie?« rief Alicia. »Julie?«

Julie blickte auf, lächelte dann und winkte Mrs. Mayhew zu. »Hi!« rief sie zurück.

»Hast du Jenny gesehen?«

Julie schüttelte den Kopf. »Seit heute morgen nicht. Sie wollte zu Tante Marguerite gehen.«

Alicia runzelte unsicher die Stirn. »Aber sie sagte, sie wollte zu dir.«

»Wir trafen sie auf der Straße am Ende des Dammes«, erklärte Julie. »Aber sie wollte vor allem Tante Marguerite sehen. Ist sie noch nicht zu Hause?«

Alicias Lippen spannten sich, und sie schüttelte ungeduldig den Kopf. »Ich sollte wohl besser hinausfahren«, seufzte sie. Sie schaltete, gab Gas, und der Wagen fuhr an, als die ersten Regentropfen zu fallen begannen. Sie winkte Julie und Kerry zu, doch keiner der beiden sah das, weil sie zu sehr mit dem lädierten Dach von Kerrys Wagen beschäftigt waren.

Warum, überlegte sie, während sie zum Damm fuhr, konnten die Kinder nie lernen, pünktlich zu sein?

Jetzt würde alles gut werden, sagte sich Marguerite Devereaux, als sie in den Spiegel der Kommode ihrer Mutter schaute. Alles würde gut werden. Kevin würde sie nicht verlassen – nie wieder – und sie war sicher. Sea Oaks gehörte jetzt ihr. Sea Oaks, und Julie, und...

Sie hielt inne.

Und Jeff, schloß sie.

Sie durfte Jeff nicht vergessen. Aber er gehörte nicht dazu – er gehörte nicht hierher, so wenig, wie Kevin hierher gehört hatte. Nur sie und Julie. Sie und Julie, so wie es so viele Jahre lang ihre Mutter und sie gewesen waren.

Sie würde entscheiden müssen, was mit Jeff zu geschehen hatte. Vielleicht sollte sie ihre Mutter fragen.

Sie blickte wieder in den Spiegel und musterte ihr sorgfältig aufgetragenes Make up. Es hatte fast eine Stunde gedauert, bis sie es richtig gemacht hatte, doch ihre Brauen waren schließlich zu einer dünnen Linie ausgezupft und mit einem der Augenbrauenstifte ihrer Mutter fast schwarz gemalt. Ihre Wangen, stark mit Rouge bedeckt, schienen unter einer dicken Schicht weißen Puders fast zu glühen, und ihre Lippen waren hellrot angemalt.

Sie hatte ihr Haar so frisiert, daß es über ihrer Stirn eine dicke Rolle bildete. Der Rest des Haares fiel in weichen Wellen auf ihre Schultern herab, machte ihr Gesicht weicher und umrahmte es so, daß die mit Rouge betonten Wangenknochen dramatisch hervortraten. Damit zufrieden trat sie an den Kleiderschrank und wählte eines der Lieblingskleider ihrer Mutter aus. Es war hellrot, hatte breite, wattierte Schultern und ein spitz zulaufendes Mieder, das von einem breiten schwarzen Ledergürtel gehalten wurde. Als sie das Kleid überstreifte, erinnerte sie sich daran, wie ihre Mutter es vor über vierzig Jahren getragen hatte.

Es war ein Tag wie heute gewesen. Ein Sturm war aufgezogen, und ihre Mutter hatte Gäste zum Tee erwartet. Marguerite hatte in einem Winkel des Raumes gestanden und ihrer Mutter beim Ankleiden zugeschaut, bis Helena sie schließlich bemerkte und sie nach oben geschickt hatte, um Tanzen zu üben. »Wir haben morgen eine Vorstellung, und du willst doch perfekt sein, oder?«

So wie Julie heute hätte Tanzen üben sollen, überlegte sie, während sie sich in dem wandhohen Spiegel an der Schranktür musterte, statt mit einem Jungen davonzurennen. Sie würde etwas dagegen tun müssen.

Das Geräusch der Klingel an der Eingangstür unterbrach ihre Träumerei. Marguerite wartete einen Augenblick, sicher, daß Ruby öffnen würde. Aber dann schüttelte sie leicht ihren Kopf, als sie sich daran erinnerte, daß sie sich im Augenblick zumindest um solche Dinge selbst kümmern müßte. Sie schaute sich noch einmal prüfend im Spiegel an und eilte dann zum oberen Treppenabsatz. Der Schmerz in ihrer Hüfte hatte wieder nachgelassen und war auf ein kaum merkbares Stechen reduziert, und als sie schließlich die Treppe hinunterging, ruhte ihre Hand nur leicht auf dem Treppengeländer. Als es zum zweitenmal klingelte, öffnete sie die Tür und schaute ihren unerwarteten Besucher an. »Alicia«, sagte sie, und ihre Lippen weiteten sich zu einem begrüßenden Lächeln. »Das ist aber eine Überraschung. Wollen Sie hereinkommen?«

Alicia Mayhew starrte Marguerite an. Was, um Himmels willen, hatte sie mit sich gemacht? Ihr Gesicht war mit der strengen Maske eines Make-up bedeckt, und dieses Kleid...

Alicia hatte ein solches Kleid zuletzt gesehen, als sie ein kleines Mädchen war, damals, als ihre Mutter und alle ihre Freundinnen diese Art von Kleider trugen, die Jean Crawford in den Filmen getragen hatte. »Ich – ich bin nur rausgekommen, um zu sehen, ob Jennifer noch hier ist«, stammelte Alicia. Als sie dann merkte, daß sie Marguerite anstarrte, wandte sie verlegen den Blick ab und schaute ins Haus hinein. Aber Marguerite schien nicht bemerkt zu haben, daß sie sie angestarrt hatte.

»Jennifer?« fragte sie, und ihre Stimme klang besorgt. »Hier?«

Alicia nickte. »Ich habe gerade Julie und Kerry getroffen, und sie sagten, Jenny sei zu Ihnen gegangen. Sie sollte vor einer Stunde wieder daheim sein.«

»Also, ich weiß nicht, was ich sagen soll«, erwiderte Marguerite, die die Tür weiter öffnete. »Ich bin den ganzen Tag allein gewesen, seit Julie gegangen ist.« Sie lächelte verstehend, um zu zeigen, daß sie die besorgte Mutter verstand. »Manchmal weiß ich nicht, was ich mit ihr tun soll. Sie hat soviel zu tun, aber sie scheint dauernd mit Kerry weg zu wollen.«

Alicia schüttelte zerstreut den Kopf und hörte nur halb, was Marguerite sagte. »Aber Julie war sicher, daß sie hierher wollte ...«

»Nun, ich fürchte, sie hat ihre Meinung geändert«, sagte Marguerite. »Aber ich bin sicher, daß sie morgen herkommen wird.«

»Mo-morgen?« echote Alicia. »Ich – ich glaube, ich verstehe nicht.«

»Für die Aufführung«, erzählte Marguerite ihr. »Heißt das, Jennifer hat Ihnen nichts davon erzählt? Aber ich habe das schon seit Wochen geplant ...«

Alicia neigte leicht ihren Kopf. »Davon hat Jennifer kein Wort gesagt«, sagte sie. »Und ich wüßte auch nicht, wie sie hier sein könnte, da wir heute abend und morgen in Charleston sein werden.«

Marguerites Gesicht wirkte für einen Moment enttäuscht, doch dann kehrte das Lächeln wieder. »Aber ich bin sicher, daß sie hier sein wird«, sagte sie. »Ich weiß, daß sie sich so darauf gefreut hat, mein kleines Mädchen tanzen zu sehen, und ich kann mir nicht vorstellen, daß sie das verpassen will.« Sie drückte beruhigend Alicias Hand. »Kommen Sie morgen wieder, dann sehen Sie ja, daß ich recht habe.«

»Aber ich muß sie heute finden«, setzte Alicia an, doch Marguerite schüttelte hilflos die Schultern.

»Vielleicht hat sie Allison oder Tammy-Jo besucht«, meinte sie. »Sie wissen ja, wie Teenager sind – man weiß nie genau, was sie vorhaben.«

Alicia zögerte, und ein Seufzer drang über ihre Lippen. »Ich denke, Sie haben recht«, stimmte sie zu. »Nun, es tut mir leid, daß ich Sie so überfallen habe.«

»Aber das macht doch nichts«, versicherte Marguerite

ihr. »Sie wissen doch, daß ich gerne Gesellschaft habe.« Sie öffnete die Tür noch weiter und schaute ängstlich zum Himmel und in den strömenden Regen. »Wollen Sie nicht hereinkommen? Sieht aus, als würde es in ein paar Minuten noch heftiger gießen.«

Alicia schüttelte den Kopf. »Besser nicht. Ich muß Jenny finden und nach Charleston fahren.« Sie eilte die Stufen hinab zu ihrem Wagen und schützte sich so gut sie konnte vor dem Regen. Sie ließ den Motor an, schaltete die Scheibenwischer ein und fuhr an. Doch bevor sie Sea Oaks verließ, blickte sie noch einmal zu Marguerite, die noch immer an der Tür stand. Was, um Himmels willen, war in sie gefahren, daß sie sich so anzog? Sie sah so eigenartig aus...

Aber jetzt hatte sie keine Zeit, sich über Marguerite Devereaux Gedanken zu machen. Jedenfalls nicht, solange sie nicht Jenny gefunden hatte. Und wenn sie Jenny fand...

Sie schaute wieder auf ihre Armbanduhr. Es war jetzt fast vier, und der Sturm schien schlimmer zu werden. Wenn sie Jenny nicht bald fand, hatte es überhaupt keinen Sinn mehr, nach Charleston aufzubrechen. Der Sturm würde das verhindern.

Sie trat heftig aufs Gaspedal, und die Räder ihres Wagens drehten in der Glätte der Straße durch, die bereits schlammig wurde.

Marguerite schaute zu, wie Alicia fuhr, und ging wieder ins Haus. Plötzlich blieb sie stehen, als ihr Blick auf ihren Wagen fiel, der mit geöffneten Fenstern neben dem Haus stand. Es begann hineinzuregnen und er würde bald völlig naß sein. Sie eilte ins Haus und suchte nach ihren Schlüsseln, die am Haken an der Garderobentür hängen sollten.

Aber sie waren nicht da.

Und dann erinnerte sie sich. Sie hatte sie heute morgen Kevin gegeben. Aber wo war Kevin?

Der Keller. Da war er, unten im Keller, mit Ruby und Jennifer...

Sie eilte die Treppen hinunter und war ein paar Minuten darauf wieder oben mit den Wagenschlüsseln in der Hand. Sie nahm einen Regenschirm, eilte nach draußen und fuhr den Wagen in die Garage. Dann schloß sie die schwere Holztür. Gerade als sie wieder im Haus war, durchzuckte der erste Lichtblitz den Himmel im Südosten, wenige Momente darauf vom dumpfen Rollen des Donners gefolgt.

Der Wind begann zuzunehmen, und als Marguerite die Eingangstür schloß, begannen die moosbehangenen Pinien um das alte Haus leise zu stöhnen.

Jeff trabte über die Straße vom Damm und hatte sich sein Hemd über den Kopf gezogen, um sich vor dem Regen zu schützen. Es regnete jetzt heftig, und der Wind trieb ihm das feuchte Kleidungsstück gegen die Augen, so daß er fast geblendet war. Aber er war fast daheim, und oben auf dem Hügel konnte er bereits die Lichter des großen Hauses sehen. Er rannte noch schneller, rutschte dann aus, als er um die Ecke der Auffahrt bog, und fiel in den klebrigen Schlamm. Sich aufrappelnd, versuchte er den Schmutz von der Hose zu wischen, ließ es dann aber sein und rannte wieder los. Eine Minute später stürmte er ins Haus und schlug die Eingangstür hinter sich zu.

»Papa? schrie er. »Papa, ich bin da!« Er lehnte sich an die Wand und begann dann, seine schmutzigen Schuhe auszuziehen. Doch als er sie neben der Tür abstellte, wurde ihm plötzlich die Stille des Hauses bewußt. Er lauschte aufmerksam und rief dann wieder nach seinem Vater.

Eine Antwort erfolgte nicht.

»Papa?« sagte er wieder, und seine Stimme wurde leiser, als er tief in sich die ersten Anzeichen von Furcht spürte. »Wo – wo bist du?«

Noch immer keine Antwort, und die Stille des Hauses begann ihn zu umfangen. Er machte einen Schritt auf die Treppe zu, erstarrte dann, als es plötzlich ein klirrendes Geräusch gab, gefolgt von dem Scharren eines mahlenden Getriebes. Er sah, wie der Sessellift aus der ersten Etage langsam herunterglitt.

Jeff schluckte schwer, doch der Klumpen in seiner Kehle wurde nur größer, als er den Lift langsam kommen sah. Dann bog er um die Kurve und starrte zu seiner Tante Marguerite hoch.

Nur daß die gar nicht wie seine Tante aussah.

Die Frau in dem Sessel hatte ihr Haar eigenartig gekämmt, so daß es altmodisch aussah, und ihr Gesicht war mit Make-up bedeckt. Er runzelte die Stirn, und sein Herz begann zu rasen, als er begriff, wie seine Tante aussah.

Wie seine Großmutter.

Sie war nicht so alt und sie war nicht so runzlig, aber das Gesicht war dasselbe, und als sie ihn anschaute war es, als blicke er in die Augen seiner Großmutter.

»W-wo ist mein Vater?« brachte er flüsternd heraus, als der Lift hielt und Marguerite sich erhob.

»Er ist nicht hier«, sagte Marguerite zu ihm. »Er mußte noch einmal in die Stadt zurückfahren.« Sie machte einen Schritt auf ihn zu, und Jeff wich vor ihr zurück.

»Ist er aber nicht«, erwiderte Jeff mit jetzt zitternder Stimme. »Er wollte hierher fahren und rausfinden, was du mit Ruby gemacht hast.«

»Mit Ruby?« echote Marguerite, deren Stimme in der Weite der großen Halle hohl klang. »Aber Jeff, Liebling, wovon redest du denn? Ich habe Ruby nichts getan.«

»D-doch, das hast du«, sagte Jeff bebend. »Emmaline

hat mir alles erzählt, und ich hab's meinem Papa erzählt. Ich hab' ihm alles über dich erzählt.«

Marguerites Augen verengten sich. »Alles über mich?« wiederholte sie. »Aber da gibt's nichts zu erzählen. Und du solltest keine Geschichten erzählen, Jeff. Weißt du nicht, was mit kleinen Jungen geschieht, die Geschichten über andere Leute erzählen?« Sie machte einen Schritt auf ihn zu, und Jeff wich an die Tür zurück.

»Laß mich in Ruhe«, jammerte er. »Laß mich bloß in ruhe!«

»Aber, aber«, sagte Marguerite mit plötzlich beruhigender Stimme. »Warum sollte ich dir etwas antun? Du bist doch jetzt mein kleiner Junge, nicht wahr? Liebe ich dich nicht? Warum sollte ich dir etwas tun?«

Sie war dicht bei Jeff und streckte die Hand zu ihm aus, und Jeff spürte, wie sein Herz zu rasen begann.

»Nein!« schrie er. »Faß mich nicht an!«

Sein plötzlicher Schrei verwirrte Marguerite, und sie trat zurück. Augenblicklich schoß Jeff an ihr vorbei und rannte auf die Treppe zu, wobei seine Füße auf dem Holz trommelten. Dann war er auf der Treppe, nahm zwei Stufen auf einmal, und das Herz hämmerte in seiner Brust. Er erreichte den Treppenabsatz der ersten Etage, rannte über den Korridor zu seinem Zimmer, schlug die Tür hinter sich zu und drehte den Schlüssel im Schloß. Erst als er sicher war, daß die Tür nicht geöffnet werden konnte, lief er zu seinem Bett und warf sich darauf, wickelte sich in die Steppdecke, die am Fußende des Bettes gefaltet lag. Für Minuten konnte er nur das Pochen seines Herzens hören und das keuchende Schlucken seines Atems, doch dann verlangsamte sich sein Herzschlag, und sein Atem wurde wieder normal. Er lauschte ein paar Minuten und war sicher, daß er jede Sekunde den eigenartigen, unbeholfenen Schritt seiner Tante hören würde, die ihm folgte.

Aber die Sekunden zogen sich hin, wurden zu Minuten, und Jeff hörte nichts.

Wieder schien das Haus von einer eigenartigen und unheimlichen Stille erfüllt zu sein, die nur durch das Geräusch des Regens unterbrochen wurde, der gegen die Fenster klatschte.

Kerry Sanders stoppte den alten Sportwagen vor Sea Oaks. Der Regen fiel jetzt in Strömen, und ein ständiges Rinnsal floß durch einen Riß im Dach und durchnäßte den Hintersitz. Er schaute angewidert nach hinten. »Da wird wohl 'ne Weile niemand sitzen.« Dann wanderte sein Blick zum Haus. »Soll ich mit dir kommen?«

Julie schüttelte den Kopf. »Wohl besser nicht. Du weißt doch, wie Tante Marguerite denkt.«

»Sie wird doch nicht böse auf dich sein?« sagte Kerry nervös. »Ich hätte dich vielleicht früher zurückbringen sollen...«

»Ist schon gut«, sagte Julie. »Es ist ja nicht mal fünf. Wir sind ja nicht bis Mitternacht oder so weggeblieben. Und Papa müßte zu Hause sein und wird das mit Tante Marguerite regeln.« Sie legte eine Hand auf den Türgriff, öffnete die Tür aber nicht. Statt dessen wandte sie sich noch einmal an Kerry. »Meinst du, daß Mrs. Mayhew Jenny gefunden hat?«

Kerry zuckte die Schultern. »Ich weiß nicht. Aber es klingt wirklich so, als ob etwas Seltsames vorginge – ich meine, als wir Jenny sahen, ging sie doch hierher.«

»Vie-vielleicht hat sie ihre Meinung geändert«, sagte Julie. »Vielleicht, nachdem, was ich über Tante Marguerite gesagte habe...« Ihre Stimme erstarb, aber auch ihr Blick wanderte zum Haus, wo nur ein Licht aus dem Fenster des Wohnzimmers drang. Ansonsten wirkte das Haus dunkel.

»Soll ich bestimmt nicht mit reinkommen?« sagte Kerry wieder. »Ich meine, wenn du dich vor deiner Tante fürchtest.«

»Nein«, beschloß Julie. »Ich hab' keine Angst vor ihr. Sie hat sich gestern nur nicht gut gefühlt, das ist alles.« Wie um ihre Worte zu unterstreichen, öffnete sie die Autotür, aber Kerry nahm ihre Hand und zog sie an sich. Bevor sie wußte, was geschah, küßte er sie.

Sie erstarrte und spürte dann, wie ihr Körper erzitterte, als seine Lippen ihr Gesicht liebkosten. Er hielt sie einen Augenblick lang eng an sich, ließ sie dann plötzlich los, und als sie ihn anschaute, errötete er vor Verlegenheit.

»Ich – ich weiß nicht, warum ich das getan habe«, sagte er, aber Julie legte einen Finger auf seine Lippen.

»Ist schon gut. Ich bin froh, daß du's getan hast.« Sie lächelte ihn an, als sie aus dem Wagen glitt. »Aber hoffentlich hat Tante Marguerite uns nicht gesehen«, fügte sie leise kichernd hinzu. »Bis morgen!« Sie schlug die Wagentür zu und rannte zum Haus, duckte sich vor dem Regen.

Weder sie noch Kerry hatten Marguerite an einem der Wohnzimmerfenster mit glühenden Augen stehen sehen. Als Julie im Haus war, hatte sich Marguerite wieder zu dem großen Ohrensessel neben dem Kamin zurückbegeben, wo sie gesessen hatte, als sie Kerrys Wagen auf der Auffahrt gehört hatte.

Julie schloß die Eingangstür hinter sich und tat ihr Bestes, um ihr Haar mit ihrem Badehandtuch zu trocknen. Doch als sie ihren Kopf zurückwarf und mit den Fingern durch ihr feuchtes Haar fuhr, stand sie plötzlich völlig reglos da.

Etwas im Haus hatte sich verändert.

Es fühlte sich irgendwie leerer als gewöhnlich an, als ob etwas fehlte.

Es stimmte irgendwie nicht.

Zögernd machte sie einen Schritt auf die Doppeltür des Wohnzimmers zu. Als sie Marguerite in dem Sessel sitzen sah, entspannte sie sich etwas.

»Tante Marguerite?« fragte sie, wobei ihre Stimme unbewußt zu kaum mehr als einem Flüstern wurde. »Ich bin da.«

Einen Sekundenbruchteil glaubte sie, ihre Tante hätte sie nicht gehört, doch dann erhob sich Marguerite und schaute Julie an. »Ich weiß«, sagte sie. »Ich habe dich gerade gesehen.«

Julie spürte, wie sie errötete und biß sich auf die Lippe. »Wo ist Papa?« fragte sie. »Und Jeff?«

Marguerite zögerte. »Dein Vater mußte wieder zurück in die Stadt«, sagte sie. »Und Jeff ist oben und schmollt.« Dann machte sie einen Schritt vor, und zum erstenmal fiel das Licht der Lampe ganz auf ihr Gesicht.

Julie schluckte. »Tante Marguerite«, sagte sie erschrokken. »Was ist denn? Du siehst –« Sie wollte ›schrecklich‹ gesagt haben, unterdrückte das aber plötzlich.

»Gefällt es dir?« fragte Marguerite, die sich mit der rechten Hand leicht über die Wange fuhr. »Ich – nun, ich hatte heute nicht viel zu tun, und ich dachte, ich sollte mal etwas Neues ausprobieren.«

»Es – es ist anders«, gelang es Julie zu sagen. »Ich hatte damit wohl nicht gerechnet, das ist alles.«

»Und ich glaube, es steht mir«, fuhr Marguerite fort, fast so, als ob sie Julie nicht gehört hätte. Ihre Stimme wurde abwesend. »So schön. Und ich sehe ihr so ähnlich.« Ihre Augen, die durch den Raum geglitten waren, ruhten plötzlich auf Julie. »Und du auch«, sagte sie mit kaum wahrnehmbarer Stimme. »Du bist Mutter so ähnlich ... und mir ...«

»Ich – ich gehe besser hoch und schaue nach Jeff«, stammelte Julie. »Was ist passiert? Warum schmollt er?«

Marguerite erstarrte, schien sich dann zu entspannen. »Ich bin mir nicht sicher«, sagte sie schließlich. »Ich nehme an, daß ich etwas zu ihm gesagt haben muß, obwohl ich mir nicht vorstellen kann, was. Aber er ist ja schließlich ein kleiner Junge. Und kleine Jungen habe ich noch nie verstanden. Ich glaube, wenn Kevin zurückkommt, werde ich mit ihm über Jeff reden müssen. Ich muß entscheiden, was mit ihm zu tun ist...«

Ihre letzten Worte sprach sie zu sich allein, denn Julie war in die erste Etage hochgeeilt. Einen Augenblick später klopfte sie leise an die Tür ihres Bruders.

»Jeff? Ich bin's – Julie. Kann ich reinkommen?«

Es war kurz still, dann hörte sie Jeff über den Boden huschen. Es klickte, als der Schlüssel sich drehte, dann öffnete sich die Tür, und Jeff schaute sie furchtsam an. Als er seine Schwester erkannte, öffnete er die Tür ganz, um sie einzulassen, schloß sie dann wieder und verschloß sie.

»Jeff!« rief Julie aus, als er nochmals an dem Türknopf drehte, bevor er sich zu ihr wandte. »Was ist denn los? Tante Marguerite sagt, du schmollst. Und warum verschließt du die Tür?«

»Weil sie verrückt ist!« sagte Jeff. »Sie hat Ruby getötet, und sie hat Papa getötet, und mich will sie auch töten.« Er warf sich in Julies Arme und umklammerte sie. »Hast du sie nicht gesehen?« schluchzte er. »Hast du nicht gesehen, wie sie aussieht?«

»Ach herrje«, sagte Julie, die ihren Bruder hochnahm, ihn zum Bett trug und ihn gegen die Kissen lehnte. »Natürlich hab' ich sie gesehen. Und sie sieht ein wenig eigenartig aus, aber das ist nur, weil sie etwas mit ihrem Haar und dem Make-up ausprobiert hat.«

»Ist es nicht!« beharrte Jeff. »Sie sieht genau wie Großmutter aus, und sie kam im Sessellift herunter und starrte mich ganz komisch an. Ich habe Angst vor ihr!«

»Brauchst du aber nicht«, erklärte Julie mit weit mehr Überzeugung, als sie empfand. Sie erinnerte sich an den Schock, als sie das Gesicht ihrer Tante im Lampenlicht gesehen hatte. Und Jeff hatte recht – auf seltsame Weise sah ihre Tante ihrer Großmutter sehr ähnlich. »Und was meinst du damit, sie hätte Papa und Ruby getötet? Ruby ist zu ihrer Familie gefahren, und Papa ist in der Stadt. Das hat sie mir gerade erzählt.«

»Das hat sie mir auch erzählt«, jammerte Jeff. »Aber es ist nicht wahr. Ich habe Papa in der Stadt getroffen und ihm alles über Tante Marguerite erzählt, und er ist hierher gefahren, um –«

Er schwieg, als es laut an der Tür rappelte.

»Julie?« hörten sie Marguerite rufen. »Bist du darin?«

»J-ja, Tante Marguerite«, rief Julie zurück.

»Ich brauche dich, Liebes. Ich versuche gerade, das Abendessen zu machen und brauche deine Hilfe. Und vielleicht könnte Jeff den Tisch decken. Ich möchte alles fertig haben, wenn euer Vater heimkommt.«

Julie sah Jeff an, der sich noch immer gegen das Kissen preßte. Wieder erinnerte sie sich an das seltsame Gefühl, daß sie vor wenigen Minuten beim Betreten des Hauses gehabt hatte.

Und doch war jetzt – als ihre Tante gesprochen hatte – nichts Seltsames daran gewesen. Wie konnte Jeff auch nur denken, daß sie vielleicht ihren Vater getötet hatte, oder Ruby oder sonst jemand? Es war einfach nicht möglich. Sie ging aus dem Bett und faßte einen Entschluß.

Sie ging zur Tür, drehte den Schlüssel und zog die Tür auf. Marguerite stand besorgt schauend im Korridor.

»Ich weiß nicht, was wir tun sollen, wenn dein Vater nicht heimkommen kann«, sagte sie nervös.

Julie runzelte die Stirn. »Nicht heimkommen?« fragte sie. »Warum sollte er das nicht können?«

Marguerite schwieg einen Moment und nickte dann zum Fenster. »Der Sturm, Liebes. Wenn er noch schlimmer wird, gibt es keinen Weg, um auf die Insel zu gelangen. Dann werden wir drei allein hier sein.«

Wie um Marguerites Worte zu betonen, zuckte ein greller Blitz über den Himmel, und das scharfe Dröhnen des Donners erschütterte das Haus.

Und der Wind begann zu heulen.

21. Kapitel

Alicia Mayhew zuckte zusammen, als eine Kaskade von Blitze knisternd über den Himmel sprühte, augenblicklich vom Krachen des Donners gefolgt, der ihr Auto erzittern ließ. Sie beugte sich vor und versuchte angestrengt, durch den Regen zu sehen, der auf die Windschutzscheibe prasselte. Aber es war vergeblich. Alles was sie hinter den kraftlos flappenden Scheibenwischern sehen konnte, war eine Sintflut von Wasser, die die Straße bereits zu überfluten begann. Dann sah sie verschwommen rechts von sich die Kontur des alten Holzgebäudes, das als Stadthalle von Devereaux diente. Vor Erleichterung seufzend, steuerte sie ihren Wagen in eine Parklücke vor der Halle und sammelte sich kurz, bevor sie den Spurt vom Wagen zur Halle wagte. Sie holte tief Luft, als bereite sie sich auf einen Sprung in einen Swimmingpool vor, öffnete die Wagentür und schoß bereits zur Stadthalle los, als sie die Tür zuschlug. »Verdammt«, fluchte sie, als ihr linker Fuß auf dem glatten Bürgersteig ausrutschte. Ein scharfer Schmerz schoß durch ihr Bein, aber sie behielt das Gleichgewicht und ignorierte den Schmerz, bis sie in dem Gebäude war und die Tür hinter sich geschlossen hatte.

Sie blieb stehen, um Atem zu holen, massierte einen Moment ihren schmerzenden Knöchel und verlagerte versuchsweise das Gewicht darauf. Es schien nichts gebrochen zu sein, und der Schmerz wurde nicht größer, als sie zu gehen versuchte. So humpelte sie unbeholfen den Korridor zur Polizeiwache entlang, die nur aus zwei Räumen bestand, in denen es aber kein Gefängnis gab. Falls jemand in Devereaux eingesperrt werden mußte, fuhr Will Hempstead ihn einfach zu dem Countygefängnis in Beaufort. Alicia überlegte flüchtig, was Hempstead tun würde, falls jemand bei einem solchen Sturm eingesperrt werden müßte.

Als ob er ihre Gedanken lesen könnte, grinste der Polizeichef Alicia aus seinem Stuhl an, der soweit zurückgekippt war, daß er umzufallen drohte. Die Füße hatte er bequem auf den Schreibtisch gelegt. »Sie wollen heute hoffentlich niemand einsperren lassen, Alicia. Selbst wenn ich's wollte, wüßte ich nicht, wie ich nach Beaufort kommen sollte.«

Alicia schüttelte ihren Kopf. »Es geht um Jennifer«, sagte sie, einen Blick auf Hempsteads Deputy, Frank Weaver werfend, der an einem angrenzenden Schreibtisch saß. Sie wandte sich jetzt flehentlich wieder an Hempstead. »Ich kann sie nicht finden, und ich bin besorgt. Ich – also, ich bin fast sicher, daß ihr etwas zugestoßen ist.«

Hempstead ließ seine Füße auf den Boden sinken und richtete seinen Stuhl auf, während er sich vorbeugte. Sein Augenzwinkern war verschwunden. »Was meinen Sie mit ›zugestoßen‹?« fragte er.

»Ich – ich weiß nicht«, stammelte Alicia. Sie hockte sich nervös auf den Stuhl gegenüber Hempstead und erzählte dann langsam, wobei sie ihre Worte sorgfältig wählte. Sie versuchte zu erklären, was geschehen war. Während sie ihm das erzählte, merkte sie, daß sie eher wie eine zitternde Pessimistin klang als wie eine wirklich besorgte Mutter. Dennoch hörte Hempstead geduldig zu und als Alicia fertig war schaute er auf die Uhr. Es war knapp sechs.

»Sie sollte also um halb drei zu Hause sein?«

Alicia nickte.

»Und Sie fingen an, gegen drei nach ihr zu suchen?«

Wieder nickte Alicia.

»Waren Sie seitdem zu Hause?« fragte Will Hempstead trocken. »Oder haben Sie angerufen?«

Alicias Augen verengten sich leicht. »Natürlich habe ich das, Will. Ich bin keine Närrin, und das wissen Sie. Ich habe von überall zu Hause angerufen, Jennifer ist nicht dort.«

Hempstead schaute aus dem Fenster in den tobenden Sturm. »Nun, wenn sie davon überrascht worden ist, könnte sie sich fast überall untergestellt haben –« begann er, aber Alicia schüttelte den Kopf.

»Das glaube ich nicht. Sie hatte sich schon verspätet, bevor der Sturm begann. Und das sieht Jennifer überhaupt nicht ähnlich, Will. Sie ist immer pünktlich.« Ihre Stimme war schrill geworden, wogegen sie anzukämpfen versuchte. Schließlich schaute sie Hempstead an. »Wenn Sie die Wahrheit wissen wollen«, sagte sie. »Ich fürchte, daß ihr etwas draußen in Sea Oaks zugestoßen sein könnte.«

»In Sea Oaks? fragte Hempstead und obwohl seine Stimme neutral blieb, fiel ein Schatten auf seine Augen. »Ich glaube, ich kann Ihnen nicht folgen, Alicia.«

Alicia fuhr sich mit den Fingern ungeduldig durch die feuchten Strähnen ihres ergrauenden Haares und strich ein paar Haare zur Seite, die ihr in die Stirn gefallen waren. »Ich spreche von Marguerite« sagte sie, wobei sie wieder Hempstead anschaute. Es gab niemanden in der Stadt, der nicht wußte daß Will Hempstead Marguerite

Devereaux einmal geliebt hatte, und viele Leute glaubten, daß er noch immer sehr viel für sie empfand. »Sie – nun als ich mit ihr sprach, sah sie sehr eigenartig aus.«

»Eigenartig?« fragte Hempstead, dessen Stimme plötzlich kühl wurde. »Was meinen Sie denn mit ›eigenartig‹?«

»N-nichts von dem, was sie sagte«, erwiderte Alicia. »Zumindest glaubte ich das zuerst nicht. Aber sie trug ein Kleid, das so alt war, daß es ihrer Mutter gehört haben muß.« Sie versuchte zu beschreiben wie Marguerite ausgesehen hatte, schüttelte aber schließlich den Kopf. »Ich kann's wirklich nicht sagen. Sie – nun ja, sie sah aus, als habe sie sich verkleidet.«

»Aber was hat sie gesagt?« drängte Hempstead.

Alicia biß sich auf die Lippe. »Eigentlich nicht viel. Nur, daß Jennifer nicht dort gewesen sei, aber daß sie morgen kommen sollte. Sie sagte, sie hätte eine Art Aufführung oder so...«

»Und Sie meinen, das sei eigenartig?« unterbrach Hempstead sie, dessen Stimme seinen Zweifel widerspiegelte. »Um Himmels willen Alicia, sie ist Tanzlehrerin. Sie macht doch dauernd Aufführungen. Wie oft sind Sie da draußen gewesen? Fünfmal? Zehmal? Ein dutzendmal?«

Alicia seufzte schwer. »Das weiß ich alles, Will. Aber, nun, es war anders. Zum einen hat Jennifer mir gegenüber nie eine Aufführung erwähnt, und das hätte sie bestimmt getan, wenn eine geplant gewesen wäre. Sie hätte die um keinen Preis versäumen wollen. Aber sie hat nichts gesagt, als ich vorschlug, nach Charleston zu fahren um ein paar Tage meinen Bruder zu besuchen.«

»Und das ist alles?« fragte Hempstead.

Alicia rutschte unbehaglich hin und her. »Und dann ist da Muriel Fletcher«, sagte sie leise. Diesmal konnte sie Hempstead nicht anschauen.

»Aha«, grunzte Hempstead. »Ich habe schon darauf gewartet.« Er beugte sich jetzt vor. »Hören Sie Alicia, ich weiß alles, was Muriel über Mary-Beth gesagt hat und ich sage Ihnen, daß es nicht den kleinsten Beweis gibt, der das stützt. Wenn Sie wollen, können Sie sich den Bericht des Gerichtsmediziners gerne ansehen. Sicher steht nur fest, daß sie ertrunken ist und daß ihr Kopf irgendwo gegen geschlagen ist. Aber das kann alles mögliche gewesen sein, Alicia. Wahrscheinlich ist sie mit dem Kopf gegen einen Felsen geschlagen, als sie von der Straße gespült wurde. Aber –«

»Aber Sie werden nichts tun«, schloß Alicia für ihn. »Darauf kommt es doch hinaus, Will, oder?«

Hempstead zuckte hilflos die Schultern. »Was verlangen Sie denn von mir, Alicia? Jennifer ist erst seit ein paar Stunden verschwunden. Bis übermorgen kann ich nicht einmal eine Vermißtenmeldung entgegennehmen.« Er deutete zum Fenster. »Und Sie erwarten doch nicht wirklich von mir, daß ich nach Sea Oaks hinausfahre oder?« Die Fenster rappelten, als eine Bö das Gebäude erschütterte, und Hempstead schaute wieder Alicia an. »Es tut mir leid«, sagte er. »Sie können nur nach Hause gehen und alle anrufen, die Sie kennen. Wahrscheinlich hat Jennifer vergessen, wie spät es ist und ist irgendwo untergeschlüpft. Teufel noch mal wahrscheinlich wird sie den ganzen Nachmittag versucht haben, Sie anzurufen.«

Alicia holte tief Luft und stand dann auf. »Na schön« sagte sie und kämpfte gegen den Ärger an, der in ihr wuchs. »Ich werde heimgehen. Aber ich weiß, was Sie für Marguerite Devereaux empfinden, Will. Das weiß jeder in der Stadt. Aber das bedeutet noch lange nicht, daß sie nicht etwas getan haben könnte.« Sie ergriff ihre Handtasche und verließ das Büro. Als sie gegangen war wandte sich Hempstead an Frank Weaver.

»Ich weiß nicht«, seufzte Hempstead. »Wie weit ist es

mit der Stadt gekommen, wenn die Leute schon glauben, daß jemand wie Marguerite irgend jemandem etwas antun könnte.«

»Und was wollen Sie tun?« fragte Weaver.

»Mal nachsehen denke ich. Wird nicht schaden, mit ein paar Leuten zu reden – mal sehen, ob ich feststellen kann was mit Jenny passiert ist. Aber bei dem Sauwetter werde ich bestimmt nicht zur Insel rausfahren. Selbst wenn ich's wollte, bin ich sicher, schaffte ich das nicht.«

Dann zog er einen hellgelben Regenmantel an und folgte Alicia Mayhew hinaus in den Sturm.

»Ist das nicht hübsch?« fragte Marguerite, als sie sich auf einen Stuhl am Ende des langen Eßtisches setzte. Julie und Jeff saß an ihrer Seite. Das beste Silber und Porzellan des Hauses waren aufgedeckt. Draußen heulte der Sturm, und der Abend war fast so dunkel wie die Nacht. Doch der Kronleuchter über dem Eßzimmertisch strahlte hell, und das alte Waterford-Kristall auf dem Tisch schien in dem gebrochenen Licht zum Leben zu erwachen.

»Warum ist für Papa nicht gedeckt?« wollte Jeff wissen doch als er sprach, schaute er seine Schwester an.

»Ich habe es dir bereits gesagt«, sagte Marguerite, deren Stimme etwas gereizt klang. »Da er jetzt nicht daheim ist, glaube ich nicht, daß wir mit ihm rechnen können. Schließlich«, fügte sie hinzu, »wollen wir ja nicht, daß ihm dasselbe passiert wie deiner Mutter, oder?«

Jeffs Augen weiteten sich, und selbst Julie zuckte zusammen. »Aber warum hat er nicht angerufen?« fragte Julie. »Wenn er nicht zurück könnte, würde er uns doch anrufen, oder?«

»Vielleicht ist das Telefon ausgefallen«, meinte Marguerite. Sofort rutschte Jeff von seinem Stuhl und rannte durchs Wohnzimmer ins Foyer, wo er den Hörer abnahm.

»Es funktioniert«, rief Jeff. »Ich werde die Polizei anrufen.«

»Die Polizei!« rief Marguerite aus. »Um Himmels –« Doch bevor sie den Satz beenden konnte, zuckte ein Blitz, von einem gewaltigen Donnerschlag gefolgt, der das Haus erzittern ließ. Jeff ließ den Hörer fallen und sprang zurück, als der Donner verebbte, gingen die Lichter plötzlich aus, und das Haus war in Schwärze getaucht.

Julie rannte zum Fenster und spähte hinaus. Einen Augenblick später sah sie wieder einen Blitz über den Himmel zucken, und sie konnte sehen, was geschehen war.

An der Auffahrt war ein Baum, aus dessen Krone noch Rauch aufstieg, auf die Stromleitungen gestürzt. »Es wird nicht wieder angehen«, sagte sie zu ihrer Tante. »Die Leitungen sind gerissen, und auf der Auffahrt liegt ein Baum.«

Marguerite holte tief Luft. »Dumm«, sagte sie. »Aber ist sicher kein Grund, uns aufzuregen. Wir haben viele Kerzen.«

»Das Telefon geht auch nicht«, sagte Jeff, als er ins Eßzimmer zurückkam. Er schaute seine Schwester verängstigt an. »Was sollen wir machen?«

»Wir werden unser Abendessen zu uns nehmen«, stellte Marguerite fest. In einer Kommode fand sie eine Schachtel Streichhölzer und begann die Kerzen in dem Kandelaber auf dem Tisch anzuzünden. Ein paar Sekunden darauf war es durch den warmen Schein der Kerzen wieder hell im Raum.

»Ich finde es sehr hübsch«, sagte Marguerite, nachdem sie wieder Platz genommen hatte. »Es erinnert mich daran, als ich noch ein Mädchen war. Ich war etwa so alt wie du, Julie. Es war ein Sturm wie dieser, und die Lichter gingen auch aus. Mutter und ich saßen ganz allein da und aßen zu Abend.«

Julie runzelte unsicher die Stirn. »Wo war Papa?« fragte sie. »War er nicht da?«

Marguerites Augen verdüsterten sich, dann lächelte sie dünn. »O nein«, sagte sie. »Da war er längst fort. Nur Mutter und ich waren da, und nach dem Abendessen gingen wir in den Ballsaal.« Sie schloß die Augen, und ihre Stimme nahm einen seltsam trillernden Klang an, als sie sich an die Zeit vor so vielen Jahre erinnerte. »Mutter war damals jung – jünger als ich jetzt. Und sie tanzte und tanzte, und ich schaute zu. So wundervoll – damals war alles so wundervoll, bevor...« Sie brach ab. Jeff schaute seine Schwester unbehaglich an.

»Was ist denn mit ihr?« flüsterte er. »Warum sind ihre Augen geschlossen?«

Marguerites Augen öffneten sich plötzlich, und sie funkelte Jeff an. »Was tust du hier?« wollte sie wissen, und ihre Stimme krächzte. »Warum bist du nicht in der Schule?«

Plötzlich wich die Farbe aus Jeffs Gesicht, und seine Augen weiteten sich voller Furcht.«

»E-es ist doch keine Schule, Tante Marguerite«, sagte Julie. »Jetzt sind doch Sommerferien.«

Marguerite schien sie nicht zu hören. Statt dessen war ihr Blick unheilvoll auf Jeff gerichtet. »Ich hab' dir nicht gesagt, daß du kommen sollst«, zischte sie. »Wenn ich bereit bin, werde ich dich kommen lassen.«

Jeff rutschte von seinem Stuhl, und er zitterte am ganzen Körper voller Angst. Ohne ein Wort zu sagen, rannte er aus dem Zimmer und stürmte die Treppen hoch.

Am Tisch herrschte langes Schweigen, bis sich Marguerite langsam umdrehte, blinzelte und Julie ansah. »Wo ist Jeff?« fragte sie. »Will er nicht zu Ende essen?«

Julie starrte ihre Tante an. »A-aber, du hast ihm doch gerade gesagt, daß du ihn nicht hier haben willst.«

»Ihn nicht haben will?« echote Marguerite. »Aber Liebling, natürlich will ich ihn. Er ist doch mein kleiner Junge, nicht wahr? Warum sollte ich ihn nicht wollen?«

Julie spürte, wie ihr Herz einen Schlag aussetzte und sich ihre Kehle zuschnürte. »Aber du sagtest – du wolltest wissen, warum er nicht in der Schule ist.«

Marguerite schwieg, und wieder verdunkelten sich ihre Augen. Dann wurde ihr Gesichtsausdruck klar. »Aber natürlich«, sagte sie. »Er ist ja fast neun, nicht wahr?«

Julie zögerte, bevor sie unsicher nickte. Wovon sprach ihre Tante denn überhaupt?

»Dann habe ich natürlich recht«, fuhr Marguerite fort. »Es ist Zeit für ihn zu gehen, oder? Ich werde ihn fortschicken müssen, und dann sind die Dinge so, wie sie sein sollen.« Dann lächelte sie und fixierte den Blick auf Julie. »Wenn Jeff fort ist, werden nur du und ich da sein. Nur wir beide, wie es sein soll...«

Noch immer lächelnd, als genieße sie ein Geheimnis, zu dem sie allein den Schlüssel besäße, fuhr Marguerite mit dem Abendessen fort.

Alicia ging nervös im Wohnzimmer ihres kleinen Hauses an der Macon Street auf und ab. Es war jetzt acht Uhr, und von Jenny noch immer keine Spur.

Sie hatte schon längst aufgehört, Leute anzurufen; ja, sie hatte das Gefühl, als hätte sie mit jedermann in der Stadt gesprochen. Und alle hatten dasselbe gesagt.

Zuerst war es Marian Phillips gewesen, Charlenes Mutter. »Ich weiß nicht, wie es mit den anderen Mädchen ist«, hatte sie gesagt, »aber nachdem, was dort auf der Insel geschehen ist, will Charlene nie wieder dorthin gehen, und ich kann ihr das wirklich nicht übelnehmen.«

Paula Aaronson war noch weiter gegangen. »Offensichtlich hat es doch Probleme beim Unterricht gegeben.

Tammy-Jo sagt, daß Marguerite sich sehr eigenartig verhalten habe. Die Mädchen sind gestern früher gegangen, wissen Sie.«

»Früher gegangen?« hatte Alicia wiederholt. Es war das erste Mal, daß sie davon hörte. »Aber warum?«

»Ich weiß es wirklich nicht. Tammy-Jo sagte nur, daß Marguerite, nun, sie benutzte das Wort ›unheimlich‹. Natürlich hat Marguerite in letzter Zeit viel durchgemacht, und es kann sein, daß Tammy-Jo übertrieben hat.«

»Aber was ist mit der Aufführung morgen?« hatte Alicia gefragt.

»Aufführung? Davon weiß ich nichts. Augenblick mal.« Es hatte ein langes Schweigen geherrscht, und dann war Paula wieder an den Apparat gekommen. »Tammy-Jo weiß nichts von einer Aufführung, und sie sagt, wenn's eine gäbe, würde sie nicht hingehen.«

»Ich verstehe«, hatte Alicia gesagt und dann Diana Carter angerufen. Aber Allisons Mutter hatte auch nichts von einer Aufführung gehört. Und sie hatte Jenny auch nicht gesehen.

Da sonst niemand mehr auf ihrer Liste stand, wählte sie widerwillig die Nummer der Fletchers, und einen Moment darauf erkannte sie Muriel Fletchers Stimme, die in der Leitung etwas angespannt klang.

»Sie wissen ja, was ich denke«, sagte Muriel zu ihr, die ihre Stimme kaum beherrschen konnte. »Und sagen Sie mir nicht, was Will Hempstead glaubt, weil ich das bereits weiß. Er liebt Marguerite, so ist es immer gewesen.«

»Ich weiß«, stimmte Alicia zu. »Aber es scheint so unglaublich, daß Marguerite vielleicht...« Sie schwieg, aber Mrs. Fletcher führte ihren Gedanken zu Ende.

»Daß Marguerite sie umgebracht haben könnte?« fragte sie mit zitternder Stimme. »Daran habe ich sofort gedacht. Aber je mehr ich darüber nachdenke, desto mehr komme ich ins Grübeln. Mary-Beth war ungestüm, aber sie war nicht dumm. Wenn es nicht sicher gewesen wäre, den Damm zu überqueren, hätte sie das nicht versucht. Sie wäre auf der Insel geblieben.«

»Aber warum?« drängte Alicia. »Marguerite liebte Mary-Beth. Sie liebte alle Mädchen.«

»Nur daß sie sich verändert hat«, sagte Muriel. »Will Hempstead will mir nicht glauben, aber es ist wahr. Mary-Beth wollte mit dem Unterricht bei Marguerite aufhören, wissen Sie. Sie wollte nicht einmal an diesem Tag mehr hingehen, aber die anderen Mädchen haben sie überredet. Und sie und Marguerite hatten eine Auseinandersetzung. Sie sagte, sie würde aufhören, und Marguerite versuchte, ihr das auszureden.«

Alicia spürte, wie sich Furcht in ihrem Magen zusammenballte. Erst heute morgen, bevor sie zur Insel aufgebrochen war, hatte Jennifer darüber gesprochen, was die anderen Mädchen dachten.

»Ich würde wohl auch nicht wieder dahin gehen, wenn es Miß Marguerite nicht so sehr verletzen würde«, erinnerte Alicia sich, ihre Tochter sagen gehört zu haben. »Aber Tammy-Jo hat recht. Es macht nicht mehr soviel Spaß wie sonst, und Miß Marguerite ist mehr an Julie als an uns anderen interessiert.«

»Natürlich ist sie das«, hatte Alicia festgestellt. »Julie ist ihre Nichte, und sie tanzt besser als ihr anderen.«

Als sie sich an diese Unterhaltung erinnerte, schlich sich ein plötzlicher Gedanke in ihren Kopf.

Wenn Jennifer ihre Meinung geändert und Marguerite erzählt hatte, daß sie aufhören wollte?

Nein! Sie verdrängte den Gedanken.

»Wenn Sie mich fragen«, hörte sie Muriel Fletcher sagen, »dann ist Marguerite seit dem Tode ihrer Mutter sehr eigenartig.«

»Aber sie ist doch gut damit fertiggeworden«, erwiderte Alicia.

»Das genau meine ich ja«, fuhr Muriel fort. »Um Himmels willen, Alicia, Marguerite hat mit dieser furchtbaren Frau ihr ganzes Leben verbracht, und die letzten zwanzig Jahre hat Helena Marguerite wie Dreck behandelt. Man hätte glauben mögen, daß sie heilfroh war, als Helena starb, auch wenn sie ihre Mutter war. Aber was tat sie? Zuerst benahm sie sich, als sei überhaupt nichts geschehen, und dann hörte ich sie erzählen, wie sehr sie Helena vermißte und was für eine wundervolle Mutter sie gewesen sei!«

»Aber das ist doch nicht ungewöhnlich«, sagte Alicia fast bittend, und ihre Stimme klang verzweifelt. »Viele Leute machen das so.«

»Nun, vielleicht«, sagte Muriel mit spröder Stimme. »Aber je mehr ich darüber nachdenke, desto sicherer bin ich, daß mit Marguerite Devereaux etwas überhaupt nicht stimmt. Und in meinem Herzen bin ich absolut sicher, daß sie für den Tod von Mary-Beth verantwortlich ist.«

Plötzlich zuckte ein gleißender Blitz, und ein Donner krachte, und dann, während die Lichter im Hause flackerten, war das Telefon in Alicia Mayhews Hand plötzlich tot. »Verdammt!« fluchte sie laut. »Verdammt, verdammt, verdammt!«

Sie rüttelte einen Moment an der Telefongabel, aber sie wußte aus Erfahrung, daß das Telefon für den Rest der Nacht gestört sein würde. Sie konnte von Glück sagen, wenn die Lichter nicht auch ausgingen. Schließlich warf sie verärgert den Hörer auf die Gabel und begab sich ans Fenster, wo sie in den tobenden Sturm starrte.

Der Wind schien noch stärker zu werden, und der Regen kam in Sturzbächen herunter. Wenn Jennifer irgendwo da draußen war...

Dann füllten sich ihre Augen mit Tränen, als sie tief in sich plötzlich spürte, daß sie eigentlich nicht glaubte, daß Jennifer in dem Sturm war.

Tief in ihrer Seele war sie sicher, daß Jennifer an diesem Morgen tatsächlich nach Sea Oaks gegangen war.

Und aus irgendeinem Grund, den Alicia noch nicht verstehen konnte, war sie dort auch nicht weggegangen.

Alicia ließ sich benommen auf das Sofa fallen und bereitete sich darauf vor, schlechte Nachrichten zu erfahren. Und während sie ihre Nachtwache begann, wußte sie bereits, wie sie enden würde.

Man würde ihr sagen, daß ihre Tochter – ihre geliebte Jennifer – tot sei.

»Neeeiiiiiin!«

Sie schrie das Wort voller Verzweiflung. Doch selbst wenn der Sturm dort draußen nicht getobt hätte, hätte sie niemand gehört, denn seit Jennifers Vater vor zehn Jahren gestorben war, war Jennifer alles, was Alicia auf der Welt hatte.

Nach dieser Nacht würde sie nichts mehr haben.

Außer...

Außer sie irrte sich.

Sie mußte sich irren, sagte sie sich. Sie mußte sich an die Hoffnung klammern, an jedes Fünkchen Hoffnung, daß Jenny doch noch lebte.

Sie mußte den Sturm abwarten.

22. Kapitel

Jeff zog die Steppdecke dicht um sich, doch nicht einmal die Wärme der Daunen konnte das Frösteln vermindern, das seinen Körper gepackt hatte. Er war sich nicht sicher, wie lange er im Bett gekauert hatte, wie lange es her war, seit Julie hereingekommen war und ihm zu sagen versucht hatte, daß er sich nicht zu sorgen brauche, daß alles gut gehen würde. Doch es schien eine Ewigkeit her zu sein, und die Kerze, die in ihrem Halter auf seinem Nachttisch flackerte, war halb herunter gebrannt. Als er vom Eßtisch zuerst in sein Zimmer geflüchtet war, war er sicher gewesen, daß seine Tante ihm sofort folgen würde. Er hatte in seinem Zimmer gekauert, sein Ohr an die Tür gepreßt und nach ihren Schritten auf der Treppe gelauscht. Doch nach einer Weile, nachdem er nichts gehört hatte, hatte er sich schließlich ins Bett geflüchtet, und sein ganzer Körper zitterte in eisiger Furcht.

Sie würde ihn töten.

Dessen war er sich jetzt sicher. Sie wollte ihn nicht hier haben, und sie würde ihn wegschicken.

Aber warum? Er hatte nichts getan. Er hatte überhaupt nichts getan!

Ein Blitz teilte den Himmel, und für eine Sekunde war das Zimmer mit blendend weißem Licht erfüllt. Dann krachte das Dröhnen des Donners ins Haus, als das Licht verschwand, und Jeff wimmerte leise und kauerte sich tiefer in die Decke. Der Regen, der ständig gegen die Fenster geprasselt war – vom Wind fast horizontal getrieben – wurde für einen Moment noch heftiger und hörte dann auf. Die Stille, die sein Schwinden hinterließ, war von einer seltsamen Leere erfüllt, die durch das Heulen des Windes noch unheimlicher wurde, der wie die verlorenen Seelen der Verdammten in den Bäumen winselte.

Und dann hörte Jeff durch den Wind schließlich das Geräusch, auf das er gewartet hatte.

Ungleichmäßige Schritte bewegten sich treppaufwärts.

Er zog die Decke fest um sich, glitt aus dem Bett, kroch zur Tür und preßte sein Ohr gegen das Holz.

Jetzt konnte er es deutlicher hören, und als der unheimliche Rhythmus lauter wurde, konnte er sich seine Tante Marguerite vorstellen, wie sie, die rechte Hand an der Hüfte, ihre linke das Geländer umklammernd, sich Schritt um Schritt zur ersten Etage hochzog.

Dann hörte er, wie sie den Treppenabsatz erreichte, und ein Augenblick der Stille entstand, der noch entsetzlicher als das leise Schlagen ihres verkrüppelten Beines war. Doch die Stille endete, und kalter Schweiß rann über Jeffs Körper, als er die Schritte sich seiner Tür nähern hörte.

Sie war jetzt da draußen, dessen war er sicher. Und wieder hatte das schwere Humpeln aufgehört.

Was tat sie?

Er keuchte – ein ersticktes Wimmern –, als sich der Türknopf nur wenige Zentimeter vor seinen Augen drehte. Zurückweichend starrte er den Schlüssel im Schloß an.

Hatte er abgeschlossen?

Er war außer sich, als er nachdachte, erinnerte sich aber nicht. Er hatte den Schlüssel zu oft umgedreht und einen Augenblick später jedesmal die Tür kontrolliert, da er an sich selbst zweifelte, und sie wieder überprüft.

Der Knopf drehte sich weiter, und er hörte ein leises Klicken.

Die Tür bewegte sich den Bruchteil eines Zentimeters, und Jeff preßte seine Hand an den Mund, um nicht laut aufzuschreien.

Die Tür bewegte sich nicht weiter, und eine kaum wahrnehmbare Pause entstand, bevor unsichtbare Hände an der Tür rüttelten, und das Geräusch hallte wie Trommelschläge durch das Zimmer.

»Warum ist diese Tür abgeschlossen?« hörte er seine Tante rufen, und etwas Eigenartiges war an ihrer Stimme, als sie die dicke Eichentür durchdrang. »Ich habe dir gesagt, daß du diese Tür nicht abschließen sollst, junger Mann! Öffne sie sofort!«

Jeff wich von der Tür zurück. Die Steppdecke glitt von seinen Schultern und fiel zu Boden. Er ging durch das ganze Zimmer zurück.

»Hörst du mich?« kreischte Marguerites Stimme. »Mach auf!« Wieder wurde laut an der Tür gerüttelt, und Jeff sprang zum Bett, ergriff eines der Kissen und preßte es an seine Brust.

Die Tür rappelte wieder, und dann herrschte kurz Stille. Plötzlich hörte er wunderbarerweise die Schritte wieder, die leiser wurden, als sich seine Tante von der Tür entfernte.

Er eilte zurück an die Tür und preßte wieder sein Ohr ans Holz. Wohin ging sie?

Die Schritte schienen den Korridor hinabzugehen. Ging sie in ihr Zimmer? Er zählte ihre Schritte, während sein Herz raste.

Vier.

Eine Pause entstand, und er mühte sich, das Geräusch einer Tür zu hören. Doch einen Augenblick darauf begannen die Schritte wieder.

... sieben ...

Wieder eine Pause, wieder Stille.

... zehn ...

... fünfzehn Schritte.

Eine Tür, die geöffnet wurde und sich schloß.

Dreißig Schritte.

Sie war im Zimmer seiner Großmutter. Aber was tat sie da, und wie lange würde sie dort bleiben? Er stand erstarrt an der Tür und wußte nicht, was er tun sollte.

Die Minuten verstrichen langsam, und sein Herzschlag begann sich zu beruhigen, doch nur ein Gedanke brannte sich in seinen Verstand.

Sie würde zu ihm zurückkommen. Er mußte hinaus, mußte sich verstecken.

Julie – er mußte zu Julie gehen.

Mit zitternden Fingern griff er nach dem Schlüssel, aber gerade als er ihn berührte, hörte er, wie sich am anderen Ende des Korridors eine Tür mit leisem, aber deutlichem Schlag schloß.

Und dann kamen die ungleichmäßigen Schritte Marguerites wieder über den Korridor zurück.

Doch diesesmal hielten sie nicht an seiner Tür. Statt dessen begannen die Schritte zu schwinden, und schließlich hörte er sie wieder auf der Treppe. Und dann wußte er es.

Sie ging nach unten, um die Schlüssel zu holen.

Er konnte sie in Gedanken sehen, wie sie an dem Haken an der Küchentür hingen.

Einer davon würde zu seinem Zimmer passen.

Sein Herz klopfte wieder, übertönte die Geräusche des Sturmes da draußen. Er konnte Marguerites Schritte nicht mehr hören.

Jetzt!

Er drehte den Schlüssel, und der Bolzen glitt heraus. Die Tür aufstoßend, blieb er plötzlich stehen.

Der Korridor hätte völlig dunkel sein müssen. Aber er war in flackernden Kerzenschein getaucht.

Das also war die Pause gewesen. Seine Tante war stehengeblieben, um die Kerzen anzuzünden, die immer auf den kleinen Tischen standen, die über die ganze Länge des breiten Korridors verteilt waren.

Das bloße Vorhandensein des milden Lichts linderte seine Furcht etwas. Er wollte zu Julies Zimmer gehen, als ihm eine Idee kam.

Die letzte Panik in sich besiegend, nahm er den Schlüssel aus dem Schloß, schloß seine Tür und verschloß sie von außen. Er steckte den Schlüssel in die Tasche, rannte dann zu Julies Zimmer und rüttelte an der Tür.

Zu seiner Erleichterung war sie nicht verschlossen, und er stieß sie auf, schloß sie dann rasch und drehte den Schlüssel um.

»Jeff?« hörte er Julie fragen. »Was tust du?«

Er wandte sich mit bleichem Gesicht um. Im düsteren Licht einer kleinen Öllampe starrte ihn Julie neugierig an.

»Sie – sie ist nach unten gegangen«, brachte Jeff mit zitternder Stimme heraus. »Sie ist runter gegangen, um die Schlüssel zu holen, und dann wird sie zurückkommen und mich töten!« Schluchzend warf er sich in die Arme seiner Schwester. »Was sollen wir tun?«

»Psst«, tröstete Julie ihn und streichelte zärtlich das Haar ihres Bruders. »Sie will dich nicht töten.«

»Doch!« beharrte Jeff, dessen Augen seine Schwester forschend ansahen. »Sie haßt mich, und sie wird mich töten!«

Julie biß sich auf die Lippe. Was konnte sie dem entsetzten Jungen sagen? Selbst sie hatte am Eßtisch Angst bekommen, als ihre Tante so seltsam zu reden begonnen hatte. Aber dann schien Marguerite sich zu beruhigen, und sie hatte geglaubt, daß vielleicht – nur vielleicht – anschließend alles gut sein würde. »Sie will dich nicht töten«, sagte sie wieder und bemühte sich, ruhig zu sprechen. »Wir müssen nur warten, bis Papa heimkommt, und dann wird alles gut. Du wirst sehen.«

Aber Jeff schüttelte seinen Kopf. »Er kommt nicht heim«, schluchzte er. »Er wird nie wieder heimkommen, weil er schon tot ist. Und uns wird sie auch töten!«

Harold Sanders runzelte die Stirn, als wieder laut an die Eingangstür gepocht wurde. Wer, zur Hölle, mochte bei einem solchen Wetter draußen sein? Mit seinem Bier in der Hand ging er zur Tür, öffnete sie einen Spalt – hielt sie gegen den Wind mit einem Fuß fest – und spähte hinaus. Auf der Veranda stand Frank Weaver, von dessen gelbem Regenmantel das Wasser strömte. Harolds Stirnrunzeln vertiefte sich, und er öffnete die Tür soweit, daß der Deputy hinein konnte.

»Was ist denn los, zum Teufel, Frank? Bei dem Wetter schickt man ja keinen Hund vor die Tür.«

»Vielleicht wird jemand vermißt«, erwiderte Weaver. »Ich würde Kerry gern ein paar Fragen stellen, wenn's Ihnen recht ist.«

»Kerry?« wiederholte Hal Sanders mit argwöhnischem Blick. »Sie wollen doch nicht sagen, daß mein Junge in Schwierigkeiten steckt?«

Edith Sanders, die sich die Hände an ihrer Schürze abwischte, kam aus der Küche und hörte, was ihr Mann sagte. »Sei nicht albern, Hal«, sagte sie zu ihm. »Kerry hat noch nie in seinem Leben Schwierigkeiten bereitet, und das weißt du. Ich bin sicher, daß es sich um einen Irrtum handelt.« Sie wandte sich mit fragendem Blick an Weaver.

»Nun seid mal beide ganz ruhig«, versicherte der Deputy ihnen. »Wir machen uns nicht wegen Kerry Sorgen. Aber Jennifer Mayhew ist nicht nach Hause gekommen, und soweit ich das feststellen kann, ist sie auch nirgendwo in der Stadt. Aber ich höre, daß Kerry mit ihr heute morgen gesprochen hat, und ich möchte einfach wissen, was er zu sagen hat.«

Der Gesichtsausdruck der Sanders änderte sich augenblicklich, und als Edith nach ihrem Sohn rief, bot Hal dem Deputy ein Bier an. Weaver zuckte die Schultern. »Nichts dagegen.« Er riß gerade die Lasche von der Dose ab, als Kerry Sanders in der Küchentür erschien.

»Mr. Weaver?« fragte Kerry. »Was ist los? Ist Jennifer etwas zugestoßen?«

»Nun, na ja, ich weiß nicht«, erwiderte der Deputy. »Aber ich kann dir sagen, daß Alicia Mayhew ziemlich aufgeregt ist. Sie sagt, du hättest heute morgen mit Jenny gesprochen.«

Kerry nickte. »Julie und ich haben sie getroffen. Wir kamen gerade über den Damm und sie kam aus der anderen Richtung. Sie wollte Julies Tante besuchen.«

Weaver nickte. »Sagte sie, warum?«

Kerry nickte und wiederholte die Unterhaltung, die er und Julie mit Jennifer gehabt hatten. Als er schloß, sah der Deputy verwirrt aus.

»Und du bist sicher, daß sie wirklich zu dem Haus gegangen ist?« fragte er Kerry.

Kerry zuckte die Schultern. »Ich denke ja. Sie sagte, daß sie das wollte, und sie ging in die Richtung, als wir weiterfuhren. Und wenn sie's nicht getan hätte, hätte sie uns doch am Strand gefunden, oder?«

»Wer weiß?« sagte Weaver rhetorisch. »Und was ist mit Marguerite Devereaux? Hast du sie gesehen, als du da draußen warst?«

Kerry zögerte und nickte dann, wobei sein Gesicht sich verfärbte. »Ich habe sie gesehen«, sagte er mit einer Bitterkeit in der Stimme, die der Deputy sofort bemerkte.

»Stimmt etwas zwischen dir und Marguerite nicht?«

»Ich – ich glaube nicht«, stammelte Kerry. »Zumindest war nichts, bevor ich mit Julie zusammen war. Seitdem haßt sie mich oder so.«

»Sie verhält sich also eigenartig?« hakte Weaver nach.

Kerry schluckte nervös. »Ich – ich bin mir nicht sicher. Sie wollte nicht, daß ich mit Julie zum Strand ging. Sie sprach davon, daß Julie keine Zeit zu vergeuden hätte. Sie müsse Tanzen üben.«

»Huh«, meinte der Deputy. »Ich glaube nicht, daß wir sie dafür hängen können, oder?«

Kerry runzelte die Stirn. »Was ist denn los?« fragte er.

Der Deputy zuckte die Schultern. »Eigentlich weiß ich das auch nicht. Aber Alicia sagt, Marguerite habe wirklich eigenartig ausgesehen, als sie da draußen war, und sie hätte dauernd von einer Aufführung morgen gesprochen. Sagte, sie sei sicher, daß Jennifer auch da wäre. Aber Alicia hat nie zuvor davon gehört, und jetzt sagt sie, je mehr sie darüber nachdenkt, desto besorgter sei sie.«

»Glaubt – glaubt sie, daß Marguerite Jenny etwas angetan haben könnte?«

»Na ja, das denke ich schon«, erwiderte Weaver.

Zum erstenmal, seit Kerry die Küche betreten hatte, sprach Hal Sanders. »Was tun Sie dann eigentlich hier, Frank? Warum sind Sie nicht auf der Insel und sehen sich dort mal um?«

Weaver drehte sich zu Hal um. »Soll das ein Witz sein?« fragte er. »Wissen Sie, wie's draußen aussieht? Ich werde nicht versuchen, heute nacht da rüberzukommen.«

»Aber – aber was ist mit Julie?« fragte Kerry.

»Was soll mit ihr sein?«

»Wenn was mit Marguerite nicht stimmt...«

»Wenn mit Marguerite was nicht stimmt, was unwahrscheinlich ist, hat das bis morgen Zeit«, sagte Weaver. »Und Kevin ist auch da draußen. Er kann sich schon um alles kümmern.« Er trank sein Bier aus und zerdrückte dann die leere Dose mit seiner rechten Hand. »Ich gehe besser wieder ins Büro zurück. Will wird wissen wollen, was ich rausgefunden habe.«

Er schlüpfte wieder in seinen Regenmantel und beugte einen Moment darauf seine schwere Gestalt gegen den Sturm, als er zu seinem Wagen zurückeilte. Harold Sanders, der mit Weaver zur Tür gegangen war, wartete, bis der Polizeiwagen verschwunden war, bevor er zurück in die Küche ging. Aber dort merkte er, daß Kerry etwas beschäftigte.

»Was ist los?« fragte er, während er eine Hand auf die Schulter seines Sohnes legte.

»Mir gefällt das einfach nicht«, sagte Kerry. »Mir gefiel es schon nicht, als ich Julie heute nachmittag absetzte, und es gefällt mir noch immer nicht. Ich habe das Gefühl, daß Jennys Mutter recht hat und daß da draußen etwas vorgeht.«

Hal drückte Kerrys Schulter und schlug ihm dann sanft auf den Rücken. »Was immer das ist, es kann bis morgen warten, wie Frank sagte. Und außerdem geht's dich nichts an«, fügte er hinzu.

Aber Kerry schüttelte seinen Kopf. »Ich wünschte, jemand würde dorthin gehen und nach dem Rechten sehen«, sagte er.

»Aber du hast doch Frank gehört«, entgegnete Hal. »Du kannst heute nicht dorthin fahren.«

Kerry nickte abwesend und ging wieder nach oben. Doch in seinem Zimmer faßte er einen Entschluß.

Vielleicht würden die Polizisten nicht versuchen, heute nacht auf die Insel zu gelangen, aber das bedeutete nicht, daß er es nicht konnte.

Er nahm seine Schlüssel und seinen Regenmantel aus dem Schrank und ging wieder die Treppe hinunter.

Marguerite schien den Sturm nicht wahrzunehmen, öffnete die Küchentür und trat in den treibenden Wind hinaus. Es war jetzt völlig dunkel, und es hatte wieder zu regnen begonnen. Der Regen peitschte vom Himmel, klebte ihr Haar ans Gesicht und wusch ihr Make-up in verschmierten Farbbächen herunter, die auf ihrer blassen Haut fast wie Blutflecken aussahen. Ihre Hüfte brannte vor Schmerz, und jeder Schritt war ein Alptraum bohrender Nadelstiche, die durch ihr rechtes Bein getrieben wurden. Doch sie verdrängte den Schmerz aus ihrem Verstand und tastete sich die Stufen hinunter. Der Weg den sanften Hügel hinab war ein Meer von Schlamm, und sie konnte ihn zwischen ihren nackten Zehen spüren, als sie hindurch humpelte. Sie hatte das Kleid ihrer Mutter ausgezogen, und statt dessen den langen weißen Morgenmantel angelegt, der auch ihrer Mutter gehört hatte. Das weiche Chenille klebte feucht an ihrem Körper und fühlte sich schwer an den Schultern an, aber sie stolperte weiter, bis sie das Tor des kleinen Friedhofs erreichte.

Ein Blitz zuckte über ihr hernieder, und Marguerite schrak zusammen, bedeckte dann ihre Ohren gegen den dröhnenden Donner, der sie zu übermannen drohte. Doch als das Krachen zu einem verhallenden Rumpeln wurde, hob sie den Riegel des Tores, öffnete es und trat auf den Friedhof. Sie bewegte sich wie betäubt vorwärts und zog ihr rechtes Bein durch den Schlamm nach. Bei jedem Schritt drohten ihre Beine unter ihr nachzugeben, und sie mußte sich zusammenreißen, sich an den verwitterten Grabsteinen festhalten, als sie auf die Gruft zuwankte.

Endlich war sie dort.

Ihre Finger streiften den kalten Marmor, und dann holte sie einen großen Schlüssel heraus. Einen Augenblick später schwang die Tür auf.

»M-Mama?« fragte Marguerite. Ihre Stimme war kindlich, und sie tastete mit zitternden Fingern nach dem Sarg ihrer Mutter. »Es – es tut mir leid, Mama«, wimmerte sie. »Ich wollte es nicht tun – ich wollte all das nicht tun. Aber die bösen Zeiten waren wieder da, Mama. Die bösen Zeiten, und du hast dich nicht um mich gekümmert. Und sie wollten mich einsperren, und das durfte ich nicht zulassen.« Ihre Augen füllten sich mit Tränen, doch der Regen wusch sie fort, so schnell sie gekommen waren. »Ich weiß, daß ich ein böses Mädchen bin, Mama. Ich weiß, ich bin das böseste Mädchen auf der ganzen Welt. Aber das wollte ich nicht sein, Mama. Das wollte ich nie sein.« Sie schniefte und streichelte langsam den Sarg. »Ich wollte immer nur tanzen, Mama. Ich wollte tanzen und dir Freude machen, und das konnte ich nie. Und deshalb hast du mich verlassen. Alle wollten mich verlassen, Mama. Sie wollten mich verlassen und einsperren, und das hätte ich nicht ertragen können. Aber ich weiß nicht, was ich tun soll, Mama. Sagst du's mir? Bitte, Mama, Mama...« Ihre Stimme brach ab, und sie spürte ein Würgen in der Kehle. »Sag es mir, Mama. Du bist alles, was ich habe. Du bist alles, was ich je hatte...«

Dann schwieg sie, und der Sturm wirbelte um sie. Aber sie spürte davon nichts, denn tief in ihrem Verstand konzentrierten sich all ihre Kräfte darauf, ihre Mutter wieder zum Leben zu erwecken. Und langsam, ganz langsam, gab Marguerite ihre eigene Persönlichkeit auf, und aus den Tiefen ihres Unterbewußtseins lebte die Seele ihrer Mutter wieder auf.

»Sieh nur!« schrie Jeff. Er stand am Fenster von Julies Zimmer, sein Gesicht an die Fensterscheibe gepreßt. Wasser rann in Strömen an den Fenstern herunter, und einen Augenblick lang konnte Julie nur formlose Bäche sehen. Doch dann, als in der Ferne ein kurzer Blitz aufzuckte, sah sie die blasse Gestalt auf dem Friedhof neben der Gruft. »Sie ist wieder da«, flüsterte Jeff. »Großmutter ist zurückgekehrt. Es – es bedeutet, daß wieder jemand tot ist.«

»Nein«, widersprach Julie, doch als sie angestrengt in den Sturm spähte, begann ihr Herz zu rasen. Und dann, als sich beide Kinder an die Scheiben preßten, schien das ganze Universum mit der Kraft Tausender Scheinwerfer erhellt zu werden. Eine Wand grellen Lichts zuckte über den Nachthimmel und wischte die Dunkelheit mit schattenlosem Gleißen weg.

Und die Figur auf dem Friedhof blickte auf.

Julie und Jeff keuchten vor Entsetzen, als sie das Gesicht ihrer Tante erkannten, das blaß im gleißenden Licht schien, ihr Gesicht von einer feuchten Masse Haar umrahmt, ihre rechte Hand gegen die Hüfte gepreßt, während sie sich auf die Gruft ihrer Mutter stützte.

Und dann war das Licht verschwunden, als eine Welle von Donner über den Himmel rollte, das Haus in seinen Grundfesten erschütterte und die Fenster in den Rahmen erzittern ließ.

»Sie ist es«, jammerte Jeff. »Es ist überhaupt nicht Großmutter. Es ist Tante Marguerite.«

»Sie war es immer«, keuchte Julie, deren Stimme in der pechschwarzen Dunkelheit bebte, die dem Blitz folgte. »Es gibt keinen Geist.«

»Aber sie kommt immer, wenn jemand gestorben ist«, flüsterte Jeff und fiel dann in entsetztes Schweigen, als er begriff, was er gesagt hatte. Als er schließlich wieder sprechen konnte, war seine Stimme kaum hörbar. »Sie hat sie getötet«, füsterte er. »Darum ist sie jetzt da draußen. Sie hat Papa getötet.«

»Nein«, jammerte Julie, deren Stimme jetzt verzweiffelt klang. »Das wissen wir nicht. Jeff, Papa ist heute nacht nicht nach Hause gekommen...«

Doch ihre Worte erstarben auf ihren Lippen, als draußen wieder ein Blitz lohte, aus dem Himmel zuckte und auf das Garagendach schlug. Im gleichen Moment fegte eine Bö heulend durch die Pinien, und plötzlich sprangen die Holztüren der Garage auf, wurden aus den Angeln gerissen und gegen das Haus geschleudert.

Und in der Garage, kurz vom Flackern des Blitzes erleuchtet, sahen Jeff und Julie den verbeulten Chevrolet ihrer Tante. Sie starrten sich stumm an und wußten sofort, was das bedeutete.

Ihr Vater war schließlich doch nach Hause gekommen.

Heimgekommen und nicht wieder gegangen.

Marguerite stand im Regen und spürte, wie das kalte Wasser über ihr Gesicht wusch. Es tat so gut, wieder zu leben. Und es gab so viel zu tun...

Ein Blitz zuckte über den Himmel, und sie schaute kurz zu der ersten Etage des Hauses hoch.

Ein Gesicht war an eines der Fenster gepreßt – das Gesicht eines kleinen Jungen.

Aber das war nicht recht.

In dem Haus durfte kein kleiner Junge sein.

Nur sie. Nur sie und ihre Tochter. Und Marguerite war sicher in dem kleinen Kellerraum eingesperrt, wo sie bleiben würde, bis sie zur Vernunft kam. Sich vorzustellen, daß sie ihrer Mutter Vorwürfe für das machte, was sie getan hatte...

Aber was tat Kevin da oben? Sie hatte ihn schon vor Monaten fortgeschickt, als sie einen Entschluß gefaßt hatte, was mit Marguerite zu geschehen habe. Doch jetzt war er wieder da, und wenn er seine Schwester fand...

Sie begann zum Haus zu humpeln. Der Schlamm zerrte an ihrem rechten Bein, drohte, sie aus dem Gleichgewicht zu bringen. Und ihre Hüfte schmerzte. Aber warum sollte sie schmerzen? Ihr fehlte nichts – ihr hatte nie etwas gefehlt!

Sie konzentrierte sich auf das Gesicht am Fenster, obwohl der Blitz längst erloschen war und der Donner nur noch ein fernes Grollen war. Aber sie konnte es noch sehen.

Kevins Augen, die sie anklagend anstarrten.

Doch nicht mehr lange. Er hätte in der Schule bleiben sollen, wo sie ihn hingeschickt hatte. Er sollte noch nicht zurückkommen – sollte lange, lange Zeit nicht zurückkommen. Erst dann, wenn alles längst vergessen war.

Aber wenn er seine Schwester fand – sie im Keller eingesperrt fand...

Nein! Er würde sie nicht finden. Sie würde ihn aufhalten – jeden aufhalten, den sie aufhalten konnte.

Und der ganze Haß ihrer Mutter brannte in ihr, als Marguerite auf das Haus zustrebte. Und als sie schließlich die Küche erreicht hatte und sich an die Tür lehnte, die sie hinter sich geschlossen hatte, hatte sie mehr als nur den Sturm ausgesperrt.

Mit dem Wind und dem Donner und dem Blitz schloß sie auch die letzten Reste ihrer eigenen Persönlichkeit aus.

Obwohl es Marguerites Körper war, der jetzt auf die Treppe in der Halle zuging, war es der Geist von Helena Devereaux, der sie vorwärts trieb.

23. Kapitel

Eine plötzliche Windstille setzte ein. Der Wind flaute ab, und der Regen war nur noch ein leises Tröpfeln. Und dann hallte aus der eigenartigen Stille, die sich über das Haus gesenkt hatte, hohl der unheimliche Klang von Marguerites ungleichmäßigem Schritt, als sie die Treppe hochstieg.

Jeff – der mit großen, entsetzten Augen am Fenster kauerte, schaute seine Schwester an. »Was sollen wir machen?« flüsterte er. »Sie kommt!«

»Vielleicht auch nicht«, flüsterte Julie, doch ihre Stimme

klang nicht überzeugend, da sie jetzt genauso verängstigt war wie Jeff.

Sie hörte, wie Marguerite den Treppenabsatz erreichte und dann stehenblieb. Einen Moment darauf begannen die Schritte wieder. Den Atem anhaltend lauschten Julie und Jeff.

Und die Schritte wurden leiser; Marguerite ging in die andere Richtung. Schließlich, nachdem eine Ewigkeit verstrichen zu sein schien, hörten sie, wie sie die Tür am anderen Ende des Korridors öffnete und schloß, und sie wußten, daß ihre Tante wieder ins Zimmer ihrer Mutter gegangen war.

»Was sollen wir tun?« flehte Jeff.

Julies Gedanken überschlugen sich. Draußen wurde der Wind wieder stärker, und der Regen trommelte gegen die Fenster. Ein Blitz zuckte auf, gefolgt vom scharfen Schlag eines Donners. Sie schaute furchtsam aus dem Fenster und war sich nicht sicher, was schrecklicher war – der Gedanke, im Hause bei ihrer Tante zu bleiben oder sich draußen der Wut des Sturmes auszusetzen. »Ich weiß nicht«, sagte Julie schließlich. »Vie-vielleicht hat sie uns vergessen. Vielleicht ist sie zu Bett gegangen.«

Jeff preßte sein Ohr an die Tür, lauschte, konnte aber außer der neuen Wucht des Sturmes nichts hören. Und dann schlug es hart an die Tür, und Jeff sprang mit aschfahlem Gesicht zurück.

»Öffnet diese Tür!« befahl Marguerite, und beide Kinder wußten sofort, daß sich an der Stimme ihrer Tante etwas verändert hatte. Sie war schärfer als gewöhnlich und hatte eine krächzende Härte in sich. »Wie könnt ihr es wagen, mich auszusperren! Wie könnt ihr es wagen!«

Die Kinder schauten, wie der Knopf hin und her gedreht und die Tür in ihrem Rahmen gerüttelt wurde, als

Marguerite daran schüttelte. Dann hörte das Rütteln plötzlich auf und wieder herrschte Stille.

»Wa-was tut sie?« stammelte Julie.

Dann hörten sie ein leises Klirren durch die Tür, und sie wußten es beide.

»Die Schlüssel«, jammerte Jeff, und wie um seine Worte zu bestätigen, hörten sie ein metallenes Kratzen und sahen, wie der Schlüssel in Julies Tür herausfiel, als ein anderer Schlüssel von der anderen Seite ins Schloß gesteckt wurde. Jeff hielt wieder den Atem an, als Marguerite versuchte, das Schloß zu öffnen.

Der Schlüssel paßte nicht, und eine Sekunde darauf hörten sie, wie er zurückgezogen wurde, nur um durch einen anderen ersetzt zu werden.

»Wir müssen etwas tun«, jammerte Jeff. Er schluchzte jetzt voller Entsetzen, und sein Blick wanderte wie wild zwischen seiner Schwester und dem Schloß her, das das einzige zwischen ihm und seiner Tante war.

Wieder dachte Julie angestrengt nach und wußte dann, was zu tun war. Mit zitternden Beinen durchquerte sie das Zimmer und nahm den Schlüssel auf, der auf dem Boden lag. Einen Moment später, als Marguerite den dritten Schlüssel aus dem Schloß zog, steckte Julie ihren eigenen rasch hinein und drehte ihn etwas um.

»Was tust du denn?« fragte Jeff, und seine Stimme drohte vor Panik zu ersticken. »Schließ nicht auf!«

»Das tue ich nicht«, erwiderte Julie flüsternd. »Ich habe den Schlüssel nur so weit gedreht, daß er nicht herausfallen kann. So kann sie von der anderen Seite nicht herein! Wir sind sicher!«

Wie um ihre Worte zu beweisen, gab es ein kratzendes Geräusch an der anderen Seite der Tür, und der Schlüssel wackelte zwar, fiel aber nicht heraus.

Einen Moment darauf begann Marguerite gegen die Tür

zu hämmern und verlangte schreiend, daß die Tür sofort geöffnet wurde.

Mit vor Entsetzen weit aufgerissenen Augen faßte Julie die Hand ihres Bruders und wich von der Tür zurück.

Das heftige Pochen ging weiter, und Marguerites wütende Stimme tobte, doch ihre Worte waren jetzt unverständlich, verloren sich im heulenden Sturm.

»Wir sind sicher«, flüsterte Julie. »Es funktioniert – sie kann nicht herein!«

Sie setzten sich auf Julies Bett, eng aneinander gekauert und versuchten das wahnsinnige Hämmern gegen die Tür zu überhören. Und dann hörte es so plötzlich auf, wie es angefangen hatte. Julie spannte sich, wartete darauf, daß es wieder begann, doch die Sekunden strichen dahin, und sie hörten nur das Wüten des Sturmes.

»Wa-was tut sie?«

»Ich weiß nicht«, flüsterte Julie, deren Gedanken sich überschlugen. Dann fiel es ihr blitzartig ein.

Ihr kleines Badezimmer, das mit dem Zimmer nebenan verbunden war! War die andere Tür verschlossen? Sie wußte es nicht!

Sie schrie auf, als sie begriff, daß ihre Tante auch an das Badezimmer gedacht haben mußte, ließ Jeff los und rannte zur Badezimmertür. Sie drehte den Knopf und drückte, doch die Tür klemmte einen Moment. Sie drückte mit ihrem ganzen Gewicht dagegen, und sie öffnete sich.

Drei Meter entfernt, am anderen Ende des kleinen Badezimmers, war die andere Tür. In ihrem Schloß war kein Schlüssel, nur ein kleiner Knopf mit dem ein Schnapper betätigt wurde. Wenn sie nur rechtzeitig...

Sie stürzte sich auf die Tür, ihre Finger griffen nach dem Knopf.

Zu spät.

In diesem Augenblick öffnete sich die Tür.

Marguerite, deren Gesicht von einer kleinen Sturmlaterne unheimlich erleuchtet wurde, stand da, starrte Julie an, und in ihren Augen schwelte der Wahnsinn.

Kerry hörte die Stimmen seiner Eltern im Wohnzimmer murmeln, als er durch die Küche schlich und dann die Hintertür öffnete, um in den Regen hinauszutreten. Der Wind, der jetzt direkt aus Osten wehte, peitschte ihm den Regen ins Gesicht, und er zog seinen Kopf ein, als er die paar Schritte zu seinem Wagen rannte und auf den Fahrersitz sprang. Er schlug die Tür zu und drehte den Zündschlüssel.

Der Motor drehte sich ein paarmal, schnaufte dann und sprang an, und er trat ein paarmal aufs Gaspedal und legte dann den Gang ein. Er fuhr rückwärts aus der Auffahrt, bog scharf ab, legte den ersten Gang ein und ließ den Wagen laufen. Die Hinterreifen, die fast kein Profil mehr hatten, faßten auf dem feuchten Asphalt nicht, und der Wagen schleuderte heftig, bevor Kerry wieder Kontrolle über sich hatte und den Fuß vom Gaspedal nahm. Der Motor drehte sich langsamer, und einen Augenblick darauf spürte er, wie die Reifen faßten. Der Wagen schoß die Straße hinab.

Er war auf der Hauptstraße und näherte sich der Kreuzung zu der Straße, die zum Damm führte, als eine plötzliche Bö das zerfetzte Verdeck seines Wagens packte. Es gab ein laut reißendes Geräusch, und plötzlich war das Verdeck weg. Nur ein paar Segeltuchfetzen waren übrig, die wild im Wind peitschten. Der Regen ergoß sich auf Kerry, aber er ignorierte ihn und kniff die Augen gegen Dunkelheit und Regen zusammen, während er angestrengt nach vorn schaute.

Die Kreuzung kam näher, und er steuerte den Wagen

schlingernd nach rechts. Wieder drohten die Reifen nicht zu fassen, aber Kerry nahm Gas zurück, und die Räder hielten. Und dann lag der Damm vor ihm, verloren in einem windgepeitschten Schaum von Regen und Gischt.

Er fuhr langsamer, beugte sich vor, um durch die Windschutzscheibe zu schauen, konnte aber nichts sehen. Schließlich hielt er an, stand dann auf und steckte Kopf und Schultern durch die Segeltuchfetzen, die noch am Metallrahmen des Sportwagendaches hingen.

Ein Blitz zuckte, und für einen Sekundenbruchteil konnte Kerry den Damm deutlich sehen. Er war mit Wasser überspült, doch er war fast sicher, den Asphalt bis hin zur Insel sehen zu können. Er setzte sich wieder und zögerte dann, als ihm einfiel, was Anne Devereaux vor nur wenigen Wochen zugestoßen war. Doch dieser Sturm war anders, erkannte er dann.

Der Sturm, der Anne und Mary-Beth Fletcher geholt hatte, hatte sich im Süden zusammengebraut, so daß der Wind parallel zur Küste gelaufen war und das Wasser vor sich hergetrieben hatte. Diese Sturzseen hatten die Wellen aufgebaut, die über die Straße gebrochen waren und Annes Wagen mit sich gerissen hatten.

Heute aber drehte der Wind heftig. Im Augenblick kam er von Osten, so daß die Wasser auf die Insel selbst zutosten. Hier, im Schutz der Landmasse von Devereaux Island, herrschte keine Gefahr durch die gefährlichsten Wellen.

Kerry faßte seinen Entschluß und fuhr langsam an. Der verbeulte Sportwagen zitterte, als ihn eine Bö traf, und begann dann langsam über den Damm zu rollen.

Julie starrte ihre Tante an, und ihr Herz schlug wild. Marguerite schien in der Stunde, seit Julie sie zuletzt gesehen hatte, gealtert zu sein, und in ihrem Gesicht war eine

Wildheit, die nicht einmal die dicken Schichten von frischem Make-up verdecken konnten.

Ihre Augen, die mit dunklen Schatten ummalt waren, brannten hell, und ihr ganzes Gesicht schien im Kerzenlicht wie eine unheimliche Halloween-Maske zu leuchten.

Sie trug eines der Kleider ihrer Mutter, mit einem roten Rock, der fast bis zum Boden reichte, und einem schwarzen Spitzenmieder, das am Hals zugeknöpft war. Es hatte lange Ärmel, die in weiteren Spitzen an ihren Handgelenken endeten. Die schwarze Perlenkette hing um ihren Hals, und sie funkelte hell, als das Kerzenlicht sich darin fing.

»Wie kannst du es wagen?« fragte Marguerite, deren Augen wütend auf Julie gerichtet waren. »Wenn ich dir etwas sage, erwarte ich, daß gehorcht wird!«

Julie schreckte zurück, doch Marguerites rechte Hand schnellte vor und packte sie am Handgelenk. »E-es tut mir leid, Tante Marguerite«, flüsterte Julie. »Ich – ich konnte dich nicht hören.«

»Konntest mich nicht hören?« äffte Marguerite sie nach, und ihre Stimme nahm den Sarkasmus an, der eine der wirkungsvollsten Waffen ihrer Mutter gewesen war. »Wenn du mich nicht hören konntest, dann wohl deshalb, weil du nicht hingehört hast, nicht wahr?« Als Julie nicht sofort antwortete, festigte sich Marguerites Griff am Handgelenk ihrer Nichte. »War es so?« fragte sie wieder.

»Ich – denke, ja«, stammelte Julie. In ihrem Kopf drehte sich alles, als Panik in ihr aufstieg. Ihre Augen durchsuchten wild das winzige Badezimmer, suchten nach etwas – nach irgend etwas – das sie als Waffe benutzen konnte. Aber Marguerite zerrte an ihrem Arm, wirbelte sie herum, um sie aus dem Badezimmer in das Schlafzimmer zu stoßen, in dem Jeff, vor Furcht fast gelähmt, am Kopfende von Julies Bett stand, seine Arme um den Bettpfosten geschlungen.

»Du«, sagte Marguerite, und ihre Stimme wurde scharf, und ihre Augen waren anklagend auf das entsetzte Kind gerichtet. Jeff wich an die Wand zurück.

Julie mit sich zerrend, durchquerte Marguerite das Zimmer, wobei sie ihr rechtes Bein steif bewegte, das ihr Gewicht kaum tragen konnte. Sie setzte die Sturmlaterne auf dem Nachttisch ab, packte Jeff dann am Arm und zog ihn zur Tür. »Mach auf!« befahl sie, während sie Jeff vorwärts stieß. Ein Schmerzensschrei drang über seine Lippen. Er griff zum Schlüssel. Dann gelang es ihm, ihn zu drehen und die Schlafzimmertür zu öffnen. Die Kinder vor sich herstoßend, ohne den Griff zu lockern, trieb Marguerite sie auf den von Kerzen erleuchteten Korridor. »Was mache ich mit euch?« murmelte Marguerite, während sie voller Schmerzen über den Korridor humpelte.

»Tu – tu uns nichts, Tante Marguerite«, brachte Julie keuchend heraus, und langsam drehte Marguerite ihren Kopf und schaute Julie an. Ihre Lippen verzogen sich zu einem seltsamen Lächeln.

»Etwas antun?« fragte sie. »Ich werde dir nichts tun, mein Liebling. Warum sollte ich meinem geliebten kleinen Mädchen etwas antun? Ich liebe mein kleines Mädchen. Mein kleines Mädchen ist alles, was ich habe und alles, was ich liebe ...«

Sie hörte abrupt auf, und ihre Augen verdunkelten sich, als sie die geschlossene Kinderzimmertür anstarrte. Wieder festigte sich ihr Griff um Julies Handgelenk, und ihre Finger gruben sich wie Krallen tief in das Fleisch von Julies Arm. »Öffne die Tür«, flüsterte sie, wobei ihre Stimme plötzlich zitterte, und ihr Atem in keuchenden Stößen kam.

Schweigend befolgte Julie die Anweisungen ihrer

Tante, nahm den schweren Schlüsselbund aus Marguerites Rocktasche und probierte dann einen Schlüssel nach dem anderen aus, bis einer schließlich paßte und das Schloß sich öffnete. Mit zitternder Hand drehte sie den Türknopf und stieß die Tür auf.

Mit plötzlicher Heftigkeit stieß Marguerite Jeff in das kleine Zimmer. Er verlor das Gleichgewicht und stürzte der Länge nach auf den Boden, schrie vor Schmerz auf, als er einen scharfen Stich in seinem Knöchel spürte. Seine Schreie ignorierend zog Marguerite die Tür zu und verschloß sie. Dann ließ sie die Schlüssel in ihre Tasche gleiten.

»Wa-warum hast du das getan?« fragte Julie bebend. »Warum hast du ihn dort eingesperrt?«

Marguerite starrte Julie verachtungsvoll an. »Was soll ich mit ihm tun?« sagte sie. »Er ist wie alle kleinen Jungen. Die stecken ihre Nasen immer in Dinge, die sie nichts angehen. Immer.«

Dann bewegte sie sich wieder und stützte sich schwer auf Julie. Sie zog ihr rechtes Bein vor, bis es auf einer Höhe mit ihrem linken war, bewegte dann ihr linkes Bein nach vorn, nur um das rechte wieder nachzuziehen. Als sie den Treppenabsatz erreicht hatten, blieb sie stehen und holte tief Luft. »Nach oben«, sagte sie schließlich, und mit neuer Kraft begann sie die Treppe zum Ballsaal hochzusteigen.

Julie, deren Verstand vor Furcht jetzt fast taub war, ließ sich die Treppe hoch und dann in den Ballsaal führen. Marguerite griff in die Tasche ihres Kleides und holte eine Schachtel Streichhölzer heraus. Sie zündete den kleinen Kerzenstumpf an, der auf dem Flügel stand, und wandte sich an Julie. »Bist du bereit?« fragte sie.

»Be-bereit? Für was, Tante Marguerite? Wa-warum sind wir hier oben?«

»Zum Tanzen!« Marguerite spie die Worte aus. »Wir

müssen üben, mein Liebling. Du willst doch morgen keinen schlechten Eindruck machen, nicht wahr?«

Julie starrte ihre Tante verblüfft an. Wovon redete sie da? Morgen? Morgen sollte doch nichts sein, oder?

Als ob sie ihre Gedanken lesen könnte, verengten sich Marguerites Augen. »Erinnerst du dich nicht? Du hast morgen eine Aufführung. All deine Freundinnen werden hier sein, und du wirst für sie tanzen!«

Sie setzte sich an den Flügel und öffnete den Deckel über der Klaviatur. Einen Augenblick wollte Julie fliehen, wollte aus dem Ballsaal rennen, die Treppen hinunter und aus dem Haus. Sie konnte sich im Sturm verstecken, sich die ganze Nacht verstecken, wenn es sein mußte...

Und dann fiel ihr Jeff ein. Wenn sie wegging, was würde ihre Tante mit ihrem Bruder tun?

Einen Moment später schlug Marguerite den ersten Akkord an, und Julie zwang ihre Füße in die unnatürliche Pose der ersten Position des klassischen Balletts...

Kerry hatte den Damm fast überquert, als der Wind plötzlich drehte und der Wagen durch die Luftmassen erzitterte. Seine Hände umklammerten das Lenkrad, und er verlangsamte die Fahrt. Er ertastete sich förmlich seinen Weg auf dem schmalen Asphaltstreifen, der unter dem strömenden Regen und dem windgepeitschten Schaum völlig unsichtbar war. Die Scheinwerfer strahlten hell, doch das Funkeln des Regens blendete ihn fast, und die Scheibenwischer waren nutzlos. Gerade als er spürte, wie die Spannung in ihm den Wendepunkt erreichte, vernahm er ein leises Bumsen, als er den Asphalt des Dammes verließ und auf die schmutzige Inselstraße sackte. Er gab Gas, und der Wagen schoß vorwärts, bevor er in den weichen Schlamm der Straße sank.

Er kämpfte mit dem Wagen, ließ die Räder vor- und zurückdrehen, und die Reifen fanden schließlich auf einem Kiesfleck Halt. Der Wagen bewegte sich ein paar Meter vorwärts, aber Kerry trat auf die Bremse.

Direkt vor ihm lag ein riesiger Pinienast, dessen Moosbewuchs weggefetzt war, quer über der Straße und blokkierte seinen Weg. Laut fluchend zog er die Handbremse an und stieg aus, taumelte durch Regen und Schlamm. Er schaute einen Moment ärgerlich auf den Ast und trat dann dagegen. Er gewann die Beherrschung wieder, bückte sich und packte den Ast mit beiden Händen. Angestrengt versuchte er, ihn aus dem Schlamm zu heben, aber er bewegte sich nicht. »Scheiße!« schrie er wieder. Tief seufzend, fand er das Ende des Astes, wo er vom Baum losgerissen war, und begann, ihn von der Straße zu zerren. Einen Moment glaubte er, daß auch das vergebens sei, doch dann gab der Ast nach, ein seltsam schmatzendes Geräusch war zu hören, und er kam frei. Er zog ihn ins Gestrüpp. Mit harzverklebten Händen und schlammverschmierter Kleidung kehrte er zu seinem Wagen zurück.

Langsam fuhr er dann auf der Straße weiter, wobei der Wagen von einer Seite zur anderen rutschte und in jeder Kurve ganz von der Straße abzukommen drohte. Schließlich erreichte er die Auffahrt zu Sea Oaks und fuhr den sanften Hügel zum Haus hoch.

Er konnte es jetzt gegen den Himmel aufragen sehen. Da und dort schimmerte etwas durch die Fenster, und er glaubte, das flackernde Licht von Kerzen zu sehen.

Vielleicht war doch alles in Ordnung.

Zwanzig Meter vorm Haus gelangte er an einen Baum, der quer über die Auffahrt gefallen war. Er stieg aus dem Wagen und ging die letzten Meter zu Fuß.

Marguerite sah die hellglänzenden Lichter, die an der Decke des Ballsaals spielten und hörte abrupt zu spielen auf. Julie, die von der plötzlichen Stille überrascht wurde, schwankte, riß sich aber zusammen, bevor sie zu Boden stürzte. Sie drehte sich zu Marguerite um, und dann sah auch sie die Lichter, die durch die französischen Türen fielen. »Wa-was ist das?« fragte sie. Ihr Herz klopfte wieder, doch diesmal vor Aufregung.

Jemand war gekommen – jemand war gekommen, um ihr zu helfen! Sie lief zum Fenster, preßte ihr Gesicht an das Glas und versuchte, in den Sturm hinauszuspähen.

Die Scheinwerfer blendeten sie fast, aber das war ihr gleich. Jemand war hier, und es würde alles gut werden!

Sie spürte Marguerites Hand an ihrer Schulter und wurde einen Sekundenbruchteil später herumgewirbelt. Es gab ein scharfes Klatschen, als Marguerites rechte Hand ihr ins Gesicht schlug, und Julies Augen brannten unter plötzlichen Tränen.

»Wie kannst du es wagen?« zischte Marguerite. »Wie kannst du es wagen, einen Beau um diese Stunde hierher einzuladen? Was werden die Leute sagen?«

Ihre Finger schlossen sich um Julies Arm, und sie ging zur Tür und zerrte Julie hinter sich her. Julie versuchte sich zu wehren, aber Marguerite drehte sich um und schlug mit ihrer freien Hand auf Julies andere Wange. »Dachtest du, ich wüßte das nicht?« tobte Marguerite, und ihre Stimme zitterte vor Wut. »Dachtest du, ich hätte nicht immer gewußt, was du mit diesem Jungen treibst? Unflätig bist du. Eine unflätige, verdorbene Hure! Und das, nach all dem, was ich für dich getan habe!«

»Nein«, jammerte Julie. »Ich habe nichts getan, Tante Marguerite.«

»Lügnerin!« kreischte Marguerite und schlug Julie wieder. »Ich werde dich lehren, mich zu belügen!« Sie drehte Julies Arm auf den Rücken und stieß sie die Treppen hinunter. Julie mußte sich am Geländer festhalten, um nicht zu stürzen.

Schließlich erreichten sie den Treppenabsatz, und Marguerite stieß sie über den Korridor weiter vorwärts, bis sie das Kinderzimmer erreicht hatten. Ohne Julie loszulassen, tastete Marguerite nach dem Schlüsselbund und begann, die Schlüssel an der Kinderzimmertür auszuprobieren. Schließlich fand sie den richtigen.

Marguerite stieß Julie durch die Tür, zog sie wieder zu und verschloß sie.

Schwer atmend begab sich Marguerite zum Absatz der großen Treppe. Aber sie wußte jetzt, was sie tun mußte.

24. Kapitel

Kaum hörte Jeff das Schloß der Kinderzimmertür zuschnappen, als er zu seiner Schwester eilte und neben ihr auf den Boden sank. »Was ist passiert? Was hat sie dir angetan?« jammerte er.

»Sie – sie ließ mich tanzen«, erzählte ihm Julie. »Sie sprach dauernd von einer Aufführung morgen.« Sie richtete sich auf und rieb sich das linke Knie, an dem die Haut durch den Aufprall auf den Boden abgeschürft war. Sie zuckte zusammen, erhob sich dann und eilte zum Fenster. »Draußen ist ein Auto«, erzählte sie Jeff. »Jemand ist gekommen, um uns zu helfen!« Sie preßte das Gesicht an die Scheibe, doch die Scheinwerfer waren erloschen, und der Himmel draußen war wieder pechschwarz. »Wo ist es?« fragte sie flehend. »Siehst du es, Jeff?«

Jeff schüttelte den Kopf. »Ich sehe nichts.«

»Aber es war da!« sagte Julie nachdrücklich. »Es kam

den Hügel hoch, und ich konnte die Scheinwerfer an der Decke sehen.« Ein Blitz schoß plötzlich über den Himmel, und Julie sah, wonach sie suchte. An der Auffahrt, direkt vor dem umgestürzten Baum und hinter der Ecke des Hauses nur teilweise zu sehen, stand ein Auto.

Kerry Sanders Wagen.

Sie keuchte, umklammerte instinktiv Jeffs Hand, als ein Donner über das Haus rollte. »Es ist Kerry! Alles wird gut werden!« Als der Donner erstarb, blitzte es wieder, und sie konnte Kerry sehen. Seine Schultern waren gegen den Sturm gebeugt, und seine Füße rutschten auf der glatten Auffahrt, seine Kleidung war durchnäßt und mit Schlamm verschmiert. Eine Welle der Erleichterung überflutete Julie, die eine Sekunde darauf neuer Panik wich.

»Wir müssen ihn warnen!« rief sie. Sie begann, am Fenster zu rütteln, versuchte, es hochzuziehen.

»Das Schloß!« schrie Jeff. »Du mußt das Schloß öffnen!«

Julie starrte ihren Bruder verständnislos an, begriff dann, was er meinte. Mit zitternden Fingern tastete sie nach dem Riegel zwischen den beiden Fensterhälften und jammerte voller Verärgerung, als er sich nicht drehte.

»Anders herum!« schrie Jeff. »Du drehst in der falschen Richtung!«

Er schob seine Schwester beiseite, griff zu und legte seinen Daumen unter den Riegel und zog ihn dann nach rechts. Augenblicklich löste sich der Riegel, und er versuchte, das Fenster zu heben. »Hilf mir!« rief er, als der Holzrahmen klemmte. Doch selbst mit Julies Hilfe nützte es nichts. Der von Regen vollgesogene Rahmen war gequollen und klemmte fest in der Halterung.

»Was sollen wir tun?« stöhnte Julie. Ein kurzer Blitz erhellte die Nacht, und sie begriff, daß ihr nur noch wenige Sekunden blieben. Kerry war fast um die Ecke des Hauses gegangen und würde gleich zur Eingangstür gehen.

»Einschlagen!« rief Jeff aus. »Er rannte zu dem kleinen Schaukelstuhl und zog an ihm. »Hilf mir!«

Julie starrte ihren Bruder einen Moment verständnislos an, bis sie begriff. Sie ergriff den Stuhl, zog ihn neben das Fenster, hob ihn an den Lehnen hoch, holte tief Luft und schmetterte seine Kufen gegen den Fensterrahmen. Es krachte, als das alte Holz nach draußen barst und Glasscherben zu Boden fielen. Ein paar lange Stücke mit gefährlichen Spitzen blieben stecken, und Julie schlug mit dem Stuhl dagegen, bis sie herausgefallen waren. Dann lehnte sie sich, Wind und Regen ignorierend, heraus und schrie mit lauter Stimme, um den Wind zu übertönen.

»Kerry! Kerry, warte!«

Doch noch während sie schrie, wußte sie, daß es sinnlos war. Ihre Worte schienen im Chaos des Sturmes zu verfliegen, erstickten fast in ihrem Mund. Und als es wieder blitzte und sie Kerry Sanders nicht mehr sehen konnte, wußte sie, daß sie versagt hatte. Vor Furcht und Verärgerung schluchzend, wandte sie sich vom Fenster ab. »Was sollen wir nur tun?« flüsterte sie mit erstickter Stimme. »Sie ist wahnsinnig, Jeff. Und sie wird Kerry töten! Ich weiß, daß sie das tut!«

Jeff konnte seine Schwester nur stumm und niedergeschlagen anstarren.

Kerry lief die Stufen hoch und blieb dann auf der Veranda stehen. Wasser lief an ihm herunter, und er schauderte, als der Wind ihn umwehte. Durch die Fenster an der Vorderseite des Hauses konnte er ein paar Kerzen hell flakkern sehen. Und doch war keine andere Bewegung im Hause zu bemerken.

Aber sie mußten die Scheinwerfer auf der Straße gesehen haben. Warum war Julie nicht bereits an der Eingangstür und erwartete ihn?

Er hatte recht gehabt – etwas stimmte wirklich nicht.

Er versuchte, die Furcht herunterzuschlucken, die plötzlich wie Galle in seiner Kehle steckte. Was sollte er tun?

Er wollte einerseits kehrt machen, zurück zu seinem Wagen gehen und zum Festland zurückfahren. Aber dazu war es zu spät – der Wind kam jetzt fast ständig wieder von Süden, und die Wellen, die durch die Wucht des Sturmes hochgepeitscht wurden, würden über die Straße brechen und sie unpassierbar machen.

Selbst wenn er zurück aufs Festland gelangen würde, bis er Hilfe gefunden hatte und auf die Insel zurückgekehrt war, würde das, was immer im Innern des Hauses geschah, längst vorbei sein. Er nahm all seinen Mut zusammen, überquerte die Veranda und klopfte an die Eingangstür.

Marguerite stand unsicher an der Treppe. Das hohle Klopfen an der Eingangstür schien auf sie einzuschlagen, und sie wimmerte leise.

Er hätte nicht kommen sollen – er wußte, daß er wegbleiben sollte. Hatte sie ihn nicht vor dem gewarnt, was geschehen würde, wenn er wieder hierher kam und wie ein räudiger Hund um ihre Tochter herumschlich? Und er war ein Nichts – nichts als der Sohn eines Erntearbeiters, dessen Vater für ihren Mann gearbeitet hatte. Wie konnte er es wagen, zu glauben, daß sie je erlauben würde, daß er ihre Tochter heiraten dürfe? Als ob sie Marguerite erlauben würde, überhaupt jemand zu heiraten!

Das Pochen ging weiter, und sie konnte ihn jetzt rufen hören, ihn schreien und betteln hören, um eingelassen zu werden.

Langsam trat ein Lächeln auf ihre Lippen.

Gewiß, sie würde ihn einlassen. Aber es würde das letzte Mal sein.

Sie wendete sich von der Treppe ab und humpelte langsam zur Küche hinüber.

Kerrys Fäuste begannen von dem Klopfen an die Tür zu schmerzen. Was geschah da? Warum machte niemand auf? Hörte ihn niemand? Er rief Julies Namen, aber der Wind packte seine Worte und wehte sie in die Bäume. Er verließ die Veranda und spähte durch die Wohnzimmerfenster.

Der von fünf Kerzen schwach erleuchtete Raum schien leer zu sein. Doch gerade, als er sich abwenden und zur Rückseite des Hauses gehen wollte, sah er eine Bewegung im Eßzimmer. Eine Sekunde später erkannte er Marguerites ungleichmäßigen Gang, als sie durch die große Doppeltür trat, die das Wohnzimmer vom Eßzimmer trennte. Er pochte ans Glas und schrie wieder. Er sah, daß Marguerite stehenblieb und sich unsicher umschaute. Er klopfte fester, und dann plötzlich sah sie ihn. Einen Moment gefror ihr Gesicht, doch dann nickte sie ihm zu, und ein kleines Lächeln umspielte ihre Lippen.

Sie deutete zur Eingangstür.

Die Spannung wich aus Kerrys Körper, als er zur Tür eilte. Er hatte sich geirrt! Er hatte sich völlig geirrt. Sie waren in der Küche, das war alles. Und Julie ging es gut.

Er wartete ungeduldig, fröstelte im Wind und hörte endlich das Rasseln des Schlosses, als Marguerite öffnete. Dann ging die Tür auf, und Marguerite stand vom riesigen Türeingang umrahmt da, ihr Gesicht in den Schatten verloren.

»Du bist also gekommen«, hörte Kerry sie sagen.

»Ich hatte Angst«, begann Kerry, schwieg dann aber abrupt. Etwas Seltsames war an Marguerites Stimme. Eine

Härte, die er nie zuvor gehört hatte. Tatsächlich hatte sie überhaupt nicht wie Marguerite geklungen. Aus irgendeinem Grunde erinnerte sie ihn an die harte, fordernde Stimme der alten Helena Devereaux. »M-Miß Marguerite?« stammelte Kerry unsicher. »Ist mit Ihnen alles in Ordnung?«

Ein greller Blitz zuckte über den Himmel, und in seinem gleißenden Schein sah Kerry deutlich Marguerites Gesicht.

Es war eine groteske Maske von Make-up, verschmiert und fleckig, das durch die schwarzen Spitzen ihres Mieders noch scheußlicher wirkte. In der Helligkeit des Blitzes schien sie eine gräßliche Gestalt aus einem Alptraum zu sein, und plötzlich flutete Kerrys Furcht mit eisigem Frösteln wieder zurück.

Sie starrte ihn jetzt an, wobei ihre Augen wahnsinnig funkelten. »Warum sollte mit mir nicht alles in Ordnung sein?« fragte sie.

Kerry wich zurück. Etwas stimmte wirklich nicht – etwas war viel schlimmer, als er sich auch nur vorgestellt hatte. Dies war nicht die Marguerite Devereaux, die er sein Leben lang gekannt hatte, nicht einmal die Marguerite, die sich in den vergangenen beiden Wochen gegen ihn gewandt hatte. Dies war jemand anders, jemand, den er überhaupt nicht kannte.

»Schrei«, sagte Jeff zu seiner Schwester. »Wenn du laut genug schreist, kann er dich hören, wenn sie die Tür öffnet.«

Julie schaute ihren Bruder benommen an. Wenn Kerry sie draußen nicht hören konnte, wie sollte er sie dann unten an der Treppe durch die dicke Kinderzimmertür hören?

Eine Vision des Gesichts ihrer Tante durchzuckte ihr Hirn, die verzerrte Maske von Wut, die Marguerites Gesichtszüge entstellten, noch bevor das seltsame Make-up ihre Schönheit zerstört hatte.

Sie warf sich an die Tür, begann dagegen zu hämmern, und dann schrien sie und Jeff, so laut sie nur konnten.

Das Donnergrollen, das dem Blitz gefolgt war, schwand, und Kerry wollte von der Veranda laufen.

Dann hörte er den Schrei – fast bis zur Unhörbarkeit gedämpft – und machte augenblicklich einen Schritt vorwärts.

Sofort kam das Messer hoch, das Marguerite in den Falten ihres Rocks verborgen hatte. Kerry bemerkte es zu spät.

Er erstarrte mitten im Schritt, und seine Augen weiteten sich, als sich das Messer im Bogen auf seine Brust herabsenkte. Jeder Augenblick schien wie eine Ewigkeit zu sein, und seine Gedanken waren verwirrt.

Was geschah da? Wollte sie ihn töten? Aber das konnte nicht sein – das würde sie nicht! Warum? Was hatte er ihr getan?

Noch als das Messer auf ihn niederfuhr, erkannte er die Wahrheit. Es war überhaupt nicht Marguerite, die ihn tötete. Es war jemand, den sie aus den Tiefen ihres Verstandes gezogen hatte, und es war diese Person, die ihn tötete.

Sie war nicht Marguerite, und er war nicht Kerry. Statt dessen war er in einer wahnsinnigen Einbildung gefangen, und nichts davon war real.

Bis auf das Messer.

Das Messer war Wirklichkeit, und Kerry spürte im Zeitlupentempo, wie es in seine Brust drang. Er spürte das kalte Metall zwischen seine Rippen dringen, spürte, wie seine Lungen zerrissen, als die Klinge sie durchschnitt.

Er spürte, wie das Messer aus ihm gezogen wurde, und er taumelte, und seine Beine schwankten, als der Schock durch die Wunde kam, seine Gliedmaßen lähmte und die Kraft aus seinem Körper saugte.

Dann stach das Messer wieder zu, und dieses Mal spürte er, wie es in sein Herz drang.

Er kippte nach vorn, und sein Blickfeld wurde schwarz, als er starb. Das letzte, was er sah, war das scharlachrote Klaffen von Marguerites Mund, der zu der bösartigen Parodie eines siegreichen Lächelns verzerrt war.

Marguerites Herz pochte in wilder Erleichterung, als sie das Leben aus dem Gesicht vor sich schwinden sah. Die Augen waren weit geöffnet, und sie hatte jedes der flüchtigen Gefühle gesehen, die durch sie geeilt waren. Zuerst Furcht, dann Schock, als er erkannte, wer sie wirklich war. Er wäre ihr fast entflohen, hätte fast in die Nacht laufen können, wohin sie ihm nie hätte folgen können – nicht mit diesem seltsamen Brennen in ihrer Hüfte, das sie daran hinderte, richtig zu laufen. Aber dann hatte sie ihre Tochter oben schreien gehört und gesehen, wie der Junge sich wieder umwandte.

Seine Augen waren verwirrt, als ob er nicht wisse, was er getan hatte, warum sie ihn bestrafen mußte – ihn bestrafen, und ihre Tochter auch. Aber dann war die Verwirrung verschwunden, als sie das Messer erhoben hatte, und er hatte fasziniert darauf gestarrt, als sie es in seine Brust bohrte, es dann herauszog, um wieder zuzustechen.

Dann schließlich war das Licht in seinen Augen erloschen, und sie hatte gewußt, daß er tot war, noch bevor sein Körper nach vorn kippte und sie beiseite getreten war, um ihn auf den Boden zu ihren Füßen fallen zu lassen.

Sie lächelte wieder, als die Wucht des Sturzes das Messer noch tiefer in ihn trieb und die blutbeschmierte Spitze aus seinem Rücken drang.

Ihre Finger zuckten vor Freude, fuhren an ihr Mieder, und sie spürte die warme Klebrigkeit des Blutes an den Spitzen ihrer Bluse. Aber es war gut so. Wenn sie wollte, konnte sie sich umziehen. Oben in ihrem Schrank hingen unendlich viele Kleider. Und es war so lange her, daß sie sie getragen hatte, so viele Jahre her, daß es oben einen Ball gegeben hatte.

Sie trat über den Körper zu ihren Füßen hinweg und schloß die Tür. Sie konnte ihre Tochter noch schreien und ihre Fäuste gegen die Tür trommeln hören.

Aber zuerst war noch viel zu tun. So viel...

Leise vor sich hinsummend beugte sich Marguerite und packte Kerry Sanders Arme. Dann begann sie, ihn durch die Eingangshalle zur Treppe zu zerren.

Das Blut, das noch aus seinen Wunden sickerte, verschmierte den Boden, doch Marguerite bemerkte das nicht. Am Fuße der Treppe blieb sie schließlich stehen, um Atem zu schöpfen. Dann betätigte sie den Schalter des Sesselliftes.

Nichts geschah.

Sie runzelte unsicher die Stirn und erinnerte sich dann. Natürlich, er funktionierte nicht – der Strom war ausgefallen. Sie kicherte hohl und erinnerte sich dann, daß sie vor Jahren daran gedacht hatte, ihre Tochter und sie, als sie an die erste Etage gefesselt war. Marguerite hatte die Idee gehabt.

»Wir sollten einen Generator einbauen«, hatte sie gesagt. »In dem Schrank unter der Treppe. Nur für alle Fälle.«

Sie ergriff die Sturmlaterne, die auf dem Treppenpfosten stand, und ging zu der Tür unter der Treppe. Dahinter stand in einer Ecke der Generator. Sie starrte ihn kurz an und studierte die Bedienungsanleitung, die auf das orangefarbene Metall des Benzintanks des Generators gedruckt war. Sie hantierte einen Augenblick herum und suchte nach dem Choke. Schließlich zog sie an der Schnur, die seitlich herausragte.

Beim dritten Zug startete der Motor, hustete und fiel dann in einen ungleichmäßigen Leerlauf, bis sie den Choke regulierte.

Sie betätigte einen weiteren Hebel, und die Maschine des Sessellifts erwachte summend zum Leben.

Sie verließ den Schrank und kehrte zur Treppe zurück. Sie drückte den Knopf, ein vertrautes, klirrendes Geräusch erfolgte, und der Sessel begann seine Fahrt auf sie zu.

Julie und Jeff, deren Kehlen brannten und deren Stimmen heiser waren, hörten schließlich zu schreien auf. Das Kinderzimmer war jetzt kalt, und der Wind zauste die Vorhänge neben dem zerbrochenen Fenster, aber sie waren blind dagegen, hielten ihre Ohren an die Tür gepreßt und versuchten angestrengt, zu hören, was unten geschah.

Der Wind flaute für einen Moment ab, und in der plötzlichen Stille hörten sie das Geräusch einer Maschine.

»Wa-was tut sie?« flüsterte Jeff, der furchtsam Julies Hand umklammerte.

»Ich weiß nicht. Es klingt wie der Sessellift. Aber es kann nicht sein – es gibt keinen Strom.«

Dann erinnerte sich Jeff an den Generator, den sein Vater ihm in dem Schrank unter der Treppe gezeigt hatte.

»Aber warum?« fragte Julie, nachdem er ihr davon erzählt hatte. »Wozu braucht sie den Lift? Sie hat ihn nie benutzt – sie haßt ihn.«

»Wie soll ich das wissen?« beklagte sich Jeff. »Und wo ist Kerry?«

Doch Julie beantwortete Jeffs Frage nicht, und er fragte nicht wieder, denn beide waren bereits sicher, daß Kerry tot war.

Ihre Tante Marguerite hatte ihn getötet.

Der Sessellift kam am Ende der Treppe rasselnd zum Halt, und Marguerite bückte sich und schob ihre Hände unter Kerry Sanders Arme. Ihr rechtes Bein spreizte sich unbeholfen über den Boden. Sie ruhte auf ihrem linken Bein und bückte sich tief, um das Gleichgewicht zu halten. Schließlich richtete sie sich auf und hob Kerrys schlaffen Körper auf den Sessel. Sie hielt ihn einen Augenblick fest, ließ ihn dann los.

Der Körper schwankte und fiel fast herunter. Sie fing ihn im letzten Augenblick auf und überlegte, was zu tun sei.

Und dann wußte sie es.

Sie umfaßte den Messergriff, der noch aus Kerrys Brust ragte, und drückte mit ihrem ganzen Gewicht dagegen, trieb so die Spitze in das Geländer an Kerrys Rücken. Dann verließ sie die Leiche, die wie ein Insekt auf ein Brett gespießt war, hob ihren Rock und eilte die Kellertreppe hinunter, wobei sie die Sturmlaterne mitnahm.

Nach wenigen Augenblicken war sie zurück und hatte ein langes Stück Wäscheleine in ihrer freien Hand. Sie setzte die Laterne auf dem Treppenpfosten ab und begann, die Leine um Kerrys Körper zu wickeln, band ihn fest an den Sessel. Als sie schließlich zufrieden war, zog sie das Messer aus dem Treppengeländer, und Kerrys Leiche schwankte leicht, seine Schultern sackten herab, und sein rechter Arm fiel von seinem Schoß, so daß seine Finger fast die unterste Stufe streiften.

Wieder drückte Marguerite den Knopf, und der Sessel begann sich langsam nach oben zu bewegen, wobei die

Zahnräder laut knirschten, als seine gräßliche Fracht nach oben getragen wurde.

Marguerite, die sich mit einer Hand auf Kerrys Schulter stützte, stieg die Treppe neben dem Lift hoch und hielt mit ihm Schritt, ohne das kleine Rinnsal roten Blutes zu bemerken, das an Kerrys Arm herunterrann und in großen Tropfen auf den Teppich fiel, der die Treppe bedeckte.

Sie erreichten den Treppenabsatz der ersten Etage, doch statt den Sessel anzuhalten, ließ Marguerite ihn weiterfahren, um die Kurve zur zweiten Etage, wo er protestierend knirschte, als er auf den Rost stieß, der sich im Lauf der Jahre auf der Schiene angesammelt hatte.

Ein hohes, scharfes Jaulen begleitete den Sessel auf dem letzten Stück, und dann klirrte er laut, als er wieder zum Halt kam.

Marguerite kämpfte mit dem Seil, und ihre Finger rutschten an den blutverschmierten Knoten. Doch langsam löste sie sie, und als die letzte Windung abgenommen war, kippte Kerrys Leiche zu Boden. Sie packte ihn bei den Händen und begann, die Leiche in den Ballsaal zu zerren.

Julie und Jeff starrten sich voller Entsetzen an. Sie hatten stumm gelauscht, wie der Lift nach oben geglitten war und waren kurz erleichtert gewesen, als er zum Halt gekommen war. Doch ein paar Minuten später hatten sie ein leises Plumpsen über sich gehört, als ob etwas gefallen sei. Ihre Blicke begegneten sich, und keiner von ihnen sagte ein Wort, da beide wußten, was geschehen war. Es war Jeff, der schließlich zu sprechen wagte, als der Wind draußen wieder in den Pinien zu heulen begann und ein neuer Strom von Regen auf das Haus einschlug.

»Sie hat ihn getötet«, flüsterte er, seine Stimme von entsetztem Schluchzen erstickt. »Sie hat ihn getötet und ihn nach oben gebracht, und sie wird uns auch töten.«

Julie war unfähig, darauf zu antworten, weil sie wußte, daß ihr Bruder recht hatte.

Und dann, nachdem eine Ewigkeit vergangen zu sein schien, erwachte die Maschine plötzlich wieder zum Leben, und sie hörten den Lift nach unten fahren.

25. Kapitel

Der Sturm schien neue Kraft zu finden, und wieder wurde die Nacht von Blitzen zerrissen, und das Haus erzitterte unter der Wucht des Donners, der auf jeden Blitz folgte. Eine große Pinie, die nur drei Meter vom Haus entfernt stand, wimmerte protestierend, als ein Blitz in ihre Krone traf und den Stamm bis zur Wurzel spaltete. Julie schrie laut auf, als der Donnerschlag in ihren Ohren toste, wich dann zurück und zog die kleine Decke aus der zertrümmerten Wiege fest um sich.

»Wir müssen hier rauskommen!« schrie ihr Jeff durch das Brüllen des Sturmes zu.

»Wie?« schluchzte Julie. »Es gibt keinen Ausweg.«

Aber Jeff war bereits an dem zerschlagenen Fenster und spähte in die Dunkelheit, als ob er dort etwas zur Flucht zu finden hoffte. Als ein weiterer Blitz durch den Sturm zuckte, sah er einen Weg. Etwa drei Meter von der Hausecke rankte dicker Efeu an der Wand. Hier, auf der ersten Etage, war ein schmaler Sims, etwa zehn Zentimeter breit, der am ganzen Haus entlanglief. Wenn er auf den Sims gelangen und sich am Haus festhalten konnte, während er sich zum Efeu tastete...

»Ich kann es!« rief er. »Ich weiß, daß ich es kann!«

Sein mutiger Ruf veranlaßte Julie, aufzustehen. Noch immer die Decke um ihre Schultern gehüllt, begab sie sich ans Fenster.

»Sieh!« flüsterte Jeff, und jetzt bebte seine Stimme vor Aufregung statt vor Furcht. »Da drüben ist Efeu. Ich brauche nur über diesen Sims zu gehen.«

»Aber das kannst du nicht«, protestierte Julie. »Du kannst dich nirgendwo festhalten.«

»Doch, ich kann«, sagte Jeff hartnäckig. »Es gibt viele Risse in der Seitenwand. Und wenn ich aus dem Haus kommen kann, kann ich vielleicht auch über den Damm gelangen.«

Die Erinnerung an ihre Mutter durchzuckte Julies Kopf. »Du kannst nicht hinüberkommen. Nicht bei diesem ...«

»Kerry ist rübergekommen«, erwiderte Jeff, dessen Kiefer trotzig wurde. »Wenn er's tun konnte, kann ich's auch.«

Er kletterte auf die Fensterbank, schwang seine Beine hinaus und drehte sich dann auf den Bauch. Sein Kopf und seine Schultern waren noch im Kinderzimmer. Er tastete mit seinen Zehen und fand dann den Sims. Einen Augenblick später, als sein Gewicht auf dem Sims ruhte und er das Gleichgewicht nur hielt, weil er mit seinen Händen das Fensterbrett umklammerte, grinste er seine Schwester an. »Siehst du? Es ist leicht.«

»Tu's nicht!« jammerte Julie. »Du wirst fallen, Jeff.«

»Werde ich nicht«, sagte Jeff zu ihr. »Und selbst wenn, wette ich, daß es nicht weh tut. Da unten ist nur Schlamm, und ich bin schon von höheren Stellen runtergesprungen.«

Er begann, auf den Efeu zuzugehen, bewegte seine Füße langsam und vorsichtig und ertastete die Festigkeit des Simses mit jedem Schritt, bevor er sein Gewicht darauf verlagerte. Nach wenigen Sekunden war er vom Fenster weg, und nur seine rechte Hand hielt sich noch an dem zerbrochenen Rahmen. Er zuckte zusammen, als er einen Glassplitter an seinen Fingern spürte, schrie aber nicht auf. Dann begann er mit seiner linken Hand nach einem Halt in der Wand zu tasten.

Sein Mut sank für einen Augenblick, als er nichts als die glatte Fassade spürte, doch dann fand er, gerade noch in Reichweite, einen kleinen Spalt. Seine Fingerspitzen gruben sich hinein, und während der Wind an ihm zerrte, holte er tief Luft, ließ den Fensterrahmen los und begann seinen Weg über den Sims fortzusetzen.

Er erstarrte, als der Himmel rings um ihn hell wurde, und preßte seinen Leib an die Wand, als das Dröhnen des Donners das Haus unter seinen Füßen erbeben ließ. Als der Donner verrollte, kroch er weiter auf den Efeu zu.

Er war drei Schritte davon entfernt, als sein linker Fuß abrutschte, und er spürte, wie er nach unten fiel, und seine Handflächen glitten über die feuchte Wand. Doch bevor er sein Gleichgewicht ganz verlor, fanden seine Finger einen Spalt, und er klammerte sich wild daran. Sein Herz pochte, und sein Atem erstarrte in seinen Lungen. Zitternd fand er wieder Halt und bewegte sich dann seitlich wie eine Krabbe auf die relative Sicherheit des Efeus zu.

Seine Kleidung war klatschnaß, und er kauerte sich kurz in den Efeu, wartete darauf, daß sein Herz sich beruhigte und daß sich sein Atem normalisierte. Schließlich ergriff er den dicken Stamm des alten Efeus und verließ den Sims.

Augenblicklich spürte er, wie der Efeu sich von der Wand löste, wie seine Ranken den Halt an dem alten Holz verloren. Halb kletternd, halb rutschend, glitt er zu Boden. In dem Augenblick, als seine Füße die nasse Erde berührten, fiel der Efeu vom Haus ganz herunter und stürzte in einem wirren Haufen auf ihn. Er zappelte einen Augenblick hilflos, doch der Efeu schien sich nur um ihn zu verdichten, und er spürte, wie Finger der Furcht sich nach ihm streckten.

Marguerite kam aus dem Ballsaal und summte leise vor sich hin. Sie blieb kurz am Treppenabsatz stehen, und ihre Blicke schossen zu dem kleinen Foyer vor der Doppeltür, als suchten sie nach etwas, das nicht da war. Dann hörte ihre lautlose Melodie plötzlich auf, und sie murmelte laut, wobei sich ihre Worte sofort im Heulen des Windes verloren.

»Meine Gäste – ich muß mich um meine Gäste kümmern.«

Sie setzte sich in den Sessellift und drückte, das blutbeschmierte Seil sauber in ihrem Schoß zusammengerollt und die Sturmlaterne hochhaltend, den Knopf auf der Sessellehne. Der Lift ruckte einmal und begann dann seine Abfahrt nach unten.

Als er zwei Minuten später hielt, stand Marguerite auf und taumelte leicht, als ihre lahme Hüfte protestierte. Dann fing sie sich und ging zur Kellertür. Sie hielt die Lampe hoch, als sie die Treppe hinunterzugehen begann, und das sanfte Glühen der Kerze erfüllte die dunklen Winkel des Kellers und warf unheimliche Schatten auf Wände und Boden. Unten ging Marguerite zielstrebig auf die kleine, fast verborgene Kammer zu, griff in die Tasche und holte den Schlüsselbund heraus.

Kurz darauf sprang das Schloß auf, und sie öffnete die Tür weit.

Die Laterne wieder hochhaltend, blickte sie auf die Leichen darin.

»Zeit, nach oben zu gehen«, sagte sie leise, und ein Lächeln spielte um ihre Lippen. »Die Aufführung wird bald beginnen.«

Sie blickte sich um und setzte die Sturmlaterne schließlich auf einem Kartonstapel zwischen dem kleinen Raum und der Treppe ab. Sie beugte sich, packte Kevins Beine und begann ihn zur Treppe zu ziehen. Sein Körper wurde bereits steif, und da der Schmerz in ihrer Hüfte und in ihrem Bein ständig zunahm, war die Aufgabe fast zu schwer, um sie bewältigen zu können.

Aber sie mußte es tun, mußte ihn nach oben schaffen, mußte ihn in den Ballsaal bringen. Sie mühte sich weiter, und Staub wirbelte vom Kellerboden auf, klebte an dem Blut, das ihre Kleidung bedeckte, senkte sich auf ihr Haar und ließ ihre Augen brennen. Doch schließlich lag Kevins Leiche ausgestreckt auf dem Rücken, ordentlich gegen die Wand gelehnt.

Marguerite kehrte in den winzigen Raum zurück und begann, Jennifer Mayhews Leiche zur Treppe zu zerren, und dann Rubys. Sie ging zurück und verschloß den Raum sorgfältig. Wieder an der Treppe, versuchte sie, Kevins Leiche die Treppe hochzuziehen.

Es war unmöglich.

Marguerite jammerte in dem düsteren Licht. Verärgerung und Wut stiegen in ihr auf, und ihr ganzer Körper zitterte. Sie trat mit ihrem steifen rechten Fuß gegen die Leiche und zuckte zusammen, als Schmerz durch ihr Bein schoß. »Sei verflucht«, flüsterte sie. »Sei verflucht, sei verflucht, sei verflucht.« Wut wallte in ihrem Hirn, doch als sich ein Gedanke zu bilden begann, schwand ihr Ärger.

Sie trat über Kevins Leiche, humpelte die Treppe hoch und fand das Seil auf dem Sessellift. Sekunden später war sie wieder im Keller.

Sie zog Kevins Körper herum, bis seine Füße auf der untersten Stufe ruhten, band dann ein Seilende um seine

Knöchel und zog es so gut sie konnte fest. Dann ging sie leise kichernd wieder die Treppe hoch und nahm das Seil mit. Oben durchzuckte sie wieder ein Schreck: Wenn das Seil nicht lang genug war? Ihr Herz raste, und sie beschleunigte ihren Schritt, seufzte dann aber erleichtert auf, als sie den Sessellift erreichte.

Etwa fünfzig Zentimeter Seil waren übrig. Leise murmelnd befestigte sie das Seilende am Lift, richtete sich auf und betätigte den Kontrollknopf wieder.

Der Sessel begann sich zu bewegen, und das Seil, das um den Treppenpfosten führte und sich über den Boden zur Kellertür schlängelte, spannte sich.

Die Liftmaschine drehte einmal protestierend durch, dann ertönte aus dem Keller ein scharfes, holperndes Geräusch, dann ein zweites. Während der Lift sich die Treppe hochbewegte, wurde Kevin Devereaux' Leiche mitgezogen, wobei sein Kopf laut gegen jede Stufe schlug. Als der Lift den Treppenabsatz in der ersten Etage erreicht hatte, ragte Kevins Leiche mit den Füßen voran durch die Kellertür und wurde ins Foyer geschleift. Dann stoppte Marguerite den Lift und ließ ihn wieder herunterfahren. Sie löste das Seil von Kevins Beinen, packte ihn unter den Armen und hievte ihn auf den Sessel. Dann hielt sie ihn fest, während sie das Seil um ihn schlang, so wie sie es dreißig Minuten zuvor bei Kerry Sanders getan hatte.

Nachdem die Leiche ihres Bruders schließlich fest an den Sessel gebunden war, drückte sie den Knopf wieder und sie begann, eine Hand auf den Arm der Leiche gestützt, den Körper bei dem langsamen Aufstieg zu begleiten.

»Du wirst stolz auf sie sein«, sagte sie. »Während du weg warst, habe ich sie soviel gelehrt. Sie tanzt wie der Wind auf einer Wiese, Kevin. Hast du je gesehen, wie der Wind die Blätter an einem herrlichen Herbsttag tanzen läßt? Es ist bezaubernd, absolut bezaubernd. Und so tanzt sie jetzt. Ich habe ihr mein ganzes Leben gewidmet, weißt du. Mein ganzes Leben. Aber das ist es wert, jede Minute. Und du wirst so stolz sein.«

»So stolz wie ich es bin…«

Der Lift erreichte den Absatz der ersten Etage, machte dann die Wendung, und fuhr die letzte Treppe hoch. Und den ganzen Weg schwätzte Marguerite weiter, wobei ihre Hand noch immer auf dem blutigen Leichnam ihres Bruders ruhte, als unterhielte sie einen Ehrengast.

Stop! befahl Jeff sich, und er zwang sich mit Aufbietung all seiner Willenskraft dazu, einen Moment stillzuliegen. Dann begann er, sich mit seinem rechten Arm aus den umklammernden Ranken zu befreien, in denen er gefangen war. Er wußte nicht, wie lange er dort gelegen hatte, aber es schienen Stunden gewesen zu sein. Der Regen ergoß sich noch immer auf ihn, aber das Brüllen des Windes in den Pinien schien etwas nachgelassen zu haben, und es blitzte weniger.

Schließlich hatte er seinen rechten Arm vom Efeu befreit, und dann räumte er das an ihm haftende Blattwerk von seinem anderen Arm und von den Beinen. Als er sich schließlich frei bewegen konnte, begann er sich methodisch durch das Gewirr zu arbeiten, indem er die Ranken so lange beiseite schob, bis ein Loch entstanden war, durch das er kriechen konnte. Schließlich kam er aus dem zusammengefallenen Efeu hervor, und seine Hand sank tief in den schlammigen Garten, der sich an dieser Seite des Hauses befand.

»Jeff? Jeff!«

Zuerst hörte er seinen Namen kaum, dann hörte er ihn wieder und blickte hoch. Über ihm war nichts als Schwärze, doch er glaubte, seine Schwester erkennen zu können, die sich aus dem Fenster beugte und zu ihm herabschaute.

»Ist alles in Ordnung?« hörte er.

»Ja«, rief er zurück. »Ich hab's geschafft.« Dann, bevor Julie etwas sagen konnte, lief er in die Nacht. Er folgte dem Pfad an der Garage vorbei und zum Dickicht dahinter mehr aus der Erinnerung als mit den Augen. Wenn seine Tante merkte, daß er entkommen war, würde sie zuerst auf der Straße nach ihm suchen. Doch hier draußen, mitten auf der Insel, würde sie ihn nie finden.

Er rannte so schnell er konnte, duckte sich vor dem Efeu und wich den Piniengruppen aus. Sein Herz klopfte, und sein Atem kam in lauten, rasselnden Stößen. Schließlich verließen ihn die Kräfte, und er mußte stehenbleiben.

Er ließ sich zu Boden fallen, sein ganzer Körper schmerzte, und er wandte sein Gesicht nach oben, so daß der Regen den Schweiß fortspülte, der an seinem ganzen Körper klebte. Endlich atmete er ruhiger, und er stand wieder auf.

Er machte einen Schritt vorwärts, blieb dann stehen, und schaute unsicher in die Dunkelheit.

Wo war er?

Es blitzte in der Ferne, und in dem kurzen Augenblick der Helle blickte er sich um und versuchte, sich zu orientieren. Doch nichts schien vertraut, und als der Blitz erlosch und das leise Rumpeln des Donners über die Insel rollte, merkte er, daß er sich verirrt hatte.

Wieder schien Panik ihn zu übermannen, doch er kämpfte dagegen an. Er war jeden Tag auf der Insel herumgelaufen, und er kannte alle Pfade – jeden Zentimeter. Wie sollte er sich verirren?

Dann hörte er ein paar Meter entfernt ein Geräusch – das Brechen eines Zweiges, dann ein wütendes Zischen – als ob sich etwas durchs Gestrüpp bewegte.

Er erstarrte, versuchte sich davon zu überzeugen, daß es nur der Wind war.

Aber der Wind war plötzlich erstorben, und der Regen fiel auf ihn herab.

Er hörte wieder das Geräusch.

Was immer es war, es bewegte sich auf ihn zu. Er begann wieder zu rennen, lief einfach den Pfaden nach, ohne sich länger darum zu kümmern, welchen Weg er nahm, da er sich an die Alligatoren erinnerte, die wie Baumstämme in den Teichen der Insel trieben oder in der Sonne dalagen, ihre großlidrigen Augen halb geöffnet, während sie darauf warteten, daß ihnen eine Beute über den Weg lief. Dann war er aus dem Dickicht heraus und befand sich in einem Pinienhain. Er rannte zwischen den Pinien hindurch und taumelte auf eine Straße. Seine Füße traten in Schlamm, rutschten unter ihm weg, und er fiel der Länge nach in den Dreck.

Er schluchzte, kam wieder auf die Füße, und versuchte, etwas von dem Schlamm von seiner Kleidung zu klopfen. Dann wischte er sich mit einem schmutzigen Arm das Gesicht ab. Aber er wußte jetzt, wo er war. Er holte tief Atem und begann langsam, der Straße zum Damm zu folgen.

Hal Sanders hielt seinen Wagen vor der Stadthalle und sprang heraus. Während er zur Eingangstür eilte, schlug er die Tür zu. Er war fast überrascht, sie unverschlossen zu finden – denn nach dem, was Frank Weaver gesagt hatte, hatte er damit gerechnet, daß Will Hempstead nach Hause gegangen war.

Hal hatte sein Haus sofort verlassen, nachdem Edith entdeckt hatte, daß Kerry nicht da war, da er genau wußte, wohin sein Sohn gefahren sein mußte. Doch als er an den Damm gekommen war und die Wellen gesehen hatte, die sich darüber wälzten, war er sicher gewesen, daß Kerry nicht versucht hatte, ihn zu überqueren – niemand, der bei Verstand war, würde das tun. So hatte er begonnen, in der Stadt herumzufahren und nach dem Wagen seines Sohnes zu suchen, war sicher, daß er ihn jeden Augenblick entdecken würde, entweder vor dem Drugstore oder vor dem Haus eines Freundes geparkt.

Doch die Minuten waren verstrichen, und es hatte keine Spur von Kerrys Auto gegeben, und langsam war seine Besorgnis gewachsen. Und mit der Sorge über seinen Sohn war der Ärger auf Frank Weaver und Will Hempstead gekommen. Wenn sie ihre Arbeit ordentlich getan hätten, wäre Kerry jetzt zu Hause.

Schließlich beschloß er, zur Polizeiwache zu fahren. Er fand Hempstead und Weaver, die Füße auf Hempsteads Schreibtisch gelegt, vor einem Teller kalter Pommes frites, der unberührt zwischen ihnen stand. Hempsteads Füße sanken zu Boden, als Hal in sein Büro kam. Von seinem Regenmantel tropfte Wasser.

»Was machen Sie dann da draußen?« fragte Hempstead fröhlich. »Nehmen Sie jetzt Schwimmunterricht?«

»Ich suche Kerry«, erwiderte Hal mit verärgerter Stimme. »Und wenn ihm etwas zugestoßen ist, dann habe ich das wohl Ihnen zu verdanken, oder?«

Hempstead stand auf, und sein Lächeln verschwand. »Kerry?« echote er. »Wovon reden Sie, Hal?«

»Frank war vorhin bei uns im Haus«, erklärte Hal. »Er hat Kerry nach Jenny ausgefragt, Kerry war über die Vorgänge auf der Insel sehr aufgebracht, und ich denke, er hat beschlossen, mal nachzusehen.« Seine Augen, die jetzt funkelten, wanderten zum Deputy. »Da Weaver zu feige war, seine Arbeit zu tun.«

»Moment mal...« setzte Weaver an, aber Hempstead schnitt ihm das Wort ab.

»Jetzt beruhigen Sie sich doch, Hal«, sagte er, »und erzählen Sie mir, was los ist. Sie glauben, Kerry hat versucht, zur Insel zu gelangen?«

Sanders holte tief Luft und atmete dann langsam aus. Als er schließlich glaubte, sprechen zu können, nickte er. »Eine andere Erklärung habe ich nicht«, erklärte er. »Ich hab' mir den Damm angesehen, aber da draußen ist der Teufel los. Deshalb dachte ich, Kerry wäre zu einem seiner Freunde gefahren, aber jetzt war ich in der ganzen Stadt und kann sein Auto nicht finden.«

»Sind Sie mal heimgefahren?« fragte Weaver, der unbewußt den Rat wiederholte, den Hempstead Stunden zuvor Alicia Mayhew gegeben hatte.

»Nein, bin ich nicht«, erwiderte Sanders bissig. »Ich kam her, um euch zu sagen, daß ich verdammt wütend bin, daß ihr einen sechzehnjährigen Jungen eure Arbeit erledigen laßt und daß ich jetzt zum Damm fahren werde. Und sobald ich kann, werde ich zur Insel rüberfahren, und mich da mal umsehen.«

»Augenblick mal ...« begann Hempstead, aber Sanders schüttelte den Kopf.

»Habt ihr Jennifer Mayhew gefunden?« wollte er wissen. Die beiden Polizisten schauten sich an, und Sanders kannte die Antwort, bevor einer von ihnen etwas gesagt hatte. »Ihr sitzt also nur hier rum und wartet, daß der Sturm aufhört. Ich tu' das nicht. Jetzt ist mein Kind irgendwo da draußen, und ihr könnt mir entweder helfen, ihn zu suchen oder nicht. Aber vergeßt nicht«, fügte er hinzu, »im nächsten Jahr sind Wahlen, und diesmal wird es einen Gegenkandidaten geben, Will.«

Hempstead schaute Sanders argwöhnisch an und traf dann eine Entscheidung. Aber es war nicht der Drohung wegen, es war Besorgnis.

Jetzt wurden zwei Kinder vermißt, und beide waren nach Devereaux Island unterwegs gewesen. Und Hal Sanders war offensichtlich entschlossen, ihnen zu folgen. »Wir kommen mit«, sagte er, griff nach seinem Regenmantel und warf Frank Weaver den anderen zu. »Aber wenn wir am Damm sind, werde ich entscheiden, ob wir rüberkommen oder nicht. Wenn Kerry das schon versucht hat, hat er's entweder geschafft oder nicht. Aber ich werde nicht zusehen, wie Sie auch in der See verschwinden, Hal. Wenn's zu schlimm ist, werden wir warten, bis der Sturm vorbei ist, und damit basta.«

Hal Sanders funkelte den Polizeichef an. »Wenn wir abwarten, bis der Sturm vorbei ist«, sagte er düster, »wird es wahrscheinlich zu spät sein.«

26. Kapitel

Marguerite spürte kaum die Erschöpfung, die ihren Körper durchdrang, sondern ein wachsendes Gefühl von Wohlbehagen. Endlich lief wieder alles so, wie es sein sollte. Sie bemerkte jetzt den Sturm überhaupt nicht mehr. Ihr ganzes Wesen war mit den Vorbereitungen für das beschäftigt, was kommen würde.

Der Sessellift kam zum letztenmal rasselnd zum Halt, und sie band Rubys Leiche los und ließ sie auf den Boden vor den Türen des Ballsaals fallen. Sie rollte das Seil sauber auf, legte es sorgfältig auf den Sitz des Lifts, bückte sich dann und beachtete den brennenden Schmerz in ihrer rechten Hüfte nicht. Sie schob die Hände unter Rubys Achseln und humpelte, noch immer gebückt, rückwärts in den Ballsaal, wo sie Rubys Körper bei den anderen plazierte. Sie richtete sich auf und lächelte etwas, als sie ihr Werk betrachtete.

Doch etwas fehlte. Eine Kleinigkeit stimmte nicht.

Und dann erinnerte sie sich. Sie eilte in die erste Etage hinunter und über den Korridor zum Zimmer ihrer Mutter. In dem kleinen Salon, noch immer auf dem Mahagonitisch ruhend, fand sie, wonach sie suchte.

Die Spieldose.

Sie war groß, maß fast sechzig Zentimeter im Quadrat, und aus einer Seite des Rosenholzbehälters ragte eine kleine Kurbel. Sie berührte sie liebevoll und drehte dann die Kurbel. Endlich öffnete sie fast andächtig den Deckel.

In der Dose begann sich eine große Metallscheibe zu drehen, und eine leise und liebliche Melodie erfüllte die Luft. Sie weckte Erinnerungen an die Zeiten, als sie noch ein kleines Mädchen gewesen war und ihre Mutter die Spieldose für sie hatte spielen lassen und sie zu tanzen gelehrt hatte.

Sie runzelte die Stirn, weil etwas in ihrer Erinnerung schmerzlich war.

Und dann erinnerte sie sich.

Ihre Mutter hatte sie manchmal stundenlang nach den leisen Klängen des einfachen Walzers tanzen lassen, bis ihre Beine schmerzten und sie fürchtete, vor Erschöpfung zusammenzubrechen. Doch wenn sie sich beklagt hatte, hatte ihre Mutter die Spieldose nur wieder aufgezogen und sie angetrieben – angetrieben...

»Ich habe das nie getan«, kreischte Helenas krächzende Stimme über Marguerites Lippen. »Du warst träge. Wenn es nach dir gegangen wäre, hättest du überhaupt nie getanzt!«

»Nein«, bettelte Marguerites eigene Stimme. »Ich war nicht träge, Mama. Ich war nur...«

Ihre Stimme veränderte sich wieder, diesmal mitten im Satz. »Wage es nicht, mir zu widersprechen, junge Dame!« kreischte Helenas Stimme. »Nach allem, was ich für dich getan habe! Wage es nicht!«

Es war Helenas Hand, die vorschoß und den Deckel der Spieldose zuschlug, die sanfte Melodie unterbrach, doch es war Marguerites Stimme, die leise in der Stille jammerte. »Aber ich hab's versucht, Mama«, flüsterte sie. »Ich – es tut mir leid, Mama ...«

Ihr Verstand bestand nur noch aus Fragmenten, und sie stand reglos da, hielt mit den Händen ihren Kopf, der sich anfühlte, als ob er zerplatzen würde. Der Wahnsinn kämpfte in ihr, und ihr Körper krümmte sich. Ihr Rumpf verdrehte sich voller Schmerz, als sie versuchte, sich dem Schmerz in ihrem Kopf zu entziehen. Und dann begann der Schmerz ihren Verstand zu betäuben, als sie gegen die Erinnerung ihrer Mutter ankämpfte, die zum Leben erwacht war, als sie zuvor an diesem Abend an der Gruft gestanden hatte.

Sie hatte ihre Mutter geliebt – ihr Leben lang hatte sie ihre Mutter geliebt. Und wenn nicht dieser Unfall in jener Nacht gewesen wäre, als sie die Treppe hinunterstürzte ...

Sie taumelte, versuchte, sich an diese Nacht zu erinnern. Was war geschehen? Was war wirklich geschehen?

»Das willst du wissen?« kicherte die Stimme ihrer Mutter. »Ich kann es dir zeigen, ich kann dir alles zeigen!«

»Nein!« keuchte Marguerite, doch während sie die Worte ausstieß, unterwarf sie ihren Verstand ihrer Mutter.

Der Schmerz in ihrem Kopf ließ nach, und sie bewegte sich wie in Trance aus dem kleinen Salon, durchquerte das Schlafzimmer zum Ankleidezimmer und zog eine Schublade heraus, die fast ein Meter fünfzig lang und neunzig Zentimeter tief war. Ein Ballkleid lag darin, dessen Farbe durchs Altern verblichen war, und die Säume waren ausgefranst. Doch jetzt, im düsteren Licht der einzelnen Kerze, die den Raum erleuchtete, sah es ganz neu aus. Es war ein wundervolles Kleid, aus smaragdgrünem Satin gefertigt, mit einem Mieder versehen, das mit blaßrosa Perlen bestickt war. Sie berührte das Kleid, und drei der winzigen Perlen lösten sich von den verrotteten Fäden, rollten unbemerkt in eine Ecke der Schublade.

Langsam, ohne den Blick von dem Ballkleid abzuwenden, streifte Marguerite ihre blutbefleckte Kleidung ab, bis sie schließlich in Büstenhalter und Höschen dastand.

Dann begann sie, nach dem Petticoat zu suchen, der zu dem Rock gehörte. Schließlich fand sie ihn und zog ihn an, und dann nahm sie behutsam das Kleid aus der Schublade.

Sie schlüpfte hinein, zwängte ihre Arme vorsichtig in die Ärmel und knöpfte das hohe Mieder zu. Das Oberteil des Mieders, aus reiner Spitze gefertigt, zerriß zwischen ihren Fingern, aber sie sah die winzigen Risse im Gewebe nicht, sah die Perlen nicht, die von dem muschelförmigen Muster auf ihren Busen gefallen waren.

Dann ging sie wieder zu ihrer Kommode und begann ihr Make-up aufzufrischen. Sie legte Farbe auf ihre Wangen und Lippen, tupfte dann eine dicke Schicht Puder auf die dicke Schminke. Sie beugte sich vor, strich Mascara auf die Augenlider und legte dicke Schatten auf die Flekken unter ihren Augen. Schließlich widmete sie sich ihrem Haar und flocht es in zwei lange Zöpfe, die sie auf ihrem Kopf zusammensteckte, wo sie von zwei silbernen Kämmen gehalten wurden.

Schließlich erhob sie sich und begab sich vor den großen Spiegel in der Ecke des Ankleidezimmers.

Durch die Nebel in ihrem Verstand starrte sie lange und intensiv auf das Spiegelbild, und sie sah das Bild von Helena Devereaux genau so, wie sie in jener Nacht vor so vielen Jahren ausgesehen hatte, als all ihre Träume für ihre Tochter ein für alle Male zerbrachen.

Dann ging sie zurück in den Salon und nahm die große Spieldose aus Rosenholz auf. Sie trug sie fast ehrerbietig, verließ die Suite am Ende des Korridors und ging wieder zur Treppe zurück. Sie bewegte sich jetzt mit Leichtigkeit, und der Schmerz in ihrer Hüfte war verschwunden. Sie humpelte auch nicht mehr und ging mit gleichmäßigem Schritt, bewegte sich königlich durch das Haus, und der Saum ihres Kleides berührte den Boden kaum. Schließlich erreichte sie die Treppe und ging nach oben.

Julie lauschte an der Tür des Kinderzimmers, ihr Gesicht war tränenüberströmt, und ihr ganzer Körper zitterte voller Furcht und Erschöpfung, die die Stunden des Entsetzens mit sich gebracht hatten. Es schien, als würde das Geräusch des Sesselliftes nie enden. Viermal war er zwischen dem Erdgeschoß und der zweiten Etage hin und her gefahren. Aber was mochte ihre Tante tun? Und dann, vor nur kurzer Zeit, hatte sie Marguerites ungleichmäßigen Schritt die Treppen hinunterkommen gehört, und er hatte sich über den langen Korridor zum Zimmer ihrer Großmutter bewegt.

Dann hatte sie lange Zeit gelauscht, und ihre Furcht wuchs, als die Stille im Haus sich hinzog.

Einmal hatte sie für wenige Augenblicke geglaubt, die schwachen Klänge von Musik zu hören, doch dann war der Wind wieder aufgekommen und hatte sie erstickt.

Doch jetzt hörte sie wieder Schritte auf dem Korridor.

Gleichmäßige Schritte, nicht diese seltsamen, unheimlichen Geräusche ihrer Tante, die sich steif bewegte und ihr rechtes Bein nachzog. Sie wollte bei demjenigen, der da draußen sein mochte, um Hilfe schreien. Doch etwas hinderte sie, irgend etwas hielt sie zurück.

Dann hörte sie die Schritte entschwinden, und sie

eilte zu dem geborstenen Fenster und lehnte sich hinaus in die Dunkelheit.

Sie wußte nicht, wie lange es her war, seit Jeff hinaus in den Sturm gegangen war. Es schien Stunden her zu sein – eine Ewigkeit. Aber vielleicht war es auch nur Minuten her.

Der Sturm schien nachzulassen. Der Wind erstarb, und selbst der Regen war zu einem sanften Nieseln geworden. Sie spürte eine Spur von Hoffnung. Vielleicht konnte er jetzt über den Damm kommen.

Und sie schluchzte in plötzlichem Entsetzen, als sie das leise Klicken des Schlosses an der Tür hörte, die sich knarrend öffnete. Sie drehte sich um und unterdrückte einen Schrei.

Jeff taumelte über die Straße und ertastete seinen Weg in der Dunkelheit. Jetzt zuckten nur noch wenige Blitze, und sie waren weit weg, beleuchteten nur die Wolken, aus denen sie drangen, Sekunden später von leisem Donner gefolgt. Die Straße, nicht mehr als eine tiefe Schlammspur, matschte an seinen Füßen, und jeder Schritt war mühsam. Zu seiner Linken ächzten die Pinien unter dem Gewicht des regenschweren Mooses. Sie schienen sich wie Bettler in der Nacht ihm zuzustrecken, versuchten, ihn zu berühren, nach ihm zu fassen.

Und zu seiner Rechten ließ ihn das Geräusch der wogenden See zurückschrecken, deren Brecher sogar im Kanal tobten. Er weinte, vor Furcht, vor Verbitterung und Erschöpfung. Seine Augen suchten nach dem Festland, aber da war nur Dunkelheit, und schließlich gab er es auf und hielt den Kopf gesenkt, während er durch den Regen trottete.

Das Geräusch der See wurde lauter, er blickte auf und befand sich fast am Rand der Asphaltstraße auf dem

Damm. Er verfiel in ein taumelndes Laufen, und sein Atem kam in heftigen Stößen, als er die Nachtluft einsog.

Und plötzlich war er da – er hatte es geschafft!

Doch einen Augenblick später, als er auf den Damm starrte, wich seine Erleichterung, und er begann wieder zu schluchzen.

Schwere Wellen türmten sich im Süden auf, wurden immer höher, als sie auf die Untiefen zurollten, die neben dem Damm verliefen, schwollen dann zu gewaltigen Massen schwarzen Wassers an, bevor sie sich über die Straße in einem Mahlstrom wirbelnden Schaumes ergossen. Dann lief das Wasser ab, und der Asphalt war nur für einen Augenblick frei, bevor die nächste Welle die Straße wieder überflutete.

Einen winzigen Augenblick lang dachte Jeff über die Möglichkeit nach, zwischen den Wellen über den ganzen Damm zu rennen, doch er wußte, daß das unmöglich war. Er konnte das andere Ende nicht einmal sehen, und lange bevor er auch nur die halbe Strecke zurückgelegt hatte, würde das Wasser ihn weggespült haben. Er sank zu Boden, und ein Gefühl der Niederlage überkam ihn.

Solange die Wellen sich nicht beruhigten, gab es keine Möglichkeit, irgendwie Hilfe zu holen.

»Du bist nicht fertig«, krächzte die wütende Stimme der Erscheinung an der Kinderzimmertür. »Weißt du nicht, daß unsere Gäste warten?«

Julie wich an die Wand zurück. Sie wußte, wer das war, erkannte das Gesicht ihrer Tante trotz der dicken Schicht von verschmiertem Make-up. Und sie erkannte auch die Stimme.

Aber es war nicht die Stimme ihrer Tante; darin war keine Spur der sanften Stimme von Marguerite Devereaux. Aber dennoch erkannte Julie sie.

Die Stimme ihrer Großmutter.

Und auch das Gesicht ihrer Großmutter.

Sie erkannte es jetzt deutlich, als sie sich daran erinnerte, wie sie ihre Großmutter zum erstenmal gesehen hatte: eine gräßliche Maske aus Lippenstift und Rouge, wie sie in dem Sessellift die Treppe herunterkam und sie anlächelte.

Aber dieses Gesicht lächelte überhaupt nicht. Von der Laterne in Marguerites Hand erleuchtet, spielten unheimliche Schatten über die groteske Fratze, und Marguerites Augen, in denen der Wahnsinn funkelte, glitzerten teuflisch in dem flackernden gelben Licht.

Ein Klumpen Furcht ballte sich in Julies Kehle, und ihre Finger erstarrten, als das Entsetzen sie packte.

Marguerite bewegte sich auf sie zu, und Julies Augen weiteten sich.

An ihr war keine Spur von Hinken.

Also war sonst niemand im Haus – niemand war gekommen, um sie schließlich doch noch zu retten.

Tu, was sie sagt, flüsterte eine Stimme in ihr. Tu genau, was sie sagt.

Marguerites rechte Hand schoß vor und schlug Julie ins Gesicht. »Ich hatte dir gesagt, du solltest um acht fertig sein, nicht wahr?« schnarrte ihre Stimme. Dann steigerte sie sich zu einem wilden Kreischen. »Nicht wahr?«

Sie glaubt, sie sei Großmutter, erkannte Julie mit plötzlicher Klarheit. Sie glaubt, sie sei Großmutter und ich sei sie.

»E-es tut mir leid, Mama«, murmelte sie, wobei sie instinktiv die Anrede nachahmte, die ihre Tante immer gegenüber ihrer Großmutter gebraucht hatte.

»Leid«? echote Marguerite, deren Stimme von Helenas bissigem Sarkasmus troff. »Komm!«

Mit Fingern, die jetzt so stark wie Klauen waren, packte

sie Julies Arm und zerrte sie roh zur Tür. Sie führte Julie zu dem Zimmer, das sie vor Tagen noch selbst bewohnt hatte, stieß die Tür auf, schob Julie hinein und stieß sie gegen einen Schrank, der an der Wand stand. Julie zuckte zusammen, als ihre Hüfte gegen das Eichenholz prallte, aber es gelang ihr, das Stöhnen zu unterdrücken, das in ihrer Kehle schwoll.

»Mach auf!« schnappte Marguerite.

Julie versuchte zu sprechen, mußte aber schlucken, bevor sie ein Wort herausbringen konnte.

»J-ja, Mama«, jammerte sie. Mit tastenden Fingern fand sie die Bügel und zog die obere Schublade heraus. Darin fand sie ein sauber gefaltetes Trikot.

»Zieh es an«, befahl Marguerite.

Mit zitternden Fingern öffnete Julie die Knöpfe ihrer Bluse und zog dann ihre Jeans aus. Schließlich steckte sie ihre Beine in das Trikot, dann ihre Arme. In dem dünnen Gewand zitternd, wandte sie sich an Marguerite.

»Nimm deine Schuhe.«

Unsicher begab sich Julie zu dem Schrank, und als ihre Tante nichts sagte, machte sie die Tür weit auf.

Im düsteren Licht der Laterne in Marguerites Hand konnte sie nur undeutlich ein großes Regal erkennen. Jedes Fach davon war mit abgetragenen Tanzschuhen gefüllt.

Wie benommen nahm sie ein Paar heraus, sank dann zu Boden, zog die Schuhe an und schlang die Satinbänder um ihre Knöchel.

Die Schuhe waren zu klein, und sie konnte bereits spüren, wie sie ihre Zehen drückten. Sie schaute auf, doch Marguerite blickte sie kalt an.

»Nach oben«, sagte sie. »Unsere Gäste warten.«

Ihr Herz klopfte wild, als Julie sich von Marguerite zu der Treppe zum zweiten Stock führen ließ.

Welche Gäste? fragte sie stumm. Wovon redet sie? Außer uns ist niemand im Haus.

Aber es stimmte nicht.

Ihr Vater war irgendwo im Haus und auch Kerry Sanders.

Und beide waren tot.

Und ihre Tante würde auch sie töten. Sie wußte es mit der ruhigen Gewißheit, die den Schmerz aus ihrem Körper zu ziehen schien. Außer...

Außer sie tat genau das, was Marguerite ihr sagte, und verhielt sich so, als sei alles in Ordnung.

Sie ging die Treppe hoch, die Augen auf die geschlossenen Türen des Ballsaales gerichtet.

Sie bemerkte nur vage etwas, das auf der Treppe war, rötliche Flecken auf dem Boden des Foyers zum Ballsaal. Aber sie weigerte sich, darauf zu schauen, weigerte sich, es zu riskieren, die eigenartige Fassung zu verlieren – aus schierem Entsetzen geboren – die über sie gekommen war.

»Öffne die Türen«, befahl Marguerite.

Julie drückte die Türen vorsichtig auf, die sich leise in den schweren Scharnieren öffneten.

Der Ballsaal dahinter war pechschwarz.

»Auf dem Flügel stehen Kerzen«, sagte Marguerite. »Zünde sie an, meine Liebe.«

Sie reichte Julie eine kleine Schachtel Streichhölzer, und Julie nahm sie gehorsam und bewegte sich durch die Dunkelheit auf den Flügel zu. Mit steifem Rücken und bemüht, die Finger nicht zittern zu lassen, begann sie die Kerzen in den riesigen Kandelabern auf dem Flügel anzuzünden. Dabei spürte sie, wie Marguerite durch den Raum ging. Langsam, während sie beide die Kerzen entzündeten, wurde der Raum von Licht erfüllt.

»Nun dreh dich um«, sagte Marguerite, als die letzte

Kerze angezündet war. »Drehe dich um und begrüße unsere Gäste.«

Julie nahm ihren Mut zusammen und drehte sich langsam am Flügel um.

Und ein plötzlicher, unkontrollierbarer Schrei kam aus ihrer Kehle. Schrill und qualvoll hallte er durch den Raum, prallte an den Wänden ab und schlug betäubend in ihre Ohren zurück.

An der Wand saßen vier Leichen grotesk auf vier roten Samtstühlen.

Kerry, dessen Körper aufrecht mit dem Messer an den ersten Stuhl gesteckt war, das noch immer aus seiner Brust ragte, starrte sie mit blicklosen Augen an. Sein Mund stand auf, und ein paar Tropfen Blut tropften von seinem Kinn auf einen karmesinroten Fleck, der seine Brust bedeckte.

Daneben saß Ruby mit herausgequollenen Augen, und ihr Fleisch war um den roten Seidenschal geschwollen, der um ihren Hals geknotet war. Ihre Beine waren gespreizt, und ihre Arme hingen seitlich herab, die Finger zu Krallen verkrampft.

Jennifer Mayhew saß neben Ruby. Eine dunkle Schramme bedeckte ihre Stirn, und weitere Schrammen überzogen ihre Wangen. Ihre Unterlippe, durch Marguerites bösartige Tritte fast aus dem Gesicht gerissen, hatte von ihrem Mund nur eine blutige Masse übriggelassen, doch auch ihre Augen waren geöffnet. Sie schien direkt auf Julie zu starren, und in ihrer trägen Leblosigkeit war etwas Anklagendes, als ob das alles Julies Schuld sei.

Und schließlich sah sie die Leiche ihres Vaters. Mit Blut bedeckt, war sein Körper im vierten Stuhl nach vorn gesackt, fast als ob er schliefe. Und doch war eine Reglosigkeit an ihm, ein verheerender Ausdruck totaler

Niederlage, der Julie verraten hätte, daß er tot war, auch wenn nicht die Blutflecken an seiner Kleidung gewesen wären.

Ihr Schrei erstarb, und die Eiseskälte in ihren Fingern breitete sich in ihrem ganzen Körper aus und betäubte sie. Ihr Verstand schien sich zu schließen, und als sie schließlich wieder die Stimme ihrer Tante hörte, kam sie aus großer Ferne.

»Es ist Zeit«, sagte Marguerite zu ihr. »Zeit, für unsere Gäste zu tanzen.«

Dann hörte sie den Flügel, die ersten Klänge einer vertrauten Melodie. Selbst in ihrem Schock spürte sie, wie sich ihre Arme und Beine in die erste Position begaben.

Es war ein Alptraum – es mußte einer sein. Sie konnten nicht alle tot sein – es war unmöglich. Ihr Verstand wehrte sich gegen das, was ihre Augen sahen, und sie spürte kaum, wie ihr Körper sich von einer Position zur nächsten bewegte. Sie hob sich auf die Zehen, blind gegen den Schmerz in den engen Schuhen, und drehte eine Pirouette.

Der Takt der Musik wurde schneller, und sie wirbelte über das Parkett. Ihre Arme bewegten sich durch bloßen Instinkt und jahrelanges Training.

Und sie konnte die toten Augen auf sich spüren, die jeder ihrer Bewegungen folgten, sie beobachteten, auf ihr ruhten.

Sie sind nicht tot! schrie die Stimme in ihrem Verstand. Ich werde aufwachen, und sie werden hier sein, mir zuschauen und mich anlächeln. Sie tanzte weiter, hatte Angst, anzuhalten, fürchtete, daß wenn sie aufhörte, sie feststellen würde, daß der Alptraum nicht zu Ende war, daß alles um sie herum Wirklichkeit war.

Und dann, als sie dicht bei Jennifer Mayhew tanzte, sah sie plötzlich, daß ihre beste Freundin sich bewegte.

Sie erstarrte mitten im Schritt, und ihre Augen hafteten fasziniert auf ihr.

Und dann bewegte sich Jennifers Körper wieder langsam und beugte sich vor, als wolle sie aufstehen.

Die Bewegung wurde schneller, und Jennifer fiel mit dem Gesicht voran, lag ausgebreitet auf dem Boden, ihr rechter Arm war ausgestreckt, und ihr Finger zeigte auf Julie.

Julie schrie auf und bedeckte ihr Gesicht mit den Händen, als sie auf die Tür des Ballsaales zuwankte.

Abrupt endete die Musik, und ein unheimliches Schweigen senkte sich auf den Raum. Julie erreichte die Tür, riß sie auf und eilte in das Foyer zur Treppe. Sie war an der Treppe und klammerte sich an das Geländer, um nicht umzufallen, als sie wieder die Stimme ihrer Tante hörte, die mit der heftigen Wut ihrer Großmutter krächzte.

»Glaubst du, du könntest gehen?« wollte die tobende Stimme wissen. »Glaubst du, ich würde dich alles wegwerfen lassen? Mein ganzes Leben habe ich für dich vergeudet. Ich habe dich ausgebildet, dich geliebt! Ich habe dich ermutigt – dich jeden Tag üben lassen! Ich habe dich alles gelehrt! Und was ist dein Dank? Du willst mit diesem gemeinen jungen Mann durchbrennen. Gibst dich ihm hin wie eine Straßenhure!« Ihre Stimme schwoll an, kreischte in Julies Ohren. »Nein, das werde ich nicht zulassen! Du wirst mich nie verlassen! Du wirst ewig bei mir bleiben, verstehst du?« Als Julie sich vor ihrer Tante duckte, spürte sie deren Hand an ihrem Rücken und spürte die Wucht des Stoßes, der sie aus dem Gleichgewicht brachte, ihre Hände aus dem Griff am Geländer löste.

Sie schrie auf, als sie die lange Treppenflucht hinunterzustürzen begann, und dann erstickte der Schmerz in ihrem Körper den Schrei in ihrer Kehle, und sie war stumm, als sie sich immer wieder überschlug, als ihr Kopf gegen eine Stufe schlug, ihr Rückgrat sich heftig verdrehte, als sie gegen die Wand schlug und dann gegen die Pfosten, die an jeder Stufe aufragten, um das Geländer zu stützen. Endlich blieb sie liegen, lag am Fuße der Treppe ausgestreckt. Das letzte, was sie sah, bevor die Schwärze sich um sie zu schließen begann, war das Gesicht ihrer Tante, das über ihr aufragte, ihre Lippen zu einem teuflischen Lächeln verzerrt.

»Du wirst mich niemals verlassen«, hörte sie die Stimme wieder murmeln. »Du gehörst mir, und ich werde dich nie gehen lassen.«

Und dann glitt Julie zum Glück in die tröstende Dunkelheit.

27. Kapitel

Hal Sanders steuerte seinen Wagen auf den Damm hinaus und bremste abrupt, als eine hohe Welle gegen den felsigen Uferdamm brach, dann die Straße überspülte und weiter nach Norden floß. »Verdammt!« Er stieß das Wort laut aus und schlug mit der Faust verärgert auf die Hupe. Am Seitenfenster wurde heftig gepocht, und als er es herunterkurbelte, sah er Will Hempstead, der eine große Taschenlampe in der Hand hielt und den Kopf schüttelte.

»Für eine Weile ist es nicht zu schaffen«, sagte der Polizeichef. »Aber der Sturm läßt nach, und das Wasser wird sich ziemlich schnell beruhigen.«

»Ziemlich schnell reicht nicht«, erwiderte Sanders bitter. Er kniff die Augen zusammen, als er durch die Windschutzscheibe spähte, um die Schwärze und den Niesel durchdringen zu können. Die Scheinwerfer funkelten hell, doch der Regen verwischte ihren Strahl, und er konnte nur wenige Meter weit sehen. Doch dann ließ der Regen nach, und Hal schaltete die Scheinwerfer auf Fernlicht. Er sah über den ganzen Damm, und für eine Sekunde glaubte Hal, eine Bewegung am anderen Ende zu sehen. Doch sie war sofort wieder verschwunden. Der Regen wurde heftiger, und wieder verwischte das Licht zu einem nebligen Funkeln, aber Hal war bereits ausgestiegen.

»Sie haben doch einen Suchscheinwerfer, oder?« fragte er, während er auf den schwarzweißen Subaru Kombi zuging, der ein paar Meter von seinem Ford entfernt geparkt war.

»Sicher«, erwiderte Hempstead.

»Schalten Sie ihn ein«, sagte Sanders. »Ich hab' da drüben was gesehen, es war nur eine Sekunde lang, aber ich bin sicher, daß da auf der Insel etwas ist.«

Frank Weaver schaltete in dem kleinen Streifenwagen den starken Suchscheinwerfer an, der auf dem Dach montiert war, und begann, ihn über das Wasser zu richten. Sein Halogenstrahl durchdrang den Regen mit gleißender Helligkeit, und einen Augenblick später konnten sie die Wipfel der Pinien auf Deveraux Island sehen.

»Niedriger, verdammt«, schrie Sanders, während er das andere Ufer absuchte. »Um Himmels willen, Frank, wenn da drüben jemand ist, wird er bestimmt nicht auf Bäume klettern.«

»Ich muß ihn ja erstmal einstellen«, murmelte Weaver, der den Kontrollknopf am Dach drehte. Er löste sich kurz, und der Strahl schoß himmelwärts und verlor sich in den Wolken. Dann glitt er aufs Wasser. Schließlich fing er sich und war auf das Ende des Damms gerichtet. Einen Sekundenbruchteil war da nichts, dann tauchte wild winkend eine Gestalt in dem Strahl auf.

»Das ist Jeff!« schrie Will Hempstead. »Was zum Teufel...« Er schwieg, als die ferne Gestalt noch immer winkend auf den Damm hinaustrat. Hempstead griff nach dem Mikrofon, das vom Funkgerät herabhing, und schaltete das Megaphon ein, das hinter dem Scheinwerfer angebracht war.

»Bleib, wo du bist!« brüllte er. »Versuch nicht, hierher zukommen!«

Doch während er sprach, sah er eine Welle den Damm überfluten, und einen Augenblick später verschwand die kleine Gestalt Jeff Devereaux.

Jeff hatte die Scheinwerfer am anderen Ende des Damms kommen sehen und begonnen, auf und ab zu springen. Er hatte seine Arme geschwenkt und mit aller Lautstärke geschrien. Doch selbst für ihn selbst klang seine Stimme kaum lauter als ein Flüstern, und er war fast sicher, daß man ihn im diffusen Licht der Scheinwerfer nicht sehen konnte. Dann war der Suchscheinwerfer angegangen und hatte ihn einen Moment später entdeckt. Wieder schreiend, winkte er wild und rannte instinktiv auf das Licht zu.

Die Welle traf ihn im selben Moment, als er den schwachen Klang einer Stimme hörte, die ihm durch das Megaphon etwas zurief. Er verlor das Gleichgewicht, taumelte und ging dann unter. Er spürte, wie er von der Straße getragen, über die rauhen Felsen geschleift und dann in den dahinterliegenden Kanal geschleudert wurde. Einen Moment strampelte er wild im Wasser, dann fanden seine Füße Grund, und er stieß sich ab. Eine Sekunde später drang sein Kopf durch die Wasseroberfläche. Wasser tretend, drehte er seinen Kopf und versuchte, sich zu orientieren.

Eine zweite Welle spülte über den Damm, und eine Kaskade wirbelnden Schaums brach für einen Moment über ihn herein. Doch dann sah er den Scheinwerfer, der auf die Bäume hinter der Straße leuchtete und sich auf das nur wenige Meter entfernte Ufer richtete. Obwohl die See hier kabbelig war, befand er sich auf der Leeseite, und die gefährlichen Südwellen konnten ihn nicht erreichen. Einen Moment später kletterte er aus dem Wasser und wieder auf die Straße. Seine Schuhe hatte er im Kanal verloren.

»Jeff!«

Er hörte deutlich seinen Namen, drehte sich, um zu dem Wagen am anderen Ende zu winken, und begriff dann, daß man ihn nicht sehen konnte, denn der Strahl des Suchscheinwerfers glitt jetzt über den Kanal.

»Ich bin hier!« schrie er. »Ich bin auf der Straße! Hier drüben!« Er winkte wild, aber die Sekunden verstrichen, während der Suchscheinwerfer im Zickzack über das aufgewühlte Wasser glitt. Plötzlich bewegte er sich nach oben und streifte über die Straße, strich direkt über ihn. Eine Sekunde später war er wieder da, ganz auf ihn gerichtet, und er begann, wieder zu winken.

»Bleib, wo du bist!« hörte er eine metallisch verstärkte Stimme rufen. »Versuche nicht, rüberzukommen! Du schaffst es nicht! Wir kommen zu dir!« Eine lange Pause entstand, und dann kam die Stimme wieder. »Jeff, wenn du mich verstehen kannst, hör auf zu winken. Hör auf zu winken, zähle bis drei, und winke dann wieder, aber nur einmal!«

Jeff zögerte und kämpfte mit sich, um sich zu beherrschen. Dann hörte er im Licht des Suchscheinwerfers auf zu winken.

»Eins... zwei... drei...« sagte er laut.

Fast versuchsweise hielt er eine Hand hoch und winkte. Einen Augenblick darauf sank seine Hand herunter, und er brach schluchzend im Schlamm der Straße zusammen.

»In Ordnung«, sagte Hempstead, als sie beobachteten, wie Jeff zu Boden fiel. »Fahren wir. Hal, fahren Sie Ihren Wagen beiseite.« Während Sanders zurück zu seinem Wagen eilte und ihn vom Ende des Damms zurückzusetzen begann, setzte sich Will Hempstead auf den Fahrersitz des Streifenwagens und legte den ersten Gang ein. Er wollte gerade losfahren, als die Hintertür aufgerissen wurde und Hal Sanders hineinkletterte.

»Versuchen Sie bloß nicht, mit mir zu rechten, Will«, sagte Sanders. »Mein Sohn ist irgendwo da draußen, und ich werde Sie begleiten.«

Hempstead sagte nichts. »Richte das Licht nach Süden«, sagte er schließlich zu Frank Weaver. »Ich möchte wissen, was kommt.«

Sie beobachteten das Wasser fünf lange Minuten, schätzten die Wucht des Wassers und versuchten, ein Muster zu erkennen.

»Scheint so, als sei die fünfte die schlimmste«, sagte Weaver schließlich. Hempstead nickte stumme Zustimmung und wartete dann, bis die nächste große Welle brach.

»Fahren wir!« erklärte er, während er seinen rechten Fuß auf das Gaspedal preßte. Noch während das Wasser der Welle ablief, bewegte der Wagen sich auf den Damm zu.

Sie waren erst zwanzig Meter weit gekommen, als die erste Welle sie traf. Hempstead verlangsamte die Fahrt, als Wasser über die Räder spülte. Der Wagen schwankte leicht, blieb aber auf der Straße, und als das Wasser abfloß, gab er wieder Gas. Sie schafften weitere zwanzig Meter, bevor die zweite Welle kam, und dreißig weitere vor der dritten.

Als die vierte Welle zuschlug, spürte Hempstead, wie der Streifenwagen nach links schleuderte, und einen Augenblick lang glaubte er, er würde die Kontrolle ganz verlieren. Aber dann fanden die Räder auf dem feuchten Asphalt wieder Halt, und das Fahrzeug lief ruhig. Doch sie konnten sehen, wie sich bereits die fünfte Woge aufbaute.

Hempstead steuerte den Wagen nach rechts, schaltete den Rückwärtsgang ein und drehte die Räder in die Gegenrichtung.

»Was tun Sie denn, zum Teufel?« schrie Hal Sanders vom Rücksitz.

»Maul halten und festhalten!« brüllte Hempstead. Er legte den ersten Gang ein und zog die Handbremse. Direkt vor ihnen hob sich die Welle aus der Nacht, eine wütende Masse grünen Wassers, das in den Scheinwerfern leuchtete. Dann brach sie, stürzte auf die Front des Wagens, weißes Wasser umwirbelte sie und leckte über die Windschutzscheibe.

Wieder erzitterte der Wagen, glitt rückwärts, und der Motor ging aus. Dann lief das Wasser wieder ab.

Sie waren noch auf der Straße, etwa dreißig Meter von der Insel entfernt. Hempstead drehte den Zündschlüssel, und der Starter drehte sich geräuschvoll.

Aber der Motor sprang nicht an.

Die nächste Welle brach und lief harmlos unter ihnen durch, während Hempstead wieder versuchte zu starten.

»Nimm das Funkgerät, Frank. Hal, hinter Ihnen liegt ein Seil. Geben Sie's mir!«

Während Frank Weaver ein Funkgerät aus dem Handschuhfach zog und es in einen Plastikbeutel packte, griff Hal Sanders hinter den Rücksitz und fand das aufgerollte Seil.

Als sich die Reihe von Wellen aufbaute, eine stärker als die andere, befestigte Hempstead ein Seilende am Lenkrad und machte am anderen eine Schlinge. »Ich werd' versuchen, nach der nächsten großen rüberzukommen«, sagte er. »Ich werde das Seil an einem Baum befestigen, und ihr könnt es als Sicherungsleine benutzen.«

Die fünfte Welle baute sich vor ihnen auf, brach dann über den Wagen, und wieder spürten sie, wie das leichte Auto rückwärts auf den Straßenrand zurutschte. Als das Wasser abfloß, sprang Hempstead aus dem Wagen und streifte sich die Schlinge über Kopf und Schultern. Den Kopf gegen den Wind einziehend, lief er über den Asphalt und riß sich dann zusammen, als die nächste Welle kam. Für einen Moment verlor er den Halt, doch seine Zehen fanden einen Felsen am Straßenrand, und einen Moment darauf war er wieder auf den Beinen. Als die nächste Welle brach, hatte er die Insel erreicht, wo er das Seil löste und es an einem Baum befestigte. Wild winkend signalisierte er den beiden Männern. »Jetzt, verdammt!« brüllte er. »Die nächste große nimmt den Wagen mit!«

Während er zuschaute, öffnete sich die Hintertür, und Hal Sanders kam heraus. Gerade als Hal nach dem Seil packte und über die Straße wankte, schoß Frank Weaver vorne um den Wagen herum und folgte Hal.

Die dritte Welle warf Hal um, aber er klammerte sich an das Seil, als das Wasser über ihm brodelte, und kam wieder auf die Füße. Keuchend und am Salzwasser würgend, das beim Sturz in seinen Mund gedrungen war, fiel er auf den Dammrand, und Weaver stolperte über ihn.

Sie kamen gerade noch rechtzeitig auf die Beine, um zu sehen, wie die fünfte Welle den Polizeiwagen traf.

Der Wagen verschwand unter der Wucht des Wassers völlig, und das Seil, das noch immer an den Baum gebunden war, wurde straff und riß dann mit einem lauten Knall.

Als das Wasser abgeflossen war, war der Damm leer. Von dem Streifenwagen war nichts zu sehen.

»Mein Gott«, flüsterte Hempstead in der Dunkelheit.

Doch bevor Frank Weaver oder Hal Sanders überhaupt etwas sagen konnten, war Jeff Devereaux bei ihnen und klammerte sich mit schmutzigen Armen an Hempstead.

»Sie hat sie getötet!« schrie Jeff. »Sie hat Papa getötet, und Kerry und Ruby und alle anderen!«

Ein Zittern durchfuhr Hempstead, und er ließ sich auf die Knie sinken und faßte den entsetzten Jungen an beiden Schultern. »Jetzt ganz ruhig«, sagte er. »Beruhige dich, und erzähl uns genau, was geschehen ist.«

Noch immer schluchzend, begann Jeff stockend zu erzählen, was in dieser Nacht geschehen war.

Julie kam langsam wieder zu Bewußtsein. Ihr ganzer Körper war von einem dumpfen, pochenden Schmerz erfüllt, der kein Zentrum zu haben schien, sondern sich durch jeden Knochen und Muskel ausbreitete. Ihr Verstand schien in der Dunkelheit zu schwimmen, und eine Weile – sie wußte nicht, wie lange – lag sie bewegungslos da, hatte die Augen geschlossen und versuchte, sich zu erinnern, was geschehen war.

Sie war im Kinderzimmer gewesen, und ihre Tante war gekommen, aber es war in Wirklichkeit überhaupt nicht ihre Tante gewesen.

Und sie hatte ein Trikot angezogen und war dann hoch in den Ballsaal gegangen.

Ihre Freunde waren dort und warteten auf sie, Kerry und Jenny und Ruby.

Sogar ihr Vater.

Sie hatte sie auf den Stühlen des Ballsaales sitzen sehen, wie sie ihrem Tanz zuschauten.

Außer –

Sie kämpfte mit ihrem Gedächtnis, wußte, daß es da etwas gab, das sie vergessen hatte, etwas Wichtiges.

Und dann fiel es ihr wieder ein.

Sie waren alle tot.

Sie jammerte, als eine hilflose Trostlosigkeit ihre Seele umfing und drehte sich dann um.

Ein entsetzlicher Schmerz durchzuckte sie, und sie schrie auf, versuchte dann das Geräusch zu ersticken, als der Schrei einen weiteren Schmerz verursachte.

»Hilfe«, stöhnte sie leise, und ihre Augen brannten vor Tränen. »O Gott, warum hilft mir denn niemand?«

Dann hörte sie oben ein Geräusch. Sie blinzelte und versuchte angestrengt, ihre Augen aufzuhalten. Kerzenlicht umflackerte sie, und oben auf der Treppe sah sie ein weiteres Licht, ein helleres.

Sie keuchte, wich voller Schmerzen zurück, als sie ihre Tante auf dem Treppenabsatz erkannte, die die Sturmlaterne in der linken Hand hielt.

Vor Schmerzen humpelnd, ihre rechte Hand auf das Treppengeländer gelegt, begann sie langsam, die Treppe hinabzugehen.

»Tu's nicht«, stöhnte Julie, als Marguerite schließlich auf dem Absatz stand, drohend über ihr ragte und sie mit leeren Augen anstarrte. »Bitte, tu mir nichts mehr, Tante Marguerite.«

»Dir etwas tun?« echote Marguerite, deren Stimme seltsam hohl klang, als ob Julies Worte keine Bedeutung für sie hätten. »Aber ich könnte dir doch nichts tun, mein Liebling. Ich liebe dich. Aber du hattest einen schrecklichen Unfall.«

Julie schluckte und zuckte bei dem Schmerz zusammen, den selbst das verursachte. »Ich – du –«

»Du bist die Treppe hinuntergestürzt«, erzählte Marguerite ihr. Sie lächelte jetzt zärtlich, und ihre karmesinroten Lippen waren unheimlich verzerrt. »Genau so, wie ich die Treppe hinuntergestürzt bin. Das hat Mama mir erzählt. Sie erzählte mir, daß ich ungeschickt war und gestolpert bin. Es sei ein Unfall gewesen und meine Schuld. Aber ich glaubte ihr nicht.« Sie runzelte die Stirn, als versuchte sie sich zu erinnern. »Ich dachte, sie hätte mich gestoßen. Ich dachte, sie sei wegen des Babys böse.«

»B-Baby?« flüsterte Julie, die sich mühte, bei Bewußtsein zu bleiben. Wovon sprach ihre Tante da?

»Das wußtest du nicht, nicht wahr?« sagte Marguerite zerstreut. Sie schaute Julie nicht mehr an, und ihre Augen blickten hinterhältig. »Ich hab's niemand gesagt. Mama sagte, daß alle mich hassen würden, wenn sie erführen, was ich getan hatte. Sie sagte, es sei besser, so zu tun, als sei alles nie geschehen. Aber ich konnte nicht so tun. Darin war ich nicht gut.« Ein kleines Lachen drang aus ihrer Kehle. »Darum hat sie mich eingesperrt. Sie hat mich unten eingesperrt, bis ich lernte, allen etwas vorzuheucheln. Ich tat so, als ob nie etwas geschehen sei, als ob ich nie schwanger gewesen sei und als ob mich Mama nie die Treppe hinuntergestoßen hätte. Und ich liebte Mama. Mein ganzes Leben habe ich Mama geliebt und alles getan, was sie verlangte.«

Julie versuchte zuzuhören, einen Sinn in den Worten zu sehen, doch der Schmerz in ihrem Körper umnebelte ihren Verstand.

»Aber Mama hat mich verlassen«, fuhr Marguerite fort. »Sie alle haben mich verlassen. Obwohl ich heuchelte, haßten sie mich und verließen mich.« Ihr Blick richtete sich wieder auf Julie. »Du bist wie sie, nicht wahr? Du willst mich auch verlassen.«

»N-nein...« keuchte Julie, die plötzlich sicher war, was als nächstes geschehen würde. Aber es war zu spät. Marguerites Augen sprühten wieder vor Wahnsinn.

»Belüg mich nicht«, fauchte sie, trat gegen Julie, und ihr Fuß grub sich in den Bauch des Mädchens. »Lüg mich nie an!«

Julie stöhnte, rollte sich zusammen und rang nach Luft, als der Schmerz in ihr wütete. Doch Marguerites Fuß trat wieder zu, und Julie rollte instinktiv davor weg und versuchte, sich mit den Armen zu schützen.

»Wie alle!« schrie Marguerite. »Du bist genau wie alle anderen! Ich habe alles für dich getan, aber du wolltest weggehen, nicht wahr?« Wieder traf ihr Fuß Julie, und Julie krümmte sich auf dem Boden, versuchte der Wut ihrer Tante zu entkommen. Aber sie war durch den Schmerz unfähig, sich zu bewegen. »Nein, das werde ich nicht zulassen! Du wirst mich nie verlassen! Niemals!« Sie trat Julie noch einmal, und Julie spürte, wie sie wieder fiel, diesmal die große Treppe hinab. Messer bohrten sich in ihren Körper, aber der Schmerz war so übermächtig, daß sie nicht einmal mehr schreien konnte.

Laß mich sterben, dachte sie. Oh, lieber Gott, laß mich doch einfach sterben...

Und dann wurde sie wieder bewußtlos. Sie fiel die letzten Stufen schlaff hinab wie eine zerbrochene Puppe und blieb schließlich am Treppenfuß liegen, in einer Lache von Kerry Sanders Blut.

Marguerite, die noch immer oben auf dem Treppenabsatz stand, starrte auf sie hinab und schüttelte dann traurig den Kopf. »Es ist deine Schuld«, sagte sie. »Es ist alles deine Schuld, meine Liebe. Aber ich kann dir jetzt nicht helfen. Ich muß schließlich an meine Gäste denken, nicht wahr?« Sie schwieg einen Augenblick und nickte dann undeutlich. »Ja, ich habe meine Gäste.«

Sich abwendend und leise vor sich hinsummend, ging sie wieder in den Ballsaal hoch. Als sie ihn erreichte, war Julie, die noch immer am Treppenfuß lag, vergessen. Wieder war Marguerite in dem wirbelnden Strudel ihrer Erinnerungen und ihres Wahnsinns verloren.

Will Hempstead blieb wie angewurzelt stehen.

Vor ihm ragte das Herrenhaus auf dem Hügel auf. Die Fenster in der zweiten Etage funkelten hell im Kerzenschein.

Eine Erinnerung überkam ihn, eine Erinnerung an seine Jugend, als er noch nicht einmal achtzehn Jahre alt gewesen war.

In jener Nacht hatte es einen Ball in Sea Oaks gegeben, und Marguerite hatte gewollt, daß er kam. Doch Helena hatte es verboten. Sie hatte Marguerite erzählt, daß er hier nie willkommen sein würde, und ihr verboten, ihn je wieder zu sehen. Aber er war trotzdem gekommen und hatte draußen gestanden, in den tiefen Schatten der moosbewachsenen Pinien.

Es war eine heiße Nacht gewesen – heiß und feucht – und die französischen Türen oben waren weit geöffnet gewesen. Er hatte zwischen den Bäumen versteckt gestanden und die Tänzer durch die offenen Türen beobachtet, hatte die leisen Klänge des Orchesters gehört und das Gelächter von Helenas Gästen, als sie oben auf den Balkon traten. Schließlich, als es spät wurde, hatte er tief innerlich gewußt, daß dieses Haus – und Helena – am Ende die Liebe besiegen würde, die alles war, was er Marguerite zu bieten hatte.

Es hatte jetzt aufgehört zu regnen, und als Will Hempstead da stand und zu dem großen Haus aufblickte, war ihm dieser Abend wieder gegenwärtig. Es war diese Nacht, erinnerte er sich, in der Marguerite die Treppe hinuntergestürzt war. Es war spät geschehen, nachdem alle Gäste gegangen waren. Sie war müde gewesen, hatte Ruby ihm später erzählt, und hatte danebengetreten.

Sie war die Treppe hinuntergestürzt und hatte sich nicht nur die Hüfte zerschlagen, sondern auch all ihre Träume.

Sie wollten miteinander fortgehen oder hatten das zumindest geplant. Doch noch vor dem Unfall hatte Will erkannt, daß das nie geschehen würde. Helena würde dafür sorgen. Und dann hatte ironischerweise der Sturz Marguerites Träume beendet.

Während der Sturm nach Norden zog und die Sterne durch die dünner werdenden Wolken zu glitzern begannen, sah das Haus so wie damals aus.

Während er zu dem schwach erleuchteten Ballsaal hochschaute, sah er eine Gestalt tanzen.

Die Gestalt von Marguerite Devereaux, die ihre Arme erhoben hatte, als hielte sie einen unsichtbaren Partner, und ihr Körper bewegte sich mit der seltsamen Ruckartigkeit einer Marionette, als sie versuchte, sich im Takt der Musik, welche auch immer sie da hören mochte, zu neigen und zu schwingen.

»Gib mir lieber das Funkgerät«, sagte Hempstead ruhig, den Blick noch auf die Fenster des Ballsaales gerichtet.

»Was – was tut sie?« fragte Jeff bebend, der die Hand des Polizeichefs fest umklammert hielt.

»Ist schon gut, Sohn«, sagte Hempstead zu dem entsetzten Jungen. »Sie kann dir jetzt nichts antun.«

Er nahm das Funkgerät aus der Plastiktüte und schaltete es ein. Mit schwerer Stimme begann er, einen Notfall durchzugeben.

»Und ich werde einen Krankenwagen brauchen«, sagte er, nachdem er dem Chef der Feuerwehr berichtet hatte, wo er war. »Vielleicht zwei. Ich habe meinen Wagen bei der Überfahrt verloren, also seid vorsichtig. Versucht es nicht, bevor es nicht ganz sicher ist!«

Er schaltete das Funkgerät aus und ging dann mit Hal Sanders und Frank Weaver den Hügel hinauf.

28. Kapitel

Will Hempstead starrte die Eingangstür des Herrenhauses mehrere Sekunden lang an. Er empfand einen tiefen Widerwillen, sie aufzustoßen, denn er war bereits sicher, daß in dieser Nacht eine Tragödie in dem Haus stattgefunden hatte und daß es Jahre dauern würde, bis jemand in Devereaux sie vergessen würde. Schließlich ergriff er den Türknauf. Die Tür war nicht verschlossen, und sie schwang nach einem sanften Stoß auf und gab den Blick in die Eingangshalle frei, die von dem Licht eines einzelnen Kerzenstumpfes auf dem Treppenpfosten schwach erhellt wurde.

Dann sah er Julies verkrümmten Körper am Fuß der Treppe liegen, und sein Mut sank. Sie kamen bereits viel zu spät.

»Julie!« schrie Jeff auf. Er ließ Hempsteads Hand los und rannte zu seiner Schwester, ließ sich neben ihr zu Boden fallen. »Julie!« schluchzte er wieder. Dann blickte er auf, seine Augen – groß und tränennaß – auf den Polizeichef gerichtet. »Sie ist tot«, klagte er. »Tante Marguerite hat sie getötet!«

Hempstead eilte zu dem schluchzenden Kind und kniete neben ihm. Seine Finger berührten behutsam Julies Hals. Fast sofort fand er ihren Puls.

»Sie ist nicht tot«, sagte er zu Jeff, und ein leises Stöhnen drang über Julies Lippen, und die Finger ihrer linken Hand zuckten krampfartig. »Sucht eine Decke«, sagte Hempstead zu Hal Sanders. »Und ein Kissen. Schnell!«

Sanders verschwand im Wohnzimmer und war einen Moment später mit einer Decke zurück, die auf dem Sofa gelegen hatte, und einem kleinen Kissen aus einem Sessel. Hempstead zog behutsam Julies rechten Arm unter ihrem Körper hervor und streckte vorsichtig ihre Beine aus. Einen Augenblick überlegte er, ob er sie ins Wohnzimmer tragen sollte, verwarf dann aber den Gedanken, da er fürchtete, daß ihr Rückgrat bereits gebrochen sein könnte. Wenn er es riskierte, sie zu bewegen, würde er ihre Verletzungen vielleicht noch verschlimmern.

»Kerry…« sagte Hal Sanders, den Blick auf die dunklen Prellungen in Julies Gesicht gerichtet. »Er muß hier sein.«

Hempstead stand auf, und als er wieder sprach, klang seine Stimme autoritär. »Ich möchte, daß Sie hierbleiben, Hal. Kümmern Sie sich um Jeff, und wenn Julie aufwacht, lassen Sie sie sich nicht bewegen.« Dann wandte er sich an Frank Weaver und deutete mit dem Kopf auf die Blutflekken, die von der Treppe zur Kellertür führten. »Sieh dich unten um«, sagte er. »Ich gehe nach oben.«

Frank Weaver starrte die Kellertreppe hinunter. Das helle Licht der Taschenlampe spielte auf den trockenen Blutflecken, die überall zu sein schienen. Die Stufen klebten von Blut, und selbst die Wand neben der Treppe war mit bräunlichem Rot befleckt. Vorsichtig schauend, wo er eintrat, ging er in den Keller hinab und blieb stehen, als er das Treppenende erreichte. Vor ihm war ein kleiner Raum, dessen Tür weit geöffnet war, und Weaver runzelte die Stirn, als ihm ein Gedanke durch den Kopf ging.

Sieht wie eine Zelle aus.

Er riß sich zusammen und ging auf den kleinen Raum zu.

Er war leer, doch als Weaver mit seiner Lampe darin umherleuchtete, überkam ihn Übelkeit. Überall schien Blut zu sein – auf dem Boden, auf der Holzpritsche, die an die Wand gelehnt war, sogar an der Tür. Was, zum Teufel, war hier vorgegangen? Und wo waren die Menschen, deren Körper die Ursache für das Blutbad sein mußten?

Er wandte sich ab und eilte wieder die Treppe hoch.

Sanders kam ihm mit aschfahlem Gesicht entgegen, und seine Hand zitterte auf Weavers Arm.

»Kerry«, fragte er bebend. »Ist – ist er da unten?«

Weaver sagte nichts, schüttelte nur den Kopf und eilte die Treppe hoch.

In der ersten Etage sah er den Schein von Will Hempsteads Taschenlampe durch eine offene Tür am Ende des Korridors blinken. Er beschleunigte seinen Schritt, folgte dem Korridor und betrat das Schlafzimmer.

»Der Keller sieht grauenhaft aus«, berichtete Weaver dem Polizeichef. »Überall Blut, aber keine Leichen.«

Hempstead nickte grimmig und ließ das Licht über einen Kleiderhaufen auf dem Boden des Ankleidezimmers gleiten. »Hier auch«, sagte der Polizeichef. »Hier sind überall blutige Kleider. Das Fenster des Kinderzimmers ist eingeschlagen, genau wie Jeff es erzählt hat«, fügte er hinzu. Tief Luft holend, ging er zur Tür. »Wir gehen besser nach oben und sehen, was sie getan hat. Aber nach dem, was ich bisher gesehen habe, wird es entsetzlich sein.«

Gemeinsam gingen die beiden Männer den Korridor entlang, doch auf den Stufen zur zweiten Etage blieb Weaver plötzlich stehen und lauschte.

Durch die geöffneten Türen des Ballsaals hörte er die leisen Klänge von Musik. Die Melodie hatte er nie gehört, ein seltsam unheimliches Lied, das leise durch das stille Haus klang.

»Hörst du das, Will?« flüsterte Weaver. Einen Moment war er nicht sicher, ob der Polizeichef seine Frage gehört hatte, aber dann nickte Hempstead.

»›The Last Good Night‹«, flüsterte er leise. »Es war immer ihr Lieblingslied.«

Eine große Melancholie überkam ihn, und dann stieg der Polizeichef die Stufen zum Ballsaal hoch.

Will Hempstead trat durch die Doppeltür. Es war drükkend heiß, denn die Fenster waren geschlossen, aber alle Kerzen brannten hell. Blasse Rauchschwaden schwebten unter der Decke, die sich leicht bewegten, während Marguerite mit geschlossenen Augen und zurückgeworfenem Kopf langsam zu der unheimlichen Melodie aus der Spieldose tanzte. Einen Augenblick lang war Hempsteads Blick fassungslos auf sie gerichtet. Dann, als Frank Weaver leise fluchte, löste er den Blick von Marguerite und sah die vier Leichen, die bis auf Jenny Mayhew alle aufrecht auf ihren Stühlen saßen.

»Mein Gott«, sagte er. Die Worte schienen lauter zu werden, als sie in dem großen Raum hallten, und Marguerites Augen öffneten sich.

Sie schaute Will Hempstead an, und der scharlachrote Spalt ihres Mundes breitete sich zu einem begrüßenden Lächeln.

Mit einem winzigen Knicks schloß sie die Augen wieder und tanzte weiter.

»Wahnsinnig«, murmelte Weaver. »Sie ist einfach völlig übergeschnappt!« Er wollte auf Marguerite zugehen, doch Wills Finger umklammerten den Arm seines Deputys.

»Nein«, sagte er ruhig, aber in einem Ton, der jede Diskussion ausschloß. »Es ist jetzt vorbei, Frank. Sie kann nichts mehr tun. Laß sie's beenden.«

Weaver erstarrte, schaute Marguerite einen Augenblick an, und wich dann zurück.

Während die Musik weiter spielte, die im Kerzenschein einen klagenden Zauber enthielt, wurde Hempsteads Blick trüb, und seine Augen begannen unter Tränen zu brennen. In seinen Gedanken schwand die groteske, verzerrte Vision vor ihm – die seltsame, hinkende Gestalt in dem schlecht sitzenden, verblichenen Kleid mit ihrer bizarren, entstellten Maske von Helenas teuflischem Gesicht – und an ihre Stelle trat die Erinnerung an die Marguerite Devereaux, in die er sich vor so vielen Jahren verliebt hatte.

Die Marguerite, die er dann sah, bewegte sich anmutig. Ihr Körper bog sich im Rhythmus der Musik, und ihre Finger durchglitten die Luft mit einer perfekten Symmetrie, die ihn an eine Blume erinnerte, die im Wind tanzte. Ihr Lächeln war weich und zart, und ihre Augen strahlten eine Fröhlichkeit aus, die auch Will erfaßte und sein Herz erfreute.

Hempstead konnte sogar sich selbst sehen, wie er darauf wartete, daß Marguerite sich zu ihm umdrehte, ihm die Hand entgegenstreckte, wie er die seine einst ihr entgegengestreckt hatte.

Als die Musik abrupt endete und ein Schweigen den Ballsaal erfüllte, schwand die Vision, und Will Hempsteads Blick klärte sich. Vor ihm, nur wenige Meter entfernt, verbeugte sich Marguerite tief.

Schließlich richtete sie sich auf, und ihr Blick traf Will. Einen Augenblick lang war Will sicher, daß sie ihn nicht einmal sah, denn in ihren Augen war eine Leere, die er nie zuvor gesehen hatte. Und dann verzerrte sich ihr Mund wieder zu einer Parodie des süßen Lächelns ihrer Jugend.

»War es gut?« fragte sie mit kindlicher Stimme, die vor Ängstlichkeit zitterte.

Will schluckte den Kloß, der in seiner Kehle hochstieg, und ging dann mit ausgestreckter Hand auf sie zu. »Sie waren gut, Miß Marguerite«, sagte er mit zitternder Stimme. »Sie waren wirklich gut. Aber ich denke, jetzt ist es Zeit zu gehen.«

Marguerites Lächeln schwand, doch dann nickte sie zerstreut und nahm den Arm, den Will ihr bot. Sich dicht an ihn drückend und ihr Gewicht auf ihn stützend, wollte sie zur Tür gehen, blieb dann aber stehen und wandte sich der Stuhlreihe an der Wand zu.

»Danke«, sagte sie leise. »Danke, daß ihr alle gekommen seid, um mir beim Tanzen zuzuschauen. Aber jetzt ist es spät, und ich muß gehen.« Wieder der tiefe Knicks. »Gute Nacht«, sagte sie leise, wandte sich dann ab und verließ mit Will Hempstead den Ballsaal.

29. Kapitel

Das erste graue Licht streifte den Horizont über der See, als endlich die Krankenwagen, gefolgt von einem langen Zug Autos, langsam über den Damm nach Sea Oaks fuhren. Stunden zuvor war ein Hubschrauber über den Kanal geflogen, hatte auf dem Rasen vor dem Herrenhaus aufgesetzt und sich dann wenige Minuten später wieder in den Nachthimmel gehoben. Während er über den Kanal zurückflog, wurde in der Menge getuschelt, daß Julie Devereaux von der Insel weggebracht worden war. Ein paar Leute waren sicher, daß sie tot war, doch die meisten wußten, daß Julie überlebt haben mußte, was auch immer geschehen sein mochte. Sonst wäre ein Hubschrauber nicht nötig gewesen. Doch als der Hubschrauber nicht zurückkehrte, hatte sich ein betäubtes Schweigen auf die Menge gesenkt. Man begriff, daß die anderen Kinder, die an diesem Tage zur Insel hinausgegangen waren, umgekommen sein mußten.

Alicia Mayhew war eine der ersten, die am Herrenhaus eintraf, doch als sie ihren Wagen auf dem Rasen anhielt, spürte sie einen seltsamen Widerwillen, ins Haus zu gehen, denn solange sie draußen blieb, konnte sie sich noch an das winzige Fädchen Hoffnung klammern, daß es Jennifer schließlich doch noch gutging. Doch zuletzt nahm sie all ihren Mut zusammen und ging die Stufen der Veranda hoch.

Die Eingangstür war geöffnet, als wolle sie erwartete Gäste des Hauses begrüßen, doch als Alicia in die Eingangshalle trat, erstarrte sie, den Blick auf den blutverschmierten Boden gerichtet, der jetzt von einem Scheinwerfer erleuchtet wurde, den man an den Generator unter der Treppe angeschlossen hatte.

Ein dickes, orangefarbenes Verlängerungskabel führte die Treppe hoch, und Alicia, die eine seltsame Objektivität in ihrem Verstand spürte, folgte ihm.

Sie erreichte die zweite Etage und blieb vor der offenen Doppeltür stehen. In der Mitte des Ballsaales stand ein weiterer Scheinwerfer, dessen Grelle den Raum mit einem kalten und schattenlosen Licht erfüllte. Als Alicia in die gleißende Helle blinzelte, hörte sie ein leises Stöhnen und ein ersticktes Schluchzen.

Sie beherrschte sich und betrat den Ballsaal.

Während zwei Staatspolizisten Fotos von der makabren Szene im Ballsaal machten, kniete Edith Sanders mit tränenüberströmtem Gesicht auf dem Boden neben Kerry, die Arme um ihren Sohn geschlungen, als versuche sie, seinem kalten Körper etwas von ihrer Wärme zu geben. Hal Sanders stand mit leeren Augen, sein Gesicht von Schock und Gram gezeichnet, neben seiner Frau.

Alicia hatte sich umdrehen wollen, hatte sich unbehaglich dabei gefühlt, sie in ihrem Leid zu stören, als sie Jennifer entdeckte, die auf dem Boden ausgestreckt lag. Ihre Augen waren weit geöffnet, blicklos zur Decke gerichtet. Alicia spürte ihr Blut erstarren, als sie auf ihre Tochter schaute, und dann gaben ihre Knie nach. Sie wäre zu Boden gestürzt, wenn Will Hempstead sie nicht aufgefangen und zu einem Stuhl geleitet hätte.

»Es tut mir leid«, sagte er leise. »Ich wünschte, Sie wären nicht hierhergekommen. Es gibt keinen Grund, warum das jemand sehen mußte.«

»Leid?« echote Alicia mit ausdrucksloser Stimme. »Wenn Sie heute nachmittag auf mich gehört hätten...« Aber dann schwieg sie, war unfähig, weiterzusprechen.

»Ich weiß«, sagte Hempstead schließlich, als das Schweigen im Raum zu drückend wurde. »Aber ich konnte mir nicht vorstellen, daß Marguerite zu so etwas fähig sein würde.«

Alicia nahm den Blick von der Leiche ihrer Tochter und wandte sich langsam dem Polizeichef zu. »Warum?« fragte sie. »Warum ist das geschehen?«

Hempstead schüttelte seinen Kopf. »Ich weiß es nicht«, sagte er schließlich. »Und ich bin nicht sicher, ob einer von uns es je erfahren wird.«

Alicias Augen verhärteten sich, und als sie wieder sprach, war ihre Stimme bitter. »Wo ist sie?« fragte sie.

Hempstead befeuchtete nervös seine Lippen. »In ihrem Zimmer«, sagte er. »Frank Weaver ist bei ihr. Sie hat fast die ganze Nacht dort gesessen. Seit ich sie hier herausgebracht habe, hat sie kein einziges Wort gesprochen. Sie sitzt einfach da und starrt ins Leere. Ich – also, ich bin mir nicht sicher, ob sie überhaupt weiß, was geschehen ist.«

»Sie weiß es nicht?« fragte Alicia hohl, deren Augen blicklos über das Gemetzel im Raum glitten. »Wie kann das jemand tun und dann nicht wissen, daß er's getan hat?«

Wieder schüttelte Hempstead den Kopf. »Ich kann es Ihnen nicht sagen, Alicia«, erwiderte er. »Ich bringe Sie nach unten. Es wird sich jemand finden, der Sie heimbringt...«

»Nein«, unterbrach ihn Alicia. »Ich möchte bei Jenny bleiben. Ich kann es nicht ertragen, daß sie hier so ganz allein ist. Bitte«, bettelte sie, und ihre Augen schauten Hempstead flehend an. »Lassen Sie mich bei ihr bleiben.«

Hempstead zögerte, nickte dann, und einen Augenblick später setzte sich Alicia Mayhew mit tränenden Augen auf den Boden und ergriff stumm die kalte Hand ihrer Tochter.

Eine Stunde später waren die Krankenwagen weggefahren. Der eine fuhr die Leichen von Kevin Devereaux und Ruby Carr, der andere Kerry Sanders und Jennifer Mayhew. Die Menge auf dem Rasen vor dem Haus war verstummt, als die Leichen aus dem Haus getragen wurden. Ein paar Minuten später ging ein Raunen durch die Menge.

Niemand war sicher, was zu erwarten war, und wieder trat Stille ein. Und dann öffnete sich die Eingangstür von Sea Oaks noch einmal, und Will Hempstead trat auf die Veranda.

An seinem Arm war Marguerite.

Sie stand einen Augenblick still auf der Veranda, und die Strahlen der aufgehenden Sonne fielen ihr voll ins Gesicht.

Ihr Haar, zurückgekämmt und perfekt zu dem eleganten französischen Knoten gewunden, den sie jahrelang getragen hatte, schimmerte hell im Sonnenlicht, und ihr Gesicht, das kaum Falten zeigte, wirkte jünger als das einer Fünfzigjährigen. Sie trug ein schlichtes, weißes Kleid mit einer Kaskade funkelnder Steine auf dem Mieder. Der weite Rock, der mit einer Wolke von Tüll besetzt war, fiel bis auf ihre Knöchel, und unter dem Rock schauten die Spitzen weißer Seidenschuhe hervor.

Als sie über die Menge der Menschen blickte, die sie ihr ganzes Leben lang gekannt hatte, waren ihre Augen ausdruckslos und leer.

»Es ist Zeit zu gehen, Miß Marguerite«, flüsterte Hempstead so leise, daß es niemand außer ihr hören konnte. Sie zögerte nur einen Sekundenbruchteil, nahm dann seinen Arm und bewegte sich mit gleichmäßigem und anmutigem Schritt über die Veranda.

Sie blieb stehen, verneigte sich tief und ging, Will Hempstead an ihrer Seite, die Veranda herab und über den Rasen zum wartenden Polizeiwagen.

Emmaline Carr schloß die Tür ihrer winzigen Hütte auf der Lichtung hinter Wither's Pond und machte sich auf den Weg zur Straße, die sie in die Stadt führen würde. Wie die meisten Menschen in Devereaux war sie fast die ganze Nacht auf gewesen. Sie war vor mehreren Stunden in die Stadt gegangen, als das Heulen der Sirenen den Frieden gestört hatte, der auf den Sturm gefolgt war.

Sie hatte sofort gewußt, was das bedeutete, denn den ganzen Tag – sogar seit Jeff Devereaux und Toby Martin sie besucht hatten – hatte sie das sichere Gefühl gehabt, daß die teuflische Saat, die Helena Devereaux vor so vielen Jahren gesät hatte, Früchte tragen würde. Sie hatte gewußt, daß ihre Schwester tot war, doch sie machte Marguerite keine Vorwürfe. Emmaline war davon überzeugt, daß Marguerite ebenso ein Opfer war wie Ruby. Und alles, was sie für Marguerite empfand, war Mitleid.

Sie hatte sich schweigend durch die Menge bewegt, die auf dem Festland am Ende des Dammes gewartet hatte, hatte ruhig zugehört, wie Bruchstücke von Neuigkeiten durchsickerten – die über Funk von der Insel zum Wagen der Staatspolizei gelangten, und sich dann in der Menge verbreiteten. Bei Anbruch der Dämmerung, als der Strom von Autos sich zur Insel bewegte, war sie zu ihrer Hütte zurückgekehrt, um allein zu sein und nachzudenken.

Schließlich hatte sie eine Entscheidung getroffen.

Sie hatte sich umgezogen und ihr bestes Kleid angelegt – das schwarze mit dem weißen Kragen und den Perlmuttknöpfen – hatte ihre guten Schuhe in die große Handtasche gesteckt und sich ein Paar Gummistiefel über die Füße gestreift. Dann, als die Sonne aufging und die morgendliche Hitze begann, war sie wieder zur Stadt aufgebrochen.

Wasser tropfte aus dem Moos, das die Bäume bedeckte, und überall dampfte es aus dem feuchten Boden. Emmaline konnte hören, wie Zweige sich bewegten, als kleine Tiere den Schutz ihrer Bauten verließen, um im Unterholz nach Nahrung zu suchen, und gelegentlich sah sie eine Schlange über den Weg gleiten. Sie bewegte sich gleichmütig weiter, ignorierte den Schmerz in ihren Beinen und die Müdigkeit in ihren Knochen.

Endlich erreichte sie das winzige Krankenhaus – nur fünf Zimmer, die aus den einstigen Plantagenbüros entstanden waren. Sie waren längst in kleine Räume aufgeteilt, von denen die meisten leer standen. Sie verweilte einen Moment auf dem Bürgersteig, zog ihre schmutzigen Stiefel aus und die kräftigen schwarzen Schuhe an, die sie nur sonntags in der Kirche trug. Sie ließ ihre Stiefel draußen stehen und betrat das Wartezimmer der Klinik.

Jeff Devereaux saß mit schmutzigen Kleidern und einem Gesicht, das von Schmutz und Tränen verschmiert war, allein auf einem durchhängenden Sofa, seine Augen auf den Boden gerichtet. Emmaline beobachtete ihn einen Augenblick, durchquerte dann das Zimmer, setzte sich auf das Sofa und schlang einen Arm um den Jungen.

Jeff blickte auf, aber in seinen Augen war keine Überraschung, als er Emmaline sah. »Sie hat sie getötet«, sagte er mit trostloser Stimme. »Sie hat meinen Papa getötet, und Ruby und Kerry und Jennifer.«

»Ich weiß«, sagte Emmaline leise und zog ihn näher an

sich. »Aber in Wirklichkeit war es nicht sie. Es war deine Großmutter, die das getan hat, und du darfst dein Tantchen nich' hassen.«

Jeffs Kinn zitterte. »Aber sie hat sie getötet«, sagte er. »Und sie hätte fast auch Julie getötet. Ich hasse sie. Ich hasse sie, und ich hoffe, man wird sie für das töten, was sie getan hat.«

»Aber, aber«, murmelte Emmaline, die ihre eigene Wut in dem Bemühen verbarg, ihn zu trösten. »Das darfst du nich' sagen. Du mußt Menschen für ihre Sünden vergeben, weil sie sich manchmal selbst nich' helfen können. Und so war's auch bei deinem Tantchen.«

Jeff biß sich auf die Lippe, aber dann flossen seine Tränen wieder, und er vergrub sein Gesicht an Emmalines Busen. Sie saß stumm da, hielt ihn fest und tätschelte seinen Rücken, bis sein Schluchzen nachließ. Dann drückte sie ihn für einen Augenblick fest an sich. »Du bleibst hier«, sagte sie. »Ich werde mich nach deiner Schwester erkundigen, und dann komm' ich zurück. Und sorge dich nich', hörst du? Ich werde mich jetzt um dich kümmern.«

Sie erhob sich und Jeff, der stumm nickte, blieb, wo er war. Emmaline begab sich zu der Trennwand, die das Wartezimmer vom Büro abteilte, und klopfte heftig an die Scheibe. Eine gequält wirkende Krankenschwester blickte von der Schreibmaschine auf und schob dann die Scheibe beiseite. »Wenn es kein Notfall ist...« begann sie, aber Emmaline schüttelte den Kopf.

»Ich muß wissen, wie es Julie Devereaux geht«, sagte sie.

Die Krankenschwester schaute Emmaline unsicher an und runzelte zweifelnd die Stirn. »Es tut mir leid, Emmaline, aber da du keine Verwandte bist...« Sie schwieg und zuckte hilflos die Schultern.

Emmalines Augen verengten sich. »Ich bin ihr Kindermädchen«, sagte sie, und ihre Stimme klang fast herausfordernd. »Sie und der Junge haben niemanden außer mir, und ich muß wissen, wie es ihr geht.«

Die Krankenschwester zögerte noch immer. Dann wurde Emmalines Ton sanfter. »Bitte, Miß«, sagte sie. »Sie wissen, wer ich bin, und Sie wissen, daß meine Schwester sich ihr Leben lang um Miß Marguerite gekümmert hat. Und sie hat auch Mr. Kevin großgezogen, bis Miß Helena ihn weggeschickt hat. Aber jetzt is' Ruby tot, und sonst ist niemand da, der sich um die beiden Kleinen kümmert. Bitte!«

Die Krankenschwester zögerte noch, schien dann aber eine Entscheidung getroffen zu haben. »Natürlich«, sagte sie, erhob sich vom Schreibtisch und kam, um Emmaline die Tür zu öffnen. »Sie ist hier«, fuhr sie fort und führte Emmaline den Korridor entlang. »Versuche sie nicht zu stören. Sie ist vor wenigen Minuten aufgewacht, aber ich glaube, sie ist wieder eingeschlafen.« Dann lächelte sie Emmaline zum erstenmal an. »Du bist die einzige, die gekommen ist, weißt du«, sagte sie. »Alle anderen in der Stadt...«

»Alle anderen haben jetzt ihre eigenen Sorgen«, schloß Emmaline für sie. »Und sie werden den Kindern Vorwürfe machen, nur weil sie Devereaux heißen. Ich werd' dafür sorgen, daß diese Kinder nich' noch mehr verletzt werden, als sie schon sind. Is' nich' viel, aber Ruby hätte gewollt, daß ich das tu.'«

Die Krankenschwester öffnete die Tür, und Emmaline trat ins Zimmer. »Ich werde mit dem Doktor sprechen«, sagte sie, als sie die Türe schloß. »Ich bin sicher, daß er es verstehen wird.« Doch als die Krankenschwester sich aus dem kleinen Zimmer entfernte, in dem Julie lag, war sie sich nicht sicher, ob Emmaline ihre Worte überhaupt gehört hatte. Die alte Frau hatte sich bereits über Julies schlafende Gestalt gebeugt, und ihre Finger strichen zärtlich über die Stirn des bewußtlosen Mädchens.

Ein paar Minuten später kam der Doktor herein. Emmaline, die dicht neben dem Bett saß, ihre runzelige alte Hand auf Julies glatte junge Finger gelegt, blickte auf und stellte mit ihren Augen eine stumme Frage.

»Es wird alles wieder gut«, sagte der Doktor leise. »Ihre beiden Hüften sind gebrochen, aber das bekommen wir hin. Sie wird lange Zeit brauchen, um zu genesen, und sie braucht viel Hilfe.«

»Die kann ich ihr geben«, erwiderte Emmaline. »Sagen Sie mir einfach, was zu tun ist und ...« Sie schwieg, als sie eine schwache Bewegung unter ihren Fingern spürte. Sie hatte den Doktor sofort vergessen und blickte in Julies Gesicht, gerade in dem Augenblick, als die Augen des Mädchens blinzelten und sich dann öffneten. Julie blickte zu Emmaline auf, und ihre Augen waren voller Entsetzen.

»Is' alles in Ordnung«, flüsterte Emmaline, die ihren Kopf neigte, um in Julies Ohr zu flüstern. »Jetzt is' alles vorbei. Du wirst gesund werden. Emmaline ist da, um dafür zu sorgen.«

Julies Kiefer arbeitete einen Augenblick, und dann gelang es ihr zu sprechen. Ihre Stimme krächzte leise aus trockener Kehle. »Aber wer – wer bist du?«

»Ich bin Emmaline«, erwiderte die alte Frau. »Hat Ruby dir nie von mir erzählt?« Julie schwieg einen Augenblick, dann bewegte sie ihren Kopf einen Zentimeter zur Seite. »Nun, mach dir deshalb keine Gedanken. Wichtig is' allein, daß ich da bin.«

Es gab ein Geräusch draußen im Korridor vor dem Zimmer, und Emmaline blickte auf. Ihre dunklen Augen verengten sich zu Schlitzen, als sie Marguerite Devereaux erkannte, die in einem Rollstuhl saß. Will Hempstead schob ihn. »Was tut sie hier?« wollte Emmaline wissen. Ihre

Stimme war leise, doch sehr ungehalten. »Warum ist sie nich' im Gefängnis, nach dem, was sie getan hat?«

»Sie weiß nicht, was geschehen ist«, erwiderte Hempstead. Er wandte seine Aufmerksamkeit dem Doktor neben Julies Bett zu. »Sie weiß überhaupt nichts mehr. Wir müssen sie hierbehalten, bis ein Team vom Krankenhaus in Beaufort hergeschickt werden kann.«

Bittere Worte formten sich auf Emmalines Lippen, doch bevor sie sie aussprechen konnte, schienen Marguerites leere Augen plötzlich zu sehen. Während sie ihre Augen zusammenkniff, zuckte kurz Ärger auf.

»Ruby!« sagte sie, und die Stimme ihrer Mutter drang krächzend aus ihrer Kehle, während ihr Kopf ärgerlich zu dem Doktor zeigte. »Wer ist dieser Mann? Was tut er hier? Wie oft habe ich dir gesagt, daß Marguerite keine Besuche haben darf?«

Emmaline sagte nichts, denn Julies Hand hatte ihre fest ergriffen, und als sie runterschaute, sah sie, daß Julie den Kopf gedreht hatte und ihre Tante anstarrte. Ihr Gesicht wurde aschfahl, doch das Entsetzen in ihren Augen war plötzlich verschwunden.

Während Julies Blick die Augen der Tante suchte, begann sich ihr Gesichtsausdruck langsam zu verändern. Sie runzelte die Stirn, als ob in ihr etwas vorginge, was sie nicht verstand. Und dann, so schnell, daß Emmaline nicht sicher war, ob sie es überhaupt sah, blitzten Julies Augen mit einem so deutlichen Haß auf, daß es schien, als sei das Zimmer eiskalt geworden. Emmaline erschauerte, aber als sie Julie wieder ansah, schien der Gesichtsausdruck des Mädchens nur verwirrt zu sein.

Schließlich sank Julies Kopf zurück auf das Kissen, und sie starrte wieder an die Decke. »Bringt sie nur weg«, flüsterte sie. »Ich will sie nie mehr sehen. Bitte...«

Als Julie die Augen schloß, wandte sich Emmaline an

Marguerite. Auch ihre Stirn war unsicher gerunzelt, und in ihren Augen war ein seltsam neugieriger Blick, als ob tief in ihr etwas erwachte oder sich eine Erinnerung regte. Der leere Blick war verschwunden.

Sie erinnert sich, dachte Emmaline, als Will Hempstead Marguerite über den Korridor fuhr. Sie erinnert sich an alles, und sie weiß, was sie getan hat.

Will Hempstead schob den Rollstuhl in das nächste Zimmer, wo die Krankenschwester wartete. Doch als er den Stuhl durch die Tür schieben wollte, streckte Marguerite die Hand aus, um ihn aufzuhalten, und ihre Augen suchten flehend die seinen. »Nein«, sagte sie, und ihre Stimme war wieder ihre eigene. »Ich – ich kann hier nicht bleiben. Ich muß heimgehen. Ich habe soviel zu tun. Mama braucht mich, und ich muß an meine Mädchen denken. Ich kann meine Mädchen nicht verlassen. Das kann ich einfach nicht!«

Will Hempstead sagte nichts. Besorgnis schnürte seine Kehle zu.

»Ist alles gut, Miß Devereaux«, sagte die Krankenschwester. »Wir haben ein schönes Zimmer für Sie, und wir werden uns gut um Sie kümmern.« Sie nahm Marguerites Hand behutsam vom Türrahmen, schob den Stuhl in das Zimmer und half Marguerite heraus. Mit flinken Fingern zog sie den Reißverschluß von Marguerites Kleid auf, und als es zu Boden fiel, legte sie einen Morgenmantel um ihre Schultern. »Und jetzt gehen wir ins Bett«, sagte sie, geleitete Marguerite in das metallene Krankenhausbett und breitete die Decke über sie. »Der Doktor wird in einer Minute hier sein, und dann ist alles gut.« Sie bedeutete Will Hempstead, zurück in den Korridor zu gehen, und schloß hinter sich die Tür, wobei sie nicht bemerkte, daß die Augen der anderen Frau, in denen Tränen glänzten, ständig auf das Ballkleid gerichtet waren, das formlos auf dem Boden lag.

Zehn Minuten später, als der Doktor in Marguerites Zimmer kam, um ihr ein Beruhigungsmittel zu verabreichen, war es bereits zu spät.

Den Gürtel des Morgenmantels fest um ihren gebrochenen Hals geknotet, schwang Marguerites Körper an dem Sprinklerrohr, das direkt unter der Decke durch den Raum führte. Ein paar Zentimeter über dem lädierten Kleid baumelten hilflos ihre Füße, die noch immer in den weißseidenen Tanzschuhen steckten.

Epilog

Jeff Devereaux hielt am Ende des Dammes. Er saß in dem kleinen Sportwagen, den Julie ihm zu seinem achtzehnten Geburtstag geschenkt hatte. Er schaute verwundert auf das Herrenhaus, das die Insel noch immer beherrschte, obwohl es nicht die einzige Residenz dort war. Über hundert Apartmenthäuser übersäten jetzt die Küste, in kleinen Gruppen zusammengefaßt, die sich in die Pinienwäldchen fügten, die übriggeblieben waren, nachdem der Golfplatz angelegt worden war. Der Sumpf war kultiviert und in eine Reihe von Wasserhindernissen für den Golfplatz umgewandelt worden, und ein kleiner Bach verband die Teiche, der sich schließlich am Südende der Insel in die See ergoß, wo zur Zeit eine Marina gebaut wurde. Selbst hier konnte Jeff den Lärm des Baggers hören, der eine Bucht aushob, die die kleinen Schiffe schützen sollte, die eines Tages dort ankern würden: schützen vor den tropischen Winden, die jedes Jahr von der See fegten und die Insel gefährdeten, sie aber nie zerstörten.

Es schien Jeff so, als ob nie etwas die Insel zerstören könnte, und jetzt, zehn Jahre nach der Nacht des Schrekkens, als das Leben seiner Tante für immer zerbrochen war, war er sich nicht einmal sicher, ob er wollte, daß die Insel zerstört wurde.

Aber es war nicht immer so gewesen.

Als Emmaline Carr ihn schließlich zurück nach Sea Oaks gebracht hatte, war er vor dem Haus zurückgeschreckt, und sein ganzer Körper hatte vor Furcht gezittert. Doch Emmaline hatte ihn hineingeführt, ständig mit ihm gesprochen und ihm mit leiser Stimme gut zugeredet, als sie ihn von Zimmer zu Zimmer führte, ihm zeigte, daß nichts von seiner Tante oder seiner Großmutter übriggeblieben war.

Sogar der Sessellift war verschwunden.

Schließlich, sein Herz hatte wild geklopft, hatte ihn Emmaline in den Ballsaal hochgeführt. Er hatte nicht hineingehen wollen, nicht nach den Geschichten, die er über das gehört hatte, was Will Hempstead dort gefunden hatte. Doch Emmaline hatte ihm gezeigt, daß es nur ein Raum war. Der Boden war gesäubert worden, und die Möbel – sogar den Flügel – hatte man entfernt. Im hellen Tageslicht war es nicht mehr als ein großer, leerer Raum gewesen.

»Es ist nur ein Haus«, hatte ihm Emmaline an diesem Abend erklärt, als sie in der Küche saßen und das Abendessen zu sich nahmen, das sie gekocht hatte. »Hier ist nichts, wovor du Angst haben müßtest. Geister gibt's nicht.«

»Aber Ruby sagte...« protestierte Jeff, und Emmaline war ihm ins Wort gefallen.

»Ruby erzählte immer Geschichten«, sagte Emmaline entschlossen. »Aber das waren sie auch nur – einfach Geschichten. Du hast da draußen nur dein Tantchen gesehen, und jetzt ist sie begraben.« Dann hatte sie ihn direkt angeschaut, und ihre dunklen Augen waren tief gewesen und hatten eine Herzlichkeit gezeigt, die Jeff seit dem Tod seiner Mutter nicht mehr gespürt hatte. »Das is' jetzt dein Haus, Jeff. Deins und Julies. In vielen Häusern passieren böse Dinge, aber das bedeutet nich', daß wir sie einfach abreißen können. Wir müssen in ihnen leben und versuchen, sie besser zu machen, das is' alles. Und das werden wir hier tun. Schon bald werden wir deine Schwester nach Hause holen, und du und ich, wir werden die Dinge für sie schön machen. Und alles andere lassen wir hinter uns.«

Jeff hatte das damals nicht verstanden. Und eine Weile – fast ein Jahr lang – hatte er schreckliche Alpträume in dem Haus gehabt, finstere Träume, in denen er die humpelnden Schritte seiner Tante im Korridor vor seiner Tür schleichen hörte. Er sah, wie ihre fiebrigen Augen ihn aus der Schwärze anstarrten. Doch immer war Emmaline dagewesen. Und schließlich hatten die Träume aufgehört.

Und das Haus war umgebaut worden, denn Sam Waterman hatte Kevins Pläne weitergeführt und war Verwalter des Devereaux-Anwesens geworden. Am Ende des ersten Jahres war das Haus renoviert, und ein Direktor wurde eingestellt, zusammen mit einem Koch und etwas Personal.

Devereaux Inn war auf Anhieb ein Erfolg geworden, und im dritten Jahr hatte der Ausbau des Restes der Insel begonnen.

Im vierten Jahr, als er zwölf und Julie neunzehn war, war er auf eine Privatschule gegangen.

»Verlaß dich nich' darauf«, hatte Emmaline protestiert, als er und Julie zum erstenmal mit ihr darüber gesprochen hatten. »Ich mein', ein Junge deines Alters sollte zu Hause sein, wo sich jemand um ihn kümmern kann. Deine Großmutter hat deinen Papa auch auf eine Schule weggeschickt«, fügte sie düster hinzu.

»Es ist nicht dasselbe«, hatte Julie argumentiert. »Papa wollte nicht fortgehen, und niemand schickt Jeff weg. Es war seine Idee. Er will gehen.«

Emmalines Blick war mißtrauisch zu Jeff gewandert. Er war groß für sein Alter und sah mehr wie fünfzehn denn wie zwölf aus. Und er war nicht nur äußerlich reif. Emmaline hatte lange vermutet, daß Jeff in der Nacht erwachsen geworden war, als er aus dem Haus fliehen mußte, um das Leben seiner Schwester zu retten.

»Es stimmt«, sagte er. »Wenn ich einundzwanzig bin,

werde ich mich um alles hier kümmern. Mr. Waterman kann sich nicht unser Leben lang um uns kümmern, und da ich weiß, was ich will, brauche ich eine gute Ausbildung.« Als Emmalines Gesichtsausdruck sich nicht veränderte, hatte er stärker gedrängt. »Ich habe schon eine Klasse übersprungen. Und in Charleston gibt's eine Schule, die ich besuchen möchte. Ich kann am Wochenende heimkommen und zu Weihnachten und in den Sommerferien und...«

»Dann gehst du besser«, hatte Emmaline eingewilligt, da sie endlich davon überzeugt war, daß es Jeffs eigene Idee war. Aber er mußte ihr versprechen, daß er wieder nach Hause kommen würde, wenn es ihm nicht gefiel. Das hatte er versprochen, aber alle drei hatten dabei gewußt, daß er das nie beschwören würde.

Jetzt hatte er seinen Abschluß, und im Herbst würde er an der University of Texas mit dem Studium von Hotel-Management beginnen. Doch diesen Sommer über war er wieder in Sea Oaks. Er fuhr langsam die gepflasterte Straße hoch, die jetzt am Golfplatz entlangführte, und übergab den Wagen am Eingang des Hauses einem der wartenden Bediensteten. Julie, deren Augen vor Freude leuchteten, erwartete ihn auf der Veranda, Emmaline saß neben ihr.

Julie eilte die Treppe hinunter, ihr Humpeln war kaum bemerkbar, und warf sich in die Arme ihres Bruders. Er war jetzt fünfzehn Zentimeter größer als sie, und ihre Arme konnten seine breite Brust kaum umfassen, aber sie drückte ihn fest und blickte dann schelmisch zu ihm auf.

»Du bist doch nicht zu schnell gefahren, oder?« fragte sie. »Ich hab' dir den Wagen nicht geschenkt, damit du dich umbringst.«

»Du hättest ihn mir überhaupt nicht schenken sollen«, erwiderte Jeff, dessen Brauen sich in gespielter Ernsthaftigkeit hoben. »Ich wüßte Hunderte von Dingen, für die wir hier Geld ausgeben müßten...«

»Und das tun wir!« rief Julie aus. »Alles, was getan werden muß, wird getan, und das weißt du. Und wenn du glaubst, wir könnten uns für dich keinen hübschen Wagen leisten, kannst du dir die Bücher ja selbst ansehen.«

»Schon gut, schon gut«, protestierte Jeff, der ebensogut wie sie wußte, daß das Anwesen alle in der Stadt reich gemacht hatte. »Laß mich los, damit ich Emmaline küssen kann, und dann möchte ich alles erfahren, was passiert ist.«

Die drei waren durchs ganze Haus gegangen, und nur Emmaline hatte etwas gefunden, das sie kritisierte. Doch Jeff und Julie hatten schon lange festgestellt, daß das Hauspersonal Emmalines Ansprüche nie erfüllen würde. Schließlich, als ihre scharfen Augen einen einzigen Schmutzfleck auf einem der Messingleuchter in dem neuen Eßzimmer im Ostflügel entdeckten, der im vorherigen Winter fertiggestellt worden war, hatte Jeff genug gehabt. »Warum fahren wir nicht alle raus und inspizieren dein Haus?« hatte er vorgeschlagen, und Emmaline hatte ihn angefunkelt, als sei er noch acht Jahre alt.

»Dies ist keine Hütte hinter Wither's Pond«, hatte sie festgestellt. »Und du bist auch noch nich' so erwachsen, daß ich dir nich' einen kräftigen Klaps geben könnte!«

Schließlich hatten sich die drei in die zweite Etage des alten Hauses zurückgezogen, wo ein Apartment an der Stelle gebaut worden war, an der sich früher der Ballsaal befunden hatte. Sie setzten sich auf den Balkon vor den geöffneten französischen Türen und schauten über die Insel, nahmen schweigend all die Veränderungen zur Kenntnis, die in dem letzten Jahrzehnt stattgefunden hatten.

»Es ist nicht mehr so wie damals, als wir zum erstenmal

herkamen, nicht wahr?« fragte Julie schließlich, nachdem Emmaline hineingegangen war, um sie allein zu lassen. Ihre Stimme war ruhig, aber zitterte leicht, als sie sich der ersten Wochen auf der Insel erinnerte.

Jeff erschauerte, als die Erinnerungen in ihm wach wurden, und schüttelte dann den Kopf. »Und je mehr sie sich verändert, desto besser gefällt sie mir.« Er schaute seine Schwester an. »Tut's dir leid, daß wir geblieben sind?«

Julie schwieg einen Augenblick. Für sie war es noch schlimmer als für Jeff gewesen, ins Haus zurückzukehren. In den ersten paar Monaten hatte sie nicht laufen können, und das einzige, was alles etwas erträglicher für sie gemacht hatte, war, daß Emmaline für sie ein Bett in dem kleinen Zimmer neben der Küche aufgestellt hatte, so daß sie nicht einmal nachts allein war.

Wann immer sie nachts durch ihre Träume erwachte, war Emmaline bei ihr, immer wach, immer bereit, wenn nötig die ganze Nacht mit ihr wach zu bleiben. Und oft holte sie auch Jeff nach unten, und dann saßen sie zu dritt auf, während sie und Jeff versuchten, gegen die Furcht anzukämpfen, die die Dunkelheit immer mit sich zu bringen schien. Doch langsam heilten ihre Wunden, und als sie wieder laufen lernte – Emmaline verbrachte endlose Stunden damit, mit ihr zu üben und ihre Beine zu massieren – verheilten auch die Narben in ihrer Seele. »Nein«, sagte sie schließlich. »Emmaline hatte recht. Wenn wir nicht zurückgegangen wären, wären wir nie über das hinweggekommen, was geschehen ist.«

»Bist du darüber hinweggekommen?« fragte Jeff betont.

Julies Augen verdüsterten sich einen Augenblick, und sie biß auf ihre Lippe. »Ich – ich weiß nicht«, gestand sie. »Kann wirklich jemand über so etwas hinwegkommen?« Dann erhellte sich ihr Gesicht. »Ich habe wieder zu tanzen angefangen. Hab' ich dir das schon gesagt?«

Jeff schüttelte seinen Kopf.

»Oh, es ist nicht viel. Aber in der Sporthalle im Golfclub ist eine Übungsstange, und einmal, als ich da unten war, konnte ich einfach nicht widerstehen.« Sie grinste kläglich. »Ich werde zwar nie im Lincoln Center auftreten, aber mir macht's Spaß.« Dann begegnete ihr Blick Jeffs Augen. »Ich hab' sogar daran gedacht, Unterricht zu geben.«

Ein kalter Finger streckte sich durch den warmen Abend und berührte Jeffs Rückgrat.

Jeff erwachte in der Dunkelheit der warmen Nacht, war unsicher, was seinen Schlaf gestört hatte. Ein paar Minuten lag er im Bett und lauschte der Stille des Hauses. Es mußte nach zwei sein, denn aus der Lounge drang keine Musik nach oben, auch kein Gelächter aus dem Garten um den Swimmingpool, der sich jetzt hinter dem Haus befand. Und doch, ganz schwach, kaum vernehmbar durch das Zirpen von Fröschen und Insekten, konnte er etwas hören.

Ein klingendes Geräusch wie eine Spieldose.

Er stieg aus dem Bett, streifte sich einen leichten Morgenmantel über und trat auf den Balkon hinaus.

Mondlicht glitzerte auf der glatten Oberfläche der See, und er konnte das sanfte Plätschern der Wellen auf den Strand hören.

Und die Musik der Spieldose wurde lauter.

Fast wider seinen Willen drehte er sich um, um auf den Familienfriedhof hinabzuschauen, der jetzt von einem niedrigen, schmiedeeisernen Zaun umgeben war, durch ein verschlossenes Tor vor den umherwandernden Hotelgästen geschützt. Einen Moment lang sah er nichts, doch dann gewöhnten sich seine Augen an die Dunkelheit, und wieder sah er die bleiche, geisterhafte Gestalt, die er seit über einem Jahrzehnt nicht mehr gesehen hatte.

Aber diesmal, das wußte er, war es nicht die geisterhafte Vision seiner Großmutter oder seiner Tante.

Er schaute traurig zu, und seine Augen füllten sich mit Tränen, als seine Schwester sich steif um die marmorne Gruft bewegte, in der ihre Vorfahren beerdigt waren.